MANUELA
INUSA

Seesternnächte

ROMAN

WILHELM HEYNE VERLAG
MÜNCHEN

MIX
Papier | Fördert gute Waldnutzung
FSC® C014496

Penguin Random House Verlagsgruppe FSC® N001967

Originalausgabe 09/2025

produktsicherheit@penguinrandomhouse.de
(Vorstehende Angaben sind zugleich
Pflichtinformationen nach GPSR)

Redaktion: Daniela Bühl
Umschlaggestaltung: Johannes Wiebel | punchdesign,
unter Verwendung von Motiven von stock.adobe.com
(Александр Плисик, Iman, LOV, vetre, MNStudio, missisya)
Satz: Satzwerk Huber, Germering
Druck und Bindung: GGP Media GmbH, Pößneck
Printed in Germany
ISBN: 978-3-453-44239-9

www.heyne.de

Für alle Superheldinnen

Prolog

Phoenix, 23 Jahre zuvor

Harmony saß mit ihrer Schwester auf der Bank vor dem Friseursalon und sang Avril-Lavigne-Songs. Hope hatte das Album vor zwei Wochen zum fünfzehnten Geburtstag von ihren Eltern geschenkt bekommen und sie konnten die Lieder schon fast alle auswendig.

»Ich will ein Eis«, sagte Hope, als sie eine Pause einlegte.

Da sprach sie Harmony aus der Seele. Es war an diesem Julitag so heiß, dass es kaum auszuhalten war.

»Hast du Geld dabei?«, fragte sie ihre große Schwester.

Die durchsuchte ihre Taschen. »Nicht genug. Wir fragen gleich Mom.«

»Ich hoffe, sie ist bald mal fertig«, stöhnte Harmony und versuchte, durch das Fenster des Salons einen Blick auf ihre Mutter zu erhaschen. Doch die Sonne spiegelte sich so sehr in der Scheibe, dass das nicht möglich war.

»Kann ja nicht mehr lange dauern«, meinte Hope.

Harmony zog eine Schmolllippe. Dann blickte sie die Straße hinunter in der Hoffnung, jemanden zu entdecken, den sie kannte. Es schien allerdings, als wären sie die einzigen Menschen, die sich bei dieser Hitze hinausgetraut hatten.

Die meisten anderen Kids hatten sich wahrscheinlich in ihre klimatisierten Häuser oder Wohnungen verzogen oder sie waren verreist. So wie Harmonys beste Freundin Lauren, die mit ihren Eltern und ihrem Bruder Kenny in Kalifornien war, um ihre Tante zu besuchen.

Manchmal wünschte Harmony, sie hätte auch eine Tante an irgendeinem tollen Ort, die sie besuchen könnten. Ihre Verwandten lebten aber entweder gleich in der Nähe oder weit weg in Kolumbien – von dort kam ihre Mom. Doch sie waren erst ein einziges Mal hingeflogen und das war Jahre her. Außerdem war es dann gar nicht so super gewesen. Das Land schon, klar, und der Strand sowieso, aber ihre Mom hatte die ganze Zeit mit ihrer eigenen Mutter gestritten. Die wollte sich nämlich noch immer nicht damit abfinden, dass ihre einzige Tochter einen Amerikaner geheiratet hatte statt einen netten katholischen Kolumbianer. Daniel Roberts war das genaue Gegenteil: Er war Baptist, der nicht einmal regelmäßig zum Gottesdienst ging, hatte blondes Haar und blaue Augen, konnte weder Spanisch sprechen noch Salsa tanzen und zog Baseball jedem Karneval vor. Aber Fernanda machte das nichts aus, sie liebte Dan genau so, wie er war, was nur leider oft für Unruhe in der Familie sorgte. Nach diesem letzten großen Streit, bei dem *abuela* ein weiteres Mal darüber schimpfte, dass sie ihren Töchtern Dan zuliebe amerikanische Namen gegeben hatte, reichte es Fernanda. Sie sagte ihrer *mamá*, dass sie sie erst wieder besuchen würde, wenn sie ihre große Liebe endlich akzeptierte. Das war bis zum heutigen Tag jedoch nicht geschehen.

»Glaubst du, Mom und *abuela* werden sich jemals vertragen?«, fragte Harmony ihre Schwester.

Hope überlegte einen Moment. »Ich glaube nicht.«

»Voll schade. Wenn sie es würden, könnten wir Urlaub am Meer machen.«

»Ja, das wäre cool.« Hope holte zwei Lollis aus ihrer fransigen Kunstwildlederhandtasche und reichte ihr einen.

»Danke.« Sie wickelte ihn aus und steckte ihn sich in den Mund. Mhmm, Orange.

»Weißt du, wenn ich erwachsen bin, werde ich am Meer wohnen«, erzählte Hope, als wäre es schon beschlossene Sache.

»Echt? Und wo genau? In Kalifornien?«

»Vielleicht. Oder in Florida, da ist es total schön. Weißt du, diese alte Serie, die Dad ständig guckt, *Miami Vice*, die spielt da.«

Sie dachte an die Palmen und Strände im Fernsehen und nickte. »Und was machst du dann da?«

»Na, ich lebe einfach dort«, sagte Hope. »Mit meinem Mann und meinen Kindern. Und wir gehen jeden Tag im Meer schwimmen.«

Harmony hätte alles dafür gegeben, jetzt in einen Ozean springen und sich abkühlen zu können.

»Nimmst du mich mit nach Florida?«, fragte sie.

»Klar. Wir halten doch immer zusammen.«

Sie lächelte zufrieden. Da hatte Hope recht. Trotz der vier Jahre Altersunterschied waren sie ein Herz und eine Seele, stets füreinander da und kaum zu trennen.

»Ich freu mich schon«, sagte Harmony. Dann sah sie ihre Mutter endlich aus dem Salon kommen, mit einer neuen Frisur und einem Strahlen im Gesicht.

»Na, meine Mädchen, wie sehe ich aus?«

»Toll!«, rief Harmony.

»Wirklich hübsch, Mom«, meinte Hope.

»Danke, danke.« Ihre Mutter befühlte sich das schwarze Haar, das in Locken über ihre Schultern fiel. »Also, ihr Süßen, seid ihr bereit?«

»Wozu?«, fragte Hope.

Ihre Mutter begann, die Straße entlangzutänzeln, als wären es nicht zweiundvierzig Grad im Schatten. »Na, wir gehen Eis essen. Was dachtet ihr denn?«

Die Mädchen sprangen von der Bank und folgten ihrer Mutter. Und dabei überlegte Harmony bereits, welche Sorte sie nehmen sollte. Schokolade oder Kirsche vielleicht? Stracciatella oder Pistazie? Nein, Zitrone! Wenn man sich nicht entscheiden konnte, war Zitrone immer die beste Wahl.

Sie lief hinter ihrer Mom und ihrer Schwester her und wusste, egal was auch kommen mochte, sie würde niemals allein auf dieser Welt sein.

1

Phoenix, heute

Sie trank einen Schluck Orangentee und stellte den Becher zurück auf das Fleckchen, das sie sich freigeschaufelt hatte. Es umgaben sie unendlich viele Zettel mit Notizen, deren Ordnung wohl niemand verstehen könnte außer Harmony selbst. Seit Wochen schon recherchierte sie zum Thema Obdachlosigkeit und Drogensucht in der Stadt. Denn es wurde immer tragischer, bald würde Arizona wahrscheinlich genauso tief im Elend stecken wie Kalifornien mit seinen Zelt-Straßen und -Stränden. An der Ostküste war es nicht weniger schlimm, vor allem seit New York angekündigt hatte, leer stehende Hotels in Obdachlosenunterkünfte umzuwandeln. Leider protestierten ausgerechnet die gut betuchten Bürger in ihren warmen, gemütlichen Millionen-Dollar-Apartments mit ihren vollen Kühlschränken und ihren Memory-Foam-Matratzen gegen die Umsetzung. Denn sie wollten ihre Nachbarschaft nicht mit Armut füllen, wollten nicht täglich damit konfrontiert werden, dass es ihnen besser ging und sie dennoch nichts taten. Und so endeten all die mittellosen Menschen, die mit Mühe und Hoffnung in die Stadt gekommen waren, die doch so viel versprach, auch hier auf der Straße. Nur dass im Osten die Winter kalt waren und der eine oder andere ihn bloß knapp oder gar nicht überlebte.

Wenn man schlau war, suchte man sich ein Plätzchen im Westen, bevorzugt in Kalifornien, wo sogar Venice Beach zu einer Zeltstadt geworden war und die Promenade, die sonst von den Touristen bewandert wurde, einer Szene aus einem Apokalypse-Film ähnelte. Texas und New Mexico, wo an 300 Tagen im Jahr die Sonne schien, waren ebenfalls beliebt, oder eben Arizona, der Staat, den Harmony noch immer ihre Heimat nannte. Trotz der heißen Sommer und des Ausbleibens von Schnee im Winter konnte sie sich nicht vorstellen, irgendwo anders hinzuziehen. Sie mochte Phoenix, ihr Leben hier als Journalistin und überzeugter Single. Was nicht bedeutete, dass sie mit ihren vierunddreißig Jahren den Männern bereits abgeschworen hätte. Sie war es einfach nur leid, alles in eine Beziehung zu stecken und am Ende doch wieder enttäuscht zu werden. Also gab sie sich mit gelegentlichen Dates ohne Verpflichtungen zufrieden und konzentrierte sich auf die wirklich wichtigen Dinge. Das waren zum einen ihr Job, der sie sowieso die Hälfte des Tages einnahm, und zum anderen war es ihre Familie, die sie mehr brauchte denn je.

Kurz dachte sie an ihre Schwester Hope und daran, sie jetzt schon anzurufen. Aber sie wollte erst den Artikel über die schwangere Siebzehnjährige fertig schreiben, die versuchte, von den Drogen runterzukommen. Die keinerlei Unterstützung bekam, weder von ihren Eltern noch vom Staat. Ihr Name war Lesley. Harmony hatte sie vor ein paar Tagen interviewt, was sie schwer mitgenommen hatte. Das Burger-Meal, die Schwangerenvitamine und die Babykleidung, die sie dem

Mädchen dafür gegeben hatte, konnten ihr schlechtes Gewissen auch nicht beruhigen. Letzte Nacht war Lesley ihr sogar im Traum erschienen, und am Morgen auf dem Weg in die Redaktion hatte Harmony versucht, sie zu finden, um ihr ein Frühstück zu bringen. Aber die Decke unter der Brücke war leer gewesen, von Lesley keine Spur.

Nick ist der Vater, glaub ich, tippte sie in ihren Laptop. *Hab aber keine Ahnung, wo der sich rumtreibt. Er wollte Fentanyl beschaffen und ist nicht wiedergekommen. Das war vor einer Woche oder so.*

Harmony musste eine kurze Pause einlegen. Die Augen schließen. Durchatmen. Bevor sie weiterschreiben konnte.

In welchem Monat bist du?

Weiß nicht. Irgendwann wird das Ding schon rauskommen, oder?

Du nennst dein Baby ein Ding … Darf ich fragen, wie du zu der Schwangerschaft stehst? Freust du dich auf das Kleine? Hast du Angst vor der Geburt? Oder davor, was danach kommt?

Ich freu mich drauf. Irgendwie. Dann bin ich wenigstens nicht mehr ganz allein, wenn Nick weg ist. Vielleicht ist er wieder erwischt worden. Kann sein, dass er im Knast ist. Aber die werden ihn schon laufen lassen. Das haben sie letztes Mal auch, und weißt du, warum?

Warum?

Weil der Knast voll ist mit richtigen Kriminellen. Mit Mördern und so weiter. Die brauchen ihre Zellen für die und nicht für jemanden, der sich einfach nur zudröhnen wollte. Der diesem Leben nur für eine Weile entfliehen wollte. Diesem Scheißleben.

Erneut musste Harmony schlucken. Als sie ihrem Redaktionsleiter Wayne Thompson vor zwei Monaten gesagt hatte, sie würde die Berichterstattung zu dem Thema übernehmen, hatte sie nicht geahnt, was es bei ihr auslösen würde. Aber gerade weil sie emotional so involviert war, war eine richtig gute Sozialreportage entstanden, die so viel Leserfeedback erhielt, dass Wayne sie bat, eine wöchentliche Sache daraus zu machen.

Wie lange sie da allerdings noch mithalten konnte, mochte sie nicht vorhersagen. Denn es zehrte an ihren Nerven, brach ihr das Herz und ließ sie nicht mehr los, sobald sie mit den Betroffenen redete, die doch auch nur Menschen waren. Menschen, die vom Glück verlassen worden waren. Einige fast noch Kinder, einige junge Mütter, andere alte Männer, die bereits aufgegeben hatten, bloß von Tag zu Tag lebten und denen es kaum etwas auszumachen schien, wenn morgen ihr letzter wäre.

Sie speicherte ihr Geschriebenes ab und klappte den Laptop zu. Für heute war es genug. Die Uhr zeigte bereits kurz nach acht an, und sie sollte wenigstens ein bisschen Zeit für sich selbst einplanen, bevor sie schlafen ging. Zum Abschalten. Zum Runterfahren. Gegessen hatte sie auch noch nichts. Also ging sie in die Küche und beschloss, sich ein paar Spaghetti zu kochen – ihr Soul Food. Für andere Menschen waren Schokolade oder Kuchen Seelentröster, ihr hatten schon immer Spaghetti geholfen.

Während das Wasser heiß wurde, holte sie ihr Handy hervor und checkte ihre Nachrichten. Vor einer Weile hatte es ein paarmal gepiept, aber sie hatte sich nicht ablenken lassen wollen. Und wenn es etwas Wichtiges gewesen wäre, wenn ihre Mutter oder ihre Schwester sie gebraucht hätten, dann hätten sie sowieso angerufen.

Sie hatte eine Nachricht von Wayne, der fragte, ob sie rechtzeitig mit ihrem Artikel fertig werden würde – was eine unsinnige Frage war, da sie in den sechs Jahren beim *Phoenix Eagle* noch jede Deadline eingehalten hatte. Ihre Kollegin Bonnie hatte ein paar Informationen zum Gesundheitswesen geschickt, um die sie gebeten hatte. Und ihre beste Freundin Lauren lud sie zu einem Event ein.

Hey, Süße. Wie geht's? Hast du Lust, nächsten Donnerstag mit zu einer Premierenlesung zu kommen?

Harmony musste lächeln. Und wie sie Lust hatte! Die Veranstaltungen, auf die Lauren sie für gewöhnlich mitnahm, waren nämlich … eher ungewöhnlich.

Als sie noch Teenagerinnen gewesen waren, hatten Harmony und Lauren eine gemeinsame Vorliebe gehabt: das Schreiben. Statt sich wie die anderen Mädchen den Cheerleaderinnen oder dem Schulchor anzuschließen, waren sie dem Debattierclub beigetreten und hatten Beiträge für die Schülerzeitung verfasst. Und während Harmony sich nach ihrem Abschluss für den Journalismus entschied, schlug ihre Freundin den Weg als Buchautorin ein. Allerdings schrieb sie keine seichte Frauenunterhaltung, sondern blutige Thriller, die nichts für schwache Nerven waren. Inzwischen war Lauren ziemlich erfolgreich, hatte es bereits viermal auf die Bestsellerliste geschafft und kannte die coolsten Persönlichkeiten. Und deshalb waren die Events, zu denen sie einlud, auch immer einen Besuch wert.

Zuletzt hatte Harmony ihre Freundin auf die Lesung eines Autors begleitet, der eine Reihe über einen Serienkiller geschrieben hatte. Bei der besagten Lesung war ein Cocktail angeboten worden, der aussah wie Blut. Was Harmony aber besonders viel Spaß bereitete, war, die Besucher einer solchen Veranstaltung zu beobachten. Denn während Lauren fiktive Charaktere zum Leben erweckte, waren es für Harmony selbst ja die echten Menschen, die sie interessierten und über die sie letztlich schrieb. Auf diesen Lesungen war dann wirklich alles vertreten: Frauen, die den Autor anhimmelten, Männer, die so aussahen, als könnten sie selbst Serienkiller sein, und sogar ältere Damen, die wirkten, als würden sie gleich ihr Strickzeug aus der Handtasche hervorholen.

Harmony liebte es, sich unters Volk zu mischen, sich mit den verschiedensten Leuten zu unterhalten, neue Eindrücke zu sammeln, etwas über die Menschen zu lernen. Sie war nie schüchtern gewesen, im Gegensatz zu Lauren, die eher introvertiert war, seit Jahren fast ausschließlich Schwarz trug und am liebsten zu Hause blieb – außer wenn coole Veranstaltungen anfielen.

Ich bin dabei! Um was für eine Premierenlesung geht es?

Die Nudeln waren noch nicht fertig gekocht, als Lauren sich schon zurückmeldete.

Mitch Boyd hat doch diesen lang erwarteten Thriller geschrieben, in dem es um die wahre Geschichte der entführten Frauen in Iowa geht.

Klingt spannend. Nenn mir Ort und Uhrzeit, ich werde da sein.

Super, ich freu mich.
Wie läuft es sonst so bei dir?

Ehrlich gesagt machen mir die Reportagen über die Obdachlosen ganz schön zu schaffen.

Kann ich mir vorstellen.
Aber du bist die Richtige für diesen Job, das hab ich dir schon mal gesagt. Niemand sonst könnte das so einfühlsam machen wie du.

Danke, das bedeutet mir viel. Deine Bestärkungen kommen immer zur rechten Zeit. Wie läuft es denn bei dir?

Alles bestens. Ich ermorde wohl heute noch eine Frau in der Tiefgarage.

Himmel! Wenn man nicht wüsste, dass du Thrillerautorin bist, könnte man das auch falsch verstehen. Das ist dir klar, oder? Und du weißt ja, es heißt, die Bundesbehörden beobachten uns alle, hören uns ab, lesen unsere Nachrichten. Nicht, dass da irgendwann eine Sondereinheit bei dir vor der Tür steht.

Dann nenne ich ihnen deinen Namen und du musst ihnen bestätigen, dass es sich bei meinem Vorhaben wirklich nur um eine Szene in meinem Manuskript handelt.

Ja, schick sie ruhig zu mir. Zieh mich da mit rein. Am Ende landen wir beide im Knast.

Wir zwei als Knastschwestern – ich kann mir kaum was Schöneres vorstellen. 😉

Träum ruhig weiter. Meine Spaghetti sind fertig. Viel Spaß noch beim Schreiben.

Dir auch.

Ich bin für heute fertig.

Wer's glaubt!

Sie musste grinsen, weil Lauren sie so verdammt gut kannte. Aber für heute war wirklich Schluss. Es warteten Spaghetti, der Fernseher und ihre Katze Scarlett auf sie, mit der sie gleich schmusen wollte, wenn sie denn Lust darauf hatte. Manchmal war die Gute nämlich ein wenig zickig und nicht in Kuschellaune. Dann machte sie sich lieber auf dem Bett breit, als würde es ihr allein gehören, oder sie sprang in die Badewanne, als würde sie ein Schaumbad nehmen wollen. So war Scarlett aber schon gewesen, als Harmony sie vor vier Jahren aus dem Heim geholt hatte. Sie war trotzdem ganz vernarrt in die Kleine und hatte sie kurzerhand nach Scarlett O'Hara aus *Vom Winde verweht* benannt, die in ihren Augen ebenfalls ein wenig hochnäsig war. Seitdem war die schwarz-weiß gefleckte Katze ihr zu einer Weggefährtin geworden, die sie nicht mehr missen wollte.

Sie goss das Nudelwasser ab und durchsuchte den Kühlschrank nach einem angebrochenen Glas Pesto. Sie fand eins, öffnete es und schnupperte daran. Sie gab zwei Löffel davon zu den Spaghetti und rührte alles um. Ein paar Cherrytomaten und Basilikumblätter als Topping und schon hatte sie ein annehmbares Abendessen.

Mit ihrer Schüssel – sie aß Nudeln immer aus ihrer handgefertigten Lieblingsschüssel, die ihre Schwester ihr mal zu Weihnachten geschenkt hatte – setzte sie sich auf die Couch und schaltete den Fernseher ein. Jetzt wollte sie einfach entspannen, sich eine harmonische Serie ansehen und die Welt da draußen für ein paar Stunden vergessen.

2

Harmony schreckte hoch. Sie war beim Fernsehen eingenickt und irgendwie musste sie wohl im Schlaf daran gedacht haben, dass sie Hope noch nicht angerufen hatte. Sie rüttelte sich wach und trank ein paar Schlucke kalten Tee. Ihre leere Spaghettischüssel stand auf dem Couchtisch, von Scarlett fehlte jede Spur.

Stöhnend griff sie nach ihrem Handy. Es zeigte ihr an, dass es bereits zwanzig nach zehn war. Sie hoffte nur, dass ihre Schwester noch nicht im Bett war.

Als sie ihre Nummer wählte, ging Hope aber zum Glück direkt ran.

»Hallo, Mony.«

»Hey, Sis. Wie geht es dir? Wie war dein Tag?«

»Mir geht es gut, danke. Und mein Tag war auch super. Ich hatte viel Kundschaft heute.« Hope war Eigentümerin eines kleinen Schmuckgeschäfts in Scottsdale, einem Vorort von Phoenix, der gern von Touristen besucht wurde.

»Das freut mich«, sagte Harmony und ging die Balkontür schließen, damit die Mücken nicht reinkamen.

»Und wie geht es dir? Hast du wieder Leute interviewt?«

»Nein, heute nicht, ich musste in die Redaktion. Da war ich diese Woche noch gar nicht, weil ich entweder auf der Straße war oder in meiner Wohnung, um zu schreiben oder zu recherchieren.«

»Was musst du denn recherchieren?«

Sie strich sich eine Strähne ihres schwarzen Haars hinters Ohr. »Alles Mögliche. Zum einen habe ich mit einigen Ärzten über das Thema Fentanyl gesprochen. Warum es so süchtig macht und wie schwer es ist, davon loszukommen. Und ich habe sie zu dieser neuen Droge befragt, Xylazin, das eigentlich aus der Veterinärmedizin stammt und noch um einiges stärker ist. Es wird unter die Opioide gemischt, um die Wirksamkeit zu verlängern, aber es ist so gefährlich, dass schon sehr geringe Mengen zu einer Überdosis führen und tödlich enden können.«

»Das klingt wirklich schlimm.«

»Ist es. Na ja, und dann habe ich versucht herauszufinden, warum der Staat nicht mehr für die Bedürftigen tut beziehungsweise was man machen kann, damit sich das endlich ändert. Zum Beispiel dieses schwangere Mädchen, von dem ich dir erzählt habe, Lesley … Sie bekommt bald ihr Baby und ich wollte herausfinden, ob sie dafür in ein Krankenhaus kann. Auch ohne Versicherung.«

»Und?«

»Abweisen dürfen sie sie nicht, zum Glück. Es könnte aber sein, dass ihre Eltern, zu denen sie keinen Kontakt mehr hat, eine fette Rechnung bekommen.«

»Das geschieht ihnen ganz recht. Wie kann man sein Kind auf der Straße leben lassen?«

Natürlich bewegte das Hope sehr. Immer wenn es um Kinder ging, reagierte sie emotional. Sie selbst hatte jahrelang versucht, schwanger zu werden, leider war es ihr aber nicht vergönnt gewesen, Mutter zu werden. Und nicht nur in dieser Hinsicht hatte das Schicksal sie verlassen.

»Ich habe versucht, Lesley heute Morgen zu finden. Leider war sie nicht mehr an ihrem gewohnten Platz«, erzählte Harmony weiter.

»Die arme Kleine. Ich hoffe, es wird sich irgendwie alles zum Guten für sie wenden.«

»Ja, ich auch«, sagte sie, obwohl sie es besser wusste. Denn in den meisten Fällen geschah das eben nicht. So traurig es war. »Erzähl doch mal, was es sonst so gibt«, bat sie als Nächstes. »Wie geht es dir gesundheitlich?« Bei dieser Frage hielt sie wie immer die Luft an, hoffend, betend, dass sie eine positive Antwort erhalten würde.

»Ach, ganz gut eigentlich. Ich bin vielleicht ein bisschen schlapp zurzeit, aber das ist sicher nur die Hitze.«

Sofort machte sich Sorge in Harmony breit. Seit Hopes Leukämiediagnose vor drei Jahren hatten sie gemeinsam schier Unerträgliches durchgestanden – als Schwestern, die in guten wie in schlechten Zeiten zusammenhielten. Nachdem Hope den Krebs besiegt hatte, dachten sie, sie wäre über den Berg. Aber Remission bedeutete nun mal nicht, dass alles unwiderruflich vorbei war. Und so war er nur ein Jahr später zurückgekehrt. Dank einer weiteren Chemotherapie sowie einer Stammzelltransplantation hatte Hope den Feind erneut geschlagen. Doch die Angst war fortwährend da, dass dieser ein drittes Mal vorbeischauen würde.

»Willst du nicht lieber einen Termin bei deiner Ärztin machen?«, fragte Harmony in dem Versuch, sich ihre Sorge nicht anhören zu lassen.

»Ich habe am Dienstag sowieso meinen nächsten Routinetermin im Krankenhaus.«

»Ja, ich weiß«, sagte sie. Denn wie könnte sie das Datum vergessen? In letzter Zeit musste sie Tag und Nacht daran denken, was die Untersuchungen ergeben und was die Ärztin ihnen diesmal sagen würde. Es war so nervenaufreibend, dass es sie auch in allem anderen beeinflusste. Vielleicht war sie deshalb so extrem emotional, was die Menschen auf der Straße betraf. »Trotzdem, Hope, du weißt, dass schon wenige Tage einen Unterschied machen können.«

»Es ist alles gut. Ich kenne meinen Körper, mach dir keine Sorgen, ja?«

»Die mache ich mir immer.«

»Und dafür liebe ich dich. Aber die paar Tage kann es nun noch warten.«

Auch wenn es sie innerlich zermürbte, wollte sie ihre Schwester gewähren lassen. Denn Hope hatte ja recht, sie hatte das Ganze zweimal durchlebt. Wenn wieder etwas wäre, würde sie es bestimmt merken.

»Na gut. Aber wenn du dich noch schwächer fühlst, gehst du früher in die Klinik, ja?«

Keine Antwort.

»Hope? Sag mir, dass du das tust. Versprich es mir.«

»Ja, Mony.«

»Okay, danke.«

»Wegen Dienstag …«, meinte ihre Schwester dann. »Du musst dir nicht extra freinehmen und mitkommen.«

»Du willst da wirklich allein hin?« Dass sie ein wenig entsetzt war, wäre untertrieben.

»Ja, kein Problem. Ich schaffe das schon.«

Harmony konnte kaum glauben, was sie hörte. »Ich will die Frage anders formulieren: *Denkst du wirklich*, ich lasse dich da allein hin? Selbstverständlich komme ich mit, und gar keine Widerrede!«

»Wenn du unbedingt möchtest.«

»Alles klar, dann sehen wir uns spätestens am Dienstag.«

»Wolltest du nicht am Samstag vorbeikommen? Da findet der große Flohmarkt statt.«

»Ach ja, stimmt. Das hatte ich total vergessen, entschuldige bitte.« Wo war sie nur mit ihren Gedanken? Ihr Leben konnte sich doch nicht nur um ihre Arbeit, ihre Mutter und Hopes Krankheit drehen, oder?

»Wenn du keine Zeit hast, kann ich auch allein gehen. Oder ich frag meine Nachbarin Judy«, sagte Hope.

»Nein, nein, ich komme mit. Ich muss sowieso dringend mal abschalten und wo könnte ich das besser als auf einem Flohmarkt?« Seit ihrer Kindheit liebte sie Flohmarktbesuche mit ihrer Schwester, denn sie hatten ihre ganz eigene Art, nach Dingen Ausschau zu halten.

»Sehr schön, er fängt um zehn an. Wenn du magst, können wir vorher zusammen frühstücken. Und falls nicht, dann …«

»Ich stehe um Punkt neun vor deiner Tür«, versprach sie, während sie sich nach Scarlett umsah.

»Super. Ich freue mich.«

»Ich mich ebenso.« Sie überlegte, ob sie wie geplant Hope gegenüber diese eine Sache erwähnen sollte, und entschied sich schließlich dafür. »Ich war ja heute bei Mom …«

»War alles in Ordnung?«

War jemals alles in Ordnung?

»Ja, schon. Aber Mom saß in denselben Sachen da wie vor zwei Tagen und hatte anscheinend nicht mal ihre Unterwäsche gewechselt. Da sollten wir zukünftig ein bisschen besser drauf achten.«

»Oje. Ich hab's gestern leider nicht hingeschafft. Aber morgen habe ich es fest vor.« Sie wechselten sich täglich ab mit den Besuchen bei ihrer Mutter. Sofern es ihnen möglich war.

»Bist du sicher? Dir geht es doch nicht so gut. Ich kann das auch übernehmen.«

»Nein, nein, kein Problem. Ich wollte sowieso kolumbianisch kochen und ihr was vorbeibringen. Vielleicht mag sie ja sogar zusammen mit mir essen.«

»Okay, wie du möchtest.« Ihr fiel etwas ein, und sie musste grinsen. »Das hab ich dir ja noch gar nicht erzählt.«

»Was denn?«

»Als ich heute in der Redaktion war, bin ich Glenn über den Weg gelaufen.«

»Nein!«

»Und er hat mich für Freitagabend auf ein Date eingeladen.«

»Nein! Nein!«, rief ihre Schwester aus.

»Oh doch. Und ich habe zugesagt.«

»Ich dachte, du wolltest nicht mehr mit ihm ausgehen, nachdem er bei eurem letzten Date auf etwas Festes aus war. Du hast mir sogar gesagt, ich soll dich davon abhalten, falls du es erneut vorhättest.«

»Das haben wir geklärt. Er weiß jetzt, dass ich keine Beziehung will, und er ist damit einverstanden, dass wir es locker belassen. Zudem ist er ziemlich attraktiv und … ehrlich gesagt, ist es meistens sehr schön mit ihm.« Und damit meinte sie nicht nur den Sex an sich, sondern vor allem die Tatsache, dass Glenn sie wunderbar von all ihren Sorgen abzulenken wusste.

»Na dann, ich kann dich offensichtlich nicht aufhalten. Also bleibt mir nur, dir viel Spaß zu wünschen.«

»Danke.«

»Ich gehe jetzt schlafen, ich bin müde.«

»Gute Nacht. Und bitte melde dich, falls irgendwas ist. Ich bin sofort bei dir, wenn du mich brauchst, das weißt du.«

»Ja, ich weiß. Ich hab dich lieb.«

»Ich dich mehr.«

Sie legten auf und Harmony saß wieder allein in ihrer Wohnung. In einem Berg voller Papiere. Keine Spur von ihrer Katze, der Teebecher leer und ihre Gedanken schon bei Glenn. Den sie zwar wirklich mochte, mit dem sie sich aber niemals etwas Ernstes vorstellen könnte. Denn darüber war sie echt hinaus. Zu sehr hatte sie die Trennung von Paul mitgenommen, mit dem sie achtzehn Monate zusammen gewesen war.

Paul war Anwalt und extrem gründlich. Und pünktlich. Wenn man sich nur um zwei Minuten verspätete, war Paul gereizt. Außerdem hatte er einfach alles analysiert. Wenn es nur um die Frage ging, wo sie essen gehen sollten, hatte er erst einmal Fakten gesammelt: Rezensionen im Internet gelesen, Leute, die er kannte, nach dem Restaurant befragt … Wenn er den Laden dann für okay befunden hatte und sie sich endlich auf den Weg machten, war Harmony die Lust meist schon vergangen. Am schrecklichsten fand sie aber, dass Paul jedes Mal, wenn er sich bei einem Streit im Unrecht sah, »Einspruch!« rief. Dabei kam sie sich vor wie im Gerichtssaal und sie fühlte sich, als müsste sie sich verteidigen. Oder Gegenbeweise vorlegen. Oder einen eigenen Anwalt engagieren.

Dennoch hatte sie Paul echt gerngehabt. Er brachte ihr öfter Blumen, als es irgendein anderer Mann je getan hatte. Er bestand darauf, sie jedes Mal einzuladen, egal ob im Restaurant oder im Kino, und er hielt ihr stets die Tür auf. Bei ihm fühlte sie sich ein bisschen wie eine Prinzessin oder wie in einem Film aus den Vierzigerjahren, als die Männer noch Gentlemen waren und den Frauen die Welt zu Füßen legten.

Leider sollte Paul aber weder ihr Prinz noch ihr Cary Grant sein. Weil das wahre Leben nun mal kein Film war.

Harmony seufzte. Wahrscheinlich wäre es wirklich besser, das Date mit Glenn abzusagen. Aber dann hätte sie nur noch mehr Zeit, um sich zu sorgen, und das wollte sie unbedingt vermeiden. Also ging sie zu ihrem Kleiderschrank und überlegte, was sie anziehen könnte. Und da entdeckte sie auch Scarlett, die es sich ganz unten zwischen ihren High Heels bequem gemacht hatte.

»Du bist echt eine Diva, oder?«, fragte sie, holte das Tier hervor und knuddelte es. Glücklicherweise ließ Scarlett sie heute sogar mal. Vielleicht verstand sie ja, wie schwer es gerade für sie war. Alles. Die Reportagen, die andauernde Sorge um ihre Schwester und die Bürde, die die Verantwortung für ihre Mutter mit sich brachte. Es war nicht leicht mit ihr, doch Harmony wollte stark sein. So wie sie es immer war. Und deshalb würde sie auch Lesley und die anderen Menschen auf der Straße noch nicht aufgeben. Weil sie sie brauchten. Und wenn das Einzige, was sie tun konnte, war, ihre Geschichten aufzuschreiben und mit der ganzen Stadt zu teilen. Damit sie endlich gesehen wurden.

Harmony ließ Scarlett runter, die gleich wieder Reißaus nahm, dann ging sie in die Küche und machte sich eine weitere Tasse Tee. Fünf Minuten später griff sie sich ihren Laptop, um Lesleys Interview fertig zu schreiben.

3

Sie nahm eine Packung Tortillas aus dem Regal und legte sie in den Einkaufswagen. Dazu kamen eine Flasche passierte Tomaten, ein Glas Jalapeños, zwei Dosen Mais, Kidneybohnen, eine Tüte Reibekäse, zwei Hähnchenfilets, Chorizo, Eier, Milch, Reis und Maismehl. Schließlich ging sie in die Obst- und Gemüseabteilung und nahm alles mit, was gut und gesund aussah. Alles, was man für kolumbianische Gerichte wie Ajiaco de Bogotá, Arepa oder Tamales brauchte.

Als auch die Kochbananen im vollgefüllten Wagen waren, machte Harmony sich auf zur Kasse. Und sie hoffte, dass sie nichts vergessen hatte. Dass ihre Mutter bekam, was immer sie benötigte. Obwohl sie nur selten einen Wunsch äußerte, wusste Harmony ja, was sie mochte. Fernanda Roberts, geborene Sánchez, war zwar bereits vor über vierzig Jahren in die Staaten eingewandert, hatte sich jedoch nie an das amerikanische Essen gewöhnen können. Sie wollte weiterhin nichts als kolumbianisch kochen, selbst als sie dann einen Amerikaner heiratete. Der war allerdings so voller Liebe für seine Frau, dass er wahrscheinlich sogar Meerschweinchen oder Piranhas gegessen hätte, die in Kolumbien als traditionelle Nahrungsmittel galten. Nur waren diese natürlich in Arizona nicht erhältlich und deshalb kamen oftmals Reis und Bohnen, gefüllte Maisfladen und Eintöpfe mit Fleisch und Fisch auf den Tisch.

Harmony und Hope waren damit aufgewachsen und mochten als Kinder die meisten kolumbianischen Speisen, mit den Jahren hatten sie sich aber ihre eigenen Leibgerichte ausgesucht. Hope hatte Pizza lieben gelernt, während Harmony eine Schwäche für Spaghetti entwickelte, in jeder Variante: mit Pesto, *aglio e olio* oder auch nur schlicht mit Tomatensoße. Nicht selten hatte ihre Mom sich beschwert und die Mädchen gefragt, ob sie etwa eine Italienerin statt einer Kolumbianerin zur Mutter hätten. Allerdings hatte sie dabei gelacht und es nicht so ernst genommen, einfach weil sie ein lebensfroher Mensch war, dem nichts und niemand etwas anhaben konnte.

Doch das war einmal. Als Harmony eine halbe Stunde später die Tür aufschloss und das Haus betrat, war dieses wie so oft dunkel, weil ihre Mutter noch nicht mal die Vorhänge aufgezogen hatte.

»Hallo, Mom«, sagte sie und stellte die schweren Einkaufstüten ab.

»*Hola*, Harmony«, erwiderte die Fünfundsechzigjährige, die wie meistens in ihrem Fernsehsessel saß.

Harmony betrachtete ihre Mutter kurz. Heute trug sie ein sauberes hellblaues Kleid und ihre Haare sahen ein wenig zerzaust aus – kein Wunder, der letzte Friseurbesuch war Ewigkeiten her. Schließlich gab sie ihr einen Kuss auf die Wange. »Wie geht es dir?«

»Gut, gut. Und dir, *mi corazón*?« Fernanda schenkte ihr ein Lächeln, und wann immer sie das tat, glaubte man einen Moment lang fast, sie wäre die Alte und es hätte sich nicht alles, aber auch alles verändert.

»Auch gut, danke. Ich bringe dir neue Lebensmittel.«

»Das ist lieb von dir«, sagte ihre Mutter und wandte sich wieder dem Fernseher und den Figuren ihrer Serie zu. Es war eine dieser lateinamerikanischen Seifenopern, die in ihrem Haus den ganzen Tag liefen.

»Ich sortiere sie dann mal in die Schränke, ja?«

»Danke, *mi corazón*«, sagte ihre Mom noch, war aber bereits völlig in ihrer Fernsehwelt versunken. Und das echte Leben schien weit weg.

Harmony brachte die Tüten in die Küche und packte sie aus. Dabei entfuhr ihr ein tiefer Seufzer, wie so oft. Denn ihre Mutter verbrachte den lieben langen Tag in diesem dunklen Haus, abgeschirmt von der Realität, und wenn ihre Töchter nicht für sie einkaufen würden, würde sie wahrscheinlich gar nichts essen.

Seit dem Tag von Dans Tod war Fernanda nicht mehr dieselbe. Es war, als hätte sie ebenfalls ihr Leben verloren oder zumindest ihren Lebenswillen. Lange Zeit hatte sie sich in sich zurückgezogen und unter schlimmen Depressionen gelitten. Nach einer Weile hatte sie sich dann eine Welt erschaffen, in der das Dasein erträglich war. Eine Blase, in der sie wieder leben konnte, in die aber niemand sonst Einlass bekam – nicht einmal ihre Töchter.

Mit ihrem Liebsten war auch ein Teil von Fernanda selbst verschwunden: der fröhliche, der lebenslustige, der, der eine fürsorgliche Mutter war. Hope war damals bereits auf dem College gewesen, doch Harmony war erst sechzehn und musste fortan nicht nur mit dem Verlust ihres Dads zurechtkommen, sondern zudem mit einer Mutter, die zwar anwesend, aber dennoch abwesend war. Um die sie sich jetzt kümmern musste, obwohl es andersherum hätte sein sollen.

Ihr langjähriger Pastor, der Fernanda anfangs noch häufiger besuchen kam und dem sie sich als Einzigem anvertraute, hatte Harmony und Hope erklärt, dass Fernanda zusammen mit Dan ihren sicheren Hafen verloren habe und deshalb unter schlimmen Angstzuständen leide. Sie mochte das Haus nicht mehr verlassen, weil sie sich außerhalb ihrer eigenen vier Wände nicht mehr sicher fühlte. Mochte sich mit keiner Freundin mehr verabreden, nicht mehr in den Supermarkt gehen, ja nicht einmal zur Kirche, weil sie sich ohne ihren Liebsten völlig verloren fühlte.

Es waren schwere Zeiten und es hatte einige Jahre gebraucht zu akzeptieren, dass ihre einst so unbeschwerte Mom nie mehr dieselbe sein würde. Dass sie nie mehr die Straße entlangtänzeln würde.

Harmony stellte die Dosen in den Schrank, sah, dass keine schwarzen Bohnen mehr da waren, und machte sich eine gedankliche Notiz, dass sie beim nächsten Mal welche besorgen musste. Als sie den Kühlschrank öffnete, entdeckte sie ein paar abgelaufene Dinge, die sie sogleich entsorgte, dazu drei gefüllte Tupperdosen, die nur von Hope stammen konnten. Harmony öffnete eine der Dosen und erkannte darin Posta Negra, ein Rindfleischgericht mit einer Cola-Soße, das ihre Mutter zwar gern aß, sich aber nur selten selbst kochte. Allerdings sah es nicht danach aus, als ob sie das Essen überhaupt angerührt hätte.

Als sie in der Küche fertig war und den Müll hinausgebracht hatte, ging Harmony wieder ins Wohnzimmer. Sie stellte ihrer Mutter ein Glas Ginger Ale auf den Tisch neben den Stapel Fotoalben, öffnete die Vorhänge und setzte sich aufs Sofa. Ihre Mom bedachte sie keines Blickes.

»Hast du heute schon etwas gegessen?«, fragte sie. Es war bereits halb vier am Nachmittag, doch die Frage war berechtigt.

Fernanda nickte. »Ich hatte eine Schüssel Changua.« Das war eine Frühstückssuppe aus Milch, Eiern, geröstetem Brot, Frühlingszwiebeln und Koriander.

»Das ist ja aber sicher einige Stunden her. Soll ich dir etwas warm machen? Im Kühlschrank ist noch leckere Posta Negra von Hope.«

»Nein danke. Ich habe keinen Hunger. Ich mache mir später selbst etwas zu essen.«

»Na gut.«

Sie saßen schweigend zusammen. Nach einer Weile fragte Harmony: »Was läuft denn gerade?«

»*Pálpito*«, gab ihre Mom kurz und knapp preis.

»Hmm … wenn die Folge rum ist, könnten wir ja vielleicht einen kleinen Spaziergang machen oder uns wenigstens ein bisschen raus auf die schattige Veranda setzen«, schlug sie vor, obwohl sie die Antwort kannte.

»Das geht nicht! Ich kann jetzt hier nicht weg. Ich muss doch erfahren, ob Simón sich in Camila verliebt. Sie trägt das Herz seiner verstorbenen Frau Valeria in sich. Die wurde ermordet, und Simón will sich außerdem an den Organhändlern rächen.«

Oh Gott, dramatischer geht es wohl nicht, dachte Harmony. Sie atmete tief durch und versuchte, ruhig zu bleiben und zu verstehen – wie immer. Ihre Mutter war nun mal zufrieden in ihrer eigenen kleinen Telenovela-Blase, in der Menschen die Liebe fanden und bis ans Ende ihrer Tage glücklich waren – wenn sie nicht wie Valeria wegen ihrer Organe umgebracht wurden.

Sie blieb noch ein bisschen bei ihrer Mutter, dann erhob sie sich und verabschiedete sich. »Bye, Mom, ich schaue in zwei Tagen wieder vorbei.«

»Mach das, *mi corazón*.«

»Brauchst du irgendetwas? Soll ich was Spezielles besorgen?«

»Wenn du Yuccas auftreiben könntest? Ich würde gern mal Sancocho machen.« Sancocho war ein Eintopf, der neben verschiedenen Fleischsorten und Kochbananen auch Yuccas beinhaltete, die man hier leider nicht wie in Kolumbien an jeder Straßenecke bekam. Sie würde mal auf dem Wochenmarkt Ausschau halten, ansonsten würde sie sicher im Asiamarkt fündig werden nach der Knolle, die dort Maniok oder Cassava genannt wurde.

»Natürlich, Mom. Sieh du dir nur weiter deine Serien an.« Sie drückte ihre Mutter und ging zur Tür.

»Kannst du die Gardinen zuziehen?«, rief Fernanda ihr hinterher.

Seufzend tat sie ihr den Gefallen, wobei sie sie wenigstens einen Spalt offen ließ. Dann trat sie hinaus und ließ sich die Sonne ins Gesicht scheinen.

Auf dem Weg nach Hause dachte sie an Hope und ihren Krankenhaustermin. Sie dachte an das Date mit Glenn heute

Abend und überlegte noch immer, was sie dazu anziehen könnte. Sie grübelte wegen des Artikels, den sie heute Morgen in die Redaktion geschickt hatte, und fragte sich, ob er Lesley gerecht wurde. Ob er ihrer Leidensgeschichte die angemessene Intensität verlieh. Im nächsten Moment sann sie schon darüber nach, wessen Story sie als Nächstes aufschreiben sollte. Sie könnte die der jungen Mutter nehmen, die mit ihren beiden Kindern auf der Straße lebte und Essen aus den Mülltonnen hinter den Restaurants beschaffte. Sie konnte es kaum erwarten, damit zu beginnen. Denn sie wollte aufmerksam machen, etwas bewirken. Natürlich war ihr klar, dass ihr Boss sich vor allem gute Verkaufszahlen erhoffte. Nicht umsonst hatte er einen wöchentlichen Beitrag auf der kompletten Seite vier daraus gemacht – und das in der beliebten Sonntagsausgabe! Und nicht ohne Grund hatte er Harmony sogar ein Spesenkonto zur Verfügung gestellt, das sie nutzen konnte, um den Betroffenen etwas zu essen, neue Kleidung oder wie in Lesleys Fall Babysachen zu kaufen – im Austausch für deren Lebens- und Leidensgeschichte. Wayne hatte Harmony sogar ein Kamerateam zur Seite stellen wollen, für professionellere und noch effektivere Bilder der Obdachlosen. Zum Glück hatte Harmony ihn davon überzeugen können, dass sie vertrauenswürdiger rüberkommen würde, wenn sie allein an die Menschen herantrat und selbst ein paar Fotos mit dem Smartphone schoss. Sie wollte sie ja nicht verschrecken, bevor sie sich ihr überhaupt geöffnet hatten.

Waynes Intentionen unterschieden sich sehr von Harmonys, doch sie nahm es alles in Kauf. Denn am Ende ging es ihr allein um das Ergebnis. Ihre Mission war es, die Menschen wachzurütteln, ihnen das wahre Elend zu zeigen, das sich auf ihren Straßen abspielte und das sie leider nur zu gern ignorierten. Sie wollte den Obdachlosen ein Gesicht und einen Namen geben.

Als sie noch über all das nachdachte, nahm sie zwei Silhouetten wahr, die an eine Mauer gelehnt vor einem Spirituosenladen auf dem Boden saßen. Sie fuhr langsamer und blickte sich zu ihnen um. Ein Junge und ein Mädchen, beide schwarz und allerhöchstens zwanzig, sie trug gar keine Schuhe, er nur einen. Ohne weitere Überlegungen drehte Harmony um und parkte vor dem Geschäft.

Beim Aussteigen schlug ihr die Hitze entgegen. Zuerst betrat sie den Laden, um Vitaminwasser mit Elektrolyten zu kaufen, danach ging sie zu dem Pärchen, das aneinandergelehnt in der Nachmittagssonne schmorte. Sie reichte jedem zwei Flaschen, dankbar wurden sie angenommen.

»Mein Name ist Harmony. Darf ich mich kurz zu euch setzen?«, fragte sie, wie immer mit pochendem Herzen.

Der Junge, der von Nahem noch viel jünger aussah, trank eine der Flaschen in einem langen Zug aus und nickte dann. »Okay.«

Das Mädchen blieb still, beäugte sie nur misstrauisch.

Sie setzte sich ungefähr einen Meter entfernt auf den Bordstein und betrachtete die beiden, darauf bedacht, interessiert und nicht abwertend rüberzukommen.

»Ich bin Reporterin für den *Phoenix Eagle*«, begann sie. »Kennt ihr die Zeitung?«

Der Junge zuckte die Schultern, doch das Mädchen nickte. »Meine Mom liest die dauernd.«

Das war gut. Das war sogar sehr gut.

»Ich schreibe seit einer Weile wöchentliche Beiträge, in denen ich mich Menschen in dieser Stadt widme, mit denen das Leben es nicht so gut gemeint hat. Versteht es bitte nicht falsch … aber ich glaube, ihr seid zwei von ihnen.«

»Na, da hast du aber so was von recht«, meinte der Junge in lautem, aggressivem Tonfall.

»Kofi«, sagte das Mädchen und stupste ihn an.

»Was denn?« Er blickte Harmony direkt in die Augen. »Was wollen Sie von uns? Etwa über uns schreiben?«

»Wenn ihr damit einverstanden wärt? Ich möchte …«

»Warum sollten wir das sein?« Noch immer starrte der Junge sie an.

Sie versuchte, ruhig durchzuatmen. Sich selbst aus den Augen der beiden zu sehen. »Weil ich die Einwohner von Phoenix aufwecken möchte. Weil ich möchte, dass ihr *gesehen* werdet.« Sie sagte das aus dem Herzen heraus und konnte erkennen, dass sie das Mädchen auf eine Art berührt hatte.

Die Kleine wollte gerade etwas sagen, als aber Kofi ihr zuvorkam. »Und was kriegen wir dafür?«

Harmony überlegte nur eine Sekunde, und dabei war ihr egal, dass Wayne die Ausgaben auf hundert Dollar pro Story begrenzt hatte. »Neue Sneakers und ein Abendessen?«

Die beiden wechselten einen Blick, dann verzog sich das Gesicht des Jungen zu einem Lächeln, er hielt ihr seine Hand hin und sagte: »Deal!«

4

Zweieinhalb Stunden später stand Harmony vor dem Spiegel und betrachtete sich in ihrem kurzen dunkelbraunen Rock und dem schwarzen Seiden-Trägerhemd. Und sie überlegte, ob das Outfit zusammen mit ihren geglätteten, schulterlangen schwarzen Haaren nicht zu düster wirkte. Sie wollte keinesfalls wie ein Gothic aussehen oder als wäre sie gerade auf einer Beerdigung gewesen. Obwohl es ihr ein bisschen so vorkam. Das Gespräch mit dem obdachlosen jungen Pärchen hatte ihr ganz schön zugesetzt. Nachdem sie mit ihnen ins nächste Kaufhaus gefahren war, wo sie sich jeder ein Paar Turnschuhe ausgesucht hatten, war sie mit ihnen in einen Taco Bell gegangen. Sie hatte ihnen gesagt, dass sie alles bestellen durften, was sie mochten, und das hatten sie getan. Nur selten hatte Harmony Menschen auf diese Weise Essen in sich reinschlingen sehen. Als hätten sie seit Tagen oder gar Wochen nichts Richtiges zu sich genommen.

Dann hatte sie sich den beiden vorsichtig angenähert. Hatte sie erzählen lassen, was sie erzählen wollten. Dabei hatte sie erfahren, dass der Junge, Kofi, tatsächlich erst sechzehn war, seit zwei Jahren auf der Straße lebte und Crystal Meth zu seiner Lieblingsdroge auserkoren hatte. Das Mädchen hieß Kara, sie war achtzehn und nahm nur selten mal Drogen. Viel lieber kaufte sie sich mit dem Geld, das sie mit Gelegenheitsjobs, Betteln und manchmal auch mit Diebstahl verdiente, was zu essen oder etwas, das machte, dass sie sich besser fühlte. Zum Beispiel ein neues T-Shirt, ein Lipgloss oder eine Handcreme. Die beiden hatten vor ungefähr einem Jahr zusammengefunden und waren sehr verliebt. Sie hatten nur noch sporadisch Kontakt zu ihren Familien, Kofis Vater lebte ebenfalls auf der Straße, und Karas Schwester war im Winter niedergestochen worden. Weder Kofi noch Kara gingen zur Schule, hatten einen Abschluss oder irgendeine Zukunftsperspektive. Aber sie wollten zusammenbleiben, vielleicht nach Kalifornien gehen und irgendwann »raus aus der Scheiße« kommen und eine eigene Familie gründen.

Harmony wünschte ihnen so sehr, dass sie es schafften.

Sie bat sie um ein Foto und gab ihnen die Karte einer Sozialarbeiterin, die sie persönlich kannte, in der Hoffnung, die beiden würden sie anrufen. Dann verabschiedete sie sich schweren Herzens.

Das Schlimmste war, wie nah ihr diese Geschichten gingen. Es handelte sich hier immerhin um Menschen, die alles verloren hatten. Die am Abgrund standen und vielleicht niemals von der Straße wegkommen würden. Es war traurig, unendlich traurig, und wie gern würde Harmony ihnen ihr letztes Hemd geben, doch sie wusste auch, dass das nicht ging. Sie lebte ihr privilegiertes Leben aus einem bestimmten Grund, hatte hart dafür gearbeitet, um dort hinzugelangen, wo sie heute war. Und sie hatte eine Aufgabe. Heute hatte sie wieder etwas erreicht und das war alles, was zählte.

Ein letzter Blick in den großen Schlafzimmerspiegel und sie hatte sich entschlossen. Sie würde sich nicht noch einmal umziehen. Sie hatte ja nicht vor, in Glenn den Mann fürs Leben zu finden. Der heutige Abend war nur ein leckeres Essen und vielleicht ein paar nette gemeinsame Stunden danach. Oh ja, die könnte sie ganz dringend gebrauchen. Einfach mal abschalten und an nichts denken, weder an ihre Mutter und deren Eigenheiten noch an ihre Schwester und deren Krankheit, noch an all die armen Menschen auf den Straßen von Phoenix, denen sie niemals so sehr würde helfen können, wie sie gern würde. Sie wollte doch nur mal wieder sorglos sein und Spaß haben. Nur diesen einen Abend – war das denn zu viel verlangt?

»Hi Glenn«, sagte sie, als er vor dem Restaurant auf sie zukam, und ließ sich von ihm auf die Wange küssen.

»Du siehst umwerfend aus«, sagte er und hatte sich selbst ebenfalls herausgeputzt. Er trug eine schwarze Anzughose und ein schickes hellgraues Hemd, dessen Ärmel er hochgekrempelt hatte und dessen obere drei Knöpfe offen standen. Sein dunkles Haar war zurückgegelt, sein linkes Ohr zierte wie immer ein kleiner goldener Stecker.

Sie schenkte ihm ein Lächeln. »Danke schön. Das kann ich nur zurückgeben.«

»Wartest du schon lange?«, fragte Glenn, der dank seines Vaters japanische Züge hatte, wie er ihr bei einem früheren Date bereits erzählt hatte.

»Nicht mal zwei Minuten, keine Sorge.«

»Okay, gut. Wollen wir dann reingehen?«

Sie nickte und freute sich auf den Abend. Gemeinsam betraten sie den French Room, ein angesagtes französisches Restaurant, das eine lange Warteliste hatte, wie sie wusste. Entweder hatte Glenn Beziehungen zum Inhaber oder er hatte die Reservierung bereits gehabt, seiner eigentlichen Verabredung war etwas dazwischengekommen, und er hatte stattdessen Harmony eingeladen. Ehrlich gesagt war es ihr egal.

Sie wurden zu ihrem Tisch geleitet, bekamen die Karte und ihnen wurde Wasser eingeschenkt. Harmony entschied sich für das Ratatouille und ein Glas Rotwein, während Glenn Austern und Weißwein bestellte.

»Du hättest ruhig etwas Extravaganteres aussuchen können«, meinte er.

»Ich weiß. Ich mag es aber gern simpel. Mein Leben ist kompliziert genug«, entgegnete sie, obwohl sie sich geschworen hatte, heute Abend auszublenden, was sie belastete.

»Oh. Ist alles in Ordnung?«

»Ja, ja, alles okay.« Sie nahm einen Schluck Wasser.

»Klingt aber gar nicht so. Geht es dir gut? Und deiner Familie?«

Sie hatte bereits mitbekommen, dass Glenn der totale Familienmensch war. Sicher wollte er bald heiraten und ein paar Kinderchen in die Welt setzen.

»Glenn, das ist echt lieb, dass du dich nach meiner Familie erkundigst, aber das musst du nicht. Wir sollten nicht über so persönliche Dinge reden.«

»Das möchte ich aber. Es interessiert mich, was du privat machst und wie dein Verhältnis zu deinen Verwandten ist.«

Sie seufzte. Denn sie hatte ehrlich gedacht, er hätte das mit der »lockeren Sache« verstanden.

Und selbst wenn sie sich ihm hätte mitteilen wollen, wo hätte sie anfangen sollen?

Meine Mutter lebt in ihrer eigenen Welt und interessiert sich mehr für ihre Telenovelas als für mich?

Meine Schwester, der mir wichtigste Mensch auf Erden, ist in Remission, nachdem sie den Krebs schon zweimal besiegt hat, und ich habe fürchterliche Angst, dass er zurückkommt?

Mein Vater ist gestorben, als ich sechzehn war, was mein ganzes Leben verändert hat?

»Sei mir nicht böse, aber ich würde mich viel lieber über Belangloseres unterhalten, wie sonst auch.« Damit hatte er sie schon oft von den tagtäglichen Dramen abgelenkt. Außer dieses eine Mal, als er plötzlich von einer Beziehung anfing. Aber das war ja nun hoffentlich geklärt. Sie schlug ein Bein übers andere und streckte sich. »Was gibt es denn Neues bei dir? Du schreibst gerade an diesem Artikel über das Wetter, oder? Dass es der heißeste Sommer seit Beginn der Aufzeichnung ist?«

Glenn betrachtete sie ein paar Sekunden. »Nett, dass du meine Arbeit als *belanglos* bezeichnest.«

»Oh Gott, Glenn, bitte entschuldige. So war das nicht gemeint, ich …«

Er lachte. »Schon okay, ich nehme es dir nicht übel.«

Der Wein kam und sie nahm zwei große Schlucke.

»Na gut, dann sprechen wir eben über meinen Artikel«, sagte Glenn und nahm seinerseits einen Schluck. »Mhm, der ist gut. Also, das Wetter. Wir dachten ja eigentlich, der letzte

Sommer wäre der heißeste aller Zeiten gewesen mit hundert Grad Fahrenheit an mehr als hundert Tagen am Stück. Aber dieses Jahr wird wohl noch heftiger. Ich meine, wir haben erst Mitte Juli, und es sind bereits achtundzwanzig Menschen allein in Phoenix und Umgebung an einem Hitzschlag gestorben.«

»Schrecklich«, sagte sie und erinnerte sich an eine Meldung über eine Frau in Tempe, die mitten im Supermarkt tot umgefallen war, weil sie zu wenig getrunken hatte.

Ihr fiel ein, dass Hope ihr kürzlich gesagt hatte, sie fühle sich schlapp, und natürlich machte sie sich abermals Sorgen. Auch wenn ihre Schwester ihr bei ihrem gestrigen Telefonat versichert hatte, es sei alles wieder okay.

»Würde es dir etwas ausmachen, wenn ich kurz meine Schwester anrufe, bevor das Essen kommt?«, bat sie.

»Nein, natürlich nicht. Mach ruhig«, erwiderte Glenn verständnisvoll.

»Danke.« Sie ging vor die Tür, wo bereits ein paar Raucher standen.

Sie rief Hope an, die sich wie immer direkt meldete.

»Mony?«

»Hey, Sis. Wie geht es dir?«

»Ganz gut, danke. Aber … hast du nicht gerade dein Date mit Glenn?«, fragte ihre Schwester verwirrt.

Sie strich sich mit der freien Hand die Haare hinters Ohr. »Ja, ich hab mich kurz entschuldigt, weil ich dich unbedingt noch anrufen wollte. Ich hab's vorhin nicht mehr geschafft.«

»Das wäre doch nicht nötig gewesen. Armer Glenn.« Hope lachte, dann wurde sie ernster. »Liebes, du musst mich nicht jeden Abend anrufen, es wäre nicht schlimm, mal einen auszulassen.«

»Ich möchte aber. Außerdem wollte ich mich erkundigen, ob du auch genug trinkst.«

»Tue ich.«

»Ich meine, wirklich genug? Glenn schreibt gerade an einem Artikel über diese irren Temperaturen und er erzählte, dass bereits achtundzwanzig Menschen an einem Hitzschlag gestorben seien, nur in Phoenix und Umgebung.«

»Ich werde nicht an Hitzschlag sterben, Mony.«

»Das weiß man nie. Wenn das Immunsystem eh schon geschwächt ist und …«

»Ich verspreche es dir, ja? Ich werde jetzt sofort in die Küche gehen und ein großes Glas Wasser trinken. Nur für dich«, sagte ihre Schwester in belustigtem Tonfall.

»Bitte zieh das Ganze nicht ins Lächerliche, Hope. Ich mache mir echt Sorgen.«

»Du machst dir viel zu viele Sorgen und das ist das Problem.«

»Ist es ein Problem?«, fragte sie überrascht.

»Ja.«

»Oh. Und warum?«

»Na, weil du dir bei all den Sorgen kaum mehr Zeit für dich selbst nehmen kannst. Sitzt nicht gerade dein Date im Restaurant und wartet auf dich?«

»Schon. Aber das Essen ist bestimmt noch nicht da, wir sind in einem dieser schicken französischen Läden.« Sie kickte einen Kieselstein weg, der am Boden lag.

»Du solltest ihn trotzdem nicht länger warten lassen.«

»Okay. Nur eine Sache noch. Ich wollte dich wissen lassen, dass ich heute bei Mom war und einen Großeinkauf für sie gemacht habe. Du brauchst also morgen nicht in den Supermarkt zu fahren.«

»Super, danke. Wie war sie so drauf?«

»Wie immer, würde ich sagen. Sie schaut eine neue Serie und ist Feuer und Flamme«, erzählte Harmony.

»M-hm. Und was hatte sie an?«

»Ihr hellblaues Kleid.«

»Das habe ich ihr gestern frisch gewaschen mitgebracht. Das heißt, sie hat sich heute Morgen umgezogen, sehr gut«, sagte Hope, die sich seit Jahren um die Wäsche ihrer Mutter kümmerte. »Hat sie was von der Posta Negra gegessen?«

»Es standen noch ein paar Tupperdosen im Kühlschrank.«

»Wahrscheinlich hat sie die wieder gar nicht angerührt, dabei habe ich extra ihr Lieblingsgericht zubereitet.« Hope klang enttäuscht. »Ich wollte gestern zusammen mit ihr essen, aber sie hatte keinen Hunger.«

Das war typisch. Fast jedes Mal, wenn man ihrer Mom diesen Vorschlag machte, erfand sie eine Ausrede. Harmony glaubte ja, dass sie einem stillen Beisammensitzen ausweichen wollte, da sie befürchtete, unangenehme Fragen beantworten zu müssen. Sie selbst hatte längst aufgegeben, es anzubieten, vor allem, weil sie das betretene Schweigen genauso schlimm fand. Eine Mutter, die nicht mit einem redete, weil sie vor dem Fernseher saß, konnte sie gerade noch verkraften. Eine, die sie bei einem gemeinsamen Dinner am Tisch ignorierte, war kaum zu ertragen. Doch Hope hatte es nie aufgegeben. Noch immer versuchte sie, ein wenig Normalität wiederherzustellen, obwohl der Zug schon lange abgefahren war.

»Sie wird es bestimmt noch essen«, versuchte Harmony, hoffnungsvoll zu klingen.

»Ja, mag sein. Ansonsten friere ich morgen etwas davon ein. Fahren wir nach dem Flohmarkt zusammen hin?«

»Das können wir gerne machen.«

»Okay, gut. Und du geh jetzt endlich zurück zu Glenn. Wir sehen uns zum Frühstück.«

»Ich mach ja schon. Bis morgen, ich freue mich darauf, dich zu sehen.«

»Ich freue mich auch«, erwiderte Hope und hatte bereits aufgelegt.

Harmony machte, dass sie schnellstens zurück zu Glenn kam, und tatsächlich standen bereits die Teller mit dem köstlich duftenden Essen auf dem Tisch.

»Bitte verzeih«, sagte sie.

»Familie geht immer vor«, meinte Glenn, war aber anscheinend doch froh, dass sie endlich zurück war, denn er nahm sogleich eine Muschel in die Hand und schlürfte sie aus, als wäre so eine Auster das Köstlichste überhaupt.

Harmony dagegen aß ihr Ratatouille, das nur mittelmäßig gut war, und fast wünschte sie, sie hätte sich vorhin mit Kara und Kofi ein paar Tacos gegönnt.

5

Die aphrodisierende Wirkung der Austern hielt leider nicht, was sie versprach – zwanzig Minuten, nachdem sie in Glenns Wohnung angekommen waren, war das ganze Vergnügen auch schon vorbei.

Unbefriedigt lag Harmony neben ihm in seinem Bett und hoffte, er würde wenigstens noch dafür sorgen, dass sie sich ebenfalls gut fühlte. Als sie aber zu ihm rüberblickte, war Glenn bereits eingeschlafen.

Das darf ja wohl nicht wahr sein!, fluchte sie innerlich, stand auf und zog sich wieder an. Sie verließ die Wohnung, setzte sich in ihren Wagen und wusste, es gab nur einen Ort, wo sie jetzt hinwollte. Nur eine Person, die sie nach diesem Dilemma aufmuntern konnte.

Schnurstracks fuhr sie zu Lauren und rief sie auf dem Weg kurz an, ohne sich zu sorgen, ob sie überhaupt noch wach war. Denn natürlich war sie das. Die Frau schrieb nachts am besten, wie jeder wusste.

Wenig später öffnete ihre beste Freundin ihr die Tür und bat sie herein.

Harmony drückte sie ganz fest. »Danke, dass du Zeit für mich hast.«

»Du siehst echt schlimm aus«, war alles, was Lauren erwiderte.

»Na, vielen Dank.« Sie zog sich die High Heels aus und stellte sie auf die Matte in den Flur.

»Ich sag nur die Wahrheit.« Das stimmte, das tat Lauren immer. Und dafür liebte Harmony sie.

»Du siehst auch nicht so viel besser aus. Ehrlich gesagt wirkst du ein bisschen irre mit der wilden Frisur, als hättest du gerade drei Tage am Stück geschrieben, ohne dir die Haare zu kämmen. Oder die Klamotten zu wechseln.« Sie deutete auf den schwarzen Jogginganzug, der mehr als nur ein paar Flecken aufwies. Schokopudding ganz sicher, und … war das Senf?

»Das kommt in etwa hin«, erwiderte Lauren mit einem Grinsen. »Darf ich dir irgendwas anbieten?«

»Hast du was Starkes zu trinken da?« Sie folgte Lauren in die Küche.

»Klar. Hattest du einen harten Tag?«

»Eine harte Woche«, sagte sie und trank das Glas Scotch, das Lauren ihr unverzüglich reichte, auf ex.

»Willst du erzählen, was los war?« Lauren schenkte ihr nach, füllte sich selbst ebenfalls ein Glas und sie wanderten ins Wohnzimmer weiter.

Harmony ließ sich auf das riesige dunkelblaue Sofa fallen und wusste, ihrer besten Freundin konnte sie alles anvertrauen. Selbst wenn ihr bisher nicht danach gewesen war zu reden, war ihr auch klar, dass sie es nicht auf ewig in sich hineinfressen sollte. Also begann sie bei Glenn, der schon nach fünf Minuten schlappgemacht hatte und danach direkt eingeschlafen war. Dann erzählte sie von dem Pärchen, das sie heute so bewegt hatte. Sie berichtete von ihrer Mutter, mit der es im Moment besonders schwer war. Warum, wusste sie selbst nicht. Denn ihre Mom verhielt sich wie immer, mal davon abgesehen, dass sie ihre Klamotten nicht mehr sehr häufig wechselte. Aber das tat Lauren anscheinend auch nicht und es war kein Grund, sich darüber allzu große Gedanken zu machen. Vielleicht machte ihr die Tatsache zu schaffen, dass sie besonders in letzter Zeit einfach eine Mutter gebraucht hätte. Eine, mit der man reden und die einem Trost spenden konnte. Wie eine richtige Mutter es normalerweise tat. Und wenn sie ehrlich war, überkam sie manchmal sogar ein Gefühl von Wut, wenn sie zu viel darüber nachdachte, wie wenig ihre Mom für sie da war. Obwohl sie die Situation ja verstand und ihr nicht böse sein konnte, hatte sich über die Jahre etwas angestaut. Etwas, das sie jedes Mal Erleichterung verspüren ließ, wenn sie das Haus nach einem kurzen Besuch wieder verlassen konnte. Sie hatte nicht mehr das Bedürfnis, viel Zeit mit ihrer Mom zu verbringen oder gar sie zu einem gemeinsamen Essen zu überreden. Sie war da ganz anders als Hope, die noch immer nicht aufgab. Die an manchen Tagen fröhlich durch ihr Elternhaus fegte, ihrer Mutter irgendwelche Dinge erzählte, die sie nicht interessierten, und die am liebsten von morgens bis abends geblieben wäre – wenn Fernanda das denn gewollt hätte. Harmony wusste nicht, ob sie ihre Schwester dafür bewundern oder bemitleiden sollte.

»Ihr gebt euer Bestes«, sagte Lauren jetzt. »Mehr könnt ihr nicht tun.«

»Ja, ich weiß«, antwortete sie. Und schließlich teilte sie ihre Sorgen um Hope, die am kommenden Dienstag ihren Nachsorgetermin hatte.

»Glaubst du, es kommt etwas Negatives dabei raus?« Ihre Freundin schien ebenfalls bekümmert, denn sie kannte Hope immerhin fast ihr ganzes Leben lang.

»Ich habe ein merkwürdiges Gefühl. Vielleicht ist es nur die Angst, die einfach permanent da ist, oder die Erinnerung an frühere Krankenhausbesuche.«

»Dann denk doch bitte an den letzten Arztbesuch zurück, bei dem du dich genauso verrückt gemacht hast – und am Ende war alles bestens.«

»Ja, das stimmt. Aber diesmal ist es irgendwie anders. Hope meinte neulich, sie sei schlapp und … ich weiß nicht, ich kann einfach nicht anders, als mir Sorgen zu machen.« Denn so hatte es einst angefangen. Hope hatte sich müde und antriebslos gefühlt wegen der zu geringen Konzentration an roten Blutkörperchen, die die Leukämie mit sich brachte.

»Das liegt bestimmt nur am Wetter, es ist echt heiß zurzeit, das nimmt viele Leute gesundheitlich mit. Bestimmt machst du dir ganz unnötig Gedanken. Es wird sicher auch diesmal gut ausgehen«, sagte Lauren mit Zuversicht in der Stimme.

Harmony schmiegte sich an die Schulter ihrer Freundin und war unendlich froh, sie zu haben. Und dass sie immer für sie da war, sogar mitten in der Nacht.

»Ich hoffe es so sehr«, sagte sie, doch das mulmige Gefühl konnte ihr keiner nehmen, weder Hope noch Lauren. Und sie betete zu Gott, dass es sie trog und dass alles ein gutes Ende nehmen würde.

6

Sie erwachte am Morgen auf Laurens Couch und fühlte sich wie gerädert. Sie hatte viel zu viel Scotch getrunken und mochte überhaupt nicht aufstehen. Zum Glück war Samstag und sie konnte …

Moment mal! Es war Samstag! Irgendetwas war da, nur konnte sie sich nicht erinnern, weil ihr Kopf so dröhnte.

Dann fiel es ihr ein, sie stöhnte und suchte nach ihrem Handy, um auf die Uhr zu sehen. In der Hoffnung, dass es nicht schon Mittag war. Doch glücklicherweise war es erst zwanzig nach acht und sie würde es noch knapp schaffen, rechtzeitig zum Frühstück zu ihrer Schwester zu kommen – wenn sie es denn irgendwie hinkriegte, sich hochzurappeln.

»Guten Morgen, Schlafmütze«, sagte Lauren, die plötzlich im Raum stand und munter wie die Sonne wirkte.

»Wie kann es sein, dass du keinen Kater hast?«, fragte sie ihre Freundin. »Hast du nicht gestern genauso viel getrunken wie ich?«

»*Jeder* verträgt mehr als du«, antwortete Lauren mit einem Lachen.

Ja, das stimmte wohl, was auch der Grund dafür war, dass Harmony nie mehr als ein Glas Wein trank. Für gewöhnlich.

Gestern war eine Ausnahme gewesen und sie hatte es bitter nötig gehabt. Leider hatte sie nicht sehr viel weitergedacht und würde sich nun mit einem schweren Schädel herumschlagen müssen.

»Ich muss los«, sagte sie und versuchte erneut, sich aufzusetzen. Dabei schmerzten ihre Schläfen und sie stöhnte abermals.

Lauren runzelte die Stirn. »Wo willst du denn hin?«

»Zu Hope.«

»Oh. Aber willst du nicht wenigstens vorher noch frühstücken? Du solltest in diesem Zustand besser nicht gleich Auto fahren.«

»Das ist es ja: Ich bin mit Hope zum Frühstück verabredet. Um neun.«

»Das ist in einer halben Stunde«, sagte Lauren.

»Ich weiß!« Endlich stand sie auf. »Darf ich kurz unter deine Dusche?«

»Klar.«

»Und hast du vielleicht etwas zum Anziehen, das du mir ausleihen könntest?«

»Sei mir nicht böse, aber ich weiß ja nicht, ob du in meine Jeans reinpasst«, meinte Lauren. Und damit hatte sie natürlich recht, denn sie war zehn Zentimeter kleiner und weit zierlicher als Harmony.

»Hast du nicht irgendwas in Oversize? Ein Kleid oder so? Denn ich kann ja wohl schlecht in dem Outfit von gestern Abend zum Flohmarkt gehen.« Sie verzog das Gesicht.

»Ihr geht auf einen Flohmarkt? Wie cool! Wenn mein Abgabetermin nicht immer näher rücken würde, würde ich mich euch glatt anschließen.«

»Beim nächsten Mal vielleicht? Ich muss mich jetzt wirklich beeilen«, sagte sie und war schon auf dem Weg ins Bad. Sie fühlte sich ganz zu Hause, nahm sich ein Handtuch aus dem Regal und benutzte Laurens Duschgel. Das Haarewaschen ließ sie aus. Dann fand sie eine unbenutzte Zahnbürste in der Schublade und bediente sich an Laurens Wimperntusche und ihrem Lippenstift, obwohl sich beides auch in ihrer Handtasche befand. Aber so ging es schneller. Und um Viertel vor neun stand sie tatsächlich frisch wie der Tag wieder vor Lauren – in Unterwäsche.

»Hast du etwas für mich gefunden?«, fragte sie ihre Freundin.

Die hielt ihr zwei weite Kleider hin. »Schau mal, ob dir irgendwas davon passt.«

Harmony griff zu dem dunkelgrünen, formlosen Freizeitkleid, das sie an Lauren kannte und von dem sie glaubte, dass es funktionieren müsste. Zum Glück hatte sie recht, es war zwar etwas kurz, aber es passte. Dankbar gab sie Lauren einen Kuss auf die Wange. »Du bist die Beste! Wir reden später, ja?«

»Okay. Viel Spaß, und grüß Hope von mir.«

»Das mache ich.«

Sie schnappte sich ihre Handtasche, schlüpfte in ihre High Heels und lief die Treppen hinunter. Beim Auto angekommen, holte sie das alte Paar Sneakers aus dem Kofferraum, das sich da befand, seit ihr einmal ein betrunkener Obdachloser auf die Schuhe gekotzt und sie keinen Ersatz dabeigehabt hatte. Sie setzte sich auf den Fahrersitz und holte ihr Handy hervor, um erstens zu sehen, von wem die angezeigte Nachricht und die verpassten Anrufe stammten, und zweitens, um Hope Bescheid zu geben, dass sie sich ein wenig verspätete.

Die Nachricht hatte Paul geschickt, ihr Ex, der fragte, ob sie sich mal wieder verabreden wollten. Die verpassten Anrufe waren von Glenn. Harmony setzte das Handy in die Freisprechhalterung und wählte Hopes Nummer.

»Guten Morgen«, meldete sich ihre Schwester.

»Sorry, aber ich verspäte mich ein bisschen«, sagte sie, während sie auf die Straße fuhr.

»Uuuh, das heißt, das Date war gut? Hattest du eine lange Nacht?«, erkundigte sich Hope neugierig.

»Leider das genaue Gegenteil, aber das erzähle ich dir nachher in Ruhe.«

»Alles klar. Wann bist du ungefähr hier?«

»In zwanzig bis dreißig Minuten? Kommt auf den Verkehr an.«

»Kein Problem. Dann bereite ich schon mal das Frühstück zu. Hättest du lieber Waffeln oder Pancakes?«

Ihr wurde allein beim Gedanken an Essen übel, aber sie hatte sich nun mal zum Frühstück verabredet und es war ja nicht Hopes Schuld, dass sie zu viel getrunken hatte. Also sagte sie: »Pancakes klingen toll.«

»Pancakes sollen es sein. Bis gleich, Liebes.«

»Bis gleich.« Sie drückte Hope weg und wählte Glenns Nummer.

»Harmony? Danke, dass du zurückrufst.«

»Kein Ding. Was wolltest du denn?« Sie musste an den verkorksten Abend denken und daran, wie Glenn direkt nach dem Sex eingenickt war. Sehr schmeichelhaft übrigens.

»Mich entschuldigen. Ich … Das gestern ist mir ehrlich noch nie passiert. Es war eine anstrengende Woche, ich hatte viel zu wenig geschlafen und … Oh Mann, ich glaube, das kann man gar nicht entschuldigen. Ich wollte dich aber trotzdem wissen lassen, dass es mir ehrlich leidtut.«

Sie schüttelte den Kopf und seufzte. Das war zwar ganz sicher ihr letztes Date mit Glenn gewesen, böse sein wollte sie ihm aber auch nicht länger. »Entschuldigung angenommen.«

»Puh, danke.« Sie konnte ihm die Erleichterung anhören. »Vielleicht kann ich es ja wiedergutmachen?«

»Das ist wirklich nicht nötig, Glenn.«

»Doch, doch. Sag mir, was ich tun soll. Wir könnten den Abend wiederholen, wenn du magst. Wir könnten auch mal auf ein Doppeldate mit deiner Schwester gehen, falls sie einen Partner hat oder …«

Sie hatte das Gefühl, ihn unterbrechen zu müssen, da er es anscheinend nie verstehen würde. »Gib mir einfach bei unserer nächsten Begegnung in der Redaktion einen Latte macchiato aus, okay?«

»Wird gemacht! Mit Karamellsirup!«, sagte Glenn, weil er wohl irgendwie mitbekommen hatte, dass sie ihren Kaffee am liebsten so trank.

»Klar, gerne«, erwiderte sie.

»Super, dann sehen wir uns bei der Arbeit. Hab ein schönes Wochenende!«

»Danke, du auch.«

»Ich fahre mit meinen Neffen in den Freizeitpark, das wird bestimmt lustig«, erzählte er und Harmony seufzte innerlich.

»Viel Spaß!«, wünschte sie und drückte Glenn schnell weg.

Eigentlich war er ja gar kein schlechter Kerl, nur war er eben nicht das, was sie gerade im Leben brauchte. Das verpatzte Date sollte sie also am besten einfach abhaken, zumal es traurigerweise bei Weitem nicht das schlimmste der vergangenen zwölf Monate gewesen war. Ehrlich gesagt schaffte Glenn es nicht mal in die Top Drei! Viel schrecklicher war zum Beispiel das mit Tony gewesen, den sie auf einer Dating-Website kennengelernt hatte. Sie hatten sich für einen Outdoortag verabredet und waren an einem Sonntag im Februar durch die Sonora-Wüste gewandert. Eigentlich mochte Harmony die Natur, die verschiedenen Tier- und Pflanzenarten, die es zu entdecken gab. Aber Tony hatte plötzlich angefangen, nach Taranteln zu suchen, weil man die angeblich gut an die Tierhandlungen verkaufen konnte. Allein beim Gedanken daran, auf dem Heimweg das Auto mit einem Haufen Riesenspinnen teilen zu müssen, war Harmony ganz anders geworden. Sie hatte ihm gesagt, dass sie Magenschmerzen hatte und nach Hause wollte, und widerwillig hatte Tony sie zurückgefahren.

Ein anderes furchtbares Rendezvous hatte sie mit Jorge verbracht, mit dem ihre Kollegin Maria sie verkuppelt hatte. Jorge war Marias Bruder und sie fand, dass er und Harmony das perfekte Paar abgeben würden. Schon bei ihrem Kennenlernen aber hatte Jorge ihr gesagt, dass er mindestens vier Kinder wollte, zwei Jungen und zwei Mädchen. Er hatte sogar Namensvorschläge parat. Harmony hatte schneller Reißaus genommen, als Jorge die Namen aufzählen konnte.

Am allerschlimmsten aber war der Typ gewesen, den sie für eine ihrer Reportagen interviewt hatte – Colin, der eigentlich sehr nett gewirkt hatte. Er arbeitete in einer Obdachlosenunterkunft und hatte sie nach dem Interview zum Essen eingeladen. Allerdings bei sich zu Hause, da er gern für sie kochen wollte. Harmony hatte sich nichts weiter dabei gedacht, weil sie ja wusste, wie er hieß und wo er arbeitete, er war kein Fremder, der sie in seine Wohnung einlud, um ihr dort irgendetwas anzutun. Doch das hatte er! Denn er hatte ihr, obwohl sie ihm gesagt hatte, dass sie weder Fisch noch Fleisch aß, Innereien aufgetischt. Gebratene Hühnerherzen! Dazu Kartoffeln, grünen Spargel und eine Rotweinsoße, für die er stundenlang Leber, Mägen und Hälse der armen Tiere hatte köcheln lassen, wie er ihr stolz erzählte. Beim Anblick der Herzen auf ihrem Teller wurde ihr so übel, dass sie auf die Toilette rennen und sich übergeben musste. Colin verstand das gar nicht, da Innereien seiner Meinung nach kein richtiges Fleisch waren. Harmony aber hatte genug, verabschiedete sich und kaufte sich auf dem Heimweg eine Misosuppe, um ihren Magen zu beruhigen.

Und das waren nur die belanglosen Dates! Von den richtigen Beziehungen wollte sie gar nicht erst anfangen, denn dann würde sie den ganzen Tag lang brauchen, um all die enttäuschenden Dinge aufzuzählen, die ihr im Laufe ihres Lebens begegnet waren. Nicht ohne Grund hatte sie beschlossen, keine weitere Bindung einzugehen. Und Paul würde sie bestimmt nicht zurückrufen, denn ihn wiederzusehen, war nun wirklich das Letzte, was sie wollte.

7

Sie fuhr in die Auffahrt und hielt vor Hopes Haus. Ihre Schwester musste sie gehört haben, denn sie öffnete ihr die Tür, noch ehe sie sie erreichte. Als Harmony eintrat, wehte ihr der Duft von Pancakes entgegen und sofort bekam sie doch Appetit.

»Oh wow, riecht das gut«, sagte sie und umarmte Hope.

»Ich mache zwei Sorten: Schoko und Banane.«

»Du bist ein Schatz.«

Sie gingen in die Küche, wo gerade zwei Pfannkuchen in der Pfanne brieten. Harmony fragte, ob sie helfen könne, und Hope bat sie, Tee zu kochen.

»Kann ich mir einen Kaffee machen? Ich brauche dringend Koffein.«

»Ja, natürlich. Und nun erzähl schon! Wie war der Abend? Warum hast du verschlafen? Und wie geht es dir?«

»Oh, nicht so viele Fragen auf einmal! Ich bin total verkatert«, beichtete sie, während sie die Kapsel in die Maschine gab. »Weil das Date mit Glenn echt schrecklich war und ich mich danach bei Lauren betrunken habe.«

Hope holte eine Dose Aspirin aus dem Schrank und stellte sie ihr hin.

»Danke.«

»Warum war das Date mit Glenn denn so schrecklich?«

Sie wusste nicht, ob sie es Hope erzählen sollte, denn eigentlich hatte sie das Date doch abhaken wollen. Außerdem hielt ihre Schwester nicht viel von belanglosem Sex. Noch auf dem College hatte sie Asher geheiratet und war seitdem nie wieder intim mit einem anderen gewesen. Nicht einmal, als Asher nicht mehr da war.

Sie strich sich mit beiden Händen die Haare hinter die Ohren und seufzte. »Okay, wenn du es unbedingt wissen willst … Aber verurteile mich bitte nicht, mein Kopf schmerzt schon genug.«

»Werde ich nicht, versprochen«, sagte Hope, während sie die Pancakes aus der Pfanne nahm und neuen Teig hineingoss.

»Nach dem Restaurant bin ich noch mit zu ihm gegangen, wir haben miteinander geschlafen und dann … hat er geschlafen.«

»Wie meinst du das?«

»Er ist einfach eingepennt, nachdem … na, du weißt schon. Es war eine ganz schnelle Nummer und ich bin überhaupt nicht zum Zug gekommen.«

Hope musste sich ein Schmunzeln verkneifen.

»Das ist überhaupt nicht lustig!«, sagte Harmony. Sie hatte ja gewusst, dass es ein Fehler war, es Hope zu erzählen.

»Nein, das ist es wirklich nicht, da hast du recht. Allerdings könntest du langsam ein Buch über gefloppte Dates schreiben, oder?«

»Vielleicht sollte ich das tatsächlich tun. Es wäre bestimmt ein Bestseller, denn alle Frauen, denen es ergeht wie mir, würden es lesen und sich darin wiederfinden. Leider haben nämlich die meisten nicht das Glück wie du, die eine wahre Liebe zu finden.«

Sobald die Worte ausgesprochen waren, fühlte sie sich schlecht. Denn diese wahre Liebe hatte nun mal auch nicht ewig gehalten.

Doch Hope befühlte nur den Seesternanhänger ihrer Kette und lächelte. »Ja, ich durfte sie erleben und dafür werde ich immer dankbar sein.«

»Hope, es tut mir leid, ich wollte nicht unsensibel sein.«

»Ach, alles gut. Ich verstehe ja, was du meinst. Und ich wünsche dir von Herzen, dass du dem Richtigen ebenfalls endlich begegnest.« Sie nahm die letzten beiden Pancakes aus der Pfanne, stapelte sie auf die bereits fertigen und stellte den Teller in die Mitte des Tisches.

Harmony wusste nicht, warum, aber sie hatte plötzlich Tränen in den Augen. Weil ihre Schwester so tapfer war. Obwohl sie so viel durchmachen musste und so viel verloren hatte, glaubte sie noch immer an das Gute auf Erden.

»Danke, Hope«, war alles, was sie sagen konnte, auch wenn sie persönlich den Glauben an die Liebe schon längst aufgegeben hatte.

Denn selbst wenn man sie fand, war sie ja doch nicht von Dauer.

Sie nahm sich zwei Pancakes, kippte ein bisschen Ahornsirup darüber und nahm einen Bissen. Das Schlucken fiel ihr schwer und ihr Kopf dröhnte unablässig. Hope aß ebenfalls. Heute hatte sie auf die Perücke verzichtet, die sie seit der ersten Chemo meistens trug. Allerdings waren ihre Haare ein ganzes Stück gewachsen, sodass sie sich inzwischen ohne raustraute.

Während Harmony kaute, wanderte ihr Blick zu dem Foto, das auf dem Küchenregal stand und auf dem ihre Schwester noch langes, welliges Haar hatte. Es war nur eines der vielen eingerahmten Bilder von Hope und Asher, die im gesamten Haus verteilt waren. Dieses zeigte sie an einem Strand in Florida, sie hielten jeder einen Seestern in die Kamera und wirkten unglaublich glücklich.

Dreizehn Jahre waren sie es gewesen: überglücklich. Die beiden hatten das perfekte Eheleben geführt, waren das harmonischste Paar, dem Harmony je begegnet war. Das Einzige, was ihnen gefehlt hatte, waren Kinder. Sosehr sie es auch versuchten, Hope wollte einfach nicht schwanger werden. Und deshalb sparten sie auf eine künstliche Befruchtung hin, die um die zwanzigtausend Dollar kosten konnte, wenn man Medikamente, Ultraschalluntersuchungen und alles andere mit einberechnete. Gerade als sie mit dem Prozess beginnen wollten, begann die Covid-Pandemie und die Behandlung wurde verschoben. Gleich im ersten Jahr steckte Asher, der unter einer chronisch obstruktiven Lungenerkrankung litt, sich an und kam zur Behandlung ins Krankenhaus. Damals waren die richtigen Medikamente noch nicht entwickelt und wie so viele Amerikaner und Menschen weltweit überlebte Asher das Virus nicht. Da Besuche auf der Intensivstation nicht gestattet waren, konnte Hope in seinen letzten Tagen und Stunden nicht bei ihm sein und sie sah ihren geliebten Mann erst bei seiner Beerdigung wieder.

Für Hope war es schlimm. Eine Welt brach für sie zusammen, doch das sollte noch nicht genug an Kummer und

Schmerz gewesen sein. Nur anderthalb Jahre darauf begann Hope unter extremer Müdigkeit und Abgeschlagenheit zu leiden. Sie ging zum Arzt und erfuhr nach einigen Untersuchungen, dass sie unter akuter myeloischer Leukämie litt, einer besonders aggressiven Art von Blutkrebs, die durch die bösartige Veränderung einer unreifen myeloischen Vorläuferzelle, also einer Blutstammzelle im Knochenmark, entsteht. Diese beginnt, sich ungebremst zu vermehren, breitet sich durch die Blutbahn im ganzen Körper aus und befällt schließlich andere Organe. Zum Glück war die Krankheit bei Hope noch nicht weit fortgeschritten und konnte mit Chemotherapie behandelt werden. Hope musste ein paar Wochen im Krankenhaus verbringen und besiegte den Krebs. Als Harmony sie zurück nach Hause brachte, hatte sie einen Moment lang das Gefühl, ihre Schwester bedauere, es überlebt zu haben.

Vielleicht wäre es ihr ebenso ergangen. Womöglich machte das Leben einfach keinen Sinn mehr ohne diesen einen Menschen an seiner Seite. Den Menschen, der einem am wichtigsten war – seine zweite Hälfte.

Harmony trennte ein weiteres Stück Pancake mit der Gabel ab und führte es zum Mund. Sie kaute und schluckte zusammen mit dem süßen Teig ein paar bittere Tränen herunter. Und als sie wieder zu ihrer Schwester sah, die ungewohnt still war, wusste sie, dass es ihr genauso erging.

8

Auf dem Weg zum Flohmarkt waren sie schon wieder besserer Laune. Hope erzählte von ihrem Schmuckladen, von den Touristen und von ihrer Nachbarin Judy, die jetzt Dessous-Partys veranstaltete.

»So wie diese Tupper-Partys, oder? Ich hab das mal im Fernsehen gesehen.«

»Genau. Sie hat mich zur nächsten eingeladen, aber wozu sollte ich mir denn schicke Unterwäsche kaufen?«, meinte Hope.

»Na, für dich selbst. Damit du dich schön fühlst.«

»Ach, ich mag mich genauso gern in meinen Unterhosen von Walmart«, erwiderte Hope amüsiert und Harmony lachte mit.

»Was trägst du da eigentlich für ein Kleid? Ist das neu?«, erkundigte sich Hope.

»Nein, das gehört Lauren. Ich wollte nicht in meinem sexy Outfit von gestern Abend zum Flohmarkt gehen.«

»Vielleicht hätten wir auf diese Weise bessere Preise bekommen.« Hope schien richtig guter Stimmung und wirkte zum Glück ganz fit, wenn auch ein wenig blass.

»Du, sag mal, fühlst du dich eigentlich immer noch schlapp?«

Hope druckste herum. Dann rief sie: »Oh, guck mal, die Fressbuden! Da gibt es sogar Maiskolben, die magst du doch so.« Das stimmte, und nicht nur, weil Maiskolben sie an ihren Dad erinnerten. Der hatte stets welche für sie gegrillt, wenn er ein Barbecue veranstaltet hatte. Dan Roberts war ein wahrer Grillmeister gewesen, ein gekonnter Handwerker und ein verständnisvoller Vater. Seine Augen waren ozeanblau, Hope hatte sie von ihm geerbt. Harmony dagegen hatte dieselben tiefbraunen Augen ihrer Mutter. Aber das war gerade alles nicht von Bedeutung.

»Lenk bitte nicht ab, Hope, und sag mir die Wahrheit. Wie geht es dir? Bist du erschöpft? Müde?«

»Hin und wieder«, gab Hope zu.

»Was ist mit Appetitlosigkeit? Hast du abgenommen?« Sie betrachtete ihre Schwester von oben bis unten, allerdings war Hope seit ihrer Krankheit eh nur noch ein Schatten ihrer selbst.

»Ich habe Appetit. Du hast mich doch Pancakes essen sehen, oder?«

»Hab ich. Trotzdem mache ich mir Sorgen. Hast du etwa auch Knochenschmerzen? Nasenbluten?« Diese Symptome hatten sie beide Male sehr stark begleitet, besonders Letzeres.

»Mir geht es gut, Mony. Jetzt hör auf, dich zu sorgen, und lass uns den Tag genießen, ja? Bitte.«

Obwohl sie ihrer Schwester nicht zu hundert Prozent glaubte, nickte Harmony und beschloss, dass sie es ihr abnehmen musste. Weil sie sich sonst nur völlig verrückt machen würde. Am Dienstag würden sie ja mehr erfahren. Heute sollten sie einfach einen schönen Tag haben – weil jeder Tag zählte.

Hope hakte sich bei ihr ein und zusammen schlenderten sie an den Buden vorbei, die neben den Maiskolben noch Hotdogs, Corn Dogs, Mozzarella Sticks, Tacos und Churros anboten. Sie erreichten die ersten Flohmarktstände und sahen einander grinsend an.

»Ich habe das Gefühl, als würde ich heute den besten Fund machen«, meinte Hope und damit könnte sie recht haben. Denn sie gewann ihr Spiel fast immer.

Aber Harmony wollte sich nicht schon zu Beginn geschlagen geben, nicht, bevor sie nicht wenigstens versucht hatte, auch einmal das hässlichste Stück zu ergattern.

Denn das war ihre Tradition.

Als sie noch Kinder waren, war ihre Mom nur zu gern auf Flohmärkte gegangen und hatte sie mitgenommen. Und sie hatte ihnen gesagt, dass sie Ausschau nach dem Besonderen halten und versuchen sollten, in allem das Schöne zu sehen. Harmony und Hope hatten daraufhin angefangen, die Stände nach den allerhässlichsten Gegenständen abzusuchen, um ihrer Mutter zu beweisen, dass eben nicht in allem etwas Schönes zu finden war. Doch egal, was sie ihr zeigten, Fernanda hatte die Gabe, etwas Wunderbares darin zu sehen. Bis heute machten die Schwestern sich einen Spaß daraus, die abscheulichsten Dinge aufzustöbern, und wer das Grässlichste, Hässlichste, Erschreckendste von allen gefunden hatte, war der Sieger.

Sogleich gingen sie also die Stände einen nach dem anderen ab und hielten die Augen weit offen.

»Oh, guck mal, der Clown da. Der ist so gruselig, dass er jedem Kind einen Albtraum bescheren würde. Vielleicht sogar allen Erwachsenen.« Hope deutete zu einem Porzellanclown mit einer roten Nase, dessen Farbe bereits zur Hälfte abgeblättert war und der echt schräg grinste, was ihn richtig Furcht einflößend aussehen ließ.

»Okay, das ist schon mal ein guter Anfang«, erwiderte sie. »Aber ich glaube, ich finde etwas Besseres.«

»Na, dann viel Glück!«

Gleich am übernächsten Stand entdeckte Harmony eine uralte David-Hasselhoff-Puppe, die nur noch einen Arm hatte. Als sie sie in die Hand nahm und drückte, ertönte der Song »Looking for Freedom«, leiernd und krächzend.

»Oh Gott, das ist ja grauenvoll!«, lachte Hope. »Und das toppt den Clown allemal.«

Stolz grinste Harmony vor sich hin. Sie legte David Hasselhoff zurück und sie schritten voran. Im weiteren Verlauf fanden sie zum Glück auch ein paar nette Sachen. Hope zum Beispiel kaufte sich eine hübsch bemalte Gießkanne für ihre Veranda. Und Harmony fand noch unbenutzte braun gemusterte Kissenbezüge, die super zu ihrer beigefarbenen Couch passen würden.

Schließlich stieß Harmony auf das wohl Hässlichste, was der Markt zu bieten hatte: ein Tellerset, das mit verschiedenen Insekten und Spinnen bemalt war, sogar mit ein paar Taranteln, die sie direkt wieder an Tony und das Wüsten-Date erinnerten.

»Wer will denn von solch einem Teller essen?«, fragte sie angewidert.

»Ich weiß es nicht. Und ich glaube, nicht einmal Mom könnte in denen irgendetwas Schönes sehen.«

Sie kickte einen winzigen kaputten Barbie-Schuh weg, den sie auf dem Weg entdeckte. »Es ist so schade, dass Mom selbst auf keine Flohmärkte mehr geht. Sie hat das damals echt geliebt.«

»Ja, das ist wirklich schade«, stimmte Hope ihr zu. »Ich würde sie auch gerne mal zu mir einladen, mit ihr auf meiner Veranda sitzen und ein Eis essen. Aber das sind nur Wunschträume, das wissen wir beide.«

Harmony überlegte. »Ich habe keine Ahnung, wann Mom überhaupt das letzte Mal draußen war.«

»Das muss vor ungefähr acht Wochen gewesen sein, als ich sie zum Zahnarzt gefahren habe.«

»Kannst du dir vorstellen, acht Wochen lang dein Haus nicht zu verlassen?« Für sie selbst war der Gedanke entsetzlich.

Hope schüttelte den Kopf. »Nein. Aber ich mag es ja auch, unter Menschen zu sein. Die einzigen Leute, die Mom um sich haben will, sind die Figuren aus ihren Telenovelas.«

»Sie schaut sich nicht einmal mehr den Gottesdienst an, oder?« Nachdem sie aufgehört hatte, in die Kirche zu gehen, hatte Fernanda die Predigt jeden Sonntagmorgen im Fernsehen verfolgt, das war ihr sehr wichtig gewesen.

»Ich glaube nicht.«

Harmony nickte. »Na ja, solange sie uns noch sehen mag, brauchen wir uns keine allzu großen Sorgen zu machen, denke ich.«

»Du hast recht. Wir sollten einfach dankbar sein, dass sie gesund ist. Und glücklich in ihrer eigenen kleinen Welt.« Hope sah trotz ihrer Worte traurig aus und Harmony wusste, dass sie schon oft daran gedacht hatte, ihre Mutter zu sich zu holen. Allerdings würde niemand Fernanda je dazu bewegen können, ihr geliebtes Haus zu verlassen, in dem sie einst so glücklich gewesen war und das noch immer voller Erinnerungen steckte.

»Vielleicht, ja.«

Sie dachte an ihre Mutter und an all die obdachlosen Frauen in ihrem Alter, denen sie in den letzten Wochen begegnet war. »Wenigstens hat sie ein Haus. Es gibt genügend Menschen, die auf der Straße leben müssen.«

»Ich weiß und das ist unwahrscheinlich traurig. Hast du denn wieder welche getroffen und interviewt?«, wollte Hope wissen.

»Gestern erst. Als ich von Mom kam, saß da dieses junge Pärchen vor einem Spirituosenladen in der Sonne. Ich habe direkt angehalten und ihnen etwas zu trinken gebracht.«

Liebevoll sah Hope sie an. »Du hast dein Herz wahrlich am rechten Fleck, Schwesterchen.«

Sie winkte ab. »Ach, das war doch gar nichts. Ich habe mich dann mit ihnen unterhalten und sie haben in ihrem jungen Alter schon so viel durchmachen müssen. Das Mädchen erzählte, dass ihre Schwester letzten Winter von einem Junkie niedergestochen wurde, weil er Geld für Drogen brauchte. Dabei hatte sie gerade mal sechs Dollar dabei. Sie war fünfzehn.«

Hope schüttelte betrübt den Kopf. »Es wird wirklich immer schlimmer. Manchmal wünschte ich, ich könnte an einem anderen Ort leben. Irgendwo, wo die Kriminalität nicht so stark ausgeufert ist.«

»Gibt es denn überhaupt noch solche Orte auf der Welt? Ist es nicht überall schlimm geworden?«

Hope zuckte die Schultern. »Es gibt bestimmt ein paar Kleinstädte, wo Idylle und Frieden zu finden sind.«

»Vielleicht in einer von Moms Serien«, sagte sie, weil sie nicht daran glaubte, dass diese Märchenorte heutzutage noch existierten.

Hope seufzte. »Lass uns von was Schönerem reden, ja? Oder lass uns etwas zu essen holen. Einen Maiskolben vielleicht?«

Harmony lächelte ihre Schwester an. »Eine gute Idee.«

»Wer hat denn nun eigentlich unser Spiel gewonnen?«, fragte ihre Schwester auf dem Weg zum Foodtruck. Und obwohl Harmony fand, die Teller konnte wirklich nichts an Hässlichkeit übertreffen, sagte sie: »Ich glaube, dein Clown war das Gruseligste, also gebührt der Sieg dir.«

Hope strahlte vor sich hin. Und sie sah aus, als hätte sie keine Sorgen auf der Welt.

9

Am Dienstag um kurz vor zehn trafen sie sich vor dem Hämatologisch-onkologischen Zentrum. Harmony hatte die ganze Nacht nicht schlafen können, weil sie solche Angst davor hatte, dass wieder etwas Schlimmes bei diesem Besuch herauskommen würde. Dabei fanden heute ja nur die Untersuchungen statt. Zuerst würde Hope allerdings ein Gespräch mit ihrer Ärztin führen.

Als sie im Wartezimmer saßen, fragte sich Harmony, warum ihre Schwester nur so ruhig wirkte. Fürchtete sie sich denn gar nicht? Um ihre eigene Unsicherheit zu überspielen, erzählte sie Hope irgendwelche Dinge, die ihr in den Sinn kamen.

»Der Krankenhausparkplatz war voll, ich hab mich vor den Hundesalon auf der anderen Straßenseite gestellt.«

»Oh. Ich hab noch einen bekommen.«

»Glück gehabt.«

»Ja.«

»Paul hat mich angeschrieben, kannst du es glauben? Er will unbedingt mit mir ausgehen.«

»Paul? Ist das dein Ernst?« Hope machte große Augen.

»Ich hab ihn natürlich abblitzen lassen«, sagte sie. Denn erneut mit diesem Egoisten anzubandeln, war das Letzte, was sie wollte. Zu gut erinnerte sie sich an das Ende ihrer Beziehung …

Harmony hatte die Grippe gehabt und sie hatte in eine Decke gehüllt mit einem Tee und einer Packung Kleenex auf der Couch gelegen. Paul rief sie an, um sich nach ihrem Befinden zu erkundigen.

»Mir ist ziemlich elend und ich langweile mich zu Tode. Magst du nicht vorbeikommen?«, fragte sie.

»Und wozu?«

»Um mir ein bisschen Gesellschaft zu leisten? Und mir eine Misosuppe zu bringen? Ich glaube, die würde mir wirklich guttun.« Sie hatte schon vor einer Weile befunden, dass Misosuppe ein Geheimmittel gegen jegliche Arten von Unwohlsein war.

Paul druckste herum. »Sorry«, sagte er schließlich. »Aber ich will mich echt nicht bei dir anstecken.«

»Du könntest viel Abstand zu mir halten.«

»Nein, das ist mir zu riskant. Ich habe morgen einen wichtigen Termin im Gericht.«

Sie seufzte. »Könntest du mir wenigstens die Suppe vor die Tür stellen?«

»Ich komme, wenn du die Grippe überstanden hast, okay?«, erwiderte Paul schlicht und beendete das Gespräch.

Hope hatte sich damals schrecklich darüber aufgeregt, erinnerte sich Harmony. Und sie war selbst gekommen, um ihr eine Suppe zu bringen, eine selbst gemachte noch dazu. Kurz darauf war Schluss gewesen mit Paul, denn wenn ein Mann nicht für dich da war, wenn du ihn am nötigsten brauchst, wozu war er dann überhaupt gut?

»Gut«, sagte Hope jetzt. »Lass dich bitte nicht wieder auf ihn ein. Du hast jemand viel Besseren verdient.«

»Ja«, erwiderte sie seufzend. Eines Tages vielleicht.

»Ich habe deinen Artikel über Lesley gelesen. Er ist unglaublich gut geworden. Sehr bewegend«, meinte Hope, die ein Abo für die Onlineausgabe des *Phoenix Eagle* hatte und immer gleich Harmonys neueste Beiträge las.

»Danke«, sagte sie und musste an Wayne denken, der gestern bei der Redaktionskonferenz ebenfalls sehr angetan gewesen war. Vor allem über das hervorragende Leserfeedback. Er hatte ihr für diese Woche nur ein paar kleinere zusätzliche Aufgaben erteilt – zum Beispiel eine Glosse über die Wasserverschwendung der Golfplätze, die ihren Rasen grün halten wollten. Harmony hatte sie bis Redaktionsschluss fertig gehabt und sie war zugegebenermaßen ziemlich zynisch geworden. Ansonsten sollte sie sich laut Wayne voll auf den nächsten Obdachlosen-Beitrag konzentrieren.

Sie war bereits mittendrin im Bericht über die junge Mutter namens Heather, die mit ihren Kindern auf der Straße lebte. Das Foto zu diesem Artikel würde ein besonders trauriges sein, weil Heather ihrer Tochter und sich selbst die Haare raspelkurz geschnitten hatte. »Das ist einfacher, wenn man sie sich irgendwo am Waschbecken wäscht«, war ihre Erklärung gewesen, während sie Harmony zu einer Tankstelle gebracht hatte, deren Besitzer sie hin und wieder das Bad benutzen ließ.

Sie schwiegen eine Weile. Irgendwann fragte Hope: »Fährst du später noch zu Mom?«

»Ich war bereits heute Morgen da.« Sie wollte sich den Nachmittag für Hope freihalten, denn sie wusste ja nicht, was auf sie zukommen würde. »Ich habe ihr Yuccas gebracht, um die hatte sie mich neulich gebeten.«

»Ach, tatsächlich?« Hopes Überraschung kam nicht von ungefähr, da ihre Mom ja beinahe nie einen Wunsch äußerte. Außer dass man die Gardinen zuziehen möge oder leiser sein solle, damit sie ihrer Serie folgen konnte.

»Ja. Sie will wohl mal wieder …«

»Mrs. Tunney?«, wurde sie von einer der Arzthelferinnen unterbrochen. »Dr. Logan ist jetzt bereit für Sie.«

Sie erhoben sich beide. Hope ging voran in das Sprechzimmer, Harmony folgte.

Dr. Stefanie Logan saß an ihrem großen Eichentisch und lächelte breit, als sie eintraten. »Mrs. Tunney. Wie schön, Sie zu sehen.«

Hope lächelte zurück und setzte sich, Harmony nahm auf dem freien Stuhl daneben Platz.

»Guten Morgen, Dr. Logan«, entgegnete Hope. »Sie erinnern sich an meine Schwester, Harmony Roberts?«

»Aber natürlich.« Die Ärztin lächelte nun auch ihr zu. Wobei das ganze Gelächle Harmony irgendwie fehl am Platz vorkam. Denn sie waren ja aus einem sehr ernsten Grund hier.

»Guten Morgen«, wünschte sie – ohne die Lippen zu verziehen.

Dr. Logan wandte sich wieder Hope zu. »Wie ist es Ihnen in den letzten Monaten ergangen?«

Hope sprach nicht gleich. Sie schien zu überlegen und antwortete dann: »Nicht so gut. Ich fühle mich in letzter Zeit ziemlich schlapp und müde. Und ich hatte ein paarmal Nasenbluten.«

Harmony starrte ihre Schwester schockiert an. *Warum hast du mir das vorenthalten?*, hätte sie sie am liebsten gefragt, doch sie wollte hier keine Szene machen und lieber abwarten, was Dr. Logan dazu zu sagen hatte.

Die nahm auch gleich einen besorgten Blick an. »Wie lange fühlen Sie sich schon erschöpft?«

Hope zuckte die Schultern. »Ein paar Wochen. Vielleicht fünf oder sechs?«

Harmony konnte gar nicht glauben, was sie da hörte.

»Und das Nasenbluten? Seit wann kommt das vor und wie häufig?«

»Seit zwei, drei Wochen, würde ich sagen, und … ziemlich oft, ich habe nicht mitgezählt.«

Ernst betrachtete die Ärztin Hope. Sie hatte langes, wallendes blondes Haar und sah eher aus wie ein Model als wie eine Ärztin, dachte Harmony. Und dann fragte sie sich, warum ihre Gedanken nur so abschweiften. Etwa weil sie dem eigentlichen Thema nicht gewachsen war?

»Wie sieht es mit Hämatomen aus?«

»Nein.« Hope schüttelte den Kopf. Blaue Flecken hatte sie auch die anderen beiden Male nur selten gehabt.

»Knochenschmerzen?«

»Hin und wieder.«

»Fieber oder Nachtschweiß?«

»Ja, manchmal.«

»Bauchschmerzen?«

Hope nickte.

»Warum sind Sie nicht schon viel früher zu mir gekommen, Mrs. Tunney?«, fragte die Ärztin, jedoch nicht vorwurfsvoll, sondern eher neutral. »Wir hatten abgesprochen, dass Sie sich melden würden, sobald sich erneut Anzeichen eines Rückfalls bemerkbar machen.«

Rückfall … dieses Wort brachte Harmony völlig aus der Fassung. In ihr brach innerhalb von einer Sekunde ein Vulkan aus, dessen Lava sich in ihrem ganzen Körper verteilte. Sie hatte das Gefühl, ohnmächtig zu werden, wollte aber stark sein, für Hope. Und deshalb nahm sie jetzt ihre Hand und hielt sie fest, um ihr zu zeigen, dass sie für sie da war. Dass sie immer für sie da sein würde, was auch kommen mochte.

»Ich glaube, ich wollte einfach noch ein bisschen unbeschwerte Zeit haben, bevor …«

»Meine Güte, Hope!«, entfuhr es Harmony.

Dr. Logan sah nun zu ihr und wieder zu Hope. »Wenn ich das richtig interpretiere, dann haben Sie nicht einmal Ihrer Schwester von Ihren Symptomen erzählt?«

»Na ja, ich …«

»Du hast mir nur gesagt, du wärst ab und zu ein wenig schlapp, dass das aber sicher nur von der Hitze kommt«, unterbrach sie ihre Schwester. Weil sie jetzt wirklich nicht länger still dasitzen konnte. Das durfte doch alles nicht wahr sein, oder? Wurden gerade ihre schlimmsten Befürchtungen wahr?

»Bitte versuchen Sie, die Ruhe zu bewahren, Miss Roberts«, bat die Ärztin.

»Entschuldigung, ich … fühle mich nur gerade ganz schön überrumpelt. Und außen vor. Warum hast du denn nichts gesagt, Hope?«

Hope schaute sie an, jedoch nicht entschuldigend, sondern noch immer irgendwie … ruhig und gefasst.

»Weil ich wie gesagt einfach nur ein paar letzte unbeschwerte Wochen wollte. Ein bisschen Frieden, verstehst du das denn nicht?« Hopes Worte klangen irgendwie beängstigend. Als würde sie nicht meinen *vor der Therapie*, sondern *bevor ich sterbe*. Harmony lief ein kalter Schauer über den Rücken.

Hope blickte die hölzerne Eidechse auf dem Tisch von Dr. Logan an, während die Ärztin sich erhob und neben sie stellte.

»Mrs. Tunney, Sie wissen, dass jeder Tag zählt. Dass es darauf ankommt, den Krebs frühzeitig zu entdecken und dagegenzuwirken.«

Hope hatte fast so etwas wie ein spöttisches Lächeln im Gesicht. »Dagegenzuwirken? Ein weiteres Mal? Glauben Sie denn wirklich, das bringt noch etwas?«

»Aber natürlich! Wenn tatsächlich das eingetroffen sein sollte, was ich befürchte, müssen wir es wenigstens versuchen. Sie haben es schon zweimal geschafft, Sie könnten auch ein weiteres Mal erfolgreich sein.«

Genau!, dachte Harmony. *Gib jetzt bloß noch nicht auf!*

Hope sagte gar nichts und Dr. Logan fuhr fort. »Es ist ja überhaupt nichts sicher. Lassen Sie uns jetzt, wie sowieso geplant, die Blutabnahme und die Knochenmarkspunktion vornehmen. In einigen Tagen wissen wir dann mehr.«

Harmony hatte keine Ahnung, wie sie diese Tage überstehen sollte. Sie sah erneut zu Hope, die wirkte aber noch immer so, als würde es hier gar nicht um sie gehen. Völlig gelassen saß sie da.

Dr. Logan checkte Hopes Blutdruck, der viel zu niedrig war, gab ihr einen Termin für Freitag und wünschte ihr von Herzen alles Gute.

Während Hope daraufhin Blut und Knochenmark entnommen wurden, saß Harmony im Gang und konnte nicht fassen, was hier gerade passierte. Hope war wieder krank, litt sogar wieder unter Nasenbluten. Vielleicht lag es an etwas anderem, womöglich war es wirklich nur die Hitze oder Stress oder eine andere Krankheit, aber das war sehr unwahrscheinlich, oder? Und was war eigentlich mit Hope los? Wieso nahm sie das Ganze nicht mehr mit? Verstand sie überhaupt, was hier gerade geschah?

»Ich kapier das alles nicht«, sagte Harmony, als sie das Krankenhaus eine Stunde später verließen.

»Was kapierst du nicht? Der Krebs ist zurück, das ist doch nicht so schwer zu begreifen«, erwiderte Hope.

Sprachlos starrte sie ihre Schwester an.

»Können wir bitte erst mal die Ergebnisse abwarten?«, fragte sie. »Ich komme am Freitag mit und dann sehen wir weiter, okay? Egal was auch passiert, wir werden das durchstehen. Hope, hörst du mich?«

Hope wirkte abermals ganz abwesend. Als sie aber sah, dass Harmony sie fragend, ja fast flehend anblickte, nickte sie. »Okay, wir sehen uns Freitag.«

»Ist das dein Ernst? Ich lasse dich jetzt bestimmt nicht allein. Ich fahre dich nach Hause. Du solltest dich besser nicht ans Steuer setzen.«

»Wir sind mit zwei Autos hier«, erinnerte Hope sie.

»Ist doch scheißegal! Wir nehmen deinen Wagen und ich rufe mir später einen Uber, der mich zu meinem zurückbringt.«

»Bist du sicher? Nicht, dass du abgeschleppt wirst.«

Nun den Tränen nahe, schüttelte sie den Kopf. »Das ist alles nicht wichtig, Hope. Der Krebs ist vielleicht wieder zurück.«

Jetzt schaute Hope ihr direkt in die Augen. »Ich weiß.«

10

Eine halbe Stunde später erreichten sie Scottsdale. Harmony parkte vor Hopes Haus und sie gingen hinein. Hope fragte, ob sie auch ein Zitroneneis wolle, und ging in die Küche.

Jetzt brach Harmony endgültig zusammen. Sie setzte sich an den Küchentisch und ließ ihren Tränen freien Lauf.

»Was ist denn los?«, fragte Hope. »Ich dachte, du liebst Zitroneneis? Ich habe es extra für dich gekauft.«

Völlig fertig blaffte sie ihre Schwester an. »Checkst du denn gar nichts? Stehst du unter Schock oder so? Ich erkenne dich nämlich gerade nicht wieder.«

Hope, die schon die Gefrierschranktür geöffnet hatte, schloss sie, ohne das Eis herausgenommen zu haben. Sie setzte sich zu ihr an den Tisch und erwiderte ihren Blick. »Ich sehe sehr klar, Mony. Ich muss auch die Ergebnisse nicht abwarten, um zu wissen, dass der Krebs zurück ist.«

»Aber das ist doch noch gar nicht sicher.«

»Ich kenne meinen Körper. Ich habe das bereits zweimal durchgemacht. Und ich weiß, du kannst das nicht verstehen, aber ich will nicht mehr kämpfen.«

»Was heißt das, du willst nicht mehr kämpfen?« Sie griff nach der Rolle Küchenpapier, um sich die Nase zu putzen.

»Das heißt, dass ich mich keiner weiteren Chemotherapie unterziehen werde. Ich will das nicht noch mal durchmachen, die Übelkeit, den Haarausfall, die Schmerzen …«

Erschrocken starrte sie Hope an. »Aber es könnte wirklich etwas bringen, vor allem mit einer verbundenen Stammzelltransplantation. Ich stelle mich gern erneut zur Verfügung.« Auch bei Hopes erstem Rückfall hatte Harmony Stammzellen spenden können, da zum Glück genügend ihrer HLA-Merkmale mit denen ihrer Schwester übereinstimmten. Die Stammzellen waren ihr unter Vollnarkose aus dem Knochenmark entnommen worden und sie war danach zwei Wochen lang ausgeknockt gewesen, doch sie würde es jederzeit wieder tun. Für Hope würde sie *alles* tun.

»Das würde nur von Neuem lange Krankenhausaufenthalte mit sich bringen«, meinte Hope. »Und wer weiß, ob es überhaupt etwas bewirken würde. Bei mir scheint der Krebs ja unablässig zurückzukommen, es ist wohl einfach mein Schicksal.«

Verzweifelt schüttelte Harmony den Kopf und traute sich kaum zu fragen: »Und was willst du dann? Wenn du nicht ins Krankenhaus willst? Wenn du nicht mehr kämpfen willst?«

Hope stand auf und nahm das Foto vom Regal, das sie mit Asher am Strand zeigte. Das Foto aus Florida.

»Ich will die Zeit, die mir bleibt, an dem Ort verbringen, der mir der liebste auf Erden ist.«

»Du meinst Key West?« Auf der Insel hatten Hope und Asher ihre Flitterwochen verbracht. Sie hatten Delfine beobachtet und jeden Tag Cocktails getrunken – die beste Zeit ihres Lebens, hatten beide so oft gesagt.

Hope hatte nun selbst Tränen in den Augen. »Ich kann mir nichts Schöneres vorstellen.«

»Weil du dich Asher dort nah fühlen würdest?«

»Ja. Und weil ich nicht in einem Krankenhaus- oder Hospizbett sterben möchte, sondern dort, wo ich immer am glücklichsten war.«

»Oh, Hope«, sagte sie, erhob sich nun ebenfalls und umarmte ihre Schwester.

Lange standen sie da und hielten einander umschlungen. Als Hope sich von ihr löste, sagte sie erneut: »Ich weiß, du kannst das nicht verstehen, aber ich muss das tun. Für meinen Seelenfrieden.«

»Natürlich verstehe ich deine Beweggründe, Hope. Aber ich weiß nicht, ob ich das zulassen kann. Ich meine, ich kann dich doch nicht einfach ziehen lassen, um zu sterben.«

Jetzt blickte Hope sie mit einer Bitte im Blick an. »Und deshalb wollte ich dich fragen, ob du mich begleiten würdest.«

Harmony musste einmal tief durchatmen, um das überhaupt alles aufnehmen zu können. Hope wollte, dass sie mit nach Florida kam, um ihr beim Sterben zuzusehen?

»Ich weiß nicht, Hope. Ich weiß nicht. Das ist gerade zu viel für mich, ich …«

»Du musst dich nicht gleich entscheiden. Nenn mir am Freitag deine Antwort, wenn wir uns im Krankenhaus wiedersehen.«

»Was wird Dr. Logan davon halten?«, fragte sie, weil sie sich nicht vorstellen konnte, dass eine Krebsärztin ihrer Patientin gestatten würde, eine Behandlung abzulehnen.

»Das ist nicht von Wichtigkeit. Es geht hier allein um mich und um das, was ich will«, sagte Hope entschlossen.

Harmony nickte, putzte sich erneut die Nase, und fragte: »Kann ich jetzt bitte doch etwas von dem Eis haben?«

Hope schenkte ihr ein Lächeln. »Aber natürlich. Eine große Portion mit Sahne. Ich nehme gleich eine doppelte, weil ich meine restlichen Tage voll auskosten möchte.«

Erneut schüttelte sie den Kopf, konnte das alles noch immer nicht glauben. »Dann gib mir auch eine doppelte«, sagte sie schließlich und holte zwei Löffel aus der Schublade.

11

Harmony blieb bei ihrer Schwester, sie redeten lange und schliefen zusammen in Hopes Bett, aneinandergekuschelt wie damals, als sie noch Kinder waren und eine von ihnen Kummer hatte.

In der Nacht hatte Hope Schweißausbrüche und danach Schüttelfrost. Als sie nach einem Toilettengang nicht zurückkam, machte Harmony sich Sorgen und folgte ihr. Hope stand am Waschbecken und das Blut lief ihr unaufhaltsam aus der Nase. Harmony legte ihr einen nassen Waschlappen in den Nacken, wie sie es in den letzten Jahren so oft getan hatte. Erschöpft sah sie ihre Schwester an und fragte sich, warum das Schicksal nur schon wieder gegen sie war.

Irgendwann hörte das Nasenbluten auf und Hope lächelte sie traurig an. Während sie ihr half, das Chaos zu beseitigen, wunderte sie sich erneut, wie sie es nicht hatte sehen können. Wie hatte sie nicht bemerken können, wie schlecht es Hope ging? Selbst wenn die versucht hatte, es vor ihr zu verheimlichen – wie hatte sie dermaßen blind sein können?

Am nächsten Morgen setzten sie sich zusammen an den Frühstückstisch und tranken einen Kaffee. Hunger hatte keine von ihnen. Dann verabschiedete Harmony sich schweren Herzens und mit einer langen Umarmung und fuhr mit einem Uber ins Stadtzentrum, um ihr Auto abzuholen. Doch wie Hope es vorhergesehen hatte, stand es nicht mehr vor dem Hundesalon.

Sie konnte nicht mehr. Begann, hemmungslos zu schluchzen. Wie sollte sie denn jetzt nach Hause kommen? Und wo war ihr Ford Explorer hingebracht worden? Wieso war das Leben nur so unfair? Und warum kam all der Mist auf einmal auf sie heruntergeprasselt wie giftiger Regen?

Sie ging in die Knie und konnte sich gar nicht wieder beruhigen. Als sie es endlich geschafft hatte, fielen ihr genau zwei Personen ein, die sie in solch einer Situation anrufen konnte. Hope und Lauren.

Da Hope ja wohl gerade nicht infrage kam, wählte sie Laurens Nummer.

»Hey, Mony. Was gibt's?«

»Ich stecke hier fest. Kannst du mich bitte abholen?«

Eine Viertelstunde später hielt Lauren am Straßenrand und sie stieg bei ihr ein. Zusammen fanden sie heraus, wo Harmonys Wagen hingebracht worden war, danach fuhren sie in Richtung Abschleppplatz, um ihn zu holen.

Die Fahrt verlief schweigend.

»Kannst du mir bitte mal sagen, was los ist?«, fragte Lauren nach ein paar Minuten.

Wieder bildeten sich Tränen in Harmonys Augen. Sie versuchte es ja, konnte es aber einfach nicht aussprechen.

»Mony?« Lauren legte ihr eine Hand auf den Arm. Und fuhr schließlich rechts ran. »Was ist denn passiert? Ist es wegen Hope? Hat sich dein Verdacht bestätigt?«

Sie nickte schluchzend. »Ja. Zumindest glaubt sie das.«

»Ich verstehe gar nichts. Wie meinst du das, sie glaubt das? Was haben sie euch denn in der Klinik gesagt?«

»Wir waren gestern bei Dr. Logan, ihrer Ärztin. Da hat Hope plötzlich erzählt, wie schlecht es ihr wirklich geht und dass sie sogar wieder Nasenbluten hat. Und Nachtschweiß. Und Knochenschmerzen.«

»Shit! Und du wusstest nichts davon?«

Sie schüttelte den Kopf. »Nein, sie hat es mir gegenüber verschwiegen.«

»Und nun?«

»Ihr wurden gestern Blut und Knochenmark entnommen, beides müssen sie aber einschicken und wir bekommen erst Freitag die Ergebnisse.«

Lauren kaute auf ihrer Unterlippe. Schwieg einen Moment. Fragte dann: »Aber Hope ist sich jetzt schon sicher?«

»Ist sie.«

»Vielleicht irrt sie sich ja? Vielleicht ist der Krebs ja gar nicht zurück und es war nur falscher Alarm?«

»Die Anzeichen sprechen dafür. Außerdem meint Hope, sie kennt ihren Körper gut und weiß, dass es so ist. Sie hat mir auch gestanden, dass sie kaum noch Appetit hat und die Waage vier Kilo weniger anzeigt.«

»Was für ein Mist! Das tut mir unglaublich leid.«

»Dass der Krebs zurück ist, ist aber nicht das Schlimmste«, erzählte sie und Lauren sah sie verwirrt an.

»Was könnte denn noch schlimmer sein?«

Harmony kniff die Augen zusammen und versuchte, tief durchzuatmen. »Hope will nicht mehr kämpfen. Will keine weitere Chemotherapie oder sonstige Maßnahmen, die sie wieder gesund machen oder ihr Leben zumindest verlängern könnten.«

Lauren starrte sie an. »Und was will sie stattdessen?«

»Sie will nach Florida und dort ihre letzten Monate verbringen. Oder Wochen. Oder …« Sie schüttelte voller Verzweiflung den Kopf. »Sie will dort sterben, verstehst du? Und sie will, dass *ich* sie begleite.« Jetzt konnte sie nicht mehr und brach völlig in Tränen aus.

Ihre Freundin nahm sie in die Arme. »Verdammt! Das klingt furchtbar. Oder auch schön, liegt wohl im Auge des Betrachters.«

Sie machte sich von Lauren los. »Wie kannst du so was sagen?«

»Na, ich meine ja nur. Wenn sie es leid ist zu kämpfen und wenn sie keine Chance auf Heilung sieht, kann ich irgendwie verstehen, dass sie die Zeit, die ihr bleibt, an ihrem Lieblingsort verbringen möchte. Ist schließlich besser als im Krankenhaus.«

»Ich will es trotzdem nicht so einfach hinnehmen. Ich kann sie doch nicht aufgeben lassen. Lauren, wie kann ich sie sterben lassen und ihr auch noch dabei helfen?«

»Das ist eine unglaublich schwere Entscheidung und ich möchte nicht in deiner Haut stecken. Aber versetz dich in ihre Lage. Würdest du kontinuierlich gegen etwas ankämpfen wollen, das dich am Ende trotzdem besiegt?«

»Woher willst du das wissen? Woher wollt ihr denn alle wissen, dass es nicht ein drittes Mal funktioniert? Und diesmal vielleicht für immer?«

Lauren sah sie mitfühlend an. »Sorry, Mony, ich will dir deine Illusionen nicht nehmen, aber … Du hast selbst so viel zum Thema Leukämie recherchiert. Und du weißt, wie die Heilungschancen stehen. Wenn der Krebs unentwegt zurückkommt, dann …«

»Dann können wir auch gleich aufgeben? Ist es das, was du sagen willst? Dass wir es nicht mal mehr versuchen sollten?« Sie war aufgebrachter, als sie sein wollte. Doch sie konnte einfach nicht verstehen, wie Hope und jetzt sogar noch Lauren die Sache sahen. Dass sie beide es als sinnlos erachteten weiterzukämpfen.

»Ich will damit nur sagen, dass du Hopes Wünsche respektieren solltest. Es geht hier immerhin um sie und nicht um dich.«

»Sie ist meine Schwester, Lauren!«, rief sie wütend.

»Ich weiß. Aber es ist *ihr* Leben. Und sie allein sollte entscheiden dürfen, wie sie es lebt – oder beendet.«

Sie schüttelte fassungslos den Kopf, wischte sich über die nassen Wangen und starrte schließlich aus dem Fenster. Sie mochte gerade nicht weiterreden, zu sehr tat das alles weh.

»Kannst du mich jetzt bitte zu meinem Wagen bringen?«, bat sie.

»Natürlich.« Lauren fuhr wieder auf die Fahrbahn, zehn Minuten später waren sie bei ihrem Ziel angekommen.

»Danke«, sagte Harmony schlicht und wollte schon aussteigen, als Lauren sie aufhielt.

»Ich will dir doch nichts Böses. Ich bin auf deiner Seite, immer, und das weißt du.«

Sie drehte sich zu ihrer Freundin um. »Fühlt sich aber gerade nicht so an.«

»Ich will ja nur, dass du dich in Hope hineinversetzt. Schlaf ein paar Nächte drüber, ja? Vielleicht siehst du die Sache dann anders.«

Sie nickte nur und stieg aus.

Später zu Hause setzte sie sich an ihren Laptop, konnte sich aber nicht konzentrieren. Also ging sie in die Küche und kochte sich wieder einmal Spaghetti. Denn obwohl sie noch immer keinen Appetit verspürte, musste sie dringend etwas essen. Ihr war schon ganz übel, weil sie seit dem Müsli gestern zum Frühstück nichts mehr zu sich genommen hatte – von dem Zitroneneis einmal abgesehen.

Sie schnitt ein paar Champignons klein, briet sie in einer Pfanne und gab Sojasahne, Salz, Pfeffer und Knoblauchpulver dazu. Nachdem sie die Spaghetti abgegossen hatte, vermengte sie alles und streute ein wenig frische Petersilie obendrauf. Mit ihrer Schüssel setzte sie sich auf den Balkon und starrte in den wolkenlosen, blauen Himmel.

Scarlett kam zu ihr und schmiegte sich an ihr Bein, als würde sie wissen, dass Harmony das jetzt brauchte. Sie stellte ihr Essen beiseite, streichelte ihre Katze und nahm sie auf den Schoß.

»Was soll ich nur tun?«, fragte sie.

Wenn Scarlett ihr doch nur eine Antwort geben könnte, die anders ausfiel als die von Lauren. Wenn doch nur mal irgendjemand auf ihrer Seite wäre, jemand, der ein Kämpfer war wie sie, jemand, der alles tat, um seine Ziele zu erreichen.

Schon immer hatte sie kämpfen müssen. Erst um ein Stipendium, weil ihr Vater gestorben war und ihre Mutter nicht genug Geld hatte, um sie aufs College zu schicken. Dann um ihren ersten Job bei einer kleinen Zeitschrift, für die sie anfangs nur Buchtipps schrieb, aber später halbseitige Artikel über bedeutende Themen aus der Politik und dem Gesundheitswesen. Und genauso hatte sie sich beim *Phoenix Eagle* hocharbeiten müssen, ehe sie da angelangt war, wo sie heute war. Ihre Position hatte sie nicht aus dem Nichts ergattert, sondern mit viel Arbeit, schlaflosen Nächten und immer dem gewissen Einsatz, den ein guter Beitrag erforderte. Wayne hatte sie erst kürzlich seine beste Reporterin genannt und darauf war sie mächtig stolz.

Warum ließ man sie nicht auch in diesem Fall volles Engagement zeigen?

Oder wäre Hopes Wunsch zu erfüllen das einzige Engagement, das hier benötigt wurde?

Scarlett sprang von ihrem Schoß, weil sie anscheinend etwas in dem großen Topf der Arekapalme entdeckt hatte, der in der Ecke des Balkons auf dem Boden stand. Harmony nahm die Spaghettischüssel wieder in die Hand und aß auf, während sie ihre Katze beobachtete. Und sie hatte absolut keine Ahnung, was sie tun sollte.

12

Sie lag die ganze Nacht wach. Immer wieder ging ihr Hopes Zustand durch den Kopf und der Blick der Ärztin, der alles in allem doch sehr besorgt und sogar mitleidig gewirkt hatte. Wenn nun wirklich ihre schlimmste Befürchtung eintrat und der Krebs ein drittes Mal zurück war, was würde das bedeuten? Dass ihre Schwester bald nicht mehr an ihrer Seite sein würde?

Wie sollte sie ohne Hope weitermachen?

Ein Leben ohne ihre Schwester war etwas, das Harmony sich nicht einmal vorstellen mochte. Das überhaupt Beste würde ihr genommen werden. Und sie selbst würde nie mehr dieselbe sein.

Dann musste sie an Hopes Bitte denken. Sie wusste, die war ihr nicht leichtgefallen, und sie wusste auch, dass ihre Schwester sie nicht gefragt hätte, wenn sie sich nicht bereits absolut sicher wäre, dass die Situation aussichtslos war.

Harmony weinte viel in dieser Nacht, obwohl sie es nicht wollte. Aber so fühlte sie sich nun mal: traurig, verzweifelt und, mehr als alles andere, hilflos.

Irgendwann in den frühen Morgenstunden stand sie auf, wusch sich das Gesicht und machte sich einen starken Kaffee. Mit dem stellte sie sich auf den Balkon und blickte in der Morgendämmerung auf die Nachbarschaft. Nicht weit entfernt befand sich eine Zahnarztpraxis mit einem kleinen Vorgarten, in dem mehrere große Kakteen standen. Während Harmony darauf starrte, fiel ihr ein Ort ein, an dem sie gerade gern wäre. Weil er ihr einer der liebsten war und weil sie es dort noch immer geschafft hatte, durchzuatmen und klar zu sehen.

Einige Stunden später fand Harmony sich im Desert Botanical Garden wieder, dem riesigen Garten mit Kakteen und Wüstenpflanzen aller Art ganz in der Nähe des Phoenix Zoos, den sie schon ihr ganzes Leben lang liebte. Gern zahlte sie die knapp fünfundzwanzig Dollar Eintritt.

Sie schlenderte die Wege entlang und betrachtete die Feigen-Kakteen, die Chollas und die Ocotillos. Sie kam an übergroßen Aloe veras und Agaven vorbei und an den wunderschönen Wüstenrosen, denen sogar Sting einen Song gewidmet hatte.

Sie setzte sich auf eine der Bänke und bewunderte einen Saguaro-Kaktus, der die Nationalpflanze Arizonas war. Er war sicher zwölf Meter hoch und mit unendlich vielen Dornen bewachsen. Zudem hatte er zwei aufrechte Zweige, die wie Arme aussahen. Harmony wusste, dass Saguaros über zweihundert Jahre alt werden konnten.

Wenn ein Kaktus so lange leben durfte, warum waren ihrer Schwester dann nur achtunddreißig Jahre gewährt? Wo sie so ein herzensguter Mensch war, immer nur das Glück der anderen im Sinn hatte und niemandem jemals etwas zuleide tat?

Wie gern würde sie die Hoffnung bewahren. Würde darauf vertrauen, dass alles doch noch gut wurde. Dass ein Wunder geschah und Dr. Logan ihnen am Freitag sagen würde, sie hätten sich umsonst gesorgt. Es war gar nicht der Krebs, der zurück war, sondern irgendeine andere Krankheit, die mit ein paar Medikamenten zu heilen war. Aber tief in ihrem Herzen wusste Harmony es besser. Und noch viel mehr wusste ihre Schwester es. Die hätte sich niemals diesen Florida-Plan überlegt, wenn sie nicht überzeugt davon wäre, dass das Unausweichliche eingetroffen war.

Und obwohl Hope ihr gesagt hatte, sie habe bis morgen nach dem Arzttermin Zeit, ihr ihre Entscheidung mitzuteilen, wusste sie, dass sie sie jetzt treffen musste. Vor der Diagnose. Weil sie das alles nicht von den Worten der Ärztin abhängig machen wollte. Weil sie Hope so viel Respekt und Liebe entgegenbringen wollte, ihre Wünsche ernst zu nehmen – egal was kam.

Eine Familie schlenderte vorbei: Vater, Mutter, Sohn und Tochter. Das kleine Mädchen war ganz fasziniert von einigen blühenden Kakteen und mochte gar nicht weitergehen. Bis die Mutter es an der Hand nahm und ihm etwas ins Ohr flüsterte. Zusammen tänzelten sie weiter.

Das Bild der beiden berührte Harmony sehr. So sehr, dass sie gleich wieder feuchte Augen bekam. Denn wie unfair war es, dass Hope dieser große Wunsch niemals erfüllt worden war? Mehr als alles andere hatte sie Ehefrau und Mutter sein wollen. Eine Mutter war sie nie geworden und auch das Eheleben war ihr nicht lange vergönnt gewesen. Jetzt war sie ganz allein. Und krank. Das Einzige, was ihr blieb, waren ihre Erinnerungen. Und ihre Träume.

Harmony schloss die Augen und atmete die warme Wüstenluft ein. Irgendwo zwitscherten ein paar Vögel und sie wusste, dass sich nicht weit entfernt Kojoten, Schlangen und sogar Pumas herumtrieben. Doch hier an diesem Platz fühlte sie sich sicher, war sie eins mit der Natur. Hier konnte sie endlich klare Gedanken fassen. Und hier erkannte sie, dass das einzig Wichtige war, für ihre Schwester da zu sein. Einfach nur das.

Und wenn das in Hopes Augen hieß, sie nach Florida zu begleiten und ihr in ihren letzten Tagen beizustehen, dann musste das so sein. Denn was wäre sie für eine Schwester, wenn sie es nicht tun würde? Könnte sie es sich jemals verzeihen?

Gleich nach dem botanischen Garten fuhr sie nach Scottsdale, um im Schmuckladen vorbeizuschauen. Hope war überrascht, sie zu sehen. Dass sie heute noch ein wenig blasser aussah, versuchte Harmony zu ignorieren. Sie mochte nicht mehr an die Krankheit denken, die zurück war, was auch sie nun ohne die Ergebnisse erkannte. Vielmehr wollte sie jetzt das tun, was Hope sich wünschte, um später nicht zu bereuen, es nicht getan zu haben.

»Was machst du denn hier?«, fragte Hope, nachdem sie die Kundin zu Ende beraten hatte.

»Ich war im botanischen Garten und wollte mal kurz nach dir sehen. Wie geht es dir?«

»Gut«, sagte Hope und sie schien es wirklich so zu meinen. Wahrscheinlich hatte sie sich bereits mit ihrer Situation abgefunden und freute sich auf Florida.

Harmony fragte sich, ob ihre Schwester wohl auch ohne sie nach Key West fahren würde. Ob sie dort ganz allein auf ihr Ende warten würde.

Doch die Frage war nicht von Bedeutung, denn sie hatte sich ja längst entschieden.

»Ich war bei den Kakteen, um einen klaren Kopf zu bekommen«, erzählte sie.

»Du mochtest die Kakteen schon immer gern, oder?«

Sie nickte. »Ja. Ich habe viel nachdenken können und ... ich wollte dir sagen, dass ich einen Entschluss gefasst habe. Ich werde mit dir kommen und bei dir bleiben, bis ... solange wir zusammen haben.«

Sie hatten beide Tränen in den Augen und Harmony wünschte, sie könnte sagen, dass sie lange nicht so viel geweint hatte. Allerdings waren die vergangenen fünf Jahre ein einziges Gefühlschaos gewesen. Zuerst Ashers Tod, dann Hopes Krebsdiagnose, der erste Rückfall ... und nun das Ende von allem.

Hope griff über dem Schmucktresen nach ihrer Hand und drückte sie fest. Voller Liebe und Dankbarkeit sah ihre Schwester sie an. »Das werde ich dir nie vergessen.«

Harmony versuchte zu lächeln und sagte, dass sie jetzt nach Hause müsse, um einige Dinge zu regeln.

»Bist du dir wirklich sicher? Vollkommen sicher? Du kannst dir noch Zeit lassen bis morgen. Vielleicht kommt bei dem Termin ja etwas ganz anderes heraus.«

»Wir wissen doch beide, dass dem nicht so sein wird, oder?«, fragte sie und Hope nickte stumm. »Wir sehen uns dennoch morgen in der Klinik. Ich werde da sein. Und danach besprechen wir alles Weitere.«

»Danke, Mony. Eine Million Mal danke.«

Sie beugte sich über den Tresen, gab Hope einen Kuss und verließ den Schmuckladen. Auf dem Weg zum Auto fragte sie sich, was wohl aus dem Geschäft werden würde, wenn Hope … Aber so weit wollte sie gar nicht denken. Zuerst musste sie die nächsten Tage in Angriff nehmen, einen nach dem anderen – und das würde schwer genug werden.

13

Die Stunden bis zu Hopes Termin wollten gar nicht vergehen. Harmony versuchte, so viel zu schaffen wie möglich. Sie schrieb ihren aktuellen Artikel fertig, den sie wie gewohnt Freitag abgeben musste, sah ihre Unterlagen und Notizen durch, um zu überprüfen, wie viele Schicksale sie zusammengesammelt hatte, und sie ging auf die Straße, um weitere Menschen zu interviewen.

Sie traf eine alte Afroamerikanerin, die in einem Park lebte, seit ihr Mann sieben Jahre zuvor gestorben war und sie mit ihrer mickrigen Rente die Miete nicht mehr hatte zahlen können. Sie sprach mit einem Kriegsveteranen, der mit psychischen Problemen kämpfte, seit er aus Afghanistan heimgekehrt war und der es nie mehr geschafft hatte, zurück ins normale Leben zu finden. Sie stieß auf einen jungen Vater mexikanischer Herkunft, der seinen Job verloren hatte und nicht wusste, wie er seine kleine Familie ernähren sollte, mit der er von einem Obdachlosenheim ins nächste wanderte. Und sie begegnete zwei Schwestern im Teenageralter, die drogenabhängig waren und für die nächste Dröhnung anschaffen gingen.

Harmony sah ihnen sofort an, was sie nahmen. Fentanyl, das weit billiger war als Heroin, Kokain oder Crystal Meth, aber auch um einiges stärker. Das Zeug machte unglaublich schnell süchtig und besonders gefährlich war, dass es oftmals mit diesem schrecklichen Xylazin gemischt wurde, das auch als Tranq bekannt war oder als Zombie-Droge. Weil die Konsumenten wie lebende Tote umherliefen, nicht mehr in der Lage, sich aufzurichten, mit einem eckigen, schlurfenden Gang, da die Muskeln versteiften, und mit offenen Wunden, die mehr als gruselig aussahen und nicht selten zu Amputationen führten – und dabei war es egal, ob es gespritzt, geschnupft oder geschluckt wurde. Oftmals war den Konsumenten gar nicht bewusst, was sie da nahmen, und Harmony war sich ziemlich sicher, dass die meisten die Finger davon gelassen hätten, denn bei einer Überdosis half das übliche Mittel Naloxon nicht und es gab keine Rettung.

»Warum Fentanyl?«, fragte sie die Mädchen, sich wohl bewusst, dass deren Eltern sie verklagen könnten, weil sie unerlaubterweise ein Interview mit ihnen führte. Eine von ihnen war immerhin noch minderjährig. Doch leider hatte sie die Erfahrung machen müssen, dass den meisten Erziehungsberechtigten egal war, was aus ihren Kindern wurde. Und dann war da das eine Mal gewesen, als sich durch eine ihrer Reportagen Vater und Sohn sogar wiedergefunden hatten. Der Vater war so dankbar gewesen, dass er an rechtliche Schritte überhaupt nicht gedacht hatte. Und selbst wenn – Wayne hatte ihr von Anfang an versichert, dass er sich um alle aufkommenden Probleme persönlich kümmern würde.

Harmony sah die Mädchen abwechselnd an, die vornübergebeugt auf der Parkbank saßen und die Burger, die Pommes und die Milchshakes verdrückten, die sie ihnen besorgt hatte.

Und sie wartete auf die Antwort, die sie alle ihr gaben, wenn sie diese Frage stellte.

»Weil es dich sofort entspannt. Es kribbelt so schön am ganzen Körper und du vergisst alles um dich herum. Nichts ist mehr wichtig, alle Probleme sind weg«, sagte die Ältere, die gerade einmal neunzehn war. Ihr Name war Brittany.

»Ja, Fenty macht auf eine Art high, die wir vorher nicht kannten. Es ist, wie auf Wolken zu schweben. Du willst nur noch die Augen zumachen und träumst die schönsten Sachen«, meinte die sechzehnjährige Andrea.

Und das war das Fatale. Innerhalb von Minuten war man völlig hinüber, ohne Bewusstsein, fast komatös. Die Wirkung hielt mehrere Stunden an und wenn man wieder zurück war, konnten einem die Sachen gestohlen worden oder man konnte vergewaltigt worden sein, ohne es mitbekommen zu haben. Eine Droge wie diese war nie da gewesen. Amerika steckte in einer hoffnungslosen Krise. Jährlich starben über 100 000 Menschen an einer Überdosis, ein Großteil davon an Fentanyl. Das Traurige war, dass viele der Opfer erst im Teenageralter waren. So wie die beiden Mädchen, denen Harmony jetzt in die leeren Augen blickte.

Sie wusste, egal was sie den Schwestern sagen würde, es würde nicht bei ihnen ankommen. Denn sie waren Abhängige, Junkies, die sich nur nach dem nächsten High sehnten und denen die Worte einer Fremden egal waren. Doch sie musste es wenigstens versuchen.

»Wisst ihr, dass in letzter Zeit echt viele Menschen in Phoenix an Fentanyl gestorben sind?«, fragte sie die beiden. Allerdings erntete sie nur ein Achselzucken. »Und diese Wunden …« Sie deutete zu den auffälligen blutigen Stellen an den Armen und Beinen der Mädchen. Brittany hatte sogar eine im Gesicht. »Die entzünden sich oftmals so sehr, dass am Ende nur noch eine Amputation bleibt.«

»Eine was?«, fragte Andrea, während sie sich ein paar Pommes in den Mund stopfte.

»Die meint, dass dir der Fuß abgeschnitten wird. Wie in *The Walking Dead*, du weißt schon, wenn dich ein Streuner beißt.«

Andrea fing an zu kichern und ihre Schwester stimmte mit ein. Dann sagte das junge Mädchen wie aus dem Nichts: »Ich vermisse es, Fernsehen zu gucken.«

Harmony fühlte eine Hilflosigkeit wie selten zuvor. Die beiden Schwestern erinnerten sie so sehr an Hope und sich selbst, dass es richtig wehtat, ihnen beim Dahinvegetieren zuzusehen.

»Vielleicht könntet ihr wenigstens *versuchen* aufzuhören? Wollt ihr denn nicht von der Straße wegkommen? Ich könnte euch dabei helfen.«

»Und wie?«

»Wir könnten eure Eltern ausfindig machen oder …«

»Die sind tot«, sagte Brittany.

»Das tut mir ehrlich leid«, erwiderte sie und es hätte sie nicht gewundert, wenn die ebenfalls abhängig gewesen wären. »Es gibt aber noch andere Möglichkeiten. Ich kenne eine wirklich nette Sozialarbeiterin, die euch in einem Entzugsprogramm unterbringen könnte. Die euch eine eigene Wohnung beschaffen könnte, wo ihr wieder Fernsehen gucken und ein neues Leben beginnen könntet.«

Die Jüngere blickte kurz interessiert auf. Doch ihre Schwester schüttelte den Kopf. »Ich will keinen Entzug. Fenty ist das Einzige, was macht, dass ich mich gut fühle.«

»Aber, Brittany, glaubst du nicht, das könnte cool werden? Eine eigene Wohnung?«

Brittany schüttelte den Kopf. »Weißt du nicht mehr, als wir versucht haben, damit aufzuhören? Die Angstattacken? Die Halluzinationen? Die Schmerzen? Das will ich mir nicht noch mal antun.«

Andrea erinnerte sich und nickte.

»Außerdem will ich keine Hilfe. Will niemandem was schuldig sein.«

Harmonys Herz blutete. Sie würde die beiden so gern aus ihrem Sumpf holen. »Denkt wenigstens drüber nach, ja? Und ruft mich an, falls ihr es euch anders überlegt.« Sie nahm eine Visitenkarte aus der Tasche. »Habt ihr ein Handy?«

Beide nickten.

Sie wusste, mehr konnte sie nicht tun. Als die Mädchen aufgegessen hatten, ging sie wie versprochen mit ihnen in die Drogerie gegenüber vom Park und ließ sie ein paar Hygiene- und Kosmetikartikel aussuchen. Im Anschluss traute Harmony sich kaum, Brittany und Andrea zu fragen, ob sie ein Foto von ihnen machen durfte. Aber sie lächelten in die Kamera und posierten, als wäre das hier ein Artikel über die schönsten Mädchen auf Phoenix' Straßen, und sie hätten keine gammeligen Zähne, ungewaschenen Haare und offenen Wunden.

Harmony wünschte den beiden alles Gute und mochte sich kaum trennen. Ihr war wohl bewusst, dass die Schwestern nur gerettet werden konnten, wenn sie sich retten lassen wollten.

So war es ja leider immer und das machte es so verdammt schwer.

Frustriert fuhr sie nach Hause und überlegte, ob es vielleicht auch ihr guttun würde, aus Phoenix rauszukommen. In Florida würde sie zwar weiter an ihren Artikeln schreiben müssen, hätte das Elend aber nicht mehr direkt vor der Nase.

Sie hatte neun Interviews für neun Wochen, ein paar würde sie noch zusammenbekommen müssen, denn sie wusste nicht, wie lange sie weg sein würde. Wie lange Hope durchhalten würde. Besser so viele wie möglich mitnehmen, denn jede weitere Story bedeutete eine weitere Woche mit ihrer Schwester. So wollte sie es sehen. So *musste* sie es in diesem Augenblick sehen. Nur so konnte sie die Sache durchziehen, ohne zu verzweifeln.

14

Am Freitagvormittag um Viertel nach elf bestätigte ihnen Dr. Logan, was sie bereits wussten. Der Krebs war zurück, aggressiver als je zuvor. Die hohe Anzahl der Leukämiezellen war besorgniserregend. Die Ärztin wollte unbedingt gleich noch eine Computertomografie machen. Und bei dieser kam heraus, dass die Milz und sogar die Leber bereits bedrohlich vergrößert waren, was kein gutes Zeichen war laut Dr. Logan.

»Ich würde also dringend dazu raten, so bald wie möglich mit der Behandlung zu beginnen. Gleich am Montag. Ich werde mich darum kümmern, dass Sie ein freies Bett bekommen, dann fangen wir unverzüglich mit der Chemotherapie an.«

»Ein drittes Mal?«, fragte Hope mit müder Stimme und legte sich eine Hand in den Nacken. »Denken Sie wirklich, die bringt noch etwas?«

Dr. Logan sah Hope eindringlich an. »Wir sollten positiv bleiben, Mrs. Tunney. Lassen Sie uns wenigstens versuchen, den weiteren Verlauf zu stoppen. Direkt im Anschluss würde ich eine erneute Stammzelltransplantation vornehmen.« Sie wandte sich an Harmony. »Wären Sie bereit, sich ein weiteres Mal zur Verfügung zu stellen?«

»Ja, natürlich!«, sagte sie. »Aber … wie hoch wären denn überhaupt die Überlebenschancen?« Sie musste es einfach wissen.

Dr. Logan überlegte einen Moment, wägte ab, blickte Hope direkt an.

»Ich will es auch wissen«, sagte Hope.

Die Ärztin nickte, Mitleid in ihren Augen. »Es tut mir leid, Mrs. Tunney, aber bei Ihrer Vorgeschichte und Ihrem derzeitigen, bereits sehr fortgeschrittenen Stadium würde ich vermuten, die Chancen liegen höchstens noch bei zwanzig Prozent.«

»Zwanzig …« Harmony schüttelte den Kopf, konnte es nicht glauben. Hope hatte mit allem recht gehabt, es war wirklich eine aussichtslose Sache. Sie würde nur wieder viel zu viel erleiden müssen und konnte nicht einmal sicher sein, am Ende zu siegen.

Dr. Logan gab dennoch ihr Bestes, weiter optimistisch zu bleiben, und erzählte, wie sie sich den Verlauf der Therapie vorstellte. Und da Hope keine Anstalten machte, auf den Punkt zu kommen, und stattdessen nur wortlos der Ärztin zuhörte, nahm Harmony die Sache selbst in die Hand.

»Was, wenn Hope auf die Therapie verzichten würde?«, fragte sie freiheraus.

Sie hatte mit einem schockierten Blick gerechnet, doch der blieb merkwürdigerweise aus.

»Nun«, sagte Dr. Logan. »Davon würde ich als Ärztin meiner Patientin natürlich strengstens abraten. Denn ohne Therapie läge Mrs. Tunneys Lebenserwartung meiner persönlichen Einschätzung nach bei maximal zwei bis drei Monaten. Vielleicht auch weniger.«

Zwei bis drei Monate, dachte Harmony. Nur zwei bis drei Monate. Das waren allerhöchstens neunzig Tage. Was bedeutete, dass Hope Weihnachten nicht mehr miterleben würde, vielleicht sogar nicht mal mehr Thanksgiving.

»Natürlich sind das nur Richtwerte«, fügte Dr. Logan hinzu. »Jeder Körper reagiert anders und arbeitet auf seine ganz eigene Weise gegen Krankheiten an.«

»Was genau würde da passieren?«, fragte nun Hope. »Wie sähe der weitere Verlauf aus?«

Die Ärztin sah ihr in die Augen. Und sie schien zu verstehen. »Es wäre nicht leicht für den Körper, mit den Symptomen umzugehen. Vermehrte Blutungen wären nur der Anfang. Starke Knochenschmerzen, Fieber, Herzrasen und Atemnot würden folgen. Durch die erhöhte Infektanfälligkeit aufgrund der nicht funktionierenden weißen Blutkörperchen würden ständig neue Entzündungen auftreten. Schließlich würden einzelne Organe versagen.«

Ein qualvoller Tod also, dachte Harmony und wahrscheinlich dachte Hope das Gleiche.

Aber ihre Schwester nickte nur und fragte: »Könnte man das allein durchstehen? Ohne Ärzte und Medikamente?«

»Nun, natürlich könnte man das.« Dr. Logan nickte. »Ich würde Ihnen einen solchen Tod jedoch nicht wünschen.« Sie stand von ihrem Stuhl auf und ging zum Fenster. Während sie hinaussah, sagte sie: »Es gibt eine Reihe von Naturheilmitteln … Ich kenne mich mit ihnen nicht aus, habe aber schon gehört, dass sie geholfen haben. Wenn die Schmerzen allerdings so schlimm werden, dass sie nicht auszuhalten sind, würde ich dringend einen Mediziner aufsuchen.«

»Danke«, sagte Hope. Und Harmony fragte sich, ob sie wirklich wusste, worauf sie sich da einließ. Allerdings hatte auch die Chemotherapie schlimme Nebenwirkungen mit sich gebracht, die Hope ohne Klagen ertragen hatte. Sie war seit jeher extrem tapfer gewesen und hatte nicht herumgejammert, selbst nachdem sie als Kind vom Baum gefallen war beim Versuch, eine Katze zu retten, oder als sie sich beim Inlineskaten das Knie aufgerissen und so sehr geblutet hatte, dass Harmony allein vom Anblick in Ohnmacht gefallen war.

Die Ärztin drehte sich nun um und kam auf Hope zu, die sich ebenfalls erhob. »Ich verstehe Sie ja«, sagte Dr. Logan. »Denn Sie sind bei Weitem nicht meine erste Patientin, die so empfindet. Ich kann Ihnen aber nicht das Okay dafür geben und muss Sie für die Chemotherapie ab Montag eintragen. Ob Sie sie allerdings antreten oder nicht, bleibt Ihnen überlassen.«

»Ich möchte Ihnen für alles danken, Dr. Logan. Am meisten für Ihre Ehrlichkeit.«

Harmony saß noch immer auf ihrem Stuhl und fühlte sich wie im Film. Wie sehr sie hoffte, dass bald die Worte *Happy End* erscheinen würden. Gleichzeitig befürchtete sie, dass das Warten darauf vergeblich war.

Dr. Logan ging zu ihrem Tisch und griff nach dem Rezeptblock. Sie schrieb einiges auf und reichte Hope die Zettel. »Ich habe Ihnen Antibiotika und ein starkes Schmerzmittel verschrieben. Nur für den Fall, dass es Ihnen bis Montag schlechter gehen sollte.«

Alle im Raum wussten, was diese Rezepte wirklich bedeuteten und was die Ärztin tatsächlich damit sagen wollte. Sie gab Hope Medikamente mit, die aufkommende Infektionen bekämpfen und ihr die Schmerzen im Endstadium erleichtern sollten.

Harmony hätte sie am liebsten gedrückt, auch wenn sie sie im selben Moment anschreien wollte, warum sie das alles zuließ. Warum sie nicht versuchte, Hope die Sache auszureden.

Aber es hätte ja doch nichts genützt, denn es war bereits beschlossene Sache.

Hope umarmte ihre Ärztin zum Abschied, wohl wissend, dass sie sie nicht wiedersehen würde.

»Passen Sie auf sich auf«, sagte Dr. Logan und begleitete sie zur Tür. Sie sah ihnen nach, wie sie den Flur entlanggingen, und als Harmony sich noch einmal zu der Ärztin umdrehte, glaubte sie, Bedauern in ihrem Gesicht zu erkennen.

15

Sie fuhren zu Hope nach Hause, wo sie einander lange in den Armen hielten.

»Es tut mir so leid, dass nun wirklich das schlimmste Szenario eingetroffen ist«, sagte Harmony.

»Ich hatte mit nichts anderem gerechnet«, erwiderte Hope. »Allerdings hatte ich gehofft, mir bliebe ein bisschen mehr Zeit.«

»Ich auch.«

Sie standen sich gegenüber, fassten sich bei den Händen und schauten einander in die Augen.

»Willst du immer noch mitkommen und das mit mir durchziehen?«, fragte Hope ein wenig ängstlich.

»Das habe ich dir doch versprochen. Ich mache keinen Rückzieher, keine Sorge.«

»Okay, dann lass uns überlegen, was als Nächstes zu tun ist.«

Hope schenkte ihnen einen Eistee ein und sie setzten sich mit einem Block auf die Veranda und machten eine Liste, als würden sie ganz normal verreisen wollen. Was mussten sie einpacken, wer würde die Blumen gießen, wer sich um ihre Mutter kümmern?

»Ich habe überlegt, Lauren zu fragen«, sagte Harmony. »Sie kann das bestimmt übernehmen. Sie müsste ja nur ein- oder zweimal in der Woche zu Mom fahren, ihr neue Lebensmittel bringen und nach dem Rechten sehen.«

»Das wäre natürlich die beste Lösung. Hast du Lauren schon erzählt, dass …«

»Ja.« Als sie ihrer Freundin am Donnerstag wegen der Lesung abgesagt hatte, hatte sie ihr sogar erzählt, dass sie beschlossen hatte, Hope nach Florida zu begleiten. »Ich hoffe, das war okay, aber ich brauchte dringend jemanden zum Reden.«

»Sie ist deine beste Freundin, natürlich war das okay«, sagte Hope und Harmony war erleichtert.

»Was müssen wir noch bedenken?«, fragte sie, während sie sich die Haare hinter die Ohren strich.

»Was machst du mit deiner Arbeit? Kannst du das irgendwie klären? Ich möchte nicht, dass du wegen mir deinen Job verlierst.«

»Mach dir da keine Gedanken. Ich habe bereits jede Menge Interviews, Notizen und Fotos gesammelt und kann auch von Florida aus meine Artikel schreiben und einreichen.«

»Du hast ja wirklich schon an alles gedacht«, sagte Hope bewegt und befühlte ihre Kette.

»Ich mache keine halben Sachen, das weißt du.«

Ihre Schwester nickte. »Ja, das weiß ich.«

»Was hast du denn deinerseits mit dem Laden vor? Kommen deine Angestellten ohne dich aus?«, erkundigte sich Harmony.

»Das schaffen sie bestimmt. Ich werde Annie die Schlüssel geben und sie bitten, für eine Weile zu übernehmen.«

Sie traute sich nicht zu fragen, was einmal aus dem Schmuckgeschäft werden würde. Danach.

Und deshalb war sie froh, als Hope jetzt begann, von Florida zu erzählen, von den vielen Palmen dort, den Flamingos, den Pelikanen und Delfinen – und von den Seesternen. Sie und Asher hatten damals in ihren Flitterwochen Seesterne gesammelt und als sie zu ihrem fünften Hochzeitstag erneut eine Woche auf Key West verbrachten, hatte er Hope die Kette mit dem Seesternanhänger geschenkt, die sie seitdem immer trug und die sie über alles liebte.

Harmony dagegen war noch nie in Florida gewesen. Sie wusste über den Staat nur das, was ihre Schwester darüber berichtete. Außerdem, dass es dort im Sommer unerträglich heiß war, sogar schlimmer als in Arizona, wo wenigstens eine trockene Hitze herrschte. In Florida war sie aber feucht und man kam sich den ganzen Tag lang vor, als säße man in der Sauna.

»Was machst du eigentlich mit Scarlett?«, fragte Hope plötzlich.

»Die werde ich natürlich mitnehmen«, sagte sie. »Ihr wird es auf Key West bestimmt gefallen.«

»Ja, da gibt es jede Menge Vögel und Fische«, sagte Hope und schaffte es sogar, dabei zu grinsen.

»Oje. Nicht, dass die kleine Diva da ein Gemetzel anrichtet.«

»Dafür ist sie doch viel zu elegant.« Hope zwinkerte ihr zu.

»Hope, sorry, dass ich das frage, aber … Wie kannst du so gelassen sein bei alldem? Ich meine, ich selbst habe die letzten Nächte nicht geschlafen und weiß noch immer nicht, wie ich damit umgehen soll. Es werden wirklich schwere Zeiten auf uns zukommen.«

»Haben wir nicht schon oft schwere Zeiten durchgestanden?«, fragte Hope.

»Keine solchen.«

»Und trotzdem werden wir auch diesmal zusammenhalten.«

»Nur dass ich am Ende ganz allein dastehen werde«, sprach Harmony endlich aus, was sie unaufhörlich dachte.

»Und das ist das Tragischste an allem. Dass ich dich allein zurücklassen muss.« Hope lief eine Träne über die Wange und Harmony nahm schnell ihre Hand.

»Mach dir um mich keine Sorgen. Jetzt zählt nur, dass wir aus der Zeit, die uns zusammen bleibt, das Bestmögliche machen, ja?«

Hope nickte. »Du weißt, dass ich dasselbe für dich getan hätte, oder?«

»Ja, das weiß ich.«

Sie sahen einander mit einem Blick voller Liebe an, die nur zwei Schwestern füreinander empfinden konnten.

»Na los, lass uns überlegen, was wir erledigen müssen, bevor wir uns aufmachen«, sagte sie schließlich und Hope nahm wieder den Stift in die Hand.

Noch am selben Nachmittag hatten sie alles fertig geplant. Weil es sie beide ausgelaugt hatte, beschlossen sie, zur Eisdiele zu fahren. Das Sugar Bowl in Old Town existierte schon seit 1958 und sah noch genauso aus wie vor sechzig Jahren. Es hatte das beste Banana Split weit und breit, für das sich Hope auch gleich entschied – mit Schoko- und Vanilleeis, ihren Lieblingssorten. Harmony hatte Lust auf das Orange Raft, das aus einer großen Kugel Arizona Orange Sherbet in einem Glas Sprite bestand. Als sie das Eis wenig später serviert bekamen, sprudelte ihr Sorbet bereits in der Zitronenlimonade und begann, über den Rand zu laufen. Schnell nahm sie ein paar große Schlucke aus dem Strohhalm und griff gleich darauf zum Löffel, um sich an die Eiskugel zu machen, bevor sie sich gänzlich auflöste.

Das Getränk war köstlich. Zitrusfrüchte waren Harmony schon immer die liebsten gewesen, egal ob in Form von Eis, Kuchen, Joghurt oder pur.

»Wann wollen wir uns denn aufmachen?«, fragte Hope, während sie einen großen Löffel voll Eis aß. »Was denkst du, wie lange du brauchen wirst, um alles zu klären?«

»Ein paar Tage, schätze ich. Ich muss noch einige letzte Geschichten sammeln, mit meinem Boss sprechen, mit Lauren und mit Mom.«

»Was willst du Mom sagen?«

»Die Wahrheit?«

Hope schüttelte den Kopf. »Ich glaube, die würde sie nicht verkraften. Lassen wir sie weiter in ihrer glücklichen Welt leben und sagen wir ihr einfach, dass wir in den Urlaub fahren, ja?«

»Wie du willst. Aber möchtest du dich denn nicht richtig von ihr verabschieden?«

»Das werde ich. Auf meine eigene Art und Weise.«

»Es ist deine Entscheidung«, sagte sie, auch wenn sie nicht wusste, was sie davon halten sollte. Aber gerade wusste sie sowieso relativ wenig.

»Also? Ich will ja nicht drängen, aber glaubst du, im Laufe der nächsten Woche können wir los? Viel Zeit bleibt uns ja leider nicht.«

Harmony überlegte. »Ich denke, das kriegen wir hin. Hmm … wie wäre es mit Dienstag?«

»Dienstag klingt perfekt für mich«, sagte Hope und aß noch ein Stück Banane, bevor sie die halb volle Schale von sich schob.

Bis Dienstag blieben Harmony drei Tage, um alles zu regeln. Drei Tage waren nicht viel und doch würde sie es irgendwie schaffen. Für Hope.

Sie trank aus und sah aus dem Fenster und als wäre es ein Zeichen, erblickte sie in diesem Moment ein kleines Mädchen mit einem Flamingo auf dem T-Shirt.

16

Es ging dann schneller, alles zu klären, als Harmony erwartet hatte.

Am Samstag traf sie sich mit Lauren. Sie wollte sie um den großen Gefallen bitten, sich um ihre Mutter zu kümmern, solange sie weg war.

»Das mache ich gerne, Mony, selbstverständlich. Du hättest dasselbe für mich getan.«

Da hatte Lauren recht. Seit der ersten Klasse waren sie die besten Freundinnen und immer füreinander da – besonders in Situationen wie diesen.

»Das ist unglaublich lieb von dir«, erwiderte sie und umarmte Lauren fest und lang.

»Ich möchte dir auch noch mal sagen, dass ich denke, es ist die richtige Entscheidung. Du musst das jetzt einfach für Hope tun«, meinte Lauren.

»Ich weiß.« Sie löste sich von ihr. »Ich wollte mich übrigens bei dir entschuldigen, dass ich neulich sauer auf dich war, weil du deine Meinung geäußert hast. Ich war völlig durch den Wind.«

»Kein Ding, wirklich. In solchen Situationen ist man nicht ganz man selbst. Ich verstehe das.«

»Danke. Du bist die Beste.«

Ihre Freundin lächelte sie an. »Okay, dann erzähl mir mal, was ich tun soll, solange du in Florida bist und das schöne Strandleben genießt.«

Fast hätte Harmony gelacht, so absurd war diese Aussage. Denn es würde natürlich alles andere sein als ein schöner Strandurlaub. Aber das war Laurens Art, die Dinge anzugehen: mit einer Prise schwarzem Humor und einer großen Portion Trotz gegen die Unfairness im Leben. War auf diese Weise vielleicht wirklich alles ein wenig erträglicher? Harmony hatte es noch nicht ausprobiert, würde es aber womöglich bald müssen, um nicht unterzugehen.

»Viel musst du eigentlich gar nicht tun. Es wäre schön, wenn du einmal in der Woche einkaufen fahren und Mom neue Lebensmittel bringen würdest. Und wenn du dann gleich schauen würdest, was in den Schränken fehlt. Manchmal äußert sie auch einen Wunsch, weil sie irgendetwas Besonderes kochen möchte, aber das kommt eher selten vor.«

»Kochen tut sie also selbst?«

Harmony nickte. »Zwar nicht regelmäßig, aber ja. Putzen und alles andere kann sie ebenfalls noch, da musst du dir gar keine Gedanken machen. Ach ja, die Wäsche! Die hat Hope bisher übernommen, weil Mom sich ja nicht aus dem Haus traut, um sie im Garten aufzuhängen. Wir haben ihr sogar einen Trockner besorgt, aber sie weigert sich, den zu benutzen, na ja …« Natürlich hätte man die nassen Sachen einfach auf einem Ständer im Haus aufhängen können, aber das wäre nur wieder zu viel Veränderung für Fernanda, die früher immer fröhlich singend die Wäsche über die Leinen gehängt hatte, die Dan ihr im Garten aufgespannt hatte. Harmony erinnerte sich daran, wie ihre Mom auf dem Rasen stand, die Kleidungsstücke eins nach dem anderen aus dem Korb nahm und ausschüttelte. Dabei hatte sie stets ein Lächeln auf den Lippen, als würde ihr die Hausarbeit überhaupt nichts ausmachen, ja, als würde es ihr sogar Freude bereiten, all das für ihre wunderbare kleine Familie zu tun.

»Alles klar«, sagte Lauren. »Was ist mit Arztbesuchen oder anderen Terminen? Steht da in den nächsten Wochen irgendwas an?«

»Nein. Es sei denn, sie wird krank, was ich natürlich nicht hoffe.«

»Und selbst wenn, wäre es kein Problem für mich, sie kurz zum Arzt zu fahren. Mach dir also keine Sorgen.«

»Ich mache mir trotzdem welche«, erwiderte sie mit einem Schulterzucken. »Mom war noch nie so lange ohne uns.«

»Ja, ich weiß.« Lauren sah sie ernst an. »Habt ihr eurer Mutter denn erzählt, was mit Hope los ist?«

Sie schüttelte den Kopf. »Nein. Hope möchte das nicht.«

»Und was habt ihr gesagt, weshalb ihr so lange wegmüsst?«

»Das weiß sie bisher gar nicht«, gestand Harmony. »Ich muss es ihr noch erzählen. Das wollte ich heute machen, weiß aber ehrlich gesagt nicht, wie.«

»Wie wäre es denn, wenn wir gemeinsam zu ihr fahren? Sie hat mich immerhin schon länger nicht gesehen und auf diese Weise kommt es nicht so aus dem Nichts, dass ich plötzlich wieder in ihrem Leben auftauche.«

»Das ist eine richtig gute Idee. Lass uns das machen.« Darauf wäre sie in all dem Chaos und unter all dem Zeitdruck gar nicht gekommen. Es war wirklich gut, Freunde zu haben, die einen unterstützten.

Sie gingen also eine Kleinigkeit essen und fuhren im Anschluss zu ihrer Mutter. Harmony zeigte Lauren alles. Dann setzten sie sich zu Fernanda, die sich selbstverständlich gerade eine Serie ansah, diesmal eine mexikanische.

»Ist das *La Casa de las Flores*?«, fragte Lauren, und Fernanda blickte sie an und strahlte.

»Du kennst die Serie?«, fragte Harmony überrascht.

»Ich hab neulich mal auf Netflix reingeschaut. Kam mir ganz spannend vor.«

»Oh ja, das ist sie.« Ihre Mutter nickte begeistert.

Harmony konnte Lauren nur dankbar anlächeln. Das mit den beiden würde sicher gut gehen, das wusste sie jetzt schon.

»Mom, ich muss dir etwas erzählen«, begann sie schließlich.

»Ja, *mi corazón*? Was denn?«

»Hope und ich möchten verreisen. Allerdings für länger. Wir wollen nach Florida, du weißt ja, dass Hope es da sehr mag.«

Ihre Mutter nickte. »Ja, sie war mit Asher dort.«

»Genau. Ich war aber noch nie da und deswegen möchte Hope es mir endlich mal zeigen.«

»Na, da wünsche ich euch viel Spaß!«, sagte ihre Mom.

»Danke.« Es war schwer, in dieser Situation tapfer zu bleiben, vor allem weil Hope ja nicht wollte, dass ihre Mutter von ihrem Rückfall wusste. »Wir melden uns natürlich ganz oft von dort. Aber einkaufen werden wir eine Weile nicht für dich können. Das übernimmt derweil Lauren. Du erinnerst dich doch an sie, oder?«

»Aber natürlich! Sie war damals immer bei uns zum Spielen. Ihr habt stundenlang in dem kleinen Pool gebadet, wenn es heiß war.«

Sie hätte nicht gedacht, dass ihre Mutter das noch wusste. »Das stimmt, Mom. Lauren wird also ab und zu vorbeischauen, und wenn du irgendetwas brauchst, sagst du es ihr, ja?«

»Gut, gut.«

Sie merkte, wie ihre Mutter unruhig wurde. Sie wollte sich wieder auf ihre Serie konzentrieren.

»Okay, Mom. Ich schreibe dir Laurens Nummer auf und lege sie neben das Telefon. Und ich schaue am Montag noch mal vorbei, ja?«

»Ja, gut. Tschüss, ihr beiden.«

Das war quasi ein Rauswurf und Harmony seufzte. Als sie aber zu Lauren sah, warf diese ihr einen zuversichtlichen Blick zu. Sie würden das hinbekommen, sie konnte unbesorgt sein.

Nachdem sie das Haus verlassen hatten und im Auto saßen, fragte Lauren: »Was machst du eigentlich mit deiner Katze? Nimmst du sie mit?«

»Da bin ich noch am Überlegen. Eigentlich hatte ich das vor, aber nun fahren wir mit dem Auto und ich kann sie ja schlecht drei oder vier Tage lang in der Transportbox lassen.« Harmony hatte sich aus verschiedenen Gründen gegen das Fliegen entschieden, obwohl es einfacher gewesen wäre. Erstens konnten sie auf diese Weise mehr mitnehmen. Zweitens hätte sie immer ein Auto parat, falls ein Notfall eintreten sollte. Und drittens hatten Hope und sie schon seit jeher von einem gemeinsamen Roadtrip geträumt. Dies würde wahrscheinlich ihre letzte Chance sein.

»Ich nehme sie«, bot Lauren gleich an.

»Ehrlich? Wird dir das nicht zu viel? Mom *und* Scarlett?«

Ihre Freundin winkte ab. »Ach, Quatsch. Ich mach das gerne, dann hab ich auch mal ein bisschen Gesellschaft. Und meine nächste Lesereise startet erst im Januar, also …«

Sie wusste, was Lauren dachte, sich aber nicht auszusprechen traute: *Im Januar wirst du ja sicher wieder zurück sein.*

»Das wäre natürlich super und die einfachste Lösung. Ach Lauren, was würde ich nur ohne dich tun?«

»Wofür sind beste Freundinnen denn sonst da?«

»Ich werde dir auf ewig dankbar sein.«

»Alles gut. Denk du jetzt nur daran, was das Beste für Hope ist. Der Rest ist nebensächlich.«

Sie nickte. Und überlegte, was noch zu organisieren war. Die Zeit war so verdammt knapp.

»Wollt ihr eigentlich eine Abschiedsparty feiern? Mit Hopes Freunden?«, fragte Lauren, die es sich mit angezogenen Beinen auf dem Beifahrersitz bequem gemacht hatte, während Harmony sie zurück zu ihrem Apartment fuhr.

Diese Idee war ihr bisher gar nicht in den Sinn gekommen, aber sie gefiel Harmony sehr. »Was für eine wunderschöne Vorstellung, dass sie alle noch mal sieht und sich verabschieden kann, wenn vielleicht auch nur innerlich. Ich werde Hope fragen, was sie davon hält.«

»Mach das. Und falls es eine Party gibt, wäre ich supergern dabei.«

»Aber natürlich, Lauren«, sagte sie zu ihrer Freundin, die sie kurz darauf fest zum Abschied drückte und ihr damit zeigte, dass sie nicht allein war.

17

Am späten Samstagnachmittag fuhr Harmony erneut durch die Straßen und setzte sich zu ein paar Obdachlosen, um sich ihre Geschichten anzuhören. Dasselbe tat sie am Sonntag – zum vorerst letzten Mal. Außerdem begann sie zu packen. Sie warf in ihre Koffer, was ihr wichtig erschien, und dachte sich, selbst wenn sie etwas vergessen sollte, wären sie in Florida und nicht in Timbuktu. Auf Key West würde man ja alles bekommen.

Sie sah sich ein paar TikTok-Videos von Key West und seinen Stränden an und wünschte, die Umstände für ihre Reise wären andere.

Dann wurden ihr wieder Beiträge von diesen Leuten angezeigt, die Obdachlose auf der Straße einsammelten und ihnen einen neuen Look gaben. Das regte sie immer so auf, da sie wusste, dass die allermeisten es nur für Likes und höhere Followerzahlen taten. Womit Harmony den wenigen Gutmenschen natürlich nicht unrecht tun wollte, die mit ihren Videos wirklich nur aufmerksam machen wollten oder zeigen, dass jeder helfen konnte, ob arm oder wohlhabend. Aber diese Influencer, die mit ihrer Reichweite im Grunde viel mehr erzielen könnten, brachten den Benachteiligten doch nichts als Erniedrigung. Wenn sie sie auf diese Weise vorführten. Wenn sie sie wie Abschaum behandelten, den man erst mal aufpimpen musste, damit er als menschliches Wesen durchgehen konnte. Mit einem neuen Haarschnitt und einem coolen Outfit war den armen Obdachlosen auch nicht weitergeholfen. Trotzdem würden sie noch auf der Straße schlafen müssen und nicht wissen, ob sie morgen eine warme Mahlzeit auftreiben konnten. Wenn man ernsthaft helfen wollte, sollte man es vielleicht ein wenig anders angehen, öfter mal etwas zu essen bringen oder eine warme Decke, einen Job anbieten, wenn man einen zu vergeben hatte, oder eine Wohnmöglichkeit – und das bitte ohne Kamera! Oder man setzte sich einfach zu diesen Menschen und unterhielt sich mit ihnen, weil das nämlich manchmal alles war, was sie brauchten. Weil die Einsamkeit manchmal das Allerschlimmste war.

Harmony fragte sich, ob ihr das in den nächsten Wochen fehlen würde. Sich mit diesen Dingen auseinanderzusetzen. Natürlich war es ihr Job, dennoch hatte sie das Gefühl, etwas zu bewirken, wenigstens ein bisschen. Eine der obdachlosen Frauen, über die sie geschrieben hatte, hatte, gleich nachdem ihr Artikel erschienen war, einen Job im Dollar Store bekommen. Sie lebte zwar weiterhin in ihrem Zelt, aber jetzt konnte sie sich neue Kleidung und jeden Tag eine warme Mahlzeit leisten. Und es hatten einige Restaurants und Imbisse angefangen, Essen, das am Abend übrig war, in den Gebieten zu verteilen, über die Harmony berichtet hatte. Dank ihr mussten ganze Familien nicht mehr hungrig schlafen gehen – das fühlte sich verdammt gut an. Und das allein sollte es sein, das sollte doch wirklich reichen.

Sie hätte sich nur gewünscht, mehr für Lesley tun zu können, die sie leider noch immer nicht wiedergefunden hatte. Wenn sie es bis zu ihrer Abfahrt am Dienstag würde, nahm sie sich fest vor, würde sie ihr anbieten, in ihre Wohnung zu ziehen, solange sie weg war. Die würde ja eh leer stehen und die Hochschwangere müsste nicht weiter unter der Brücke schlafen. Leider nur hatte Harmony ein ganz schlechtes Gefühl, was Lesley anging, und es wollte einfach nicht verschwinden.

Am Montag regelte sie alles auf der Arbeit. Sie sprach mit Wayne, der ihr sagte, ihm sei es völlig egal, von wo sie ihre Artikel einreichte, solange er nur weiterhin wöchentlich eine Obdachlosenreportage von ihr bekam.

Sie nahm schweren Herzens Abschied von Scarlett und brachte sie zu Lauren. Dann fuhr sie zusammen mit Hope zu ihrer Mutter. Der Besuch nahm besonders ihre Schwester schwer mit, denn sie wusste ja, dass es wahrscheinlich ihr letzter sein würde.

Hope bestand darauf, dass sie heute alle zusammen essen sollten. Sie hatte Ajiaco gekocht, das Lieblingsgericht ihres Dads, bei dem es sich um einen Eintopf aus Hühnchen, Kartoffeln, Mais, Kapern, Avocados, saurer Sahne und Guasca-Kraut handelte. Das Ganze wurde mit Reis serviert, und für Harmony hatte Hope extra eine vegetarische Variante gezaubert, damit sie eine letzte gemeinsame Familienmahlzeit einnehmen konnten.

Widerwillig löste Fernanda sich vom Fernseher und nahm am Esstisch Platz, der beinahe nie benutzt wurde. Sie ließ sich das Ajiaco schmecken, doch wie immer sprach sie nicht viel und antwortete nur eintönig, wenn sie etwas gefragt wurde.

»Harmony hat dir ja schon erzählt, dass wir Urlaub in Florida machen wollen, oder?«, fragte Hope nach ein paar Minuten.

Ihre Mom nickte.

»Wir rufen dich aber jeden Tag an, versprochen.«

»Gut, gut«, sagte Fernanda, während sie ein Hühnchenstück auf den Löffel beförderte.

Harmony sah Hope an und bemerkte, wie unruhig sie war. Und schließlich konnte Hope es nicht länger verheimlichen. »Der Krebs ist zurück, Mom«, sagte sie so leise, dass es kaum zu hören war.

Ihre Mutter blickte kurz zu ihrer älteren Tochter auf, sagte: »Ach, der wird schon wieder verschwinden«, und widmete sich weiter dem Eintopf.

Hope hatte Tränen in den Augen. Und Harmony wusste, dass sie sich gerade genauso wünschte, ihre Mom wäre eine andere. Wäre für sie da. Wäre eine richtige Mutter.

Leider konnte man die Menschen nicht ändern. Jeder hatte sein eigenes Schicksal.

Sie schwiegen weiter. Sie aßen auf. Harmony deckte den Tisch ab und kümmerte sich um den Abwasch, während sie Hope ein paar letzte Momente mit ihrer Mom gab. Als sie zurück zu den beiden kam, saßen sie vor dem Fernseher.

»Okay, Mom. Wir gehen dann jetzt«, sagte sie, weil ihre Mutter gar nicht mehr richtig anwesend war und weil Hope es sicher nicht länger ertrug.

Sie hauchte ihrer Mom einen Kuss auf die Wange und sah zu, wie ihre Schwester sie lange umarmte. Es zerriss ihr das Herz.

»Ich hab dich sehr lieb, Mom«, sagte Hope. »Und ich werde dich vermissen.«

»Ich dich auch, *mi corazón*.«

»Bye, Mom«, sagte Harmony mit feuchten Augen. »Wir melden uns aus Florida.«

»Habt viel Spaß!«, wünschte Fernanda noch und widmete sich voller Eifer ihrer Serie, in der sich gerade ein Pärchen leidenschaftlich küsste.

Nachdem Hope die Tür von außen zugezogen hatte, sackte sie in sich zusammen. Harmony nahm sie in die Arme und trauerte mit ihr um die Mutter, die sie nie mehr wiedersehen würde.

Als ihre Schwester sich einigermaßen gefangen hatte, fragte Harmony: »Wollen wir uns aufmachen? Deine Freunde warten sicher schon auf dich.«

Hope nickte, obwohl ihr die Erschöpfung anzusehen war. Auch sie hatte in den vergangenen Tagen viel bedenken und vorbereiten müssen. Doch jetzt war es fast so weit. Morgen früh würden sie losfahren auf ihre letzte gemeinsame, alles verändernde Reise. Harmony wusste nicht, ob sie sich davor fürchten oder darauf freuen sollte. Denn trotz allem würde sie viel wertvolle Zeit mit ihrer Schwester verbringen dürfen, was es ihr sicher leichter machen würde, Abschied zu nehmen. Nichts war schlimmer, als etwas zu bereuen, und sie wusste nun mit Sicherheit, dass sie sich richtig entschieden hatte.

Gemeinsam machten sie sich auf den Weg nach Scottsdale. Auf der Fahrt lief ihnen ein Kojote vors Auto, Harmony konnte gerade noch rechtzeitig bremsen.

»Puh, das war knapp«, sagte sie.

Hope wirkte jedoch ganz ruhig. »Weißt du, was einige indigene Völker sagen? Dass der Kojote ein Krafttier ist und dass er dir Stärke bringt, wenn er dir über den Weg läuft.«

»Wirklich? Das wusste ich nicht.«

»Ist ein schöner Gedanke, oder?«

»Ein sehr schöner.«

18

»Bist du bereit?«, fragte Harmony, als sie am nächsten Morgen neben Hope aufwachte.

Hope nickte. »Ich bin bereit.«

»Gut.« Sie lächelte zuversichtlich, auch wenn sie noch immer leise Zweifel hatte, ob das alles wirklich richtig war. Sie selbst hätte wahrscheinlich anders gehandelt, hätte bis zum letzten Atemzug gekämpft. Aber hier ging es nicht um irgendwelche Gefühle oder Theorien, sondern allein um Hopes Wünsche. Ihre Schwester wollte nach Florida und das war alles, was zählte. »Dann packen wir jetzt wie besprochen all dein Zeug ein, danach fahren wir zu mir in die Wohnung und holen meine Koffer und los kann unsere Reise gehen.«

»In Ordnung. Ich mache mich fertig«, sagte Hope, setzte sich auf und fuhr sich durchs kurze schwarze Haar. Die Perücken wollte sie alle in Arizona zurücklassen.

So stark ihre Schwester in den vergangenen Tagen gewirkt hatte, sah Harmony ihr jetzt doch an, wie mitgenommen sie war. Wobei sie nicht genau wusste, was ihr am meisten zusetzte: die körperlichen Beschwerden, das Fortgehen aus Scottsdale und ihrem Heim, das sie einst mit Asher geteilt hatte, oder die beschwerliche Zeit, die ihnen bevorstand. Wie auch immer, sie würde bei alldem nicht allein sein, Harmony würde ihr beistehen und gemeinsam würden sie bis zum Ende durchhalten.

Sie sah Hope dabei zu, wie sie ins Bad ging. Und sie stand ebenfalls auf, um Frühstück zu machen.

In der Küche standen noch Gläser und leere Chipsschüsseln vom Vortag. Es waren in etwa fünfzehn Freunde, Bekannte und Nachbarn da gewesen. Natürlich hatte keiner geahnt, worum es bei dieser Abschiedsparty wirklich gegangen war, Hope hatte ihnen nur gesagt, sie und ihre Schwester wollten einen längeren Urlaub in Florida machen. Es war ein sehr schöner Abend gewesen und Harmony war froh, dass ihre Schwester all die Menschen, die ihr etwas bedeuteten, ein letztes Mal sehen konnte.

Sie warf ein paar Aufbackbagels in den Ofen und machte sich daran, dass Geschirr zu spülen. Als Hope eine halbe Stunde darauf in einem mit Palmen bedruckten T-Shirt von Asher in die Küche kam, hatte Harmony einen dicken Kloß im Hals. Nun war es wirklich so weit: Sie würden all das hinter sich lassen und sich kopfüber in ihr letztes gemeinsames Abenteuer stürzen.

»Ist alles in Ordnung?«, fragte Hope.

Sie nickte. »Ich will auch kurz duschen gehen. Die Bagels und das Rührei sind schon fertig, der Kaffee in ein paar Minuten.«

»Super, danke. Ich warte auf dich.«

»Musst du nicht.«

»Ich warte auf dich«, wiederholte ihre Schwester und Harmony nickte erneut und eilte ins Badezimmer.

Um zehn Uhr saßen sie im Auto. Hope hatte viel weniger eingepackt, als Harmony angenommen hatte. Einen Koffer nur, eine kleine Reisetasche, eine Picknickdecke und einen Sonnenschirm. Die paar Sachen passten locker in ihren Explorer, den sie statt Hopes kleinerem Ford Fiesta nehmen wollten.

Als sie aus Scottsdale rausfuhren, schwiegen sie. Harmony konnte die Wehmut in Hopes Gesicht erkennen und ihre Schwester tat ihr unglaublich leid. Sie würde ihr geliebtes Scottsdale, den Ort, an den es sie nach dem Tod ihres Dads und der schwierigen Zeit mit ihrer Mom verschlagen hatte, wo sie lange Zeit mit Asher glücklich gewesen war und an dem sie eine Familie hatte gründen wollen, nie wiedersehen. Sie ließ nicht nur ihren geliebten Schmuckladen und ihr Zuhause, sondern dazu wunderbare Nachbarn und Freunde zurück. Und wie gern würde Harmony ihr sagen, dass alles gut werden würde, doch es wäre eine Lüge gewesen. Alles, was sie ihr also versprechen konnte, war: »Was auch immer kommt, wir stehen das gemeinsam durch.«

Hope drehte sich traurig lächelnd zu ihr. »Danke, Liebes. Danke für alles.«

Harmony lächelte zurück. Musste lächeln. Stark bleiben. Der Fels in der Brandung, den ihre Schwester so dringend brauchte.

Sie fuhr nach Phoenix und bog in die East Palm Lane, in der sie wohnte. Zügig holte sie ihren Kram und versuchte, alles im Auto unterzubringen. Es war nicht wenig, aber sie hatten schließlich vor, eine ganze Weile in Florida zu bleiben. In demselben Haus, in dem Hope und Asher an ihrem fünften Hochzeitstag gewohnt hatten. Es glich einem Wunder, dass es frei gewesen war. Vielleicht war es ja Schicksal.

Aufbruchbereit – in Shorts, Sneakers, einem T-Shirt mit der Aufschrift *Breathe in, Breathe out, Smile* und mit einem hochgebundenen Pferdeschwanz – sah sie sich noch einmal in ihrer Wohnung um. Nicht wissend, wann sie zurück sein würde, schloss sie schließlich die Tür ab. Von Angst, Sorge, Wehmut und Traurigkeit erfüllt, stieg sie wieder ins Auto. Hope auf dem Beifahrersitz, genügend Kleidung, dass es bis zum Winter reichte, im Kofferraum und auf den Rücksitzen, und ganz viel Hoffnung im Herzen, startete sie den Wagen.

Allerdings kam sie nicht weit. Denn nach nur zwei Minuten sagte Hope: »Ich habe über etwas nachgedacht …«

»Ja? Und über was?«

»Diese junge Mutter und ihre zwei Kinder, die auf der Straße leben … die aus deinem aktuellen Artikel …«

»Heather, Jason und Julie. Was ist mit denen?«

»Weißt du, wie man sie finden kann?«

Stirnrunzelnd sah sie ihre Schwester an. »Vielleicht. Warum fragst du?« Und dann brauchte Hope nicht einmal zu antworten, denn sie wusste es bereits. »Du willst sie in deinem Haus wohnen lassen?«

Hope nickte. »Es steht doch jetzt eh leer, was in meinen Augen eine richtige Verschwendung ist. Vor allem, wenn es Menschen gibt, die kein Dach über dem Kopf haben.«

Harmony wurde im Innern ganz warm. »Du bist einfach unglaublich, weißt du das? Das Gleiche hatte ich mir auch schon überlegt, und wenn ich Lesley gefunden hätte, dann hätte ich sie bei mir untergebracht. Damit sie ein sicheres Plätzchen hat für sich und ihr neugeborenes Baby. Ich habe sogar Lauren darauf angesetzt, sie zu suchen, sie hat ja meine Ersatzschlüssel.« Die hatte sie ihrer Freundin sowieso gegeben, weil sie ihre Blumen gießen und nach der Post sehen wollte, während sie fort war. Aber noch immer betete sie, dass Lesley wiederauftauchen würde.

»Da ticken wir wohl ziemlich gleich, oder?«, meinte Hope lächelnd. »Also, was denkst du? Können wir sie finden und ihnen anbieten, in mein Haus zu ziehen?«

Eine tolle und unglaublich liebe Idee eigentlich, die Hope allerdings gern gestern schon hätte haben können. Sie überlegte. »Hm, ich wüsste gerade nicht, wie wir die drei nach Scottsdale bringen sollten. Das Auto ist bis oben hin voll.«

»Wir können bestimmt Platz schaffen.«

»Bedenke aber, dass sie auch noch ihre Sachen dabeihaben werden.«

»Stimmt. Aber daran sollte es nicht scheitern, oder? Können wir erst mal versuchen, sie ausfindig zu machen? Alles Weitere sehen wir dann?«, bat Hope.

»Na klar«, sagte sie, weil sie erstens Hope ihren wunderbaren Vorschlag nicht ausschlagen wollte und weil sie selbst ganz begeistert von der Idee war, Heather und ihren Kindern ein Heim zu beschaffen.

Sie fuhr nach Alhambra und in die Straße, in der die drei noch vor Kurzem gelebt hatten, in einem Zelt, das nicht sehr stabil ausgesehen hatte. Die Gegend war extrem heruntergekommen, überall lag Müll herum und es hätte Harmony nicht gewundert, wenn darunter ein paar gebrauchte Spritzen gewesen wären. Hope hatte recht: Sie mussten die kleine Familie unbedingt hier wegholen.

Glücklicherweise trafen sie sie auch gleich dort an. Heather saß vor dem Zelt auf einer leeren Getränkekiste und spielte mit ihrer zweijährigen Tochter.

»Harmony!«, rief sie aus und schien sich richtig zu freuen, sie zu sehen.

Sie ging auf Heather zu und umarmte sie. »Wie geht es dir?«

Die Frau zuckte die Schultern. »Ich will mich nicht beklagen. Gestern hat ein Ehepaar eine Tüte voll Lebensmittel vorbeigebracht. Die haben deinen Artikel gelesen, haben sie gesagt.«

»Das ist wundervoll«, erwiderte sie. »Ich habe einen Vorschlag für euch, ein Angebot, besser gesagt.« Sie legte eine Hand auf Hopes Schulter. »Das ist meine Schwester Hope.«

»Hi, Hope«, sagte Heather.

»Hi.« Ihre Schwester lächelte die junge Mutter breit an.

Harmony fuhr fort. »Wir beide werden die nächsten Monate in Florida verbringen und Hopes Haus steht in dieser Zeit leer. Hättest du Lust, mit den Kindern dort einzuziehen?«

Heather riss die Augen auf. »Ist das dein Ernst?«

»Mein voller Ernst. Hope hatte die Idee, es euch anzubieten. Also, wenn ihr möchtet, dann könnt ihr das Haus für die nächste Zeit als euer neues Heim betrachten.«

Heather schüttelte ungläubig den Kopf. »Und für wie lange?«

»Das kann ich dir nicht so genau sagen. Bis Ende des Jahres bestimmt?« Sie sah Hope fragend an und die nickte.

»Oh mein Gott, ich danke euch!«, rief Heather und umarmte erst Harmony und dann Hope. Sie hob ihre Kleine hoch und erzählte ihr, dass sie ein neues Zuhause hatten. »Hol Jason, mein Schätzchen, ja?«, bat sie das Mädchen und erzählte ihnen: »Er ist ein bisschen krank zurzeit, hustet viel.«

»Umso besser, jetzt kann er sich in einem richtigen Bett erholen«, meinte Hope.

»Und die Sache hat echt keinen Haken?«, fragte Heather, nun doch ein wenig misstrauisch.

»Leider gibt es tatsächlich einen«, erklärte Harmony. »Ihr müsstet sofort mitkommen. Denn eigentlich sind wir bereits auf dem Weg nach Florida.«

»Oh. Okay. Ich packe unsere Sachen.« Heather sah ein wenig panisch aus, schien wohl zu überlegen, was sie machen, was sie mitnehmen sollte.

»So eilig ist es auch nicht«, beruhigte Hope sie schnell. »Lass dir Zeit, sammle alles zusammen. Wir helfen dir dabei, das Zelt abzubauen. Und dann rufen wir ein Taxi, in dem ihr uns mit all euren Sachen hinterherfahrt.«

Harmony war baff. Hope hatte an alles gedacht, daran, dass Heather ihr Zelt vielleicht eines Tages noch mal brauchen könnte, und daran, dass es das Beste wäre, wenn sie in einem eigenen Wagen hinterherfahren würden, in den die kleine Familie mitsamt ihren Habseligkeiten reinpassen würde. Wie Hope bei alldem solch einen klaren Kopf bewahren konnte, war ihr ein Rätsel. Aber sie war froh darüber.

»Okay«, sagte Heather und erzählte nun dem fünfjährigen Jason, der aus dem Zelt kam, dass sie in ein tolles Haus ziehen würden. Der Junge begann zu strahlen und half seiner Mutter, trotz der Erkältung, zu packen. Hope nahm die kleine Julie auf den Arm und Harmony stellte alles, was Heather und Jason herausbrachten, zu einem Stapel zusammen. Zum Schluss bauten sie das Zelt auseinander, dann rief Harmony einen Uber.

Als Heather und die Kinder das Haus betraten, waren die drei außer sich vor Freude. Heather begann zu weinen und bedankte sich mit einer erneuten Umarmung.

»Du kannst alle Lebensmittel verwenden, die du noch in den Schränken findest«, sagte Hope. »Im Garten wachsen außerdem Tomaten, Zucchini und anderes Gemüse. Fühl dich ganz wie zu Hause, ja?«

»Ich weiß nicht, was ich sagen soll. Oder wie ich dir jemals dafür danken kann«, meinte Heather.

»Ich möchte dich im Gegenzug um etwas bitten. Halte das Haus sauber, gieß die Blumen drinnen sowie im Garten und natürlich das Gemüse. Und melde dich hin und wieder mal, ja?«

Heather nickte stürmisch. »Natürlich, das mache ich. Ich hab Harmonys Nummer.« Sie holte die Visitenkarte aus der Handtasche.

»Perfekt.« Hope schenkte ihr ein Lächeln. »Ich wünsche euch alles Gute.«

»Danke. Du bist ein Engel«, sagte Heather. »Ein wahrer Engel.«

Hope winkte ab. »Ich bin froh, wenn ich helfen kann.«

»Darf ich …«, begann Heather, brach dann aber ab.

»Ja? Frag ruhig.«

»Darf ich auch deine Waschmaschine benutzen?«

Harmony sah ihrer Schwester an, wie bewegt sie bei alldem war. Und als sie antwortete: »Aber selbstverständlich! Wie gesagt, fühl dich ganz wie zu Hause«, hörte sie, wie ihre Stimme vor Überwältigung zitterte.

»Falls du dir bei irgendwas nicht sicher bist, ruf uns jederzeit an, okay?«, übernahm Harmony.

»Okay.«

Hope führte Heather und die Kinder noch herum, zeigte ihr das Auto in der Garage, das Heather ebenfalls benutzen durfte, sagte der Nachbarin Judy Bescheid, dass sie Untermieter hatte und dass sie sich nun nicht mehr um die Pflanzen kümmern musste. Und nach einer weiteren Umarmung machten sie sich endlich auf nach Florida. Mit einigen Stunden Verspätung, aber ganz viel Liebe im Herzen.

»Das war die beste Entscheidung seit Langem«, sagte Hope, als sie auf den Highway fuhren.

Da konnte Harmony ihr nur zustimmen. Sie schaltete das Radio ein und als würden sie es nur für sie abspielen, lief gerade »Coastline« von den Hollow Coves.

I'm leaving home for the coastline, some place under the sun, I feel my heart for the first time, 'cause now I'm moving on …

Das Sonnenlicht glitzerte auf der Straße, die endlose Weite lag vor ihnen und am Himmel flog ein Heißluftballon. Das Bild war so idyllisch, dass es kaum real zu sein schien, und Harmony wusste, dass sie sich immer daran erinnern würde. Denn dieser Tag war der Anfang vom Ende und nichts würde mehr sein, was es einmal gewesen war.

19

»Die Party gestern war wirklich schön, oder?«, fragte Harmony irgendwann. Sie hatten gerade Tucson hinter sich gelassen und waren nicht einmal zwei Stunden unterwegs. Das Navi zeigte ihnen 36 Stunden bis zu ihrem Ziel an, was natürlich nicht einzuhalten war, weil sie ja irgendwann auch schlafen mussten. Für heute hatten sie sich vorgenommen, bis nach Las Cruces in New Mexico zu kommen. Hope hatte bereits ein nettes Burgerrestaurant herausgesucht, wo sie am Abend essen gehen wollten.

»Sehr schön«, antwortete ihre Schwester jetzt. »Ich bin froh, sie alle noch einmal gesehen zu haben.« Traurigkeit schwang in ihrer Stimme mit und Harmony griff nach ihrer Hand.

»Ich kann mir nicht ansatzweise vorstellen, wie das ist. Zu wissen, dass du sie nie wiedersehen wirst. Aber ich bin für dich da, das weißt du, oder?«

»Ja, natürlich.« Hope versuchte zu lächeln, es gelang ihr aber nicht. Sie drehte ihr Gesicht zum Seitenfenster und blickte still hinaus.

»Hope?«

»Ja?«

»Bist du dir ganz sicher, dass du das machen möchtest? Noch können wir zurückfahren, das wäre wirklich kein Problem.«

»Ich habe das Haus doch Heather und ihren Kindern überlassen.«

»Du könntest mit zu mir ziehen.«

Hope schüttelte den Kopf. »Ich bin mir sicher, Mony. Ich weiß einfach, dass es das Richtige ist.«

Sie nahm es hin. Wenn es das war, was ihre Schwester sich wünschte …

Hope schaute weiter hinaus und entdeckte nach ein paar Minuten erneut einen Kojoten. So weit entfernt in der Prärie, dass Harmony selbst ihn gar nicht erkennen konnte, doch ihre Schwester wollte es abermals als Zeichen sehen. Und sie ließ sie. Denn jedes bisschen Hoffnung war gut.

»Warst du eigentlich noch mal auf dem Friedhof?«, erkundigte sie sich nach einer Weile.

»Ja. Ich habe Asher erzählt, dass ich an unseren Lieblingsort fahre.« Hope berührte ihre Kette. »Er wäre bestimmt glücklich für mich.«

Harmony hatte direkt wieder einen Kloß im Hals. Weil sie wusste, dass Hope und Asher vorgehabt hatten, dort an ihrem zehnten Hochzeitstag erneut Urlaub zu machen. Weil sie aber für eine künstliche Befruchtung sparten, hatten sie es verschoben. Man sollte Dinge einfach nicht vertagen, dachte sie jetzt, weil es sonst sein könnte, dass man sie niemals wahr machte.

»Das wäre er«, war sie sich sicher. »Und ich bin auch froh, endlich nach Key West zu kommen und all die schönen Orte dort zu sehen, von denen du immer so schwärmst. Ich hätte längst mit dir hinfahren sollen.« Sie hätte vieles längst machen sollen – und jetzt war es zu spät. Gemeinsam nach Paris würden sie es nicht mehr schaffen und nach New York in der Weihnachtszeit ebenso wenig.

»Jetzt machen wir es ja endlich«, sagte Hope. »Zusammen. So, wie wir es vor vielen Jahren geplant haben.«

Ja, sie erinnerte sich an die Worte der fünfzehnjährigen Hope …

Na, ich lebe einfach dort. Mit meinem Mann und meinen Kindern. Und wir gehen jeden Tag im Meer schwimmen.

Es schnürte ihr die Kehle zu und sie fragte sich, ob das jetzt die ganze Zeit so weitergehen würde. Sie wusste, sie musste einen Weg finden, die nächsten Monate irgendwie zu bewältigen. Optimistisch zu bleiben und hoffnungsvoll. Jeder Tag mehr war ja bereits ein Erfolg, jede Woche ein Olympiasieg. Auf keinen Fall würde sie jetzt schon in Trauer verfallen, das war nicht ihre Art und es würde niemandem etwas bringen.

»Und es wird die schönste Zeit unseres Lebens werden«, versprach sie ihrer Schwester also.

Hope schenkte ihr ein Lächeln voller Dankbarkeit.

Sie schwiegen eine Weile und fuhren die weite Straße entlang, den Blick immer vor sich, die Zukunft ungewiss. Irgendwann legten sie an einer Tankstelle eine Pause ein, gingen sich frisch machen und kauften sich einen Slush und ein paar Snacks. Hope hatte zwar an Obst und belegte Brote gedacht und doch war es cooler, bei einem Roadtrip auch ein paar Nachos mit Salsa zu essen. Und es war Harmony egal, ob sie das Auto vollkrümelten, denn diese Dinge waren einfach nicht mehr von Bedeutung.

»Was hast du eigentlich deiner Nachbarin Judy erzählt, warum du so lange nach Florida fährst?«, fragte sie irgendwann.

»Wieso?«

»Weil sie irgendwie misstrauisch wirkte. So als würde sie etwas ahnen.«

»Nun ja … Ich habe ihr erzählt, dass wir beide nach den anstrengenden Jahren, die hinter uns liegen, ein bisschen Zeit zu zweit verbringen wollen. An einem wundervollen Ort. Allerdings wusste Judy von meiner Nachsorgeuntersuchung neulich und sie hat gleich gefragt, wie es gelaufen ist.«

»Und was hast du ihr geantwortet?«, wollte Harmony wissen.

»Dass alles bestens sei. Ich weiß nicht, ob sie es mir abgenommen hat.« Hope nahm einen Schluck von ihrem Kirsch-Slush. »Eileen habe ich dasselbe gesagt. Sie hat es mir, denke ich, geglaubt.« Eileen war Hopes beste Freundin seit dem College, sie war gestern Abend selbstverständlich mit von der Partie gewesen. Harmony wunderte sich ein wenig, warum sie ihr so etwas Bedeutendes vorenthielt, sie selbst hätte Lauren etwas Derartiges niemals verschweigen können.

»Oder sie hat es einfach glauben wollen«, sagte sie.

»Kann sein.« Hope zuckte die Schultern. »Wir können die Dinge nicht ändern, oder? Wir können nur versuchen, das Beste daraus zu machen.«

Harmony musste lächeln. Das war ein Zitat ihres Vaters. Er hatte es bei jeder Gelegenheit gesagt, der Optimist, der er gewesen war.

»Vermisst du Dad manchmal noch?«, fragte sie.

»Sehr oft sogar«, gab Hope zu.

»Ich auch.«

»Bald werde ich ihn ja nun wiedersehen. Soll ich ihn von dir grüßen?«

Hope sagte das so überzeugt, dass Harmony erneut zu kämpfen hatte: mit ihren Emotionen, den Tränen, der ganzen Situation.

»Kannst du bitte nicht ständig solche Sachen sagen, Sis? Du machst mich echt fertig damit«, bat sie.

»Es ist doch aber so«, sagte Hope und legte sich eine Hand in den Nacken. »Ich will nichts beschönigen, verstehst du? Sondern möchte mich einfach langsam auf das einstellen, was nun mal passieren wird. Was unumgänglich ist.«

»Ich weiß. Ich bin da aber noch nicht so weit wie du. Immerhin wusste ich vor einer Woche nicht mal, dass du … dass …« Harmonys Blick verschwamm und sie musste sich mit den Fingern die aufkommenden Tränen wegwischen.

»Heather hat mich heute einen Engel genannt«, fuhr Hope unbeirrt fort. »Bald werde ich da sein, wo Engel hingehören. Sei also nicht traurig, es ist alles so, wie es sein muss. Ich habe mich längst damit abgefunden.«

Ja, weil du bereits seit mehreren Wochen weißt, dass der Feind zurück ist!, dachte sie, wollte ihrer Schwester aber keine Vorwürfe machen, weil sie es ihr nicht früher gesagt hatte.

»Wie könnte ich denn nicht traurig sein? Du bist der wichtigste Mensch in meinem Leben!«, sagte sie. »Und wenn du nicht endlich aufhörst, musst du das Fahren übernehmen, sonst baue ich noch einen Unfall und wir kommen nie in Florida an.«

»Sorry, ich bin schon still«, sagte Hope, suchte im Handschuhfach nach einem Taschentuch und reichte es ihr.

Harmony stellte den Orangen-Slush, der inzwischen geschmolzen war, zwischen ihre Beine, wischte sich übers Gesicht und schnäuzte sich die Nase. »So wird das aber kein unvergesslich schöner Roadtrip«, meinte sie.

»Ehrlich, Mony, es tut mir leid. Ich sag nichts mehr, okay? Lass uns jetzt einfach nur Musik hören, den Highway entlangfahren und das Leben genießen. Wie Thelma und Louise.«

Dass am Ende des Films sogar beide Hauptfiguren starben, daran mochte sie Hope gar nicht erinnern. Vielmehr wollte sie versuchen, diese Reise wirklich zu genießen und das Beste daraus zu machen. Etwas anderes blieb ihr ja nicht übrig.

Als sie am frühen Abend Las Cruces erreichten, war die Stimmung schon ein wenig gehobener. Sie checkten ins Motel ein, ruhten sich eine halbe Stunde aus und gingen dann Burger essen. Harmony war sich nicht sicher, ob es an dem anstrengenden langen Tag lag, aber es war der beste Veggieburger, den sie je gehabt hatte.

20

Den Mittwoch fuhren sie durch. Hope bat darum, weil sie so schnell wie möglich an ihr Ziel wollte. In der Nacht hatte sie wieder Schweißausbrüche gehabt und Schmerzen im Oberbauch, was höchstwahrscheinlich an der vergrößerten Milz lag. Harmony hatte bereits recherchiert und sich über die Symptome im Endstadium schlaugemacht. Natürlich war das hier erst der Anfang, es würde noch weit schlimmer kommen und davor graute es ihr sehr. Am liebsten hätte sie letzte Nacht ein Krankenhaus aufgesucht, aber Hope hatte sich vehement dagegen gesträubt.

»Wenn du jetzt schon so anfängst, können wir das nicht zusammen durchziehen«, hatte Hope mit ernster Stimme gesagt. »Ich kann mit den Schmerzen leben – kannst du es auch?«

Die Wahrheit war: Sie wusste es nicht. Würde sie wirklich dabei zusehen können, wie ihre Schwester sich quälte? Wie die Schmerzen sie zerfraßen?

Andererseits hatte sie Hope zugesichert, dass sie bis zum bitteren Ende an ihrer Seite bleiben würde, und da gehörte das alles wohl leider mit dazu.

Leicht werden würde es bestimmt nicht.

Heute fühlte sich Hope abgeschlagen, das sah Harmony ihr an. Doch sie war tapfer und beklagte sich nicht. Stattdessen erzählte sie viel von ihrer gemeinsamen Zeit mit Asher und sie erinnerten sich an glückliche Kindheitstage. An einen Ausflug ins Freibad, zum Beispiel, bei dem ihre Mom kunstvoll vom Zehnmeterbrett gesprungen war, bevor sie sich wieder zum Braunwerden in die Sonne legte. Oder an diesen einen Tag in den Sommerferien, an dem ihre Mom beschlossen hatte, dass sie neue Kleider kaufen wollte. Sie waren in der klimatisierten Mall von Laden zu Laden gegangen und die Mädchen hatten sich aussuchen dürfen, was sie wollten. Fernanda war richtig guter Laune gewesen, hatte vor sich hingelächelt und jeden gegrüßt, den sie kannte. Am Ende des Tages hatten sie sich in den Foodcourt gesetzt und Pizza und Tacos gegessen. Erst später hatten die Mädchen erfahren, warum ihre Mom so fröhlich war. Ihre Cousine Valentina wollte ebenfalls einen Amerikaner heiraten und nach New Mexico ziehen. Die Freude darüber, ihre geliebte Cousine bald in ihrer Nähe zu wissen – oder die Genugtuung über den Ärger ihrer Mutter –, hatte Fernanda anscheinend mächtig beglückt.

Sie verließen New Mexico, schafften es durch ganz Texas und hielten kurz vor Lafayette in Louisiana an einem Motel, um für die Nacht einzuchecken.

Diese Nacht war nicht besser, und Harmony fragte sich, ob es normal war, dass es Hope jetzt schon so schlecht ging, oder ob die Strapazen der langen Reise sie einfach ausknockten. Vielleicht hätten sie doch lieber das Flugzeug nehmen sollen, dann wären sie längst in Florida. Leider war es dafür aber zu spät und sie mussten den Rest der Fahrt irgendwie durchstehen.

Harmony hatte nur noch ihr Ziel vor Augen. Am nächsten Morgen fuhren sie um sechs Uhr los und hielten lediglich ein paarmal, um sich die Beine zu vertreten oder die Toilette aufzusuchen. Als sie Hunger bekamen, fuhr sie durch den Drive-in bei McDonald's. Hope übernahm das Steuer für zwei Stunden, war dann aber zu müde und schlief den Nachmittag durch. Auch Harmony versuchte, irgendwann in der Nacht auf einem Rastplatz zu schlafen. Jedoch war sie voller Adrenalin, wollte unbedingt endlich an ihr Ziel und war schon wieder auf dem Highway, bevor die Sonne aufging.

Gegen neun Uhr am Freitagmorgen erreichten sie endlich die Florida Keys, eine Anreihung von Inseln, die durch Brücken miteinander verbunden waren und deren letzte Key West war. Sie überquerten Key Largo, einige kleinere Inseln wie Islamorada, Long Key und Vaca Key und mussten über die Seven Mile Bridge, bevor sie eine größere Insel namens Big Pine Key passierten.

Harmony war völlig auf die Fahrbahn fokussiert und sie hoffte, noch vor dem Mittagessen beim Haus anzukommen.

»Sag mal, nimmst du eigentlich die Schönheit dieser Orte wahr?«, hörte sie Hope irgendwann fragen.

»Was?«

»Wir sind auf den Keys! Es ist hier atemberaubend! Sieh dich nur um!«

Sie nahm ihren starren Blick von der Straße und blickte nach links und rechts. Überall waren Palmen, weiße Sandstrände, das blaue Meer. Ihre Schwester hatte recht: Es war wirklich wunderschön.

»Tut mir leid, Hope.«

»Ist okay. Ich möchte nur, dass du begreifst, dass wir es geschafft haben. Wir sind fast angekommen und jetzt wird alles gut.«

Tränen stiegen auf und sie musste rechts ranfahren. Sie wusste nicht, ob es die Erleichterung war, diese lange Reise überstanden zu haben, oder das Glück darüber, Hope ihren letzten Wunsch erfüllt zu haben. Doch es überkam sie, ihre Emotionen waren auf einmal völlig aus dem Ruder. So tough sie hatte sein wollen, brach sie jetzt zusammen. An diesem paradiesischen Ort mit den Pelikanen, die sich auf einem der Stege niedergelassen hatten, und den sanften Wellen, die an den Strand spülten.

»Was ist denn los, Mony?«, fragte Hope besorgt und legte ihr einen Arm um die Schulter.

»Ich glaube, ich brauche mal frische Luft«, sagte sie und stieg aus dem Wagen. Atmete tief durch. Wischte sich die verdammten Tränen weg und schwor sich, dass es die letzten gewesen waren. Von nun an würde sie nicht mehr zusammenklappen, würde stark für sie beide sein. Hier an diesem vielleicht schönsten Ort auf Erden.

Plötzlich stand Hope neben ihr. »Bist du okay? Ich mache mir Sorgen.«

Sie stellte sich aufrecht hin, sah ihre Schwester an und schaffte es, zuversichtlich zu lächeln. »Ja. Wir sind da. Hab keine Angst, wir schaffen das.«

Hope nickte, wollte ihr wohl glauben, auch wenn Harmony vor einer Minute noch weit davon entfernt gewesen war, ihr Zuversicht zu vermitteln. Doch jetzt war alles gut.

Alles war gut.

21

Eine halbe Stunde später fuhren sie vor dem Haus vor, das sie gemietet hatten. Für drei Monate erst mal, mit der Option auf Verlängerung. Natürlich war es nicht gerade günstig, ein Feriendomizil keine zwanzig Meter vom Strand an einem Ort wie Key West zu mieten, doch die Eigentümerin hatte sich noch an Hope erinnert und machte ihnen einen guten Preis. Hope nutzte das Geld, das sie und Asher für die künstliche Befruchtung gespart hatten. Das, was nach der Beerdigung, den anteiligen Arztrechnungen und der wirtschaftlichen Krise übrig geblieben war.

»Das brauche ich ja nun nicht mehr«, hatte sie gesagt, was Harmony wieder einmal unendlich traurig gemacht hatte.

Wie konnte das Schicksal zu so einem guten Menschen so mies sein? Womit hatte Hope das verdient?

Harmony hatte immer an Karma geglaubt, an das Gesetz von Ursache und Wirkung. Aber was hatte ihre Schwester denn Schlimmes getan, um jetzt auf diese miese Weise bestraft zu werden?

»Komm, ich zeig dir alles!«, sagte Hope und nahm den Schlüssel aus dem vereinbarten Versteck unter dem Keramikfrosch.

Als wäre sie komplett gesund und nicht sterbenskrank, huschte sie sogleich durchs Haus und schwelgte in Nostalgie.

»An diesem Tisch haben Asher und ich die Postkarten geschrieben. Dort vorne am Küchentisch haben wir Pancakes gefrühstückt. Und auf den Sesseln am Fenster haben wir abends zusammen gelesen. Hier haben wir nach einem Regenguss unsere nassen Sachen ausgezogen und …« Hope lachte auf, als hätte sie sich an etwas ganz Wunderbares erinnert.

Harmony folgte ihrer Schwester durch die Räume und konnte gut verstehen, warum sie diesen Ort so liebte. Das Haus war wirklich hübsch, es war von außen weiß angestrichen und besaß eine Veranda, die einmal drum herum ging und von der aus man sicher den Sonnenuntergang beobachten konnte. Drinnen war alles in Beige gehalten: Die Wände waren mit Bildern von Palmen und Stränden behängt, hier und da standen Vasen, die mit getrockneten Blumen und Pampasgras befüllt waren. Aus einem der Schlafzimmer hatte man einen unglaublichen Blick aufs Meer und sie beschloss direkt, es Hope zu überlassen.

»Willst du dich ein bisschen ausruhen?«, fragte sie, während sie sich den Pferdeschwanz fester zog.

»Machst du Witze? Nicht bevor ich dir den Rest gezeigt habe!«, erwiderte Hope und war schon raus aus der Tür und auf der hinteren Veranda. Sie lief die Stufen hinunter in den Garten und drehte sich im Kreis. »Ist er nicht großartig?«

»Total schön.« Sie blickte sich um. Überall waren Palmen und Blumen, es gab einen kleinen Springbrunnen und eine Rasenfläche mit Sonnenstühlen. »Ich hol mal unsere Sachen aus dem Auto, okay? Du kannst dich ja auf einen der Stühle setzen«, schlug sie vor.

»Okay.« Hope strahlte. Doch bevor sie sie zum Wagen gehen ließ, umarmte sie Harmony noch einmal fest. »Danke für alles.«

Sie nickte und erinnerte sich daran, stark sein zu wollen. »Gern geschehen.«

Dann ging sie das Gepäck holen und stellte es in die jeweiligen Zimmer. Schließlich legte sie sich für einen Moment aufs Bett. Sie wollte nur kurz die Augen zumachen und entspannen, nur eine Minute …

Als sie wieder aufwachte, stand die Sonne hoch am Himmel und ihr knurrte der Magen. Was war geschehen? War sie etwa eingenickt? Und wo war Hope?

Sie eilte durchs Haus und suchte nach ihr und fand sie schließlich im Garten. Auf der Sonnenliege, wo sie sie vor zwei Stunden zurückgelassen hatte, wie ihre Armbanduhr ihr anzeigte.

»Hast du ein bisschen geschlafen?«, fragte Hope.

»Anscheinend. Sorry, ich wollte nicht eindösen. Ich war wohl einfach zu müde.« Sie rieb sich die Augen und strich sich das Haar aus dem Gesicht, das sich aus dem Pferdeschwanz gelöst hatte.

»Das macht doch nichts«, erwiderte Hope. »Ich hab inzwischen das süße Leben genossen, hier im Schatten gelegen und mich ein bisschen mit dem Nachbarn unterhalten.«

Harmony erinnerte sich, was ihre Schwester ihr damals über den Nachbarn erzählt hatte: dass er ein alter Seemann mit einem Rauschebart war, der die besten Geschichten vom Meer auf Lager hatte.

»Ja? Ich freue mich schon, ihn kennenzulernen«, sagte sie, während sie sich die Haare neu zusammenband.

Hope lächelte. »Er ist wirklich nett, hat sogar angeboten, den Rasen für uns zu mähen, falls wir dazu keine Lust haben.«

»Oh. Macht das die Eigentümerin denn nicht?«, fragte sie, da sie nicht gewusst hatte, dass solche Arbeiten in den nächsten Wochen auch anstanden.

»Nein, nein.« Hope schüttelte den Kopf. »Ich habe ihr gesagt, sie muss sich um nichts kümmern, während wir hier sind.«

»Na dann … Den Rasen zu mähen, werden wir ja aber wohl noch selbst hinbekommen, oder?«

»Klar, ich springe gern aus dem Krankenbett und erledige das«, meinte Hope grinsend.

Sie sah sie entgeistert an. Dieser bittere Sarkasmus immer! Andererseits war es vielleicht nur ihre Art, ihr Schicksal anzunehmen. Harmony atmete einmal tief durch.

»*Ich* werde mich darum kümmern. Wollen wir jetzt was essen gehen? Ich sterbe fast vor Hunger.«

Und da bemerkte sie, dass sie es selbst machte, ohne dass es ihr bewusst war. Wie oft man leichthin Worte wie diese benutzte … Sie würde darauf achten, es nicht mehr zu tun. Weil das Sterben nämlich alles andere als lustig war.

»Ich auch!«, sagte Hope und erhob sich von der Liege. »Hast du Lust auf Pasta? Ich kenne einen richtig guten Italiener.«

»Oh ja, bitte«, sagte sie, denn sie konnte sich gerade nichts Besseres als eine Portion Spaghetti *aglio e olio* vorstellen.

22

Nach einem köstlichen Essen beim Italiener spazierten sie den Higgs Beach entlang. Hope schien glücklich wie seit Jahren nicht. Ihr war nicht einmal mehr anzusehen, wie krank sie war. Sie blickte immer nur aufs weite Meer hinaus und hatte ein breites Lächeln im Gesicht.

»Wie geht es dir, Sis?«, fragte Harmony. Sie hatte ihre Turnschuhe ausgezogen und lief barfuß durch den Sand.

»Mir geht es wunderbar«, antwortete ihre Schwester, die ihren stylischen neuen Sonnenhut trug. »Ich bin endlich wieder in Florida.«

»Ja, wir haben es geschafft. Und du hattest recht: Es ist einzigartig schön.«

»Es ist alles noch genau so, wie ich es in Erinnerung hatte.« Hope blickte sich selig um. »Schau mal, da vorne, die Drachen! Solch einen haben wir damals ebenfalls steigen lassen.«

»Klingt cool. Wir können das auch irgendwann machen, wenn du willst.«

»Ich würde mich freuen.« Hope lächelte sie an.

»Und was willst du sonst so unternehmen?«, wagte Harmony jetzt zu fragen. Denn auf eine Weise hatte sie bis gestern nicht geglaubt, dass sie es wirklich hierherschaffen würden. Insgeheim hatte sie immer noch gehofft, dass Hope ihre Meinung ändern und sie bitten würde umzukehren. Aber jetzt waren sie hier und sie würden bleiben.

»Oh, weißt du, ich habe mir gar nicht so viel vorgenommen. Ich bin glücklich, wenn ich den Strand entlangspazieren oder den Sonnenuntergang über dem Meer betrachten kann«, sagte Hope.

»Das weiß ich doch. Und trotzdem gibt es sicher ein paar Dinge, die du gern tun oder sehen willst.« *Ein letztes Mal*, fügte sie in Gedanken hinzu und musste gleich wieder den aufkommenden Kloß im Hals wegschlucken.

»Ich würde gern noch mal Hummer essen«, erzählte Hope. »Und ich möchte Seesterne sammeln.«

»Dann lass uns das gleich tun«, schlug sie vor und blickte sich im Sand um. Hier und da lag eine Muschel, aber Seesterne hatte sie bisher keine entdeckt.

»Da bin ich natürlich dabei. Können wir uns nur vorher kurz setzen und ausruhen?«

Sofort machte sich Sorge in Harmony breit. »Hast du Schmerzen? Bist du erschöpft?«

Hope gab ihr keine Antwort, stattdessen sagte sie: »Ich möchte nur den Moment genießen und das alles in mich aufnehmen.« Sie ließ sich in ihrem Sommerkleid auf dem Sand nieder und hob das Gesicht gen Himmel. Obwohl die Sonne hier mindestens genauso heiß schien wie zu Hause in Arizona, hatte Harmony es sich schlimmer vorgestellt. Bisher kam sie mit der hohen Luftfeuchtigkeit gut zurecht. Vielleicht waren diese Dinge aber auch einfach nicht wichtig.

Sie beobachtete Hope, die mit geschlossenen Augen dasaß und den Anhänger ihrer silbernen Kette berührte. Den Seesternanhänger, der ihr das Wertvollste auf der Welt war.

Harmony fühlte so mit ihrer Schwester, die beinahe alles verloren hatte. Wie sehr hätte sie ihr gewünscht, dass sie das nächste Mal, wenn sie nach Key West kam, Asher an ihrer Seite gehabt hätte. Und vielleicht ein süßes kleines Baby. Stattdessen hatte sie den Krebs dabei und Harmony, die mit der ganzen Sache noch immer ziemlich überfordert war.

»Würdest du gern eine Delfinbeobachtungstour machen? Wie damals?«, fragte sie irgendwann, weil die Stille ihr zu viel wurde.

»Oh, das wäre so schön!«, sagte Hope. »Die Touren dauern aber meist ein paar Stunden, ich weiß nicht, ob ich dafür fit genug bin.«

Harmony nickte. Sie würde sich etwas überlegen müssen. »Vielleicht klappt es ja doch noch.«

»Ja, vielleicht.«

Ein Hahn spazierte an ihnen vorbei und Harmony wunderte sich, was der hier am Strand verloren hatte. Er musste irgendwo ausgebüxt sein, dachte sie und sah ihm nach.

»Bist du genauso müde wie ich? Wollen wir zurück zum Haus spazieren?«, fragte sie, als er kaum mehr zu erkennen war.

»Was ist mit den Seesternen?«, fragte Hope.

»Auf dem Weg halten wir danach Ausschau.«

»Okay.«

Sie erhoben sich und dabei war Harmony darauf bedacht, ihrer Schwester nicht aufzuhelfen. Denn sie wusste, dass Hope es schon immer gehasst hatte, wie eine Todkranke behandelt zu werden, und lieber alles so gut wie möglich allein machte – solange sie konnte.

Sie gingen langsam durch den warmen Sand. Das Haus war nicht mal mehr hundert Meter entfernt, als Hope endlich einen Seestern fand. Sie jauchzte freudig auf, lief ein paar Schritte darauf zu, bückte sich und nahm ihn in die Hand. Stolz zeigte sie ihn ihr.

»Sehr cool!«, sagte Harmony und fragte sich gleichzeitig, wie viele Seesterne Hope noch entdecken würde, bevor …

Hope. Das bedeutete Hoffnung. Doch sie hatte das Gefühl, die hatte sie längst verlassen. War mit einer Welle davongespült und nun irgendwo da draußen auf dem Meer, wo sie sie nie mehr wiederfinden würde.

23

Am Morgen war Harmony schon früh wach. Sie hatte nicht gut geschlafen, zu viele Dinge waren ihr durch den Kopf gegangen. Vor allem fragte sie sich, wie die nächsten Wochen aussehen würden. Und wie viel Schmerzen Hope wirklich ertragen konnte. Irgendwann würden sie ja doch ein Krankenhaus aufsuchen müssen, oder? Und sie würden Hope dortbehalten wollen, wenn ihr Körper von Entzündungen zerfressen war oder ihre Organe nicht mehr richtig funktionierten.

Das alles als liebende Schwester mitansehen zu müssen, würde die schwerste Herausforderung ihres Lebens sein. Und sie wusste ehrlich nicht, wie sie das überstehen sollte. Ganz allein. Ohne Hilfe. Ohne ihre Mutter, die weit weg war und sowieso nicht richtig verstand, was Sache war. Ohne einen Partner an ihrer Seite, der ihr Halt geben könnte. Aber sie selbst hatte ja vor Jahren entschieden, dass sie niemanden mehr an ihrer Seite wollte. Wenn sie an Paul und all die anderen Männer zurückdachte, die sie enttäuscht hatten, dann war sie sich ihrer Entscheidung im Grunde immer sicher gewesen. Jetzt erkannte sie jedoch, dass Situationen wie diese ein ganzes Stück einfacher wären, wenn da jemand wäre, der sie ermutigen, ihr Trost spenden und der für sie da sein würde, wenn … wenn der letzte Tag kam. Dass er kommen würde, war keine Frage, nur wann es so weit sein würde, war ungewiss.

Irgendwann stand sie aus dem Bett auf und ging in die Küche, um Kaffee zu kochen. Sie band sich einen Pferdeschwanz und blickte sich um. Ein paar haltbare Lebensmittel hatten sie eingepackt, später würden sie allerdings zum Supermarkt fahren müssen, um Brot, Milch, Eier, frisches Obst und Gemüse zu kaufen.

Der Kaffee tat gut. Sie nahm ihn mit nach draußen auf die Veranda und setzte sich in ihrem Schlafoutfit – eine gelbe Hotpants und ein dazugehöriges Tanktop mit Spongebob Schwammkopf darauf – auf die Hollywoodschaukel. Es war nicht einmal sieben Uhr und doch zwitscherten schon die Vögel und es war von irgendwoher Musik zu hören. Als sie oben auf einem der Bäume – eine Knopfmangrove, glaubte sie – Geräusche hörte, blickte sie hoch und entdeckte ein großes orangefarbenes Tier, das aussah wie eine Riesenechse.

Kurz erschrak sie, dann erinnerte sie sich aber daran, dass Hope ihr nach ihrer ersten Reise auf die Keys von diesen Tieren erzählt und ihr außerdem Fotos gezeigt hatte und …

»Guten Morgen!«, hörte sie und erschrak erneut.

Hinter der Hecke im Nachbargarten stand ein junger Mann in einem Hawaiihemd und winkte ihr zu.

»Guten Morgen!«, rief sie ein wenig verwirrt zurück und überlegte kurz, zurück ins Haus zu gehen. Schließlich dachte sie sich, warum sollte sie? Sie saß hier ja nicht nackt, sondern in einem wenn auch ein wenig durchgeknallten Pyjama.

»Du musst Hopes Schwester sein!«, rief der Typ und sie stand auf und ging auf ihn zu, damit Hope von dem Gebrülle nicht wach wurde.

»Die bin ich«, bestätigte sie, als sie bei ihm angekommen war, diesem Typen, der um sieben Uhr morgens hinter der Hecke stand und sie freudig anstrahlte. »Und wer bist du?«

»Euer Nachbar. Ich wohne hier. Mein Name ist Elias.«

»Wie ein alter Seemann siehst du aber gar nicht aus«, sagte sie mit gerunzelter Stirn.

Er musste lachen. »Wie bitte?«

»Hope meinte, der Nachbar sei ein alter Seemann mit Rauschebart. Ich bin gerade ehrlich gesagt ein wenig verwirrt.«

»Ach so. Du musst Walt meinen, der hat vor mir in dem Haus gewohnt.«

»Okay, jetzt bringst du langsam Licht ins Dunkel«, erwiderte sie und grinste ihn an.

Er grinste zurück. »Tut mir leid, wenn du jemand anders erwartet hast.«

»Schon gut. Also, nett, dich kennenzulernen, Elias, ich bin Harmony.«

»Ein schöner Name.«

»Danke.«

Sie blickten einander ein paar Sekunden lang an und ihr fiel auf, dass er nur ein paar wenige Zentimeter größer war als sie. Dann fragte sie: »Wenn du kein Seemann bist, was machst du stattdessen?«

»Ich bin Grundschullehrer«, antwortete er und schien mächtig stolz darauf zu sein. »Und was machst du? Lass mich raten: Du bist Seefahrerin und nun ziemlich enttäuscht, keinen Gleichgesinnten gefunden zu haben.«

Sie musste lachen. »Du bist lustig.« Plötzlich war ihr das Spongebob-Outfit doch ein wenig peinlich und sie wippte von einem Bein aufs andere. »Ich bin Journalistin und schreibe für eine Tageszeitung.«

»Wow! Klingt spannend.«

»Ist es. Ich liebe meinen Job.«

»Das höre ich Leute nur sehr selten sagen«, meinte Elias.

Und er hatte recht. Außer ihr selbst und Lauren kannte sie auch nicht viele Leute, die absolut zufrieden mit ihrem Beruf waren. Vielleicht noch Hope, die wirklich gern in ihrem Schmuckladen stand. Gestanden hatte …

Sie rief sich zurück ins Hier und Jetzt. »Wie lange unterrichtest du schon hier?«

»Ich bin vor acht Jahren aus den Niederlanden hergezogen, nachdem ich dieses Jobangebot im Internet entdeckt hatte. Sie haben wohl damals dringend nach Lehrern gesucht«, erzählte Elias.

»Oh. Das ist ja cool«, sagte sie, weil sie das ehrlich fand. Die Niederlande waren nur ein Ziel in Europa, zu dem sie gern mal reisen würde. Vor sechs Jahren war sie mit Lauren in London gewesen, seitdem hatte sie die USA aber nicht mehr verlassen.

»Findest du?« Er lächelte sie an.

»Total.«

»Und wo kommt ihr eigentlich her? Das hat mir Hope gestern gar nicht erzählt. Sie erschien mir ziemlich müde und da wollte ich nicht weiter stören.«

Sie betrachtete den Mann mit seinen kurzen braunen Locken und in seinem bunten Hemd, der ungefähr in ihrem Alter sein musste, und sie fragte sich, ob er das wirklich noch nicht wusste. Er hätte es zumindest mit einem Blick auf ihr Nummernschild herausfinden können. Andererseits stand ihr Wagen auf der anderen Seite des Hauses. »Wir kommen aus Phoenix«, erzählte sie also.

»Wow, direkt aus der Wüste? Wie ist es dort so?«

»Heiß«, antwortete sie und zog eine Grimasse.

Elias schmunzelte. »Hier ist es auch heiß. Wieso habt ihr euch nicht einen anderen Ort zum Urlaubmachen ausgesucht? Wie zum Beispiel … Alaska?«

Sie wusste, er wollte nur lustig sein, und er konnte ja nicht wissen, was los war, aber irgendwie konnte sie darüber nicht lachen.

»Weil das hier Hopes liebster Ort auf Erden ist«, erklärte sie und ihr Ton verriet ihm wohl, dass etwas Ernsteres dahintersteckte.

»Da sind deine Schwester und ich einer Meinung«, sagte er nur. »Ich kann mir gar nicht mehr vorstellen, woanders zu leben.«

»Trotz der schwülen Hitze und der Hurrikans?«, fragte sie.

»Ja. Ich nehme das gern in Kauf. Zumal ich erst ein paar wenige richtige Hurrikans miterlebt habe, und mein Haus steht noch, wie du siehst.«

»Glück gehabt.«

»Ja.« Er legte den Kopf schräg. »Wie lange bleibt ihr denn hier?«

»Das wissen wir noch nicht genau.«

»Ah. Na, wie auch immer, ich habe Hope gestern schon gesagt, dass ich gern jederzeit einspringe, wenn ihr bei irgendwas Hilfe braucht. Zurzeit langweile ich mich nämlich ein wenig.«

»Ja? Und wieso?«

»Es sind Schulferien. Das ist hier echt eine Sache, an die ich mich wohl nie gewöhnen werde: Ihr habt drei ganze Monate Sommerferien! In meiner Heimat sind die gerade mal halb so lang.«

»Oh, ehrlich?«

Er nickte.

»Wann fängt die Schule denn wieder an?«

»Am vierzehnten August.«

»Das ist schon in zwei Wochen. Musst du da nicht einiges fürs neue Schuljahr vorbereiten?«

»Doch, klar. Trotzdem fällt mir langsam die Decke auf den Kopf. Ich bin in den vergangenen Wochen ein bisschen durchs Land gefahren, zu den Everglades und hoch bis nach North Carolina. Aber so langsam kann der Sommer echt vorbei sein. Ich vermisse das Unterrichten, mir fehlen meine Schüler.«

Süß, irgendwie, dachte Harmony.

»Welche Fächer unterrichtest du?«

»Biologie und Erdkunde.«

»Das passt ja gut. Vielleicht kannst du mir eine Frage beantworten.«

»Klar, welche denn?«

»Ich hab da auf dem Baum vorhin eine Riesenechse entdeckt. Handelt es sich dabei um einen Leguan? Und was macht der da oben?«

Elias lachte. »Ja, das war ziemlich sicher einer, und zwar ein grüner Leguan.«

»Er war nicht grün, sondern eher orange.«

Elias nickte. »Die Männchen können auch Farben wie Orange oder Rot annehmen. Besonders in der Paarungszeit, um damit die Weibchen zu beeindrucken. Sie werden übrigens mit bis zu zwei Metern zwanzig weit größer als die Weibchen.«

»Zwei Meter zwanzig?« Sie starrte Elias mit offenem Mund an.

»Inklusive der Schwanzlänge natürlich.«

»Sind die gefährlich?«

Ihr Gegenüber schüttelte den Kopf. »Für uns Menschen nicht. Und nicht einmal für andere Tiere, denn erwachsene Leguane sind Vegetarier und ernähren sich ausschließlich von Blättern, Blumen und Früchten.«

»Und für wen können sie dann gefährlich werden?«

»Nicht für wen, sondern für was. Sie gefährden mit ihren Erdbauten die Stabilität von Fundamenten, Bürgersteigen und Dämmen, weshalb es den Einwohnern unserer schönen Insel sogar gestattet ist, sie zu töten. Auf *humane* Weise«, erzählte Elias und sah ein wenig wütend dabei aus.

»Oh Gott, die Armen!«

»Ja, so sehe ich das auch. Aber ich kenne genügend Leute, die einen richtigen Hass auf die Tiere haben, weil sie es sich in ihren Gärten bequem machen und ihre Pflanzen fressen.«

»Meine Güte, das sind doch nur Pflanzen.« Sie schüttelte abfällig den Kopf.

»Schön, dass wir da einer Meinung sind«, sagte Elias. »Also, bei mir dürfen sie sich satt fressen, wenn sie möchten.«

»Bei uns genauso«, stimmte sie zu.

Wieder sahen sie einander an, bestimmt zehn Sekunden lang. Und Elias wollte anscheinend gerade etwas sagen, als sie Hopes Stimme hinter sich hörte.

»Guten Morgen, ihr beiden. Habt ihr schon Bekanntschaft gemacht?«

»Haben wir. Wir haben uns gerade über die Leguane unterhalten«, berichtete Harmony.

»Ich finde die toll«, meinte Hope und sah hoch zu den Bäumen, in der Hoffnung, einen zu entdecken.

»Ich auch! Aber weißt du, dass man die hier einfach töten darf, wenn sie einem den Garten leer fressen?« Sie war darüber noch immer schwer empört.

»Echt? Wie gemein ist das denn?«, sagte Hope und sah Elias an.

Der zuckte die Schultern. »Ich hab das Gesetz nicht erlassen.«

»Wie geht es dir, Elias?«, erkundigte sich Hope als Nächstes.

»Sehr gut, danke. Ich habe vor, heute mit dem Boot rauszufahren.«

»Das klingt super. Wir wollen das Stadtzentrum erkunden. Ich kenne es ja bereits und möchte meiner Schwester einiges zeigen.«

»Na, dann viel Spaß. Zeig ihr auf jeden Fall die anderen berühmten Tiere, die hier heimisch sind.«

Hope lachte. »Werde ich machen.«

»Welche anderen Tiere?«, wollte Harmony wissen.

»Das wirst du schon sehen.«

»Ihr macht es aber spannend. Ich könnte auch einfach kurz googeln.«

»Aber dann wäre es doch gar nicht mehr so interessant«, meinte Hope.

»Na gut. Bye, Elias, hab einen schönen Tag!«, sagte sie.

»Danke, den wünsche ich euch ebenso. Und ich habe mich sehr gefreut, dich kennenzulernen, Harmony.«

»Dito.« Sie schenkte ihm ein Lächeln, drehte sich um und ging zusammen mit Hope ins Haus.

»Toll, dass du Kaffee gekocht hast«, sagte Hope und schenkte sich einen Becher ein.

Harmony setzte sich an den Küchentisch und betrachtete ihre Schwester. »Und du bist nicht auf die Idee gekommen, mir mal kurz zu erzählen, dass aus dem alten Seemann ein junger Lehrer geworden ist?«

Hope grinste sie an. »Ich dachte nicht, dass das wichtig ist. Du interessierst dich doch eh nicht für Männer, oder?«

»Stimmt genau. Ich war aber ganz schön überrascht.«

»Wie findest du ihn denn? Er ist nett, nicht wahr?«

»Sehr nett.«

»Jaaa?« Hope sah sie erwartungsvoll an.

»Ja. Und dennoch ist er einfach nur ein Nachbar. Und gar nicht mein Typ. Ich meine, hast du sein Hawaiihemd gesehen?«

Hope musste lachen. »Asher hatte ein ähnliches, das er hier andauernd getragen hat. Ich weiß nicht, was das mit den Männern ist, sobald sie Palmen sehen, wollen sie diese Hemden anziehen.«

»Wie auch immer, er ist nett, aber wir sind nicht wegen irgendwelcher Männer hier, sondern wegen wichtigerer Dinge.«

»Da hast du recht. Also, wollen wir gleich aufbrechen?«

»Wie geht es dir denn heute? Wie hast du geschlafen?«

»Ausgesprochen gut. Das Bett ist bequem und ich hatte letzte Nacht zum Glück keine Bauchschmerzen mehr.«

»Das ist großartig. Vielleicht tut dir dieser Ort ja wirklich gut.«

»Auf jeden Fall.« Hope trank noch einen Schluck Kaffee und sagte: »Lass uns gleich einkaufen fahren. Später können wir durchs Zentrum spazieren und irgendwo was essen.«

»Das klingt nach einem Plan!«, sagte sie. Obwohl sie unglaublich müde war, würde sie es sich nicht anmerken lassen. Schlafen konnte sie später, zuerst einmal wollte sie Hope eine schöne Zeit bereiten.

Sie zog sich schnell um, schlüpfte in ihre Sneaker, schnappte sich ihre Handtasche und fand ihre Schwester wartend auf der Hollywoodschaukel. Sie blickte in Richtung Meer.

»Ich kann noch gar nicht richtig glauben, dass ich wirklich wieder hier bin«, sagte Hope ganz leise, wie zu sich selbst.

Harmony legte ihr eine Hand auf die Schulter. Nur das. Weil es manchmal einfach nicht die richtigen Worte gab.

24

»Von was für Tieren habt ihr nun eigentlich gesprochen, du und Elias?«, fragte Harmony auf dem Weg zum Supermarkt. Sie war schon jetzt mehr als froh, das Auto dabeizuhaben. Es würde alles so sehr vereinfachen.

»Wir haben gestern sogar welche gesehen, denk mal scharf nach«, antwortete Hope, die in Cargo-Shorts und T-Shirt neben ihr saß. Auf dem T-Shirt stand *Key West*, sie hatte es während ihrer zweiten Reise auf die Insel gekauft und sich selbst nach elf Jahren noch nicht davon trennen können, obwohl es ganz verwaschen war. Asher hatte dasselbe gehabt.

Sie überlegte. Welche Tiere hatten sie gestern auf der Hinfahrt gesehen außer ein paar Hunden, die Gassi geführt wurden, und ein paar Vögeln, die auf einem Zaun gesessen und gezwitschert hatten? Wahrscheinlich hatten sich auch da Leguane in den Bäumen befunden, aber von denen hatte sie nichts gewusst und natürlich nicht hoch zu jeder Krone geguckt. Am Nachmittag auf dem kurzen Weg zum Restaurant waren ihnen, soweit sie sich erinnerte, keine Tiere begegnet, und am Strand waren sie nur auf ein paar Muscheln, den entlaufenen Hahn und diesen einen eingetrockneten Seestern gestoßen.

»Ah! Meinst du die Pelikane?«, fragte sie, als ihr die vom Steg auf der Hinfahrt einfielen.

»Nein.«

»Okay, ich komme wirklich nicht drauf. Nun sag schon!«, forderte sie ihre Schwester auf.

»Sind dir denn die Hühner nicht aufgefallen?«

Sie versuchte, sich zu erinnern. »Ich habe einen Hahn am Strand gesehen.«

»Und auf der Straße nicht? Da waren nämlich ebenfalls hier und da welche.«

»Ach, wirklich?« Nein, davon wusste sie ehrlich nichts, wahrscheinlich hatte sie zu viel anderes im Kopf gehabt, als irgendwelche Hühner wahrzunehmen.

»Ja. Die ganze Insel ist von ihnen bevölkert, vor allem das Stadtzentrum. Sie sind einfach überall, wirst du nachher sehen.«

»Oh, echt? Und warum sind die überall?«

»Das weiß ich leider nicht. Vielleicht hat Elias da mehr Ahnung, er wohnt schließlich hier.«

»Hm. Na, dann halte ich mal Ausschau.«

Das Navi sagte ihr an, dass sie nach links abbiegen sollte, und sie folgte der Route. Da es in der Nähe ihres Hauses und auch im Zentrum nur kleinere Lebensmittelläden gab, hatte sie sich entschieden, ein Stück weiter zum nächsten Publix zu fahren. Das schien eine größere Supermarktkette in Florida zu sein und sie mussten schließlich einiges einkaufen.

»Alles okay?«, fragte sie, als sie bemerkte, dass Hope ganz still war und aus dem Fenster blickte. Obwohl sie das eigentlich nicht ständig fragen wollte. Denn natürlich war überhaupt nichts okay. Und doch machte sie sich unaufhörlich Sorgen um ihre Schwester.

Die hörte sie gar nicht, starrte nur immer weiter hinaus.

»Hope?«, fragte sie ein wenig lauter.

Hope wandte ihren Blick zu ihr. »Ja?«

»Ist alles in Ordnung?«

»Ja. Alles gut.« Sie lächelte und Harmony wollte ihr so gern glauben.

»Wir sind gleich da«, ließ sie ihre Schwester wissen.

»Schön.«

»Vielleicht hätten wir uns eine Liste machen sollen«, überlegte sie.

»Ist, glaube ich, nicht nötig. Wir nehmen einfach mit, worauf wir Lust haben.«

»Und das, was man sonst halt braucht. Klopapier, Damenrasierer, Zitroneneis …« Sie versuchte, witzig zu sein, weil diese erdrückende Stimmung kaum zu ertragen war.

Zum Glück sprang Hope darauf an. »Na, das ist sowieso das Allerwichtigste. Und Spaghetti nicht zu vergessen.«

»Die würde ich niemals vergessen.« Sie zwinkerte ihrer Schwester zu. »Wir können auch Zutaten für Pizza kaufen und welche selbst machen. Heute Abend, wenn du willst.«

»Gerne.«

Sie folgte weiter den Anweisungen und fuhr ein paar Minuten später auf den Parkplatz.

Auf dem Weg zum Eingang meinte Hope plötzlich: »Wollen wir Elias zum Pizzaessen einladen?«

»Elias? Warum denn das?«

»Einfach nur so. Weil er richtig nett ist und ich mich mit den Nachbarn gut stellen will.«

»Hatte er nicht erwähnt, dass er heute mit dem Boot rausfährt?«

»Stimmt. Wir können ihm ja einen Zettel an die Tür hängen, und falls er rechtzeitig zum Dinner zurück ist, kann er rüberkommen, wenn er mag.«

»Na gut, wenn du möchtest«, sagte sie und hoffte nur, dass Hope das wirklich nur aus einem Nachbarschaftsgefühl heraus tun wollte und nicht, weil sie im Sinn hatte, ihr Schwesterchen mit dem netten Nachbarn zu verkuppeln.

Sie betraten den Supermarkt und suchten alles zusammen. Dabei musste Harmony unwillkürlich an die Supermarktbesuche in Phoenix denken, bei denen sie Lebensmittel für ihre Mutter eingekauft hatte. Es fühlte sich komisch an, nicht mehr jeden zweiten Tag bei ihr vorbeizuschauen, aber sie hatten ihre Mom seit ihrer Abfahrt jeden Tag angerufen, und mit Lauren stand Harmony natürlich ebenso in ständigem Kontakt. Die hatte Fernanda gestern besucht und nach dem Rechten gesehen, dabei hatte sie Kuchen mitgebracht und sich ein wenig mit ihr unterhalten, hatte Lauren erzählt. Das Gesprächsthema konnte nur Telenovelas oder kubanische Gerichte gewesen sein, über viel mehr mochte ihre Mom ja nicht mehr reden.

Scarlett ging es zum Glück auch bestens. Lauren hatte ihr sogar schon ein paar neue Spielzeuge gekauft und herausgefunden, dass die kleine Diva total auf gekochte Eier stand. Harmony hatte also keinen Grund, sich zu sorgen, und sie befahl sich selbst, endlich ein wenig abzuschalten.

»Wollen wir eine Flasche Rotwein mitnehmen?«, fragte Hope.

»Ist Alkohol so gut für dich?«, entgegnete sie, weil sie es sich nicht vorstellen konnte.

»Denkst du wirklich, dass das jetzt noch etwas ausmacht?«

Harmony atmete einmal tief ein und wieder aus. Dann nahm sie ohne ein weiteres Wort zwei Flaschen Wein aus dem Regal.

»Dazu brauchen wir aber Knabberzeug«, meinte sie, griff nach ein paar Chipstüten und Salzbrezeln und warf alles in den Einkaufswagen.

»Hey, hey, sei ein bisschen vorsichtiger mit den Chips!«, schimpfte Hope.

»Warum? Ich mochte Chipskrümel immer schon am liebsten«, erinnerte sie ihre Schwester, die doch wissen musste, dass sie seit ihrer Kindheit gern eine Chipstüte zusammenknüllte und den Inhalt zu Krümeln verarbeitete, um sie sich dann direkt aus der Tüte in den Mund zu schütten.

»Diese schreckliche Angewohnheit von dir hatte ich tatsächlich verdrängt«, lachte Hope. Und zum Glück lockerte das die Stimmung ein wenig auf.

»Was brauchen wir noch?«, fragte sie.

»Ich würde gern Shrimps mitnehmen«, meinte Hope. »Die kann man auch auf die Pizza tun.«

»Okay, auf zur Fischtheke!«

Nachdem sie den Wagen bis oben gefüllt hatten, fuhren sie die Einkäufe zum Haus. Das Eis, die Shrimps und einige andere Dinge mussten dringend in den Kühlschrank.

»Wir sollten uns ein bisschen ausruhen und können dann gern ins Zentrum fahren, wenn du möchtest«, schlug Harmony vor, als alle Einkäufe verstaut waren.

»Ist nicht nötig. Ich würde lieber gleich los.«

»Bist du sicher?«, fragte sie mit gerunzelter Stirn. Sie wollte nicht, dass Hope sich überanstrengte.

»Bin ich. Solange ich kann, will ich alles wie ein ganz normaler Mensch machen, okay?«

Sie hörte die Wut und Verzweiflung in Hopes Stimme, deshalb nickte sie. »Klar. Das verstehe ich. Ich muss nur noch kurz aufs Klo, dann kann es losgehen.«

Als sie ein paar Minuten später zurück in die Küche trat, war Hope abermals verschwunden.

Sie setzte sich und wartete. Gleich darauf kam ihre Schwester zur Verandatür herein. »Ich habe Elias eine Nachricht hinterlassen.«

»Okay.«

»Wollen wir?«, fragte Hope.

»Wie du willst.«

»Ich will.«

»Lass uns nur noch kurz Mom anrufen und hören, ob alles in Ordnung ist, ja?« Wie so oft machte sich ihr schlechtes Gewissen bemerkbar. Obwohl sie wusste, dass Lauren sich gut um ihre Mutter kümmerte, fühlte sie sich schlecht, sie zum allerersten Mal allein gelassen zu haben. Damals war sie nicht mal zum Studieren weggegangen wie Hope, sondern hatte das College in Phoenix besucht, um weiterhin zu Hause wohnen zu können. Auf eine Weise fühlte sie sich durchgehend für ihre Mom verantwortlich. Vielleicht weil sie mit sechzehn schon für sie hatte sorgen oder weil sie mitansehen hatte müssen, wie diese einst so wundervolle und warmherzige Frau zerfallen war. Vielleicht war da trotz allem einfach eine tiefe Liebe, von der sie hoffte, dass sie eines Tages doch wieder erwidert werden würde. Wenn sie nur genug gab. Genug tat. Da war. Beständig da war.

Hope nickte.

Sie wählte die Nummer ihrer Mutter, bei der es jetzt aufgrund des Zeitunterschieds erst acht Uhr morgens war. Nachdem sie ein paar Worte gewechselt und wie immer rein gar nichts erfahren hatten, außer wer in den altbekannten Telenovelas frisch verliebt war, verabschiedeten sie sich.

Zwei Minuten später stiegen sie ins Auto und fuhren ins Zentrum. Ganz in der Nähe vom Little White House, das wohl einmal die Winterresidenz von Präsident Truman gewesen und heute ein Museum war, stellten sie ihr Auto ab.

»Wollen wir da mal irgendwann reingehen?«, fragte Harmony.

»Warum nicht? Viel lieber will ich aber noch mal ins Hemingway House. Davon habe ich dir doch erzählt, oder?«

»Das ist das mit den Katzen?«

Hope nickte.

»Oh ja, da will ich auch hin. Vielleicht morgen?«

»Abgemacht!« Hope lächelte vor sich hin, während sie durch die Straßen schlenderten. Und hier stießen sie nun auf eine vermehrte Anzahl von Hühnern.

Es war unglaublich! Die Viecher waren einfach überall! Sie machten es sich unter schattigen Palmen bequem, spazierten über die Straße, als gäbe es keine Autos, und jeder schien sie zu akzeptieren und in das Leben auf dieser Insel zu integrieren. Das Coolste aber war, dass sie nicht wie gewöhnliche Hühner braun oder weiß waren, sondern dass ihre Federn knallrot oder orange strahlten. Ganz wie die Leguane!

»Warum sind die denn rot?«, fragte sie.

Hope zuckte die Schultern. »Das kann ich dir leider nicht beantworten.«

»Ich werde das nachher mal recherchieren«, beschloss Harmony. Denn das war schließlich das, was sie sonst auch den halben Tag lang tat. Dass sie ihre wöchentliche Sozialreportage heute noch abgeben musste, hatte sie bisher so gut wie möglich verdrängt. Eigentlich war bereits am Freitag Abgabe, sie hatte ihre Redakteurin ausnahmsweise um einen Tag Aufschub gebeten. »Ich müsste mich übrigens nachher kurz an den Laptop setzen. Ich habe meinen Artikel vor unserer Abreise nicht mehr fertig geschafft und er soll ja morgen erscheinen und muss bis spätestens heute Nachmittag um drei in der Redaktion sein.«

»Arizona-drei?«

»Genau.« Hier hatte sie – aufgrund des Zeitunterschieds – bis um sechs Zeit.

»Kein Problem. Wir fahren rechtzeitig zurück, und während du schreibst, lese ich im Garten oder lege mich ein bisschen schlafen.«

»Okay, danke.«

»Du musst mir nicht danken, Mony. Geh du nur deinen üblichen Tätigkeiten nach. *Ich* bin so dankbar, dass du mit mir hier bist, ich kann nicht auch noch erwarten, dass du alles andere stehen und liegen lässt.«

»Am liebsten würde ich es«, sagte sie, war sich aber gar nicht sicher, ob das der Wahrheit entsprach. Denn ihre Arbeit lenkte sie ab und bestimmt würde ihr das in der kommenden Zeit oft helfen. Das Sich-Zurückziehen und -Flüchten in das geschriebene Wort.

Hope griff nach ihrer Hand und sah sie voller Liebe an. »Ich weiß, was du alles für mich tust, und werde es nie vergessen.«

Sie nickte, hatte wieder einmal einen Kloß im Hals.

Aber das würde wohl von nun an dazugehören und sie beschloss, es endlich anzunehmen.

»Guck mal, da vorne gibt es Eis! Holen wir uns eine Kugel?«, fragte sie.

»Das war die beste Frage des Tages«, erwiderte ihre Schwester. Und kurz darauf hielten sie jeder eine Eiswaffel in der Hand. Das Zitroneneis war unglaublich gut, fruchtig, ein wenig sauer und lecker cremig. Doch als sie das Schokoladeneis von Hope probierte, war sie ebenfalls überrascht. »Das Eis ist der Hammer. Hier müssen wir öfter herkommen.«

»Das machen wir«, erwiderte Hope.

Und Harmony hoffte nur, dass sie die Chance bekommen würden, noch einige Sorten auszuprobieren.

25

Am Nachmittag saß Harmony wie geplant an ihrem Laptop. Sie hatte ihn mit nach draußen auf die Veranda genommen, ein Glas Eistee stand neben ihr auf dem Tisch und ihre handgeschriebenen Notizen lagen wie gewohnt überall um sie verteilt.

Hope hatte sich hingelegt. Auch wenn sie es nicht zugeben mochte, hatten der Einkauf und der Spaziergang sie doch ganz schön erschöpft.

Bereits an ihrem ersten richtigen Tag hatten sie einiges gesehen und entdeckt. Nicht nur diese supertolle Eisdiele, sondern dazu die Schönheit der Insel. Die Zebrastreifen in Regenbogenfarben, die Hühner überall und natürlich die Leguane, die man hier und da in den Bäumen finden konnte. Zudem schienen die Menschen wirklich nett, sehr relaxt und gesprächig. Hier würden sie sicher eine schöne Zeit haben, die Hauptsache aber war, dass Hope glücklich war.

So selig wie hier hatte Harmony ihre Schwester nur selten erlebt und wieder wusste sie, dass es die richtige Entscheidung gewesen war herzukommen.

Sie schrieb ihren Artikel fertig, der in dieser Woche von dem jungen Pärchen Kofi und Kara handelte, mit denen sie

Schuhe kaufen gewesen war. Sie musste viel an die Menschen in Phoenix denken und bedauerte jetzt schon, dass sie erst mal keine weiteren persönlich treffen konnte. Doch Hope war gerade diejenige, die sie am meisten brauchte.

Nachdem sie um kurz vor fünf mit einer erneuten Entschuldigung wegen der verspäteten Abgabe und einem herzlichen Dankeschön alles an ihre Redakteurin Sydney geschickt hatte, lehnte sie sich zurück und trank ein paar Schlucke Eistee. Die Eiswürfel waren bereits geschmolzen, es war wirklich unglaublich heiß an diesem Tag, ihr liefen die Schweißtropfen den Rücken hinunter.

Sie kam endlich dazu, die Hühner zu googeln, und fand heraus, dass es verschiedene Theorien gab, wie sie auf die Insel gekommen waren. Eine besagte, dass die ersten Siedler aus Europa sie im sechzehnten Jahrhundert mitbrachten, eine andere, dass kubanische Einwanderer sie im achtzehnten Jahrhundert dabeihatten. Wie auch immer, die strahlenden Farben kamen anscheinend schlicht daher, dass die Vögel sich im Laufe der Jahrhunderte der Flora und Fauna der Insel angepasst hatten.

Sie hörte ein Geräusch und blickte zum Nachbargrundstück. Elias schien von seinem Bootsausflug zurückzukommen. Keine Minute später stand er wieder an der Hecke.

»Hi!«, rief er und winkte.

»Hi!«, rief sie zurück.

Er kam durch einen kleinen Durchgang in der Hecke auf ihr Grundstück und trat an die Veranda. »Ich habe eure Nachricht erhalten und komme sehr gerne zum Pizzaessen rüber.«

»Super. Wir essen gegen sieben, falls du aber Lust hast, dir deine Pizza selbst zu belegen, komm ruhig schon eine halbe Stunde früher.«

»Das mache ich, danke.« Er strahlte mit der Sonne um die Wette und obwohl er mit seinen lockigen Haaren und dem verrückten Palmenhemd im Grunde gar nicht ihr Typ war, war sie doch ein bisschen verzaubert von seinem Charme.

»Wie war denn dein Bootsausflug?«, fragte sie und war froh, jetzt anständige Klamotten zu tragen statt des Spongebob-Outfits. In ihren Jeansshorts und dem dunkelblauen Tanktop fühlte sie sich weit wohler.

»Fantastisch. Ich war mit meinem Kumpel Eddie draußen, dem das Boot gehört. Und wie war euer Tag?«

»Sehr gut. Wir haben im Zentrum eine großartige Eisdiele entdeckt. Ich liebe Eis, musst du wissen.«

»Was ist deine Lieblingssorte?«

»Zitrone!«, sagte sie, ohne auch nur eine Sekunde zu überlegen. »Und deine? Warte, lass mich raten … irgendwas Buntes … Waldmeister oder Kaugummi?«

Elias musste lachen. »Nein, etwas ganz Langweiliges: Erdbeere.«

Sie lächelte ihn an und er lächelte zurück.

»Okay, bis später«, sagte er schließlich.

»Bis später.«

Sie sah ihm hinterher. Nach ein paar Schritten drehte er sich um. »Ach ja! Weißt du jetzt, welche Tiere ich vorhin meinte?«

Sie lachte. »Die bunten Hühner, ja.«

Er grinste und war endgültig weg.

Das Lächeln blieb noch ein paar Sekunden auf ihren Lippen. Dann tippte sie *Leguane Key West* in die Suchmaschine. Sie wollte ein paar Fakten haben, um später das Gespräch wieder aufnehmen zu können. Denn das Thema Leguane war so ungefährlich wie das Thema Kaffeefilter und das war das Beste, wenn man mit jemandem unverfänglich befreundet sein wollte.

»Ist ja interessant«, sagte sie, als sie sich die Geschichte der grünen Leguane auf Key West durchlas. Sie nahm ihren Stift zur Hand und begann, sich Notizen zu machen.

26

»Hope? Magst du aufwachen und beim Pizzamachen helfen?«, fragte sie eine Dreiviertelstunde später in die Stille. Ihre Schwester hatte den ganzen Nachmittag durchgeschlafen.

Als sie die Augen öffnete, schien sie verwirrt zu sein, wo sie war. »Wie spät ist es?«

»Gleich sechs.«

»Oh. Moment, ich stehe auf.«

Harmony trat näher und setzte sich zu ihr aufs Bett. »Geht es dir schlechter, Süße? Sag mir bitte die Wahrheit.«

»Ich war nur unwahrscheinlich müde. Du brauchst dir keine Sorgen zu machen, ich komme gleich. Hast du was von Elias gehört?«

»Ja, der hat zugesagt und kommt in einer halben Stunde rüber, um sich seine Pizza selbst zu belegen.«

»Gute Idee. Kam die von dir?«

»Jap.«

Hope rappelte sich hoch und lächelte sie an. »Schön. Ich freue mich.«

Zusammen gingen sie in die Küche und dabei merkte Harmony, wie schwach ihre Schwester war. »Du kannst dich gern an den Küchentisch setzen und ich bereite alles vor, wenn du willst.«

»Nein, nein. Du weißt, wie sehr ich Pizza liebe. Ich warte schon den ganzen Tag darauf.«

Harmony kam direkt ein Gedanke, und zwar, dass sie nicht wissen konnten, wie oft sie noch gemeinsam Pizza machen würden. Vielleicht ein paarmal, vielleicht war das hier aber auch ihr letztes Mal. Wenn es irgendwann rapide bergab ging mit Hope, war einfach alles verloren. Selbst simple Dinge wie diese.

»Na gut«, erwiderte sie und holte die Zutaten aus dem Kühlschrank. Den Teig hatte sie bereits zubereitet und er stand zum Aufgehen am Fenster.

Zusammen schnitten sie Paprika, Pilze, Zucchini, Tomaten und Mozzarella klein. Harmony öffnete eine Dose Mais und ein Glas Oliven, während Hope den Reibekäse in eine Schüssel gab und dann die Shrimps wusch, trocken tupfte und marinierte. Dabei sprachen sie nicht viel, bis Hope erwähnte, dass Ashers Lieblingsbelag Salami gewesen war.

»Oje, wir haben so etwas gar nicht gekauft«, fiel Harmony plötzlich ein. Sie selbst war ja Vegetarierin und Hope mochte lieber Fisch und Meeresfrüchte. Aber Elias hätte vielleicht gern Salami oder Schinken auf seiner Pizza.

Als ihr Nachbar zehn Minuten später an die Tür klopfte, rief sie ihm zu, dass er eintreten solle und dass sie in der Küche seien.

»Na, du bist mir ja eine Gastgeberin«, sagte Hope und ging ihm entgegen.

»Danke noch mal für die Einladung«, hörte Harmony ihn sagen und dann standen die beiden schon bei ihr in der Küche.

»Hi«, sagte Elias erneut zu ihr.

Sie lächelte ihm zu, während sie die Tomatensoße würzte. »Ich hoffe, du hast Hunger?«

»Und wie!«

»Sieh mal, unser Nachbar hat uns eine Blume mitgebracht«, sagte Hope und zeigte ihr eine superschöne Orchidee. Sie war weiß mit pinkfarbenen Sprenkeln.

»Die ist ja hübsch.«

»Freut mich, dass sie euch gefällt.«

»Wie war denn der Bootsausflug?«, erkundigte sich Hope.

»Der war großartig!«

»Hast du ein eigenes Boot?«

»Nein, aber mein guter Kumpel Eddie hat eins«, erzählte er Hope, was Harmony bereits wusste. »Wir kennen uns von der Arbeit, er ist Hausmeister an der Schule, an der ich unterrichte.«

»Also seid ihr heute zu zweit raus aufs Meer gefahren?«, fragte ihre Schwester weiter, während Harmony begann, den Teig auszurollen.

»Ja, genau. Hin und wieder …«

»Kurze Frage«, unterbrach sie die beiden. »Soll ich die Bleche komplett mit Teig belegen oder will jeder seine eigene runde Pizza?«

»Ich hätte gern meine eigene«, meinte Hope. »Zumal ich ja auch Shrimps drauftue.«

»Ah, übrigens … Wir haben leider keine Salami oder so etwas da«, informierte Harmony ihren Gast. »Nur jede Menge Gemüse und Shrimps.«

»Das macht gar nichts«, erwiderte er. »Ich esse eh kein Fleisch.«

»Tatsächlich nicht?« Sie war überrascht und irgendwie machte es den Mann in ihren Augen gleich noch ein bisschen sympathischer.

Elias nickte und steckte lässig die Daumen in die Hosentaschen. »Ich ernähre mich schon seit meiner Studienzeit überwiegend pflanzlich. In den Niederlanden haben wir die besten vegetarischen und veganen Restaurants, da vermisst man überhaupt nichts.«

»Dann muss ich unbedingt dorthin«, entgegnete sie und war froh, endlich mal jemanden kennenzulernen, der ihren Geschmack und vielleicht sogar ihre Ansichten teilte. Jemanden, der ihr bei einem ersten Date keine Innereien auftischen wollte, sondern der mit ihr Gemüsepizza aß.

Nun ja, ein Date konnte man das hier wohl nicht gerade nennen. Eher ein Zusammentreffen mit einem Freund und das war genau das, was sie brauchten.

»Wollen wir uns ein Blech teilen?«, fragte sie. »Wenn wir eh beide nur Gemüse essen? Das wäre einfacher, weil wir nur zwei Bleche haben und dann alles auf einmal in den Ofen könnte.«

»Klar, warum nicht?«

Sie konnte nicht anders, als diesen jungen Lehrer anzulächeln, der auch an diesem Abend ein Hawaiihemd trug. Diesmal war es allerdings nicht kunterbunt, sondern weiß mit schwarzen Palmen.

»Warum grinst du so?«, fragte er und blickte an sich herunter.

»Ich kannte nur bisher niemanden, der so auf diese Hemden steht wie du anscheinend.«

»Oh.« Er musste lachen. »Ja, irgendwie finde ich die cool, seit ich in Florida lebe. Und ich weiß natürlich, dass die meistens nur alte Männer tragen, aber das ist mir egal.«

»Magnum hat die ebenfalls immer angehabt«, kam Hope ihm zur Unterstützung. »Und die Typen in *Miami Vice.*«

»Gute Serie!«, sagte Elias.

»Ja. Das war die Lieblingsserie unseres Dads«, gab Harmony preis.

Sofort nahm sein Gesicht einen mitleidigen Ausdruck an. »War?«

»Er ist schon vor vielen Jahren gestorben«, erzählte Hope ihm.

»Das tut mir sehr leid.«

»Danke.«

»Lasst uns lieber über fröhlichere Themen reden, ja?«, bat Harmony, denn der Tod war das Allerletzte, über das sie jetzt sprechen wollte.

»Ja, natürlich«, meinte Elias.

»Wie war es denn auf dem Meer? Hast du irgendwas Spannendes erlebt?«

»Oh, wir haben eine ganze Delfinschule gesehen, das müssen an die fünfzig Tiere gewesen sein.«

»Wie toll!«, fand Hope. »Ich *liebe* Delfine!«

»Die sind wirklich toll«, stimmte Elias ihr zu.

»Ich hoffe, ich werde hier die Gelegenheit bekommen, sie auch noch mal zu beobachten. Am liebsten bei Sonnenuntergang, das war damals so schön.«

»Du hast das schon mal gemacht?«, fragte ihr Nachbar interessiert.

»Ja, es ist sechzehn Jahre her. Damals war ich auf Hochzeitsreise mit meinem Liebsten hier.«

»Das klingt ziemlich cool«, meinte Elias.

Hope strahlte. »Ja, das war es. Einfach unvergesslich.«

Harmony hoffte nur, dass Elias jetzt nicht fragen würde, wo ihr Liebster diesmal war. Ob sie einen Mädelstrip machten und ihn zu Hause gelassen hatten oder etwas in der Art. Denn dann würden sie ihm nur von einem weiteren Tod erzählen müssen.

Doch zum Glück hakte er nicht weiter nach und es war jetzt sowieso Zeit für die Pizza.

»Also, was hättest du denn gern?«, fragte sie.

Elias trat näher an den Arbeitstresen, begutachtete die Zutaten und sagte: »Alles, was an Gemüse da ist, würde ich sagen.«

»Ein Mann nach meinem Geschmack«, scherzte sie. Eigentlich meinte sie es sogar ernst, doch das wollte sie Hope auf keinen Fall wissen lassen. Denn dann würde sie nur gleich wieder versuchen, sie zu verkuppeln. Das hatte sie in den vergangenen Jahren oft genug getan und es hatte jedes Mal in einer Katastrophe geendet. Harmony wusste ja, dass ihre Schwester nur das Beste für sie wollte, aber ihre Entscheidung, sich auf keine Männer mehr einzulassen beziehungsweise auf nichts Festes mit ihnen, war tief in ihrem Herzen verankert. Sie brauchte nicht noch mehr Drama in ihrem Leben.

»Sorry übrigens, dass ich kein richtiges Gastgeschenk dabeihatte wie eine Flasche Wein oder etwas in der Art. Ich habe ja erst ziemlich spät von eurer Einladung erfahren und habe es nicht mehr geschafft, etwas zu besorgen«, sagte Elias jetzt, während er sich die Hände wusch.

»Die Blume ist mehr als genug«, meinte Hope. »Sie ist einzigartig schön.«

»Danke. Das ist so ein Hobby von mir«, erzählte er. Und weil sie ihn beide verwirrt ansahen, erklärte er schnell: »Ich züchte Orchideen.«

»Oh, wirklich? Wie außergewöhnlich!« Hope war ganz begeistert.

Elias dagegen sah ein wenig verlegen aus. »Ich habe ja Biologie studiert und unterrichte es auch, weil mich die Tier- und Pflanzenwelt schon immer fasziniert hat. Und als ich dann hierher ins Paradies gezogen bin, wo all diese farbenprächtigen, exotischen Blumen wachsen, habe ich einfach irgendwann angefangen, selbst welche zu pflanzen.«

»Ich finde das fantastisch«, meinte Hope. Harmony sah ihr an, dass sie versuchte, munter zu sein, eine gute Gastgeberin zu sein, obwohl sie sich bestimmt weiterhin schlapp fühlte.

»Wollen wir endlich anfangen mit den Pizzen?«, fragte sie deshalb, und auch, weil ihr Magen sich so langsam mit urigen Geräuschen bemerkbar machte.

Elias hörte es und musste lachen. »Ja, klar. Lasst uns starten.«

Er stellte sich direkt neben Harmony, und als sie beide in die Schale mit den Pilzscheiben griffen, berührten sich kurz ihre Hände. Eine Millisekunde lang knisterte es irgendwie zwischen ihnen. Was sie aber keinesfalls zulassen wollte, deshalb trat sie schnell zur Seite und holte das Knoblauchgewürz aus dem Regal.

Und doch hatte sie sogar, nachdem die Pizza im Ofen war, noch immer diesen kleinen Schmetterling im Bauch, der sich da schon lange nicht mehr hinverirrt hatte.

27

Die Pizza war aus dem Ofen und schon halb aufgegessen, sie saßen zu dritt am Küchentisch und erzählten sich lustige Geschichten.

»… und dann hat der Kleine doch tatsächlich gefragt, ob es da, wo ich herkomme, auch Fische im Meer gibt.« Elias schüttelte amüsiert den Kopf.

Hope lachte. Sie war an diesem Abend richtig guter Laune, was Harmony immens freute. Denn vor ein paar Stunden hätte sie es nicht für möglich gehalten, heute noch so vergnügliche Stunden zu verbringen.

»Kinder sind echt unglaublich«, meinte ihre Schwester. »Sie halten nie mit dem zurück, was sie denken. Das liebe ich an ihnen.«

»Hast du Kinder?«, erkundigte sich Elias.

Wieder ein Fettnäpfchen, der Arme, aber er konnte es ja nicht wissen.

»Nein, leider nicht«, antwortete Hope traurig.

»Es ist ja nie zu spät«, sagte Elias.

Harmony hatte das Gefühl, schnellstens eingreifen zu müssen. »Trägst du diese Hawaiihemden eigentlich auch, wenn du unterrichtest?«

Elias grinste sie an. »Nein. Das ist nur mein Freizeit-Outfit. Vor meinen Schülern gebe ich mich schon ein bisschen seriöser.«

»Und was genau nennst du *seriöser*? Karierte Hemden? Oder gestreifte?«

»Sehr lustig.« Er sah ihr einen Moment in die Augen. »In der Schule trage ich meistens Jeans und Poloshirt.«

»Aaah.«

»Du unterrichtest Biologie, sagtest du?« Hope sah ihn interessiert an.

»Biologie und Erdkunde«, antwortete Harmony, ohne zu überlegen, und Elias legte seinen Kopf schief und schmunzelte.

Hope musste lachen. »Ach, beantwortest du jetzt seine Fragen?«

»Sorry, das hatte ich eigentlich gar nicht vorgehabt. Ich war nur … keine Ahnung.« Sie zuckte die Schultern.

»Ich finde das irgendwie süß«, meinte Elias und grinste sie noch immer an. Dann wandte er sich an Hope. »Was machst du eigentlich beruflich? Ich weiß bereits, dass Harmony Journalistin ist, aber du hattest, glaube ich, bisher nichts erwähnt.«

»Ich besitze ein kleines Schmuckgeschäft in Scottsdales Old Town. Ich lebe quasi von den Touristen.«

»Klingt spannend. Da lernst du sicher Menschen aus der ganzen Welt kennen.«

»Oh ja. Und es waren sogar ein paar Niederländer dabei.«

»Kann ich mir vorstellen. Und? Haben sie das Klischee erfüllt?«, wollte Elias wissen.

»Welches meinst du?«

»Na, es gibt doch oftmals irgendetwas Landestypisches, das man über die verschiedenen Nationen hört. Die Deutschen tragen Lederhosen, die Mexikaner Sombreros und die Holländer Holzschuhe.«

Hope lachte. »Ich kann mich nicht erinnern, dass sie welche anhatten. Besitzt du denn welche?«

»Habe ich noch nie, nein.«

»Stimmt es denn, dass es in den Niederlanden an jeder Ecke diese gewissen Coffeeshops gibt?«, fragte Harmony.

»Okay, das stimmt tatsächlich. Und man kann sogar in den Souvenirläden Haschlollis, -brownies und Ähnliches kaufen.«

»Das kann nicht dein Ernst sein!«, sagte Hope schockiert.

»Oh doch.«

»Ich glaube dir kein Wort.«

»Wir können leicht herausfinden, ob Elias uns auf den Arm nimmt.« Harmony nahm das Handy zur Hand und googelte. So wie sie ständig irgendetwas googelte. In ihrem Job war das einfach eine ihrer Hauptbeschäftigungen. »Tatsache! In Amsterdam kann man Haschlollis in den Souvenirshops kaufen.«

»Unglaublich!«, fand ihre Schwester. »Ich meine, in einigen US-Staaten gibt es ja Marihuana inzwischen auch legal zu kaufen. Aber dass ganz gewöhnliche Läden solche Produkte anbieten, überrascht mich schon.«

»Das ist Holland«, sagte Elias achselzuckend. »Du kannst ja mal einen Artikel darüber schreiben, Harmony.«

»Geht leider nicht. Denn der *Eagle* bringt nur Beiträge über Themen, die sich mit Phoenix und Umgebung befassen.«

»Hast du ihm von deinen wöchentlichen Artikeln erzählt?«, fragte Hope, und als sie den Kopf schüttelte, fuhr ihre Schwester fort: »Mony schreibt die unglaublichsten Reportagen über Obdachlose in der Stadt. Jeden Sonntag erscheint eine und du glaubst ja gar nicht, wie bewegend die sind.«

Elias horchte auf. »Wirklich? Und es geht in jeder Woche um andere Menschen?«

»Genau«, bestätigte Harmony. »Ich gehe auf die Straße, um mich mit ihnen zu unterhalten. Dann schreibe ich ihre Geschichte auf.«

»Ich bin schwer beeindruckt.« Sein Blick zeigte ihr, dass er es so meinte.

»Danke.«

»Ich kann mir vorstellen, dass das nicht leicht ist.«

»Ist es nicht. Oftmals verfolgen mich die Storys, die mir die Menschen erzählen, noch lange, nachdem ich mit dem Beitrag abgeschlossen habe. Einige von ihnen haben wirklich Schlimmes erlebt und tun es noch.« Sie musste an Heather denken und lächelte ihre Schwester an. »Hope war so lieb, einer jungen Obdachlosen und ihren beiden Kindern ihr Haus zur Verfügung zu stellen, während wir in Florida sind.«

Elias sah Hope an und hatte unglaublich viel Wärme und Bewunderung im Blick. »Ich weiß nicht, was ich sagen soll. Das ist sehr selbstlos und großzügig.«

»So ist mein Schwesterherz«, entgegnete sie und griff nach Hopes Hand.

Die winkte ab. »Ach, das war doch keine große Sache.«

»Oh, für diese kleine Familie ist es das bestimmt«, widersprach Elias.

»Genau das sage ich ja auch«, stimmte sie ihm zu. Sie hatten jetzt schon einige Male mit Heather telefoniert und die erschien ihr wie ein neuer Mensch. Plötzlich voller Fröhlichkeit und Optimismus. Harmony war jeden Tag aufs Neue glücklich, dass sie die Frau und ihre Kinder nach Scottsdale gebracht hatten.

Elias nahm sein letztes Pizzastück in die Hand und sagte: »Ich freu mich echt, euch begegnet zu sein. Mit den meisten Leuten, die in dem Haus ihren Urlaub verbringen, habe ich keine fünf Sätze gewechselt, aber bei euch habe ich gleich erkannt, dass ihr etwas Besonderes seid.«

Hope errötete ein wenig und Harmony fühlte ein warmes Gefühl in der Magengegend.

»Wir sind auch froh, dich zum Nachbarn zu haben. Statt des alten Seemanns«, sagte sie und biss von ihrer Pizza ab.

»Danke, danke.« Elias musste lachen. »Und wisst ihr, was noch? Ich finde es cool, dass ich meine Pizza bei euch auf diese Weise genießen kann. Ich kenne da nämlich einige Leute, die darauf bestehen, sie mit Messer und Gabel zu essen. Meine Eltern zum Beispiel.« Er verzog das Gesicht.

»Asher hat sie immer mit Messer und Gabel gegessen«, erinnerte sich Hope. »Asher ist mein verstorbener Mann«, fügte sie für Elias hinzu.

Der wirkte durch diese Information plötzlich ganz unbeholfen. Mitleid und Bedauern lagen in der Luft.

»Ich … weiß gar nicht, wie ich dir mein Beileid ausdrücken soll. Euch beiden. Ihr habt schon unglaublich viel durchmachen müssen.«

»Das ist das Leben«, sagte Hope und berührte ihre Kette. »Irgendwann geht alles mal zu Ende.«

Wie Hope diese Worte sagte … Harmony sah ihre Schwester an, die auch heute so tapfer und demütig wirkte. Da ihr aber gleich wieder Tränen aufstiegen und sie sich doch geschworen hatte, nicht mehr zu weinen, zumindest nicht vor Hope, und erst recht nicht vor Elias, entschuldigte sie sich. »Ich müsste mal kurz …«

Sie eilte zur Toilette und schloss sich ein. Stützte sich aufs Waschbecken und sah in den Spiegel. Versuchte, tief durchzuatmen. Ein und aus, ein und aus. Sosehr sie sich bemühte, die Situation anzunehmen und nicht ständig emotional zu werden, gelang es ihr leider nicht. Wie könnte es? Ihre Schwester würde bald nicht mehr da sein! Ihre wichtigste Bezugsperson würde einfach fort sein. Wie sollte man sich darauf vorbereiten? Wie konnte man da cool bleiben? Wie verdammt noch mal konnte man mit diesem Wissen normal weitermachen? Lachen? Späße machen? Einen netten Abend mit dem Nachbarn verbringen und Pizza essen?

Am liebsten hätte sie Elias sofort gebeten zu gehen. Doch sie wusste, dass das nicht in Hopes Sinn wäre. Also biss sie die Zähne zusammen, spritzte sich ein wenig kaltes Wasser ins Gesicht, atmete erneut tief durch und trat in den Flur.

Als sie zurück in die Küche kam, lag Elias' Hand auf der von Hope und er redete ihr mit sanften Worten zu.

»Danke, das ist wirklich lieb«, sagte ihre Schwester und lächelte ihn, ebenfalls mit feuchten Augen, an.

Armer Elias, dachte Harmony. Er hatte wohl mit allem gerechnet, als er zum Pizzaessen hergekommen war, aber nicht damit, dass es so deprimierend werden würde.

»Hey, da bist du ja wieder«, sagte Hope, als sie sie sah. »Ist alles in Ordnung?«

Harmony nickte und setzte ein Lächeln auf. »Alles gut. Seid ihr fertig mit essen? Wollen wir vielleicht ins Wohnzimmer weiterwandern und ein Glas Wein trinken?« Der Wein war ihr eben erst eingefallen, zur Pizza hatten sie lediglich Wasser aufgetischt.

»Ich denke, ich sollte vielleicht besser nach Hause gehen«, meinte Elias.

»Nein, nein, warum denn?«, fragte Hope. Doch die Antwort stand schon mitten im Raum. Elias wollte nicht weiter stören und wahrscheinlich war es auch das letzte Mal, dass er eine Einladung bei ihnen angenommen hatte.

»Du kannst wirklich noch bleiben«, sagte Harmony.

Elias schüttelte den Kopf und sagte mit einfühlsamer Stimme: »Es ist besser so, glaubt mir.«

Sie begleiteten ihn zur Tür.

»Danke noch mal für die Einladung.«

»Gern geschehen«, sagten Hope und sie gleichzeitig.

»Was habt ihr denn morgen vor?«, fragte Elias plötzlich, als Harmony schon bereit gewesen war, ihm nachzuwinken.

»Wir wollen wahrscheinlich ins Hemingway House«, erzählte sie.

»Ich liebe das Hemingway House! Wenn ihr mögt, begleite ich euch. Ich kenne ein paar gute Fakten und Anekdoten.«

Sie wusste gar nicht, warum, aber ihr Herz pochte schneller. Denn sie freute sich sehr über Elias' Angebot. Und dass er den Kontakt weiter aufrechterhalten wollte – trotz des Dramas an diesem Abend.

»Das wäre ja großartig!«, sagte sie und sah dabei ihre Schwester an, die hoffentlich zustimmte.

»Da sind wir sofort dabei«, meinte die zum Glück gleich.

»Na gut, dann sehen wir uns morgen. Wann wollt ihr aufbrechen?«

»Um zehn?«, schlug Hope vor.

»Okey-dokey. Ich stehe um zehn bereit.«

Nun verabschiedete er sich aber wirklich und ging durch ihren Garten zurück zu seinem Haus.

Hope schloss die Tür und lachte. »Hat er da eben ernsthaft Okey-dokey gesagt?«

Sie musste ebenfalls lachen. »Hat er.«

»Sagen das nicht sonst nur ältere Herren?«

»Oder eingewanderte Holländer?«

»Vielleicht.«

Als ihre Schwester zurück in die Küche gehen wollte, hielt Harmony sie auf. »Geh du dich jetzt ausruhen. Es war ein langer Tag. Ich mache schnell klar Schiff und komme mit dem Wein nach. Du kannst uns ja schon einen Film raussuchen.«

Ausnahmsweise widersprach Hope nicht, sondern sagte: »Na gut, wie du willst.«

Sie sah ihrer Schwester hinterher, wie sie ins Wohnzimmer ging, und machte sich dann an das Geschirr. Keine fünf Minuten später hörte sie Hope allerdings ins Bad eilen.

Sie ließ den Teller zurück ins Spülwasser sinken und lief ihr nach. »Hope? Ist was passiert?«

Keine Antwort. Doch als sie die Badezimmertür öffnete, sah sie es schon selbst. Hope hatte mal wieder Nasenbluten.

»Zum Glück ist mir das nicht vor Elias passiert«, sagte sie, während sie sich einen Berg von Toilettenpapier gegen die Nase drückte.

»Und selbst das wäre nicht schlimm gewesen. Ich habe das Gefühl, er ist ein sehr verständnisvoller Mann.«

»Ja, das glaube ich auch. Und äußerst empathisch. Er hat mir ein paar liebe und weise Worte gesagt«, erzählte Hope, während sie gegen das Blut ankämpfte.

»Drück die Nasenflügel zusammen, sonst hört es nicht auf«, erinnerte Harmony sie.

»Ja, ja, ich weiß.«

Harmony hielt einen Waschlappen unter den Wasserhahn und legte ihn Hope in den Nacken. Sie reichte ihr neues Papier und entsorgte das alte.

Als es endlich vorbei war, setzte Hope sich auf die Toilette. »Das Sterben wäre wirklich leichter ohne all diesen Mist«, sagte sie.

»Hope, du hast doch versprochen, nicht mehr so zu reden.«

»Tut mir leid.«

»Das muss es nicht. Im Grunde sollte ich dich überhaupt nicht darum bitten. Wenn du es rauslassen willst, dann tu das ruhig.«

»Was rauslassen?«

»Na, deine Wut.«

Hope sah sie an. »Soll ich ehrlich sein? Ich bin nicht mal wütend. Ich bin einfach nur traurig.«

»Ich auch.« Sie ging auf die Knie und legte ihren Kopf in Hopes Schoß.

»Und dazu ein bisschen glücklich«, hängte Hope an.

»Weil du bald wieder mit Asher zusammen sein wirst?« Sie wusste ja, dass ihre Schwester fest daran glaubte.

Hope nickte. »Aber vor allem, weil dann die Schmerzen endlich vorbei sein werden. Und das ganze Dagegenangekämpfe. Manchmal muss man sich im Leben eingestehen, dass man verloren hat.«

Ja, so war es wohl. Selbst wenn es unglaublich schwer war.

»Wollen wir uns jetzt einen Film angucken? Vielleicht einen aus unserer Jugend?«, fragte Harmony.

»Klar, gerne. Welchen hast du im Sinn?«

»*Girls Club?*« Der Film mit Lindsay Lohan und Rachel McAdams war ihr Lieblingsfilm gewesen, als sie 13 und 17 gewesen waren, und würde sie sicher ein wenig aufheitern.

»Oh ja, ich kann mir gerade keinen besseren vorstellen.«

Sie brachte Hope zum Sofa und ging den Wein und zwei Gläser holen. Außerdem schüttete sie eine Tüte Chips in eine Schüssel. Das restliche Geschirr konnte auch bis morgen warten.

»Da bin ich«, sagte sie und kuschelte sich zu Hope.

»Ich bin froh, dich zu haben, beste Schwester auf der Welt.«

»Ich werde versuchen, es zu sein, so lange ich darf.«

»Danke, Mony. Für alles.«

Und dann sagten sie gar nichts mehr, sondern schauten sich einfach nur den Film an und ließen alte Zeiten wieder aufleben, in denen das Leben noch unbeschwert war. In denen sie voller Träume waren. In denen sie niemals vermutet hätten, dass sie sich schon so bald würden trennen müssen.

28

»Guten Morgen«, wünschte Harmony am nächsten Tag, als sie ins Wohnzimmer kam.

Hope saß in eine Decke gekuschelt auf der Couch und hörte Musik.

»Guten Morgen«, sagte ihre Schwester.

»Ist dir kalt? Wie hast du geschlafen? Hattest du wieder Fieber und Schüttelfrost?«

Hope seufzte. »Wir müssen wirklich nicht jeden Morgen darüber sprechen, wie meine Nacht war.«

»Warum nicht? Ich möchte wissen, wie es dir geht.«

»Weil es sein kann, dass ich nie mehr gut schlafen werde. Und irgendwann wird es doch langweilig, dir jeden Tag dasselbe anhören zu müssen.«

Sie setzte sich auf den Sessel und starrte Hope an. »Ich wundere mich echt andauernd darüber, wie viel Sarkasmus du in diese Situation packst.«

»Soll ich stattdessen die ganze Zeit weinen?«

»Nein, natürlich nicht. Aber wie kannst du so damit umgehen? Ich meine, das alles ist kein Witz, Hope. Das ist bitterernst!«

»Das weiß ich, Mony! Denkst du, das weiß ich nicht?«

Es lag Streit in der Luft. Und weil Harmony auf keinen Fall wollte, dass das hier ausartete, blieb sie still. Bis sie beide sich wieder beruhigt hatten.

»Okay, noch mal von vorne. Wie geht es dir heute? Wie war deine Nacht?«

Hope seufzte. »Ich hatte keine gute Nacht, hatte Schweißausbrüche und Schüttelfrost. Aber jetzt geht es einigermaßen.«

»Und sonst? Hattest du Nasenbluten? Bauchschmerzen?«

»Warum willst du das so genau wissen? Führst du etwa Tagebuch?«

»Ja, das tue ich tatsächlich. Zumindest schreibe ich die Symptome auf, die dich an dem jeweiligen Tag begleitet haben.«

»Und wozu tust du das?«

»Na, weil ich wissen will, wie schnell der Krebs voranschreitet. Und wie viel …« Sie sprach nicht weiter.

»Wie viel Zeit mir noch bleibt?«

Sie nickte.

Hope legte ihr Gesicht in die Hände und ließ einen merkwürdigen, verzweifelten Ton heraus. »Kannst du bitte damit aufhören?«

»Womit?«

»Alles zu recherchieren und zu analysieren. Herausfinden zu wollen, wie lange ich noch durchhalte. Mony, irgendwann wird es einfach so weit sein. Und glaube mir, ich will nicht ausrechnen, in wie vielen Monaten, Wochen oder Tagen das sein könnte. Ich will doch versuchen, so unbeschwert wie möglich zu leben – so lange es geht!«

»Aber …«

»Bitte!«, sagte Hope mit erhobener Stimme und sie wusste, ihre Schwester meinte es todernst.

»Es tut mir leid. Ehrlich. Ich glaube, das liegt an meinem Job. Ich muss dauernd alles genau herausfinden, muss alle Fakten kennen und …«

»Ich bin aber nicht dein Job, ich bin deine Schwester!«

»Das weiß ich doch.«

»Und es ist mir keine Hilfe, wenn du dich so aufführst. Kannst du bitte einfach nur da sein? Nur das? Und mit mir hoffen, dass uns noch eine kleine Weile zusammen bleibt? Beten, dass es nicht allzu schmerzhaft wird? Und annehmen, was immer kommt, wann immer es kommt? Kannst du das bitte für mich tun?«

Obwohl es sonst gar nicht ihre Art war, still abzuwarten, was geschah, ohne weitere Informationen einzuholen, wollte Harmony versuchen, für ihre Schwester über ihren Schatten zu springen.

»Okay«, gab sie schließlich schlicht zur Antwort.

»Danke.« Hope stand auf und ging in die Küche. Ihre Füße steckten in dicken Wollsocken. »Ich mache mir einen Tee. Möchtest du auch einen?«

»Ja, gerne.« Sie folgte ihr. Wollte anbieten, das Wasser zu kochen, aber sie durfte Hope nicht schon wieder auf den Schlips treten. Also setzte sie sich einfach nur an den Tisch. »Es tut mir ehrlich leid.«

Hope blickte aus dem Fenster und erwiderte nichts. Sie schien mit ihren Gedanken weit weg zu sein.

»Hope?«, fragte sie, weil ihre Schwester nach einer Minute noch immer nichts gesagt hatte.

Da drehte sie sich endlich zu ihr um. »Entschuldigung angenommen. Und ich hoffe, das war es jetzt mit Unstimmigkeiten. Ich will meine Zeit nicht mit so etwas vergeuden.«

»Du hast ja recht.«

Hope nickte. Befüllte den Wasserkocher, schaltete ihn an, holte zwei Becher aus dem Schrank, gab in jeden einen Beutel Orangentee und fragte: »Wollen wir uns später im Zentrum ein Eis holen?«

»Eine gute Idee«, erwiderte Harmony.

29

Zwei Stunden später stand Elias auf ihrer vorderen Veranda. Mal wieder trug er ein Hawaiihemd, heute ein schwarzes mit rosafarbenen Flamingos. *Gewagt*, dachte Harmony, irgendwie begann sie aber, seinen Style zu mögen. Er war halt außergewöhnlich und es war doch gut, sich aus der Menge hervorzuheben.

»Ich hoffe, ich bin nicht zu früh?«, fragte ihr Nachbar.

»Keine Sorge, wir sind aufbruchbereit«, sagte Harmony.

»Sehr schön.«

»Welches Auto nehmen wir?«

»Wir könnten auch zu Fuß ins Zentrum gehen, wenn ihr wollt«, schlug Elias vor. »Einen schönen langen Spaziergang machen, bei dem ich euch hier und da etwas zeige.«

Sofort musste sie an Hopes geschwächten Zustand denken. »Lass uns lieber fahren, ja?«

»Klar, kein Problem.«

Hope kam herbei und sie traten auf die Straße. Harmony setzte sich ans Steuer und Hope überließ Elias den Beifahrersitz.

Als sie durch Key West fuhren, konnte Harmony nur erneut über die Schönheit der Insel staunen. Die Palmen überall, die hübschen kleinen Häuser, die teils bunt angestrichen waren, sogar in Rosa oder Pink, passend zu Elias' Hemd. Die vielen Blumen, die Orangen- und Zitronenbäume in den Gärten und die Sonne, die alles in ein warmes Licht tauchte – Harmony konnte jetzt schon voller Überzeugung sagen, dass sie diesen Ort mochte. Sehr.

Als sie zwei Leguane auf einem Baum entdeckte, informierte sie Elias: »Ich habe übrigens einiges über die Leguane herausgefunden.«

»Na, dann lass mal hören.«

Sie lächelte zufrieden. »Grüne Leguane leben in freier Wildbahn bis zu zehn Jahre und in Gefangenschaft sogar noch länger. Ihre Geschlechtsreife erreichen sie mit zwei bis vier Jahren, und was ich besonders beeindruckend finde, ist die Tatsache, dass sie äußerst gute Schwimmer sind und sogar Stunden am Stück tauchen können.«

»Stimmt alles.« Elias grinste sie an. »Du recherchierst echt gern, oder?«

Sie grinste zurück. »Ist quasi mein größtes Hobby.«

»Oh ja!«, kam es von der Rückbank.

Elias lachte. »Und weißt du auch, was es mit ihren Kehlwammen auf sich hat?«

Sie rief sich ins Gedächtnis, was sie über die Hautlappen gelesen hatte, die den Leguanen am Hals hingen. »Helfen die ihnen nicht dabei, ihre Körpertemperatur zu regulieren?«

»Stimmt, das ist eine Aufgabe der Kehlwammen. Die andere ist, damit Rivalen zu verschrecken, weshalb die Männchen einen größeren Kehlsack haben als die Weibchen. Übrigens heißt es, je größer die Wamme, desto mehr Chancen in der Paarungszeit.«

»Sehr interessant.«

»Ist es wahr, dass die Tiere bei Minustemperaturen einfrieren und von den Bäumen fallen?«, fragte Hope.

Elias nickte und drehte sich zu ihr um. »Das stimmt ebenfalls. Als wir hier vor ein paar Jahren einen extrem kalten Winter hatten, regnete es tatsächlich Leguane.«

»Ich wusste nicht, dass es in Florida so kalt werden kann«, meinte Harmony.

»Das ist nur sehr selten der Fall.«

»Und was passiert dann mit ihnen? Wenn sie eingefroren sind?«, wollte Hope wissen. »Tauen sie wieder auf oder heißt das, dass sie tot sind?«

»Für gewöhnlich sind sie nur erstarrt, weil ihr Blut bei niedrigen Temperaturen nicht weiterfließen kann. Sobald sie sich erwärmt haben, erholen sie sich.«

»Na, Gott sei Dank«, sagte Hope und auch Harmony war froh darüber.

Sie blickte aus dem Fenster und nahm alles in sich auf. Die exotische Atmosphäre, die Flora und Fauna und natürlich die Menschen. Sie passierten zwei ältere Männer, die auf dem Gehweg standen und sich unterhielten – beide hatten einen Papagei auf der Schulter sitzen.

»Du, Elias?«, sagte Hope.

»Ja?«

»Erzähl uns doch ein bisschen was über dich, wenn es dir nichts ausmacht. Mich würde zum Beispiel interessieren, was du für Hobbys hast. Mony recherchiert gern, ich koche und backe gern und was machst du in deiner Freizeit? Außer Bootfahren und Orchideen züchten?«

»Oh, ich lese viel. Das habe ich schon als kleiner Junge, da war ich immer mit einem Buch in der Hand zu sehen.«

»Oh, wirklich? Ich lese auch gern«, sagte Harmony.

»Wann hast du zuletzt ein Buch komplett durchgelesen?«, fragte Hope.

Sie musste überlegen. Laurens letzter Thriller war vor über einem Jahr erschienen. Dann fiel es ihr ein. »Neulich erst. Und zwar *American Dirt*. Das war aber zugegebenermaßen mehr Recherche als Vergnügen.«

»Worum geht es in dem Buch?«, wollte Elias wissen.

»Um mexikanische Migranten. Illegale Einwanderer, die versuchen, es über die Grenze zu schaffen. Es ist ein sehr aufwühlendes Buch.«

»Klingt wirklich gut«, meinte Hope. »Vielleicht werde ich es demnächst mal lesen. Elias, was sind deine Lieblingsbücher? Kannst du mir ein paar Titel nennen, die man deiner Meinung nach unbedingt gelesen haben sollte, bevor man stirbt?«

Harmony hätte am liebsten die Augen geschlossen und ein paarmal tief durchgeatmet. Da sie aber am Steuer saß, sagte sie sich innerlich nur: *Alles ist gut, alles ist gut*. Wie ein Mantra, immer wieder.

»Oh, da wäre zum einen *Der alte Mann und das Meer* von Ernest Hemingway, dessen Haus wir gleich besuchen werden. Dann würde ich noch *Von Mäusen und Menschen* von Steinbeck auf die Liste packen und *Oliver Twist* von Dickens.«

»*Von Mäusen und Menschen* habe ich auf dem College gelesen«, erzählte Hope.

»Hat es dir auch so gut gefallen?«

»Auf jeden Fall!«

»Muss ich hier nach rechts abbiegen?«, fragte Harmony, weil ihr Navi ihr das zwar anzeigte, es da aber scheinbar in eine Sackgasse führte.

»In die nächste rechts«, wies Elias sie an.

»Ah, okay.«

»Für dich habe ich übrigens ebenfalls einen Lesetipp.«

»Und welchen?«

»*América* von T. C. Boyle, da geht es ebenfalls um mexikanische Einwanderer.«

»Davon hab ich schon gehört. Ist es gut?«

»Eins meiner Lieblingsbücher.«

Dann würde sie es auf jeden Fall lesen. »Danke für den Tipp.«

»Gerne. Da vorne ist es! Am besten versuchst du, hier irgendwo am Straßenrand zu parken.«

Sie brauchte ein bisschen, fand aber einen Platz. Elias übernahm das Bezahlen am Parkautomaten und sie gingen zum berühmten Hemingway House, das wirklich hübsch aussah, gelb gestrichen und von Palmen umsäumt. Auf dem Balkon, der es im ersten Stock einmal zu umrunden schien, befanden sich bereits jede Menge Touristen.

Elias führte sie herum. Zeigte ihnen das Büro des Autors und den berühmten Pool, an dem etliche Katzen lagen.

»Ihr wisst, was das Besondere an diesen Katzen ist, oder?«

Harmony hatte das natürlich schon im Internet gelesen, doch sie wollte Elias den Spaß nicht nehmen. »Was denn?«, fragte sie also.

»Sie haben fast alle sechs Zehen.«

»Und warum?«

»Das war so: Irgendwann in den Sechzigern hat ein Seemann Hemingway eine Katze mit sechs Zehen geschenkt, ihr Name war Snow White. Sie hat ihre Gene an ihre Nachfahren vererbt und deshalb haben jetzt beinahe alle diese Katzen sechs Zehen.«

»Was du alles weißt«, meinte Hope, die diese Fakten sicher auch schon kannte, schließlich hatte sie das Haus bereits vor Jahren mal besucht.

»Ach, das steht hier auf irgendeiner Tafel«, meinte Elias und kratzte sich ein wenig verlegen am Hinterkopf.

»Trotzdem, du bist ein wirklich guter Reiseleiter.«

»Haha. Wenn mich die Schule irgendwann rauswirft, kann ich das ja in Erwägung ziehen.«

»Warum sollte sie dich rauswerfen?«, fragte Hope. »Du bist bestimmt ein mindestens genauso guter Lehrer.«

»Jetzt ist es aber gut mit Komplimenten«, meinte Elias.

Harmony musste lachen. »Ja, hör auf, Hope, der Arme versinkt gleich im Erdboden.«

»Entschuldige, bitte«, sagte Hope und bückte sich, um eine Katze zu streicheln, die sich an ihrem Bein rieb. »Wie viele von denen gibt es denn hier?«

»An die sechzig«, erzählte ihr persönlicher Guide.

»Und was ist das da vorne?«, fragte Harmony jetzt, als sie etwas im Boden entdeckte. Als sie näher herantrat, erkannte sie einen Penny im Beton.

»Oh, das ist eine gute Geschichte«, erwiderte Elias. »Wollt ihr sie hören?«

»Klar.«

»Okay. Also, es heißt, dass Hemingway, als er hier in den Dreißigerjahren mit seiner zweiten Frau Pauline wohnte, an dieser Stelle seinen eigenen Boxring stehen hatte. Als er aber als Berichterstatter im Spanischen Bürgerkrieg war, verliebte er sich dort in eine Frau namens Martha, die ebenfalls Journalistin war. Pauline erfuhr davon und war so aufgebracht, dass sie seinen Boxring abreißen ließ und stattdessen einen Pool baute.«

»Nein!«, rief Hope aus.

»Und der Penny?«, fragte Harmony.

»Jetzt kommt's! Als Hemingway zurückkehrte und den Pool sah und dazu hörte, dass er satte zwanzigtausend Dollar gekostet hatte, was 1938 eine riesige Stange Geld war, soll er den Penny in den noch nassen Zement geworfen und Pauline gesagt haben: *Du hast mein ganzes Geld ausgegeben! Da kannst du auch noch meinen letzten Penny haben.*«

Hope, die sich wieder aufrecht gestellt hatte, hielt sich eine Hand auf den Mund. »Das gibt es ja nicht!«

»Und das ist eine wahre Geschichte?«, fragte Harmony nach, da ihr Fakten ja wichtiger waren als Schokolade.

»Das besagt die Legende. Wie viel Wahres da dran ist, weiß ich leider nicht«, gab Elias zu.

»Hemingway war also ein richtiger Frauenheld, was?«, stellte sie fest.

»So könnte man ihn wohl nennen. Er war viermal verheiratet und soll zahlreiche Affären gehabt haben.«

Hope schüttelte schockiert den Kopf. »Wow!«

»Was ist aus der Journalistin geworden?«, erkundigte sich Harmony.

Elias sah ihr in die Augen. »Die ist Ehefrau Nummer drei geworden.«

Jetzt war sie fast ein wenig verlegen, wandte schnell den Blick ab und fragte: »Gehen wir in den Souvenirladen?«

»Warum nicht?«, sagte Hope, und sie betraten den kleinen Shop, wo ihre Schwester gleich auf einen hübschen Einkaufsbeutel mit einer Katze darauf zuging und wo Harmony sich den Büchern zuwandte. Sie nahm *Der alte Mann und das Meer* aus dem Regal, das sie vorhatte, ganz bald zu lesen.

»Hey, Elias«, rief die Frau an der Kasse ihm zu.

»Hey, Karen.«

Mit einem Fragezeichen im Gesicht sah Harmony ihn an.

»Ich war wie gesagt schon öfter hier. Und … meine Ex-Freundin Janet hat in diesem Shop gearbeitet.«

»Oooh.«

Schnell wechselte Elias das Thema. »Du solltest das Buch mitnehmen«, schlug er vor. »Du wirst es mögen.«

Sie nickte. Während sie heute so viel über Schriftsteller und Bücher geredet hatten, war ihr bewusst geworden, wie sehr sie das Lesen vermisste.

Sie sah sich in dem kleinen Laden um, der jede Menge mit Katzen bedruckte Sachen anbot. »Ich habe übrigens auch eine Katze«, erzählte sie Elias, während Hope ihr das Buch abnahm und für sie mitbezahlte.

»Ja? Wie heißt sie?«

»Scarlett.«

»Hast du ein Foto von ihr?«

»Aber natürlich!« Sie holte ihr Handy aus der Handtasche und zeigte ihm ein paar Bilder.

»Sehr süß.«

»Ja. Ich vermisse sie total. Sie ist zurzeit bei meiner Freundin Lauren, solange wir hier sind.«

Elias nickte und sie spürte, dass er fragen wollte, was sie auf dieser schönen Insel eigentlich machten. Doch er blieb still und sie war dankbar.

Jemand fragte auf Spanisch nach den Toiletten und Harmony erklärte der Frau den Weg.

»Du sprichst perfekt Spanisch!«, sagte Elias überrascht.

»Unsere Mom ist Kolumbianerin.«

»Aaah, daher eure hübschen schwarzen Haare.«

Sie fuhr sich durch das schulterlange Haar, das sie heute offen trug und das sie in den letzten Tagen gar nicht geglättet hatte wie sonst. Es war einfach nicht wichtig gewesen und irgendwie gefiel ihr hier sogar der natürliche, wellige Look. Denn auf Key West fühlte sie sich selbst zum ersten Mal seit Langem so richtig frei. So komisch es klang.

Vielleicht brauchte nicht nur Hope die Insel, sondern sie selbst genauso. Vielleicht würde sie hier endlich an etwas anderes als nur an die Arbeit denken und vielleicht würde sie sogar das Leben wieder genießen.

»Danke«, sagte sie und schenkte Elias ein Lächeln.

Er erwiderte es und wenn sie ehrlich war, war dieses Lächeln gerade alles, was sie brauchte.

30

Anderthalb Wochen waren vergangen. Die Schwestern hatten es sich auf der Insel heimisch gemacht und nicht nur Hope war glücklich auf Key West. Auch Harmony musste zugeben, dass es keinen schöneren Ort gab, zumindest keinen, den sie bisher kennengelernt hatte. Die Palmen überall, die weiten Strände, die bunte Blumen- und Tierwelt, die Lässigkeit der Bewohner, die sauberen Straßen, das hübsche Ferienhaus, die netten Nachbarn, das köstliche Essen und das Meer, das sie zu Hause in Phoenix nicht hatten. Besonders das hatte es Harmony angetan. Die Weite, der Frieden, den es ausstrahlte, und die sanften Wellen, die sie zu gern beobachtete, wenn sie versuchte, zur Ruhe zu kommen und durchzuatmen.

Sie war stark. Sie musste stark sein. Tagsüber war sie eine Superheldin, die alle Last der Welt auf sich nahm, die ein Lächeln aufsetzte und für ihre Schwester da war – in jeder Situation. Wenn es Hope gut ging und sie einander Geschichten aus ihrer Kindheit erzählten, wenn sie miteinander lachten oder sich lieb gewonnene Filme ansahen. Und besonders wenn es Hope schlecht ging, wenn sie einen üblen Tag hatte, wenn sie die Bauchschmerzen kaum aushalten konnte, wenn ihre Nase wieder einmal blutete oder wenn die Knochenschmerzen schlimmer wurden. Harmony war da, war Schwester, Krankenpflegerin, Motivatorin, Reiseleiterin und Köchin zugleich.

Doch wenn die Nacht nahte, wenn die Stille über sie kam und sie nichts mehr hatte, das sie ablenken konnte, dann verließ die Kraft sie. Dann lag sie im Bett und starrte an die Decke, oder sie saß im Dunkeln auf der Veranda, atmete die Nachtluft ein und fragte sich, wie sie ein Leben ohne ihre Schwester nur ertragen sollte. Wie konnte sie weitermachen ohne Hope an ihrer Seite, die ihre einzige richtige Familie war? Wenn sie nicht mehr da war, blieb niemand außer den weit entfernten Verwandten, zu denen sie kaum noch Kontakt hatte, und ihrer Mutter, die ihr keinen Trost würde spenden können.

Es gab Nächte, in denen sie zusammenklappte. In denen sie weinte und sich wünschte, dass das alles nur ein böser Albtraum war, aus dem sie jeden Moment erwachte.

Es konnte einfach nicht sein, dass nach ihrem Dad und Asher nun auch noch Hope sterben sollte, oder? Und dass sie allein zurückblieb.

Aber dann, wenn der Morgen dämmerte, schluckte sie die Tränen hinunter, straffte die Schultern und setzte wieder ihr Lächeln auf. Für Hope. Weil es niemandem etwas brachte, wenn sie schlappmachte. Weil sie schließlich eine Superheldin war und es weiterhin sein musste – bis zum bitteren Ende.

Es war früh am Tag. Hope schlief noch, sie schlief nun sehr viel, war die meiste Zeit über kraftlos und müde. An Morgen wie diesem hatte Harmony es sich angewöhnt, am Strand spazieren zu gehen. Sie blieb nie lange weg, höchstens eine

Stunde, weil sie Hope nicht zu lange allein lassen wollte, doch diese Zeit nur für sich tat ihr gut. Es half ihr, durchzuatmen und Kraft zu tanken, und sie merkte, dass das Meer ihr neuer bester Freund wurde.

Während sie barfuß im Sand lief und zu den Wellen am Horizont blickte, überlegte sie, wie sie den Tag angehen sollte. Sie hatte Hope noch nichts von der Überraschung erzählt, war sich aber sicher, dass ihre Schwester sich riesig freuen würde. Denn heute würde ein großer Wunsch in Erfüllung gehen.

Es war nicht leicht gewesen, jemand Privates zu finden, der eine Delfinbeobachtungstour mit ihnen machte. Die geführten Touren für Touristen dauerten drei Stunden, und Hope war sowieso schon die meiste Zeit über schwindlig, da wollte sie ihr nicht zumuten, dazu stundenlang seekrank zu sein. Erst hatte sie überlegt, Elias zu fragen, ob er sich das Boot seines Freundes ausleihen und zusammen mit ihnen rausfahren könnte, hatte es dann aber gelassen. Denn dieser Moment wäre ein sehr bedeutender für Hope, für sie beide als Schwestern, und da wollte sie niemanden dabeihaben, der nicht einmal wissen durfte, warum er so besonders war. Nach einiger Recherche im Internet war sie dann zum Glück auf einen Mann gestoßen, der private Touristentouren anbot, und hatte mit ihm eine einstündige Bootsfahrt für den Abend vereinbart. Bei Sonnenuntergang. So wie Hope es sich über alles wünschte. Sie hoffte, eine Stunde würde Hope durchhalten, und dass sie ganz viele Delfine sehen würden und die Fahrt nicht umsonst war.

Sie setzte sich in den Sand und rief Lauren an.

»Hey, schon wach?«, fragte sie, als ihre Freundin verschlafen ranging.

»Nein. Ich bin erst um halb drei ins Bett.«

»Sorry, ich wollte dich nicht wecken.«

»Macht nichts. Rufst du nur so an oder gibt es irgendetwas Neues? Ist mit Hope alles okay?«

Natürlich war es das nicht. Hopes Zustand wurde von Tag zu Tag schlimmer, aber Harmony wusste ja, dass ihre Freundin es nicht so meinte.

»Ihre Knochen und Gelenke schmerzen vermehrt und sie schläft viel. Sonst ist alles beim Alten.«

»Die Arme.« Lauren gähnte. »Wie ist es auf der Insel?«, fragte sie als Nächstes.

»Es ist wunderschön. Ich bin echt verliebt und könnte mir vorstellen, hier öfter herzukommen.«

»Du bist verliebt?«

»In die Insel, Lauren!«

»Was macht denn der nette Nachbar so?«

»Der ist immer noch nett. Er hat uns den Rasen gemäht und Wasserflaschen für uns eingekauft.«

»Uuuund?«

»Nichts und. Er ist einfach ein Freund und es tut gut, hier so jemanden zu haben.«

»Schade«, sagte Lauren, »ich hatte gehofft, da würde mehr draus werden.«

»Du weißt genau, dass ich nichts Festes möchte.«

»Vielleicht aber etwas Spaß?«

»Elias ist niemand für einen One-Night-Stand. Er ist Boyfriend-Material und danach suche ich nun mal nicht«, stellte sie klar, obwohl ihre beste Freundin es inzwischen wirklich wissen müsste.

»Willst du für den Rest deines Lebens allein bleiben?«

»Du bist doch selbst Single!«

»Aber nicht, weil ich es gern bin, sondern weil ich dem Richtigen bisher nicht begegnet bin. Leider. Und im Übrigen war das auch keine Antwort auf meine Frage.«

Harmony seufzte. »Was war noch mal die Frage?«

»Ob du den Rest deines Lebens allein bleiben willst.«

»Ist besser, als jemanden zu lieben und ihn dann zu verlieren, oder?« Davor hatte sie nämlich am meisten Angst, wenn sie ehrlich war. Es waren gar nicht mal die enttäuschenden Beziehungen gewesen, die sie zu einem eingefleischten Single hatten werden lassen, zumindest nicht an erster Stelle. Es war der Verlust, vor dem sie sich fürchtete. Der Schmerz, der übrig blieb, wenn der eine Mensch, den man über alles geliebt hatte, plötzlich nicht mehr da war. Sie hatte gesehen, was es mit ihrer Mom gemacht hatte, und auch, wie sehr Hope noch immer litt. Das wollte sie sich einfach ersparen. Es war genug, dass sie bald schwesternlos sein würde.

»Aber Mony«, erwiderte Lauren. »Sollte man wirklich deshalb auf die wahre Liebe verzichten? Aus Angst davor, dass sie irgendwann endet? Ich will das nicht! Ich wäre lieber ein Jahrzehnt oder sogar nur ein Jahr so richtig glücklich mit einem Mann und würde danach den schlimmsten Schmerz meines Lebens durchstehen, als niemals die Liebe zu erleben. Ich meine, das ist es schließlich, wonach wir alle uns sehnen, oder? Nach unserem Seelenverwandten, unserer zweiten Hälfte.«

Harmony musste lachen. »Wie du klingst, Lauren. So hab ich dich ja noch nie reden gehört. Guckst du dir zu viele Seifenopern an, oder wie?«

»Kann sein. Und zwar zusammen mit deiner Mom.«

»Was, echt?«

»Ja, und es macht mir sogar richtig Spaß.«

Sie musste schlucken, konnte es kaum glauben. Ihre Mutter, die Harmony selbst und auch Hope sonst immer schon nach zwanzig Minuten wieder loswerden wollte, duldete Lauren über einen längeren Zeitraum und sah sich Serien mit ihr an?

»Wie geht es Mom denn?«

»Es geht ihr gut. Ich war gestern erst da und habe ihr Lebensmittel gebracht. Sie hatte ein kolumbianisches Gericht gekocht – ich hab den Namen leider vergessen, es war irgendwas mit Kochbananen – und hat mich dazu eingeladen. Dann haben wir zusammen gegessen und uns ungefähr zwei Stunden lang *La Casa de las Flores* angesehen, bevor ich zurück nach Hause gefahren bin, um weiter an meinem Manuskript zu arbeiten.«

Sie war noch immer verwirrt und auch verletzt, doch sie wollte keine Szene machen, weil sie ja dankbar war, dass Lauren sich so gut um ihre Mutter kümmerte.

»Wie läuft es mit deinem Manuskript?«, fragte sie.

»Sehr gut. Die Polizei jagt gerade die Mörderin und sie muss ständig neue Verstecke finden, um ihnen zu entkommen.«

»Klingt spannend. Werden sie sie bald schnappen?«

»Das verrate ich nicht, ich will nicht zu viel spoilern. Du möchtest es schließlich lesen, oder?«

»Na klar. Ich kann es kaum erwarten.« Bisher hatte sie jedes von Laurens Büchern noch vor Erscheinen verschlungen. Lauren war jedes Mal so nett gewesen, ihr eins von ihren Belegexemplaren vorab zu überlassen.

»Kommst du dort zum Lesen? Was macht ihr so den lieben langen Tag?«, wollte Lauren wissen.

»Hin und wieder lese ich, ja. Und natürlich muss ich nebenbei arbeiten. Das mache ich meistens, wenn Hope schläft oder sich ausruht.«

»Schreibst du gerade nur noch an deinen Reportagen über die Obdachlosen?«

»Ein Artikel pro Woche wäre etwas wenig. Wayne gibt mir stets ein paar zusätzliche Aufträge, die ich von hier aus erledigen kann. Dinge, für die ich nicht vor Ort recherchieren muss.« Sie arbeitete weit weniger als zu Hause, und sie hatte mit Wayne ausgemacht, dass sie, solange sie in Florida war, nur ein Teilzeitgehalt bekam. Das war okay, es war ja nur für eine Weile.

»Hätte nicht gedacht, dass dein Boss so viel Empathie zeigen würde.« Lauren hatte ihn auf dem einen oder anderen Event erlebt, wie zum Beispiel auf der letztjährigen Weihnachtsfeier. Und da war er wie immer ziemlich arrogant und narzisstisch rübergekommen, was er im Grunde auch war. Doch gerade war er äußerst taktvoll, obwohl er nicht einmal wusste, weshalb Harmony sich so schnell nach Florida hatte aufmachen müssen. Sie hatte ihm nur erzählt, dass es um einen familiären Notfall ging, und er hatte seinen Egozentrismus ein wenig zurückgeschraubt.

»Er ist erstaunlicherweise richtig entgegenkommend.« Was sie von ihrem profitgeilen Boss wirklich nicht erwartet hätte. Aber er merkte wohl, dass sie gerade in einem emotionalen Dilemma steckte, und verlieren wollte er sie natürlich um keinen Preis.

»Cool.«

»Ja, und ansonsten gehen Hope und ich oft spazieren, am Strand oder im Stadtzentrum«, erzählte sie weiter. »Wir essen lecker, kaufen uns fast jeden Tag ein Eis und reden viel. Von früher, unserer Kindheit, unseren Eltern und Asher.«

»Das ist wirklich schön.«

»Finde ich auch. Für heute habe ich etwas Besonderes geplant. Hope würde ja gerne noch mal Delfine in freier Wildbahn beobachten, aber die Touren sind alle ein paar Stunden lang, was sie nicht durchhalten würde. Ich habe es jedoch mit viel Mühe geschafft, jemanden aufzutreiben, der mit uns eine kürzere Fahrt macht, und zwar bei Sonnenuntergang. Hope weiß es noch nicht, ich will sie beim Frühstück überraschen.«

»Oh, da wird sie sich bestimmt freuen. Wie toll. Du bist ehrlich die beste Schwester, die man sich vorstellen kann.«

»Ach …« Sie winkte ab und sah jemanden in der Ferne den Strand entlangkommen. Als sie ihn erkannte, musste sie lächeln. »Lieb, dass du das sagst, Lauren. Und du bist eine wunderbare Freundin. Danke, dass du dich so gut um unsere Mutter kümmerst und um die kleine Diva. Wie geht es ihr denn?«

»Bestens.« Lauren lachte. »Sie ist immer noch ganz vernarrt in hart gekochte Eier.«

»Ich vermisse sie.«

»Ich weiß. Sie vermisst dich ebenfalls. Und ich noch mehr.«

»Du fehlst mir genauso.«

»Mony?«

»Ja?« Sie stand auf und ging Elias entgegen.

»Du musst dich nicht bei jedem Telefonat bei mir bedanken. Ich mache das gern, das weißt du. Ich bin für dich da.«

»Das weiß ich. Trotzdem.«

»Hab dich lieb.«

»Ich dich auch. Ich leg jetzt auf, ja?«, sagte sie, weil Elias nur noch wenige Schritte entfernt war.

»Okay, bis bald. Und melde dich, wenn irgendwas ist.«

»Du genauso.«

Sie beendeten das Gespräch und sie schenkte dem Mann, der nun vor ihr stand, ein Lächeln.

»Guten Morgen, Harmony«, wünschte er.

»Guten Morgen, Elias. Was machst du so früh schon am Strand?«

»Heute geht die Schule wieder los. Ich wollte vorher ein bisschen durchatmen.«

»Dazu ist der Strand immer gut.«

»Auf jeden Fall.«

»Freust du dich auf den Unterricht?« Sie betrachtete Elias, der zum ersten Mal, seit sie ihn kannte, kein Hawaiihemd trug, sondern Jeans und Poloshirt. Es sah gut an ihm aus und dennoch vermisste sie den fröhlichen Look irgendwie.

»Und wie!«, antwortete er. »Ich hab es ganz schön vermisst, vor meinen Schülern zu stehen.«

»Kann ich mir vorstellen.« Sie gingen nebeneinanderher, in Richtung Pier. »Ich habe endlich *Der alte Mann und das Meer* beendet. Du hattest recht, es ist richtig gut.«

»Das freut mich«, erwiderte er. »Ich wollte übrigens etwas vorschlagen. Habt ihr Lust, heute Abend zu grillen? Ich könnte ein paar Veggieburger für uns machen.«

»Oh. Das klingt gut, aber Hope und ich haben leider schon etwas vor.«

»Kein Problem. Wir können das auch auf morgen verlegen. Oder auf einen anderen Tag.«

»Morgen passt perfekt.« Sie lächelte und freute sich auf einen gemeinsamen Grillabend. Denn die Abende mit Elias waren stets sehr nett und weniger sentimental als die allein mit Hope.

Sie spazierten ein wenig durch den Sand, dann gingen sie in ihre Häuser zurück.

Hope schlief noch immer und Harmony bereitete das Frühstück zu. Als ihre Schwester eine Dreiviertelstunde später in die Küche kam, sah sie ernst aus.

»Was ist los?«, fragte Harmony besorgt.

Hope hob ihren luftigen, bodenlangen Rock an und zeigte ihr ihren Oberschenkel, der voller tiefblauer Flecken war.

»Himmel, was ist das denn?« Hope hatte während des Krankheitsverlaufs hin und wieder mal kleinere Blutergüsse gehabt, aber das hier nahm ein ganz anderes Ausmaß an. Auch wenn Harmony natürlich beim Recherchieren erfahren hatte, dass vor allem im fortgeschrittenen Stadium Hämatome auftauchen könnten, hatte sie nicht mit solchen gerechnet.

Hope strich sich vorsichtig über die blaue Haut und sah richtig betrübt aus. »Ich bin bisher weitestgehend davon verschont geblieben. Aber nun …«

Harmony nahm sie ohne ein weiteres Wort in die Arme.

»Und ich hatte heute so etwas Schönes mit dir vor«, sagte sie schließlich, während sie beide einander immer noch hielten. Als wären sie jeweils der Anker, den die andere gerade brauchte.

Hope ließ von ihr und setzte sich an den Tisch. »Und was?«

Sie lehnte sich an den Küchentresen, nahm ihre Kaffeetasse wieder in die Hand und trank einen Schluck.

»Ich habe uns eine Bootsfahrt organisiert. Für heute Abend. Der Tourguide kennt die besten Plätze, wo man …« Sie lächelte Hope an. »Wo man Delfine beobachten kann.«

»Ist das dein Ernst?«, fragte Hope.

Sie nickte. »Ja. Aber wir müssen das nicht machen, wenn du dich nicht gut fühlst. Vielleicht können wir es vertagen.«

»Für nichts würde ich mir das nehmen lassen, Mony. Du bist die Beste!«, rief Hope freudig aus, stand auf und drückte sie erneut. »Ich kann es gar nicht glauben.«

Als Harmony erkannte, dass ihre Schwester Tränen in den Augen hatte, stiegen ihr sofort auch welche auf. Die sie natürlich wie immer in Hopes Gegenwart wegblinzelte.

»Das wird der beste Tag überhaupt – versprochen!«, sagte sie.

»Daran habe ich überhaupt keinen Zweifel«, meinte Hope und strahlte sie an.

31

Während Harmony arbeitete, ruhte Hope sich aus. Eigentlich hatte sie vorgehabt, nach Seesternen zu suchen, doch jetzt wollte sie lieber all ihre Kräfte sparen für ihre abendliche Tour. Sie freute sich den ganzen Tag und saß mit einem Lächeln im Gesicht und einem Strahlen in den Augen auf der Couch und sah sich ein paar ihrer Lieblingsfilme an.

Als Harmony zur Mittagszeit ins Haus kam, um Essen zu machen, entdeckte sie, dass Hope sich langgelegt hatte und eingeschlafen war. Da sie sie nicht aufwecken wollte – denn wenn der Körper sich nach Ruhe sehnte, sollte man ihm die gönnen –, machte sie sich nur schnell ein Sandwich und ging damit zurück auf die Veranda. Sie versuchte, so viel zu schaffen wie möglich, solange Hope schlief. Damit sie später Zeit für sie hatte. Am liebsten hätte sie jede Minute mit ihr verbracht, aber wie ihre Schwester so schön sagte: Das Leben ging weiter. Das musste es. Sonst würde man den ganzen Tag in Sorge und Trauer verbringen. Im Grunde war sie also froh, sich hin und wieder ablenken zu können. Und als sie nun ihr Sandwich aß, fiel ihr Blick auf die Hecke und das Haus dahinter. Elias' Haus.

Sie musste gestehen, dass sie in letzter Zeit ziemlich oft an ihn denken musste. Was ungewöhnlich für sie war, da sich sonst nie irgendwelche Männer in ihre Gedanken schlichen. Oder besser gesagt, weil sie ihnen nicht erlaubte, sich einen Weg dorthin zu bahnen. Und auch jetzt kam sie nicht darum herum, sich vorzustellen, wie er wohl in seinem Klassenzimmer stand und seine Schüler unterrichtete. Bestimmt war er ein richtig guter Lehrer, einer, den sie selbst gern als Kind gehabt hätte, einer, den alle liebten. Zu dem man kommen konnte, wenn man etwas im Unterricht nicht verstand oder wenn man von anderen gemobbt wurde. Und sicher konnte er einem immer direkt weiterhelfen. So wie er es ihnen in den vergangenen zwei Wochen schon des Öfteren bewiesen hatte.

Vor ein paar Tagen hatten sie ein Problem mit dem Außenlicht gehabt und Harmony hatte die Vermieterin anrufen wollen. Doch Hope war schnurstracks über den Rasen gegangen und hatte Elias gefragt, ob er sich auskannte. Er war sofort mitgekommen, hatte nur einen Blick auf die Lampen geworfen, am Stromkasten hantiert und das Problem behoben.

So war Elias. Ein Mann für alle Fälle. Einer, auf den man sich verlassen konnte, das wusste sie jetzt schon. Und sie fragte sich, inwieweit er ihr eine Hilfe sein würde, wenn es hier schlimmer wurde. Wenn Hopes Zustand sich noch mehr verschlechterte. Wenn das Ende kam. Konnte er ihr Halt geben? Würde sie es zulassen?

Sie tippte ein wenig vor sich hin und blickte auf, als sie Hope auf die Veranda kommen sah.

»Hey. Hast du ein bisschen geschlafen?«

»Ja. Ich war unwahrscheinlich müde.« Hope setzte sich auf die Hollywoodschaukel.

»Gut, dass du dich ausgeruht hast.« Sie betrachtete ihre Schwester, die so unglaublich zerbrechlich aussah. Die noch mehr abgenommen hatte. Die blass war, als würden sie sich tatsächlich gerade in Alaska aufhalten und nicht im sonnig warmen Florida. »Bist du sicher, dass du das heute Abend schaffst? Ich kann den Bootsbesitzer bestimmt anrufen und ihn bitten, das Ganze an einem anderen Tag zu machen.«

Hope schaute sie an. Nicht bedrückt, sondern der Realität ins Auge blickend. »Mony, von nun an werden keine besseren Tage mehr kommen. Wenn wir es heute nicht machen, wird es vielleicht gar nichts mehr.«

Sie musste schlucken. »Okay, dann bleibt es bei heute Abend.«

Hope nickte zufrieden. Und schon lächelte sie wieder. »Ich freue mich wirklich riesig.«

»Dito«, konnte sie nur erwidern. Mehr gab ihre Stimme nicht her. Weil der Kloß in ihrem Hals nur immer mehr wuchs. Weil das alles hier so unglaublich unfair war. Weil Hope das nicht verdient hatte. Und sie auch nicht.

»Ich mache mir was zu essen«, sagte ihre Schwester jetzt und ging zurück ins Haus.

Harmony ließ sie. Denn sie würde ja doch keine Hilfe annehmen. Weil sie so verdammt tapfer war. Weil sie es wahrscheinlich sein musste, um nicht unterzugehen.

Das Funkeln in Hopes Augen zu sehen, als sie die ersten Delfine entdeckten, war unbezahlbar. Ihre Schwester hatte zuvor schon unentwegt am Strand Ausschau gehalten, aber leider nie Glück gehabt. Dass Harmony eines Morgens bei einem einsamen Spaziergang einen in der Ferne erhascht hatte, mochte sie Hope gar nicht sagen, damit sie nicht traurig war. Und es war jetzt sowieso nicht mehr wichtig, denn endlich konnte sie ihre Lieblingstiere selbst beobachten: Keine fünfzig Meter entfernt von ihnen schwammen mindestens zehn Delfine, vollführten anmutige Sprünge und tauchten wieder ins Wasser. Hope war glückselig.

»Guck mal, wie süß der da vorne ist«, rief Hope ihr zu und deutete auf einen noch kleinen Delfin.

Sie nickte zustimmend. »Die sind alle toll.«

Jetzt konnte sie endlich verstehen, warum Hope das hier unbedingt hatte machen wollen. Warum sie so wundervolle Erinnerungen daran hatte, wie sie damals mit Asher Delfine beobachtet hatte. Weil es eine einmalige Erfahrung war, diese majestätischen Tiere in ihrem natürlichen Lebensraum zu sehen anstatt in irgendeinem Aquarium, in dem sie gefangen gehalten wurden. Das hier war es, was Mutter Natur für sie vorgesehen hatte. Gottes Plan, wie Hope es genannt hätte. Und ihnen einfach nur aus der Ferne zuzusehen, ohne sie dabei zu stören, war unglaublich erfüllend.

Hope lehnte sich vor, um den Delfinen nah zu sein, und strahlte dabei vor Glück. Ihre Wangen waren ganz rosig, in ihren Augen schimmerte ein Glanz.

Harmony konnte ihre Schwester nur betrachten, viel mehr noch als die Delfine, die ja wirklich beeindruckend waren. Aber Hope so zu sehen, war das Schönste auf der Welt. Und sie wusste, sie hätte es sich nie vergeben, wenn sie ihrer Schwester diesen großen Wunsch nicht erfüllt hätte. Diesen letzten Wunsch.

Irgendwann nahm sie wahr, dass Hope zitterte. Sie holte die Decke heraus, die sie mitgebracht hatten, und legte sie ihr um.

»Danke.« Hope lächelte sie an. »Danke für alles.«

Du musst dich nicht immer bei mir bedanken, ich mach das doch gerne. Wenn es schon das Einzige ist, was ich machen kann, wollte sie ihr wie so oft sagen. Stattdessen lächelte sie nur zurück und antwortete: »Von Herzen gern geschehen.«

Sie beobachteten die eleganten Tiere noch eine Weile und genossen gleichzeitig den Sonnenuntergang. Hope erzählte von ihrem damaligen Ausflug mit Asher und dass sie es bereute, sich nie einen Delfin tätowieren lassen zu haben.

»Ich wusste nicht, dass du ein Tattoo wolltest.«

»Irgendwann habe ich mal darüber nachgedacht. Zusammen mit Asher. Wir hatten überlegt, uns hier in Key West eins stechen zu lassen bei unserem nächsten Besuch.«

»Echt?« Das hätte sie bei den beiden nicht für möglich gehalten. Sie selbst hatte zwei kleine Tattoos, den Namen ihres Vaters an ihrem linken Handgelenk und ein kleines Herz an ihrem rechten Fußgelenk. Aber Hope? »Partnertattoos meinst du?«

»Genau. Jeder einen Delfin. Oder einen Seestern. Oder einfach nur einen ganz normalen Stern.«

»Das klingt echt schön. Schade, dass ihr es nie möglich machen konntet.«

»Ja.« Hope wirkte für einen Moment traurig, dann wurde sie still und betastete wie so oft ihre Seesternkette, und Harmony wusste, dass sie innerlich mit Asher sprach.

Sie fragte sich, was Hope ihm wohl erzählte. Dass sie endlich wieder bei den Delfinen war? Dass sie bald bei ihm sein würde?

Nach einer kleinen Weile sagte sie: »Ich denke, wir sollten jetzt zurückfahren.«

»Aber warum denn?« Hope schien richtig betrübt.

»Weil wir schon eine Dreiviertelstunde hier draußen sind und ich dem Guide gesagt habe, dass wir ihn nur eine Stunde in Anspruch nehmen würden.«

»Bisher hat er sich nicht beschwert«, sagte Hope und deutete zu dem älteren Mann, der mit einer Dose Bier am anderen Ende des Segelbootes saß und vor sich hinträumte. »Außerdem ist die Sonne noch nicht komplett untergegangen. Können wir bitte noch ein bisschen bleiben?«

Wie könnte sie Hope diese Bitte abschlagen? Sie sah auf die Uhr. Es war kurz vor acht. Das Internet hatte angezeigt, dass die Sonne heute um zwei Minuten nach acht unterging.

»Und du bist wirklich nicht zu schlapp? Zu müde?«, fragte sie ihre Schwester. Die wirkte ja schon den ganzen Tag sehr erschöpft und Harmony selbst hätte die Tour am Nachmittag am liebsten abgesagt.

Hope schüttelte den Kopf. »Nein, mir geht es wunderbar.«

»Na gut. Ein bisschen können wir wohl noch bleiben.«

»Danke.«

Sie zog Hope sachte an sich, die ihr den Kopf auf die Schulter legte. So saßen sie da, bestaunten den malerischen Sonnenuntergang und versuchten, im immer dunkler werdenden Licht die letzten Delfine zu erhaschen. Harmony machte einige Fotos von dem grandiosen Ausblick und auch von ihrer

Schwester, wie sie in dem Boot saß und glücklich wirkte wie seit Jahren nicht.

Sie wusste jetzt schon, dass sie diesen Abend niemals vergessen und dass er ihr Trost sein würde in den traurigen Stunden, die bald auf sie zukommen würden. Doch daran wollte sie in diesen wunderbaren Momenten nicht denken. Vielmehr versuchte sie, jede Sekunde davon zu genießen und sich bewusst zu sein, wie sehr sie gesegnet war, eine Schwester wie Hope zu haben.

32

Am nächsten Tag, einem Freitag, saß Harmony wieder einmal auf der Veranda und schrieb ihren wöchentlichen Obdachlosen-Beitrag fertig, als sie eine Stimme hinter sich hörte.

»Sorry, ich will nicht stören …«

Sie drehte sich um und musste lächeln. »Hi, Elias«, sagte sie zu dem Mann in Jeans und Polohemd. Er kam anscheinend gerade von der Arbeit. »Du störst nicht.«

»Dann ist gut. Arbeitest du?«

»Ja, an meinem Artikel für die Zeitung, den ich heute noch absenden muss.«

»Okay, beachte mich am besten gar nicht. Eigentlich wollte ich auch nur kurz zu Hope, um sie zu fragen, ob ich für sie normale Burgerpatties besorgen soll oder ob sie die veganen mitisst.«

»Oh, Hope ist gerade nicht da.« Sie war bei einer Naturheilerin, die sie vor einer Woche das erste Mal aufgesucht hatte und von der sie ganz begeistert war. Nachdem Hope bei ihren bisherigen beiden Besuchen mit irgendwelchen Kräutern inhaliert hatte, sollten ihr heute von Tula heiße Steine aufgelegt werden. »Ich kann dir aber sagen, dass sie gerne Veggieburger isst.« Wenn sie denn überhaupt aß. In den letzten Tagen war es immer weniger geworden, besorgniserregend wenig.

»Super. Dann gehe ich jetzt einkaufen und überlasse dich weiter deiner Arbeit.«

»Bis später. Ich freue mich schon.«

Elias' Blick schien zu fragen: *Auf die Burger oder auf mich?* Doch sie gab ihm keine Antwort, weil sie es selbst nicht genau wusste. Zum ersten Mal seit Langem befand sie sich wieder in der Situation, dass sie jemanden ehrlich mochte. Dass sie wahre Zuneigung für einen Mann empfand. Und sie konnte noch nicht sagen, ob sie vorsichtshalber lieber auf Freundschaft setzen oder ob sie tatsächlich riskieren wollte, ihr Herz miteinzubeziehen.

Für den Moment war sie einfach nur froh, Elias in ihrem Leben zu haben. Denn er war lieb und einfühlsam und sagte nie etwas Unbedachtes. Man konnte sich unglaublich gut mit ihm unterhalten und hatte stets das Gefühl, dass er wirklich zuhörte. Außerdem war sein Lächeln bezaubernd und machte immer, dass es einem gleich ein wenig besser ging.

»Dann bis später«, sagte er und lächelte sie warm an, bevor er über den Rasen zurück zu seinem Haus ging.

Sie sah ihm nach, auch, als er bereits durch die Hecke und in Richtung seines Autos verschwunden war, und sie musste gestehen, dass sie den Abend tatsächlich kaum erwarten konnte.

Doch zuerst musste sie sich wieder aufs Schreiben konzentrieren, den Beitrag fertig machen und überlegen, wessen Story sie nächste Woche bringen wollte. Vielleicht die des Veteranen, der wegen seiner Albträume von seiner Frau verlassen wurde und seitdem auf der Straße lebte? Oder die der beiden Schwestern, die Harmony weiterhin verfolgten und von denen sie so hoffte, dass das Fentanyl sie nicht umgebracht hatte? Nein, als Nächstes würde sie sich Pete widmen, den sie an ihrem vorletzten Tag in Phoenix kennengelernt hatte. Er war achtundzwanzig und ein Ex-Junkie, der aber bereits seit drei Jahren clean war und jeden Tag dagegen ankämpfte, rückfällig zu werden. Er hatte sie in seiner Gegend herumgeführt, ihr seine selbst gebaute Behausung aus Kartons gezeigt und ihr erzählt, dass er gern als Altenpfleger arbeiten würde, weil er sich schon immer gut mit älteren Menschen verstanden hatte. Weil sie so spannende Geschichten zu erzählen hatten von längst vergangenen Tagen. Der Grund, warum Harmony seine Story so schnell wie möglich erzählen wollte, war, dass sie hoffte, dass Pete auf diese Weise einen Job bekam. Dass er sich etwas aufbauen und clean bleiben konnte. Dass er eines Tages wieder glücklich sein würde.

Sie suchte ihre Notizen hervor und rief sich das Interview mit ihm ins Gedächtnis. Es schien eine Ewigkeit her. Und ihr wurde einmal mehr bewusst, wie anders das Leben hier auf der Insel aussah. Hier waren die Straßen sauber, und in den zwei Wochen, die sie nun hier waren, hatte Harmony höchstens eine Handvoll Obdachlose gesehen. Kein Vergleich zu Phoenix oder zum Rest der Vereinigten Staaten. Hope hatte recht gehabt, es gab doch noch solche Orte auf Erden. Sie hätte es nicht für möglich gehalten.

Als ihre Schwester eine Stunde später von Tula zurückkam, deren Haus sich nur eine Straße weiter befand, klappte Harmony ihren Laptop zu und schenkte ihnen Limonade ein. Zusammen setzten sie sich auf die Hollywoodschaukel.

»Wie war es? Haben die heißen Steine etwas gebracht?«

Hope nickte und wirkte ganz entspannt. »Die waren wunderbar. Ich hatte das Gefühl, als würden sie die Schmerzen wirklich lindern.«

»Das freut mich ehrlich, Sis. Dann hoffen wir, dass die Wirkung eine Weile anhält.«

»Ich habe bereits einen neuen Termin gemacht, für Montag.«

Alles, was Hope guttat, war willkommen. Auch wenn jede Sitzung vierzig bis siebzig Dollar kostete. Aber das war egal, solange ihre Schwester nur Linderung fand.

»Sehr schön.« Sie nahm einen Schluck Limo. »Elias war übrigens vorhin kurz hier und hat gefragt, ob du Veggieburger mitisst oder ob er dir Fleisch besorgen soll.«

»Oh, er soll sich bitte keine Umstände machen, ich bin mit allem einverstanden.« Hope hatte sowieso keine Wünsche mehr offen, seit gestern ihr größter erfüllt worden war. Sie wirkte noch immer ganz selig.

»Das hab ich ihm gesagt.«

Hope führte ihr Glas an den Mund. »Er ist äußerst nett, oder?«, fragte sie, nachdem sie getrunken hatte.

»Ist er. Ich mag ihn mit jedem Tag ein bisschen mehr.«

»Ach ja?« Ihre Schwester strahlte sie an.

»Als Freund, Hope.«

»Natürlich.«

Sie atmete einmal tief durch. Sie meinte es doch so. Ehrlich.

»Ich bin auch sehr froh, dass er den alten Seemann abgelöst hat«, sagte Hope nun und musste lachen. »Ich glaube ja nicht, dass der dir einen Veggieburger gemacht hätte.«

»Eher einen Fischburger.« Sie stellte sich eine vollständige gegrillte Makrele zwischen zwei Burgerhälften vor und verzog das Gesicht.

»Wahrscheinlich, ja.«

»Was ist aus dem alten Seemann eigentlich geworden?«, fragte Harmony.

»Elias hat erzählt, dass er zu seiner Tochter und den Enkelkindern nach Fort Lauderdale gezogen ist.«

»Schön für ihn.«

»Schön für uns.«

Da konnte sie Hope nur zustimmen.

33

Am Abend gingen die Schwestern über die Wiese, durch die Öffnung in der Hecke und in Elias' Garten. Dort stand schon alles bereit: Teller mit fleischlosen Burgerpatties, Tomatenscheiben und Salatblättern. Flaschen mit Ketchup, Senf und Relish. Zwei Packungen Buns, eine Schüssel mit Röstzwiebeln und eine mit Gewürzgurken. Nur von Elias war weit und breit nichts zu sehen.

Sie setzten sich und warteten. Doch auch nach zehn Minuten blieb ihr Gastgeber verschwunden.

»Ich gehe ihn mal suchen«, sagte Harmony und erhob sich.

»Lass lieber. Sonst störst du ihn noch bei was Wichtigem.«

Sie winkte ab und betrat das Haus durch die geöffnete Schiebetür. Sobald sie drinnen war, konnte sie nur staunen. Das Wohnzimmer war in einem warmen Grün gestrichen, es hingen ein paar ansprechende Naturbilder an den Wänden und hier und da stand ein wenig Deko: eine von diesen Flaschen mit einem Schiff darin, ein Globus und ein Bilderrahmen mit einem Wal beziehungsweise seiner Schwanzflosse, die aus dem Meer ragte. So viel Geschmack hätte sie

Elias gar nicht zugetraut. Wenn sie sich seine Hawaiihemden ansah, hätte sie eher mit einer kunterbunten Einrichtung gerechnet. Aber es freute sie, denn sie fühlte sich gleich wohl.

Irgendwo hörte sie Elias reden und trat ein paar Schritte näher. Von dort konnte sie ihn durch die halb offene Küchentür sehen, er lehnte mit seinem Handy am Ohr an der Theke und sprach jemandem Mut zu.

»Du solltest dich endlich trennen. Er tut dir nicht gut.«

Sofort fühlte sie sich wie ein Eindringling, der etwas viel zu Privates mitanhörte, und wollte schnell wieder in den Garten zurückeilen. Dabei stieß sie eine Holzfigur um, die zu Boden fiel.

»Shit! Shit! Shit!«, flüsterte sie, während sie in die Hocke ging.

Im nächsten Moment stand Elias im Wohnzimmer. »Harmony.«

»Sorry, ich wollte nur sehen, ob alles in Ordnung ist«, sagte sie, während sie den hölzernen Otter aufhob und zurück an seinen Platz stellte. Zum Glück war der nicht kaputtgegangen, die Situation war peinlich genug.

»Ist es schon sechs?«, fragte er und sah zur Uhr.

»Schon Viertel nach. Aber lass dir ruhig Zeit, ich warte draußen.« Sie huschte davon und bereute, das Haus überhaupt betreten zu haben. Hätte sie bloß auf ihre Schwester gehört.

Eine Minute später war Elias bei ihnen. »Es tut mir wahnsinnig leid. Ich musste … hatte ein wichtiges Telefongespräch und habe die Zeit vergessen. Bitte verzeiht mir.«

»Ist überhaupt nicht schlimm«, erwiderte Hope, die unter einem schattigen Baum mit rosaroten Blüten saß. »Dein Garten ist wunderschön, hier lässt es sich gut aushalten.«

»Freut mich, dass er dir gefällt«, erwiderte Elias, der natürlich wieder ein Hawaiihemd trug – wie immer in seiner Freizeit. Unwillkürlich fragte Harmony sich, was er wohl anzog, wenn er seine Familie in den Niederlanden besuchte oder wenn er Urlaub in einem kalten Land machte. Würde er zum Beispiel im verschneiten weihnachtlichen New York auch eins dieser dünnen, bunten Hemden tragen?

»Was sind das für wunderschöne Blüten? Wie heißt dieser Baum?«, erkundigte sich Hope, und Harmony fragte sich, ob sie das tat, um von der peinlichen Situation abzulenken, in der sie und Elias sich soeben befunden hatten.

»Das ist eine Rote Frangipani. Ihr habt Glück, dass ihr zur Blütezeit hier seid, die ist nämlich von Juni bis September.«

»Wunderschön«, sagte Hope erneut.

»Man kann die Blüten übrigens zu Tee verarbeiten«, erzählte Elias. Er widmete sich ganz Hope und ihren Fragen und hatte Harmony noch nicht wieder angesehen. Sie kam sich ehrlich gesagt ein wenig dumm vor.

Warum, warum, warum war sie nur in dieses Haus gegangen?

»Wo befinden sich eigentlich deine Orchideen?«, wollte Hope als Nächstes wissen.

»In einem Gewächshaus dort hinten.« Er zeigte zur Westseite seines Bungalows.

»Zeigst du sie mir?«

»Klar.« Elias machte eine einladende Geste und ließ Hope den Vortritt.

Als sie nur noch den Rücken ihrer Schwester sah, nutzte Harmony die Gelegenheit. »Elias, es tut mir so leid. Ich wollte nicht …«

»Dir muss nichts leidtun«, versicherte er, berührte eine kurze Sekunde lang ihren kleinen Finger mit seinem und ging dann Hope nach.

Perplex blieb sie stehen und fragte sich, was das gerade gewesen war. Nicht die Berührung an sich, sondern was sie in ihr ausgelöst hatte. Denn auf einmal war ihr ganz warm, fürchterlich warm, so als wäre das Thermometer in dieser einen Sekunde der Annäherung um zehn Grad hochgeschossen.

»Mony? Kommst du nicht?«, hörte sie Hope rufen, die die Ecke des Hauses erreicht hatte.

»Bin schon da!«, rief sie zurück und folgte den beiden.

Im nächsten Augenblick standen sie in einem kleinen Treibhaus voller Orchideen – in den verschiedensten Farben! Einige hatten nur einen, andere zwei oder drei Triebe. So etwas hatte Harmony noch nie gesehen.

»Wow!«, entfuhr es ihr.

Auch Hope staunte. »Elias, das ist ja unglaublich. Hast du die alle selbst gezüchtet?«

»Habe ich. Ihr dürft euch gern jeder eine aussuchen, wenn ihr mögt.«

»Aber du hast uns doch neulich schon eine mitgebracht«, erinnerte ihn Hope.

»Ach, ich habe mehr als genug, wie ihr seht.«

Hope war begeistert und entschied sich für eine weinrote Blume, Harmony nahm eine zitronengelbe, die sie auf die Fensterbank in ihrem Schlafzimmer stellen wollte. So würde sie jeden Morgen gleich den Anblick dieser fröhlichen Orchidee genießen können. Und den Gedanken an Elias.

»Das ist echt lieb von dir, danke«, sagte sie und hielt die Pflanze in beiden Händen, während sie zurück in den Garten gingen.

»Jetzt sollten wir aber endlich etwas essen, oder?«, fragte Elias.

»Oh, bitte. Ich habe einen Bärenhunger«, sagte Harmony. Gleichzeitig fragte sie sich, ob sie dieses Wort je zuvor gesagt hatte. Doch sie kannte eine Person, die es häufig benutzt hatte, und das war ihr Dad gewesen.

Als sie zu Hope sah, erkannte sie, dass auch ihre Schwester an ihren Vater dachte. Und während sie dann grillten und sich die Burger belegten, taten sie beide das noch einige Male. Denn Dan Roberts war der beste Grillmeister überhaupt gewesen. Sie erzählten Elias ein bisschen was von ihm, und Harmony zeigte ihm ihr Tattoo mit seinem Namen, damit er nicht dachte, sie hätte sich den eines Verflossenen verewigen lassen. Elias gab im Gegenzug ein bisschen was von seiner Zeit in Holland preis, wo das Leben ein ganz anderes zu sein schien. Es blühten überall Tulpen, jedermann aß Käse, und die hübschen Windmühlen, die man von Bildern kannte, gab es wirklich.

»Wart ihr schon mal in Europa?«, erkundigte er sich und biss in seinen Veggieburger, den er mit einem Haufen Röstzwiebeln und Gewürzgurkenscheiben belegt hatte.

»Ich war mal in London mit meiner besten Freundin Lauren«, erzählte sie. »Das war zweitausendachtzehn.«

»London ist toll. Wir waren da auf Klassenreise im Abschlussjahr.«

»Wow, eine Klassenreise nach London«, staunte sie. »Wir haben mit der Schule nur mal einen Wochenendausflug nach Wickenburg, Arizona, gemacht.« Und das, obwohl der Grand Canyon keine vier Stunden von Phoenix entfernt lag.

»Noch nie davon gehört«, sagte der Erdkundelehrer und stopfte sich den Rest seines Burgers in den Mund.

»Ganz genau.«

Sie lachten. Dann wandte sich Elias an ihre Schwester. »Und du, Hope?«

Die sah total selig aus unter ihrem schattigen Baum, ein Glas Hibiskuseistee in der Hand, der zweimal angebissene Burger auf einem Teller auf ihrem Schoß. »Ich war nie in Europa. Den Wunsch hatte ich nicht. Ich mochte es immer zu Hause in Arizona. Da wollte ich alt werden, das hatte ich fest vor …« Hopes Stimme klang melancholisch, und es war klar, dass irgendetwas in der Luft lag.

Elias sah sie fragend und ein wenig überfordert an.

Zum Glück fuhr Hope aber gleich fort. »Und mein absoluter Lieblingsort ist seit meiner ersten Begegnung Key West. Ich freue mich so, wieder hier zu sein.«

Harmony wollte gerade anfangen, von der Bootsfahrt gestern zu erzählen und von den wunderbaren Delfinen, als sie etwas davon abhielt.

»Hope, du blutest!«, sagte Elias ganz besorgt und griff sich ein paar Servietten, um sie ihr zu reichen.

»Oh nein.« Hope nahm sie und hielt sie sich an die Nase.

»Sorry, Elias, wir müssen mal kurz ins Bad«, sagte Harmony und brachte ihre Schwester zurück in ihr eigenes Haus.

Elias blieb hilflos zurück.

34

Eine halbe Stunde später lag Hope im Bett und Harmony trat durch die Tür nach draußen. Eigentlich hatte sie vorgehabt, rüber zu Elias zu gehen, um sich zu entschuldigen. Doch der saß bereits auf ihrer Veranda, die Burgerteller auf dem Tisch, auf dem sie sonst arbeitete.

»Ich dachte, dass ihr das vielleicht noch essen wollt.«

»Danke«, sagte sie und suchte nach einer Erklärung. Leider fiel ihr aber nichts ein, das nicht mehr verraten würde. Und Hope war ja partout dagegen, dass irgendjemand von ihrer Krankheit erfuhr. Nicht einmal ihrer besten Freundin Eileen oder ihrer Nachbarin und guten Freundin Judy hatte sie es erzählt, obwohl sie schon ein paarmal mit beiden telefoniert hatte. Harmony wusste nicht einmal, ob ihre Schwester der Naturheilerin Tula erzählt hatte, was mit ihr los war.

»Geht es Hope gut?«, erkundigte sich Elias.

Sie schüttelte den Kopf.

»Es wird ihr bestimmt bald besser gehen.« Er sah sie an und zweifelte wohl an seinen eigenen Worten. »Oder nicht?«

Wieder schüttelte sie den Kopf. Als sie zu Elias blickte, waren da Sorge und Bedauern in seinem Gesicht.

»Möchtest du darüber reden?«, fragte er.

»Ich kann nicht.« Sie setzte sich zu ihm an den Tisch.

»Okay.«

Sie verweilten ein paar Minuten schweigend.

»Ich weiß nicht, was ich tun soll«, sagte Elias schließlich. »Möchtest du, dass ich gehe?«

»Nein. Bitte bleib«, sagte sie und starrte auf den Faden in ihrer Hand, der sich von ihrer ärmellosen Bluse gelöst hatte. Er war rot.

»Natürlich.«

Sie atmete einmal tief durch und sah dann Elias an. Und sie wusste in diesem Moment, dass sie einfach nicht mehr alles verheimlichen konnte. Weil sie diesen wunderbaren Mann nicht anlügen wollte. Und weil sie am Ende ihrer Kräfte war.

»Hope ist krank«, erzählte sie ihm also. »Schwer krank.«

Seine Augen nahmen sofort einen mitleidigen Ausdruck an. »Es tut mir so leid, Harmony.«

Sie legte ihr Gesicht in die Hände. »Sie hat Leukämie im fortgeschrittenen Stadium«, sagte sie und war sich nicht einmal sicher, ob er sie verstanden hatte.

Doch das hatte er. Denn sie fühlte seine Hand an ihrem Arm. Und als sie ihre Hände runternahm, griff er danach. Er hielt sie in seinen und ließ sie wissen, dass sie nicht allein war.

Eine Träne rann ihr über die Wange. Sie wischte sie schnell weg.

»Es muss wirklich hart sein.«

»Das ist es. Sie leidet sehr.«

»Ich meine nicht nur für sie, sondern auch für dich. Du musst stark für euch beide sein, das ist sicher nicht leicht.«

Ein paar weitere Tränen lösten sich aus ihren Augenwinkeln, liefen über ihr Gesicht und fielen auf den Tisch. Sie konnte nichts erwidern, war einfach nur so froh, dass sie jemand verstand. Und dass sie sich endlich einem anderen Menschen mitgeteilt hatte. Denn Elias hatte recht, es war nicht leicht, nichts von alledem war leicht.

Sie drückte seine Hand. *Danke* hieß das. Und er nickte ihr voller Empathie zu.

Später, in ihrem Zimmer, überlegte sie, ob sie Lauren anrufen und ihr von dem Abend mit Elias erzählen sollte. Dann entschied sie sich jedoch dagegen, weil sie, so merkwürdig es klang, die Momente mit ihm fürs Erste mit niemandem teilen wollte.

Stattdessen suchte sie den perfekten Platz für ihre Orchidee – Elias hatte neben den Burgern die Blumen mit rübergebracht – und betrachtete sie eine Weile.

Es war schon ein bisschen irre, wie schnell sie Elias in ihr Herz geschlossen hatte. Er war aber auch ein wirklich netter Kerl. Ein Blumenzüchter, ausgerechnet! Lieb und sanft und verständnisvoll. Ganz anders als jeder ihrer Ex-Freunde.

Allerdings hatte sie ja nicht vor, dass sich das hier zu mehr entwickelte. Klar, hin und wieder war da dieses Kribbeln, wenn er in ihrer Nähe war, sie anlächelte oder ihr nur in die Augen sah. Das bedeutete aber noch lange nicht, dass sie all ihre Vorsichtsmaßnahmen über Bord werfen würde oder ihre Prinzipien. Elias war ein Freund. Ein guter Freund. Und im Moment war das genau das, was sie brauchte.

35

Die folgenden Tage waren tatsächlich leichter. Allein die immens schwere Last endlich abgeschüttelt und sich jemandem mitgeteilt zu haben, machte alles einfacher.

Elias war wundervoll. Nun sah er noch häufiger nach ihnen, warf Harmony, so oft es ging, einen ermutigenden Blick zu, und zugleich war er sehr darauf bedacht, Hope nicht wissen zu lassen, dass er im Bilde war. Sie hatte ihm nicht einmal sagen müssen, dass es ein Geheimnis war, er verstand es auch so.

Harmony und Hope unternahmen zusammen etwas, wann immer sie konnten. Wann immer Hope einen guten Tag hatte. Diese wurden leider seltener, und Hope hatte jetzt Ausschlag am ganzen Körper, dazu wurde sie zunehmend kurzatmiger und hatte so schlimmes Zahnfleischbluten, dass sie noch weniger essen mochte als sowieso schon. Sie waren bereits Stammkunden in der Drogerie und der Apotheke, wo sie alle möglichen frei verkäuflichen Schmerzmittel, Salben und Tinkturen mitnahmen, die wenigstens ein bisschen Erleichterung verschafften. Vor drei Tagen war Hope mit geschwollenen Mandeln aufgewacht und hatte nach Rücksprache mit Dr. Logan zum ersten Mal das Antibiotikum eingenommen, das diese ihr verschrieben hatte. Dennoch ließ sie es sich nicht nehmen, sich auf ins Zentrum zu machen, um an ihrer Lieblingseisdiele ein Eis zu essen oder um am Strand spazieren zu gehen. Wenn es jetzt auch kürzere Spaziergänge waren und sie meistens eher im Sand saßen und sich unterhielten oder einfach nur aufs Meer hinausschauten. Ein paarmal fanden sie sogar einen ausgetrockneten Seestern und nahmen ihn mit für ihre wachsende Sammlung auf der Veranda.

»Ich freue mich unwahrscheinlich, dass Heather so aufblüht, seit sie in Scottsdale wohnt«, meinte Hope eines frühen Nachmittags am Strand. Sie hatten nur einen kleinen Salat gegessen, denn langsam verlor Harmony ebenfalls ihren Appetit. Allein zu essen, machte keinen Spaß.

»Sie in deinem Haus unterzubringen, war wirklich die beste Idee aller Zeiten.«

»Ja, ich bin sehr froh, dass es mir möglich war.« Hope rieb sich die schmerzenden Handgelenke. »Ich habe heute Vormittag mit Annie telefoniert …«

»Und? Wie läuft das Geschäft? Kommen sie auch ohne dich zurecht?«

»Bestens. Ich …« Hope druckste herum.

»Was ist denn?«

»Ich habe Annie gefragt, ob sie den Laden übernehmen möchte. Irgendwann hat sie nämlich mal erwähnt, dass sie sich gern eines Tages selbstständig machen würde.«

»Du hast … Weiß sie von deiner Krankheit?«

»Natürlich nicht.«

»Und welchen Grund hast du ihr dann genannt? Weshalb du den Schmuckladen verkaufen möchtest?«

Hope musste husten und fand in ihrer Handtasche eine Halsschmerztablette. »Ich habe ihr erzählt, dass es mir hier so gut gefällt, dass ich hierbleiben werde. Dass ich nicht nach Scottsdale zurückkehren werde.«

Das war nicht einmal gelogen. Wobei, wollte Hope das ernsthaft? Bisher hatten sie darüber noch gar nicht gesprochen. Das hatte Harmony immer vertagt. Langsam wurde es aber wohl Zeit.

»Hope, ich muss dich das fragen. Möchtest du wirklich hierbleiben? Also, möchtest du hier bestattet werden?«

Hope sah aufs weite Meer hinaus und musste nicht lange überlegen. »Ich hätte gern eine Seebestattung. Bei den Delfinen, wäre das nicht schön?«

Innerlich zog sich ihr alles zusammen. So schön es klang, fand Harmony den Gedanken, kein Grab zu haben, das sie besuchen konnte, gar nicht toll. Wo sollte sie denn hin, wenn die Trauer sie überwältigte? Wo sollte sie jedes Jahr an Hopes Geburtstag Blumen hinbringen? Oder an ihrem Todestag?

Sie strich sich mit beiden Händen die Haare hinter die Ohren und starrte ebenfalls aufs Wasser. Weil es zu sehr wehtat, Hope anzusehen. »Bist du dir sicher? Ich meine, willst du nicht lieber zu Hause begraben werden? Mit Asher?«

Doch Hope schüttelte den Kopf. »Es ist nicht nötig, dass wir uns ein Grab teilen. Wir werden ja sowieso wieder vereint sein, auf einer ganz anderen Ebene, verstehst du? Und Asher hätte es bestimmt gefallen, wenn ein Teil von mir für immer hier an unserem Ort bleibt.«

Sie wollte Hope fragen, was aus *ihr* werden würde. Wohin sie dann gehen sollte. Würde sie jedes Mal nach Florida kommen müssen, um sich ihrer Schwester nahe zu fühlen?

Am Ende sagte sie gar nichts. Denn schließlich ging es hier nicht um sie, sondern um Hope. Und das war nun mal das, was ihre Schwester wollte.

»Okay, ich verstehe.«

»Tust du das wirklich?« Hope sah sie traurig lächelnd an.

»Nein, ehrlich gesagt nicht. Aber ich respektiere deine Wünsche und werde alles tun, um sie zu erfüllen.«

»Danke dir«, sagte Hope und hakte sich bei ihr ein.

Harmony sah ihre Schwester an. Und in diesem Moment wollte sie ihr unbedingt sagen, was sie schon die ganze Zeit dachte. »Ich bewundere dich, Hope.«

Hope schien überrascht. »Oh. Warum denn das?«

»Na, wie tapfer du bist. Wie du dein Schicksal annimmst, ohne dich zu beklagen. Wie du die Schmerzen erträgst und trotz allem noch so positiv bist. Ich könnte das niemals.«

»Nun, es würde ja nichts bringen herumzujammern, oder? Das ist es, was das Leben mit mir vorhat, mir bleibt nichts anderes übrig, als es zu akzeptieren.«

»Du tust das mit unglaublich viel Würde.«

Hope blickte aufs Meer hinaus. »Weißt du, Mony, wir können ja selbst entscheiden, mit welchen Gefühlen wir diese Welt verlassen. Ich möchte nichts als Dankbarkeit empfinden für all die schönen Jahre, die ich hatte, und für jeden wunderbaren Moment, der mir vergönnt war. Keiner weiß, was danach kommt. Aber ich möchte daran glauben, dass es etwas Wundervolles ist und dass es all den Schmerz wert war.«

Sie hakte sich bei Hope ein. »Ich wünsche dir aus tiefstem Herzen, dass du recht hast.«

Hope legte den Kopf an ihre Schulter. »Ich auch.«

So saßen sie eine kleine Weile schweigend da, bis Hope sagte: »Und um noch mal auf mein Haus zu sprechen zu kommen: Ich möchte es gern dir vermachen.«

»Mir?«

»Ja, natürlich. Wem denn sonst?«

»Aber … was soll ich denn damit tun?«

»Einziehen, wenn du möchtest.«

»Und was ist mit Heather und den Kindern?«

»Du musst ja nicht sofort einziehen. Lass sie gern noch eine Weile darin wohnen, wenn du willst. Heather hat einen Job in Aussicht, dann kann sie dir ein bisschen Miete zahlen. Oder du verkaufst es irgendwann und kaufst dir etwas Eigenes. Irgendwo an einem schönen Ort.«

»Und wo?«

»Hier vielleicht?«

»Hier?« Sie dachte darüber nach, versuchte es zumindest, doch ihr Kopf war ein einziges Trümmerfeld.

»Einen guten Grund zu bleiben hättest du.«

»Ich könnte dir nahe sein, ja, aber …«

»Das meine ich nicht und das weißt du.«

Sie sah ihre Schwester an. »Du meinst Elias?«

»Haargenau!«

»Ich kenne ihn erst seit ein paar Wochen und wir sind nur …«

»Freunde, ich weiß.«

»Genau.«

»Mony, ich bin nicht blind. Ich sehe, dass da weit mehr zwischen euch ist. Und ich weiß auch, dass du niemals jemandem, der einfach nur ein Bekannter oder ein Freund ist, so etwas Wichtiges anvertrauen würdest.«

Sie erschrak. Hope wusste es?

»Woher …?«

»Na, allein die Art, wie er mich ansieht, verrät es schon. Voller Mitleid.«

»Tut mir echt leid, dass ich es ihm gesagt habe. Neulich Abend … da konnte ich es einfach nicht länger verheimlichen.«

»Ist in Ordnung, Mony. Ich verstehe das. Und ich bin dir nicht böse.«

»Wirklich nicht?«

»Wie könnte ich? Du versuchst die ganze Zeit, stark zu sein. Es ist doch nur verständlich, dass du hin und wieder mit jemandem reden musst.«

Sie schenkte Hope ein trauriges Lächeln. »Danke, dass du es verstehst.«

»Das tue ich. Und übrigens sehe ich auch, wie er *dich* anblickt.«

»Ja? Wie blickt er mich denn an?«, fragte sie, obwohl sie nicht sicher war, ob sie Hopes Theorie erfahren wollte.

Ihre Schwester lächelte breit. »Mit Liebe in seinen Augen.«

»Du bist ja verrückt!«, rutschte es ihr heraus.

»Bin ich das?« Hope lachte. Dann nahm sie ihre Hand und wirkte auf einmal ganz ernst. »Ich würde mir so für dich wünschen, dass du es zulässt. Dass du der Liebe eine Chance gibst.

Ich glaube nämlich wirklich, dass er der Richtige für dich ist. Dass er dein Asher ist.«

Sie schloss die Augen. Wenn Hope doch nur recht hätte. Und wenn sie ihr auch diesen Wunsch erfüllen und es einfach zulassen könnte.

»Ich wäre ehrlich erleichtert, wenn ich wüsste, du bist in guten Händen, wenn ich gehe«, sagte Hope.

Harmony starrte wieder aufs Meer. Es war ganz ruhig heute, kaum eine Welle war zu sehen. »Nehmen wir mal an, ich würde tatsächlich bleiben. Wie stellst du dir das mit Mom vor?«

»Man findet immer irgendeine Lösung. Wahre Liebe stellt keine Fragen, im Gegenteil: Sie ist die Antwort auf alles.«

Weise Worte von ihrer sterbenden Schwester. Darüber musste sie erst mal nachdenken.

»Wollen wir ein Eis essen?«, fragte sie schließlich.

»Sehr gerne.«

»Im Haus haben wir noch welches. Wir könnten uns in den Garten setzen.«

»Oder zur Eisdiele fahren?«, schlug Hope vor. »Ich möchte unbedingt das Pistazieneis ausprobieren.«

»Fühlst du dich dafür wirklich fit genug?«

»Nein. Ich würde es aber trotzdem gern. Und auf dem Weg können wir auch gleich mal sehen, ob der Laden noch da ist, in dem Asher mir die Kette gekauft hat. Ich würde dir nämlich allzu gern dieselbe kaufen. Als Erinnerung an mich.«

Vor nicht allzu langer Zeit wären Harmony bei diesen Worten schon wieder Tränen aufgestiegen. Doch darüber war sie hinaus. Sie hatte mehr geweint, als irgendjemand sollte, und war an einem Punkt angelangt, an dem die Tränen der Akzeptanz gewichen waren.

»Dann los!«, sagte sie, half Hope auf und fuhr mit ihr ein Eis essen.

Am Abend zurück im Haus, aßen sie Mitgebrachtes von einem Restaurant namens Sloppy Joe's, das auf der Insel sehr beliebt war. Hope hatte die gegrillten Shrimps probieren wollen, Harmony gönnte sich eine große Portion Havanna Nachos. Dazu teilten sie sich Pommes und als Dessert hatten sie sich Key Lime Pie mitgenommen, ein in Florida sehr beliebter Limettenkuchen. Sie stellten Musik an und genossen ihr Dinner, während Hope weiterhin bedauerte, dass der Schmuckladen von damals dichtgemacht hatte. Stattdessen hatten sie sich T-Shirts mit der Aufschrift *Key West* und kitschige Trinkbecher in einem Souvenirladen gekauft. Auf dem von Hope war ein Delfin abgebildet, auf Harmonys eine Meerjungfrau.

»Wie sind die Shrimps?«, fragte sie.

»Die sind wirklich lecker«, erwiderte Hope und aß mehr als gewöhnlich.

Harmonys Tortilla Chips, die mit schwarzen Bohnen, Tomaten und Oliven beladen sowie mit Käse überbacken waren, schmeckten ebenfalls gut, doch so richtig Appetit hatte sie nicht. Ihr ging immer noch das Gespräch vom Nachmittag durch den Kopf. Nicht nur Hopes Wunsch, dass ihre Asche hier verstreut werden sollte, sondern auch ihr fester Glaube daran, Elias sei Harmonys Asher, wühlten sie auf.

Sie war beinahe froh, als ihr Handy klingelte.

»Hey, Lauren«, ging sie ran, nachdem sie den Namen ihrer besten Freundin auf dem Display gelesen hatte.

»Hey«, kam eine etwas verhaltene Begrüßung zurück.

»Ist alles okay?«

Kurze Stille. Dann: »Es geht um deine Mom.«

36

Ihre Mutter hatte sich den Fuß verstaucht. Beim Fensterputzen war sie vom Stuhl gefallen, hatte sich wieder hochgerappelt und weiter ihre Serien geschaut. Zum Glück war Lauren vorbeigekommen und hatte bemerkt, dass sie starke Schmerzen hatte, obwohl Fernanda anscheinend nicht vorgehabt hatte, es zu erwähnen. Sie hatte auch ihre Töchter nicht angerufen. Warum, konnte Harmony nur erraten. Am wahrscheinlichsten war, dass sie nicht aus dem Haus und zum Arzt wollte. Lauren hatte aber darauf bestanden, sofort in die Notaufnahme zu fahren, und hatte Fernanda quasi damit bestochen, später einen gemeinsamen Telenovela-Marathon zu veranstalten. Gott sei Dank war ihre Mom darauf eingegangen.

»Wie schlimm ist es?«, fragte Harmony ihre Freundin.

»Sie kann nicht auftreten. Der Arzt hat gesagt, sie soll ihren Fuß zwei Wochen lang nicht belasten.«

»So ein Mist! Und nun?« Sie sah zu Hope, die mitgehört hatte, da sie, sobald sie erfahren hatte, dass es um ihre Mutter ging, den Lautsprecher angestellt hatte. Ihre Schwester sah besorgt aus, hatte aber auf die Schnelle ebenfalls keine Antwort parat.

»Macht euch keine Gedanken. Alles läuft weiter wie bisher, ich kümmere mich schon um eure Mom«, beruhigte Lauren sie.

»Das kann ich echt nicht von dir verlangen. Wenn Mom ihren Fuß nicht belasten darf, kann sie zurzeit ja nicht mal kochen oder putzen. Du müsstest jeden Tag zu ihr fahren.«

»Kein Problem.«

»Und was ist mit deinem Manuskript? Und deinem Privatleben?«

»Das ist mein Privatleben. *Du* bist mein Privatleben. Ich mache das wirklich gern, Mony. Irgendwann kannst du dich sicher revanchieren.«

»Was würden wir nur ohne dich tun, Lauren?«, sagte sie und bemerkte, wie besorgt Hope aussah.

»Wie hat sie den Krankenhausbesuch verkraftet?«, fragte ihre Schwester.

»Leicht war es nicht. Sie wollte so schnell wie möglich nach Hause. Jetzt ist sie erschöpft und hat sich in ihren Fernsehsessel gesetzt. Und ich muss wohl mein Versprechen einhalten.«

Im ersten Moment dachte sie: *Oje, arme Lauren.* Denn ein Telenovela-Marathon klang nicht wirklich toll in ihren Ohren. Im zweiten mischte sich ein bisschen Neid dazu, weil Lauren schon wieder so viel Zeit mit ihrer Mom verbringen durfte. Weil ihre Mom es sogar zuließ. Weil sie selbst sich nicht erinnern konnte, wann sie das letzte Mal mehr als eine Stunde mit ihr verbracht hatte. Doch diese unpassenden Gedanken verscheuchte sie schnell.

»Du bist ein Schatz«, sagte sie ihrer besten Freundin. »Trotzdem kann ich dich nicht mit allem allein lassen. Wir überlegen uns etwas, okay?«

»Kommt bloß nicht auf die Idee, zurück nach Arizona zu kommen. Ich habe alles im Griff.«

»Daran würde ich keinen Moment zweifeln. Ich habe aber ein schlechtes Gewissen, dich mit allem allein zu lassen. Es konnte ja niemand damit rechnen, dass so etwas passieren würde.«

»Wie auch?«

»Na gut, ich melde mich später noch mal. Kümmere du dich jetzt um Mom, ja? Können wir sie kurz sprechen?«

»Klar.« Lauren reichte das Telefon weiter und im nächsten Augenblick hatte sie ihre Mutter in der Leitung.

»Ja?«

»Hallo, Mom. Wir sind es, Harmony und Hope.«

»*Olá*, Mom«, sagte Hope.

»*Olá*, ihr Süßen. Wie schön, euch zu hören. Ich habe jetzt aber gar keine Zeit.«

»Das wissen wir«, sagte Harmony. »Lauren hat uns schon von eurem tollen Serienabend erzählt. Wir wollten uns auch nur kurz erkundigen, wie es dir geht. Du bist verletzt, oder?«

»Das ist nur halb so wild. Das Krankenhaus war schrecklich, aber jetzt bin ich ja wieder zu Hause.«

»Das ist schön, Mom«, meinte Hope. »Wir wünschen dir gute Besserung.«

»Danke«, hörten sie sie noch sagen, dann reichte ihre Mutter anscheinend das Handy zurück an Lauren.

»Mony? Ich lege jetzt auf, ja? Bitte macht euch keine Sorgen. Alles ist gut.«

»Okay. Danke, dass du dich gleich gemeldet hast.«

»Danke dir vielmals, Lauren!«, sagte Hope.

»Aber natürlich. Ich drücke euch.«

»Wir dich auch«, sagten sie beide gleichzeitig.

Nachdem sie das Gespräch beendet hatten, schüttelte Harmony den Kopf. »So etwas musste ja kommen, oder? Wir sind gerade mal drei Wochen weg und Mom verstaucht sich den Fuß.«

»Ja, das ist wirklich ungünstig. Arme Mom«, erwiderte Hope.

»Was sollen wir jetzt machen?«

Ihre Schwester überlegte und schüttelte dann den Kopf. »Ich glaube, von hier aus können wir gar nicht viel tun.«

»Eben!«

Hope starrte sie an. »Du willst zurück nach Hause?«

»Nein! Ja. Ich weiß es nicht.« Sie legte das Gesicht in die Hände und seufzte. Dachte nach. Dann blickte sie wieder auf. »Vielleicht nur kurz? Für ein oder zwei Tage? Um nach ihr zu sehen. Und um Lauren zu zeigen, dass sie nicht mit allem allein dasteht.«

»Wenn du das willst, dann fahr gern. Ich werde aber nicht mitkommen.«

Sie nickte. Das war ihr schon bewusst. Denn selbst wenn sie diesmal fliegen würden, wären sie gut acht Stunden unterwegs, einmal Umsteigen inklusive. Das wollte sie ihrer Schwester nicht zumuten, und die war sich selbst genauso bewusst, welche Strapazen da auf sie zukommen würden. Weshalb sie ganz richtig entschieden hatte. Nur, würde Harmony einfach nach Hause fahren und Hope allein lassen können? Sie war noch einigermaßen selbstständig und würde sicher zwei Tage ohne sie auskommen, außerdem war sie ja noch nicht im allerletzten Stadium, in dem Harmony sie auf gar keinen Fall allein gelassen hätte. Und dennoch … Würde sie nicht ununterbrochen ein schlechtes Gewissen begleiten und die Angst, dass etwas passieren könnte und sie nicht da wäre? So wie jetzt bei ihrer Mom?

Oh, es war eine verzwickte Lage. Ein richtiges Dilemma. Und sie wusste absolut nicht, was sie tun sollte.

Sie schob den Rest ihrer bereits kalt gewordenen Nachos von sich und war am Verzweifeln. Hope musste es erkennen, denn sie legte ihr eine Hand auf den Arm.

»Du kannst mich ein paar Tage allein lassen. Ich verspreche dir, auf dich zu warten.«

Am liebsten hätte sie losgeheult. Wegen Hopes Worten und wegen ihres verfluchten Schicksals, das wieder einmal so viel Last auf ihr ablud. Es war ja schon immer so gewesen, seit jeher hatte sie die Verantwortung für so vieles übernehmen müssen, doch sie hatte das Gefühl, als hätte das alles seinen Höhepunkt erreicht. Als wäre ihr nun auch noch der letzte schwere Stein aufgesetzt worden und als würde sie langsam, aber sicher zusammenbrechen.

Hope stand auf und legte von hinten die Arme um sie. »Es wird alles gut, Mony. Ganz bestimmt.«

Sie dachte nur: *Wie kann alles gut werden, wenn es so aussichtslos ist? Wenn bereits alles verloren ist?*

Wie immer blieb sie stark, sammelte sich, nickte und drückte Hopes Hand.

Dann erhob sie sich. »Bin gleich zurück.«

»Brauchst du frische Luft?«

»Ja. Und ich will kurz rüber zu Elias.«

Hope lächelte. »Okay. Ich mache währenddessen den Abwasch.«

»Den kann ich gleich machen. Ruh dich lieber ein bisschen aus.«

»Aber ich …«

»Kein Aber!«, sagte sie und ging in den Garten.

Sie klingelte bei Elias. Er öffnete ihr innerhalb von Sekunden und schien überrascht. »Harmony! Ist alles in Ordnung?«

Sie nickte, nur um kurz darauf den Kopf zu schütteln. Wortlos. Niedergeschlagen.

»Oje. Komm doch erst mal rein.« Er hielt ihr die Tür weit auf und brachte sie ins Wohnzimmer, wo sie sich auf die bequem aussehende braune Couch setzte.

Da Elias gar nichts sagte, weil er wahrscheinlich ihr überlassen wollte, wann sie ihm etwas erzählen wollte und was, räusperte sie sich schließlich. »Unsere Mom hatte einen Unfall.«

»Oh nein, das tut mir ehrlich leid. Geht es ihr gut?«

»Den Umständen entsprechend, ja. Sie ist beim Fensterputzen vom Stuhl gefallen und hat sich den Fuß verstaucht.«

»Die Arme, das kann ziemlich wehtun. Ich weiß das, weil ich mir meinen mit siebzehn mal beim Fußballspielen verstaucht habe.«

Sie nickte. »Ich muss unbedingt nach ihr sehen.«

»Das verstehe ich«, sagte er und dann fiel ihm wohl ein, dass das einige Schwierigkeiten mit sich bringen würde. »Was ist mit Hope?«

»Deshalb bin ich hier. Ich wollte dich bitten, ob du hin und wieder nach ihr sehen könntest. Ich fühle mich schrecklich, sie allein zu lassen, und sie kennt hier ja kaum jemanden. Außerdem …«

»Das mache ich total gerne«, unterbrach Elias sie, und sie war froh, dass sie ihm jetzt nicht endlos erklären musste, wie wichtig ihr das war.

»Wirklich?«

»Wirklich.« Er nahm ihre Hand in seine und es fühlte sich einfach nur schön an. Ja, es vermittelte ihr das Gefühl, mit ihren Sorgen nicht allein dazustehen. »Sag mir nur, was genau ich tun soll.«

»Ach, da sein reicht schon. Sichergehen, dass bei Hope alles in Ordnung ist. Na ja, du weißt schon …«

»Klar. Aber was soll ich Hope sagen, weshalb ich öfter als gewohnt vorbeischaue?«

»Sie weiß es inzwischen. Dass ich dir von ihrer Krankheit erzählt habe.«

»Oh. Hast du es ihr gesagt?«

Sie schüttelte den Kopf. »Nein, sie hat mich irgendwie durchschaut. So ist Hope. Sie kennt mich einfach zu gut.«

Elias schenkte ihr ein Lächeln. »Ich finde es total schön, welch enge Bindung ihr habt. Das sieht man nur selten.«

»Ja. Und es bricht mir das Herz, wenn ich daran denke, dass das alles bald nicht mehr sein wird.«

»Entschuldige bitte, ich wollte nicht unsensibel sein. Oh Mann, ich Idiot.« Elias sah ganz bedrückt aus.

»Ist schon gut. Ich weiß ja, wie du es meinst.«

»Danke.«

Er hielt noch immer ihre Hand und jetzt bemerkte sie erst, dass er ein anderes Outfit trug als sonst, nämlich eine graue

Jogginghose und ein dazu passendes, schlichtes graues T-Shirt. Er sah so wunderbar behaglich aus, war so lieb und roch dabei so gut – nach Meer und nach Zitrus –, dass sie ihn am liebsten geküsst hätte. Doch das wäre falsch gewesen, wusste sie. Das war einfach nicht der richtige Moment. Weil sie gerade so verletzlich war und nicht wollte, dass er sich später schlecht fühlte. Und auch, weil sie beide, falls tatsächlich eines Tages mehr aus ihnen werden sollte, einen schöneren Augenblick in Erinnerung haben sollten. Für eine erste Annäherung, für den Beginn ihrer Lovestory.

Ihr Herz schlug schneller und ihr wurde wieder warm im ganzen Körper. Zu dem einen Schmetterling von neulich hatte sich inzwischen ein kompletter Schwarm gesellt – vielleicht wurden sie angezogen von Elias' Orchideen oder viel wahrscheinlicher von seinem großen Herzen. Sie hoffte inniglich, dass ihre Herzen zueinanderfinden würden, irgendwann in der Zukunft. Jetzt gab es leider wichtigere Dinge.

Widerwillig ließ sie seine Hand los und stand auf. »Danke, Elias. Ich weiß echt zu schätzen, dass du das machst. Und es tut mir leid, dass ich schon wegmuss, aber ich würde gern so schnell wie möglich einen Flug buchen und ein paar Sachen zusammenpacken. Vielleicht kann ich ja gleich morgen los.«

»Das verstehe ich natürlich.« Er erhob sich ebenfalls. »Sagst du Bescheid, wenn du weißt, wann du fliegst?«

»Das mache ich.«

»Und schreib mir gern eine Liste mit allem, auf was ich achten oder was ich tun soll.«

»Du bist ein Schatz, Elias, danke dir unendlich.«

Sie musste einfach, konnte nicht anders als ihn zu umarmen. Ganz fest. Voller Dankbarkeit.

Er erwiderte die Geste und ließ sie damit wissen, dass er das gern für sie tat und dass er sie nicht im Stich lassen würde. Nicht in dieser schwierigen Situation und vielleicht niemals.

Sie küsste ihn auf die Wange und ging zur Tür.

Er folgte ihr, und sie bemerkte, wie er die Stelle, an der sie ihn geküsst hatte, mit seiner Hand berührte. Ungläubig. Fast ehrfürchtig.

Sie wünschte so, sie könnte bleiben. Und dass alles anders wäre. Dass sie sich endlich auch mal um sich selbst kümmern könnte und um ihr gebrochenes Herz. Denn wenn jemand es heilen könnte, dann dieser wunderbare Mann. Leider aber ging das nicht. Zuerst waren da Hope und ihre Mom, die sie brauchten. Sie hoffte, er verstand. Sie hoffte, er würde auf sie warten.

»Ich melde mich, ja?«, sagte sie.

»Jederzeit. Du hast ja meine Nummer.«

Sie nickte. Schenkte ihm noch ein letztes Lächeln und eilte zurück zu ihrem Haus, wo sie die nächsten Stunden damit verbrachte, starken Kaffee zu trinken und einen Plan zu machen. Hope sachte aufzuwecken und sie vom Sofa zum Bett zu bringen. Flüge zu buchen und eine To-do-Liste zu erstellen. Und dabei ging ihr Elias nicht aus dem Kopf. Wie wunderbar er war, sie wollte unbedingt Lauren von ihm erzählen, wenn sie sich sahen. Und diesmal nicht nur, dass er ein netter Nachbar war oder gute Veggieburger machte, sondern dass er der netteste, aufmerksamste, warmherzigste, aufrichtigste und charmanteste Mann war, der ihr je über den Weg gelaufen war. Und dass sie sich sogar vorstellen konnte, für ihn über ihren Schatten zu springen und ihm den Weg zu ihrem Herzen aufzuzeigen.

37

Sie flog gleich am nächsten Mittag von Key West nach Atlanta und von dort aus weiter nach Phoenix. Hope allein zu lassen, war ein schreckliches Gefühl. Sie war unglaublich froh und enorm erleichtert, dass Elias sich so schnell bereit erklärt hatte, sich um sie zu kümmern.

Als sie ihm kurz vor Mitternacht noch eine Nachricht aufs Handy geschickt hatte, um ihn wissen zu lassen, dass sie gleich am nächsten Tag schon abreiste, hatte er sofort geantwortet. Sie hatte ihm erneut gedankt und ihn gebeten, morgens vor der Arbeit und noch einmal am Nachmittag nach Hope zu sehen und sich sofort bei ihr zu melden, falls irgendetwas auffällig war. Wenn Hope zum Beispiel ungewöhnlich starke Schmerzen hatte oder wieder eine Entzündung. Denn die Infektionen würden jetzt vermehrt auftauchen, das war der Verlauf der Krankheit. Davor hatte Dr. Logan sie gewarnt.

Nicht ganz beruhigt saß sie einige Stunden später also im Flugzeug und dachte an Hope. Selbst wenn Elias ihr schreiben und mitteilen würde, dass es ihrer Schwester nicht gut ging, könnte sie aus der Ferne rein gar nichts tun. Nicht, dass es vor Ort anders gewesen wäre.

Sie musste an Elias denken und an die kleinen Berührungen vom Vorabend. An den Kuss auf seine Wange. Keiner von beiden hatte etwas davon erwähnt, als sie sich später geschrieben hatten, und auch als Elias ihr heute Früh einen guten Flug gewünscht hatte, war er rein sachlich geblieben. Einerseits war ihr das ganz recht, denn es gab gerade Wichtiges, auf das sie sich konzentrieren musste, da wollte sie nicht, dass ihr ihre Gefühle in die Quere kamen. Andererseits hätte sie sich über ein paar liebe Worte gefreut. Über ein *Ich-werde-dich-vermissen.*

Beim Landeanflug auf Phoenix um kurz vor halb sechs konnte sie es kaum erwarten, Lauren zu sehen, die sie vom Airport abholen wollte. Außerdem freute sie sich natürlich auf ihre Mom, der es hoffentlich einigermaßen gut ging. Sie hatte vor, der Zeitungsredaktion einen Besuch abzustatten und auch Heather und den Kindern. Und sie wollte nach Lesley Ausschau halten, denn sie hatte die Hoffnung noch immer nicht aufgegeben, sie eines Tages zu finden. Harmony hatte sich eine Liste gemacht, damit sie nichts vergaß. Die war ganz schön lang geworden, dafür, dass sie nur vierzig Stunden hatte. Doch sie wusste nicht, wann sie wieder nach Phoenix kommen würde, also musste sie zumindest versuchen, Punkt für Punkt abzuhaken.

Sobald sie aus dem Flieger war, rief sie Hope an, um zu hören, ob alles in Ordnung war. In Florida war es aufgrund der Zeitverschiebung drei Stunden später, sie wollte ihre Schwester unbedingt sprechen, bevor sie schlafen ging. Alles sei bestens, versicherte die ihr, sie habe sich den Sonnenuntergang angesehen und sitze jetzt bei einem Film auf der Couch. *Dirty Dancing.* Johnny und Baby übten gerade die Hebefigur im Wasser.

Harmony war erleichtert, wünschte Hope noch viel Spaß mit dem Film und zog ihren Handgepäckkoffer zum Ausgang.

Als sie wenig später Lauren in die Arme schloss, erkannte sie, wie sehr ihre beste Freundin ihr fehlte. Ebenso wie ihre Mutter, bei der sie einen kurzen Halt machten, weil Harmony unbedingt gleich zu ihr wollte.

Die war genauso erfreut, sie zu sehen, wie immer. Nicht mehr und nicht weniger. Und Harmony fragte sich, ob ihr überhaupt bewusst war, dass ihre Töchter sie die letzten dreieinhalb Wochen nicht besucht hatten. Das musste ihr doch aufgefallen sein, oder? Schließlich kamen Hope und sie normalerweise im täglichen Wechsel bei ihr vorbei. Nun, vielleicht lebte sie so sehr in ihrer Blase, dass bei ihr Zeit und Raum verschwammen. Oder Laurens Besuche waren einfach genug gewesen und Fernanda hatte nichts vermisst.

»Wie geht es dir, Mom? Tut dein Fuß sehr weh?«, erkundigte sie sich, nachdem sie ihre Mutter ein wenig länger umarmt hatte als sonst.

»Mir geht es bestens. Miguel hat Silvia endlich einen Heiratsantrag gemacht.« Wie eh und je ging es um eine ihrer Telenovelas. Die fiktiven Charaktere waren Fernanda nun mal wichtiger als die im wahren Leben. Als ihre Tochter zum Beispiel, die von einer tödlichen Krankheit heimgesucht wurde.

»Oh, das ist ja schön«, sagte Harmony. Sie war nicht traurig oder enttäuscht. Sie kannte es ja gar nicht mehr anders.

»Das finde ich auch«, sagte Fernanda und starrte wieder den Fernsehbildschirm an.

Sie wärmte ihr Eintopf auf, der im Kühlschrank stand, legte ihr ein frisches Outfit auf den Stuhl neben ihrem Bett und holte ihr ein neues Coolpack für ihren hochgelagerten Fuß. Schließlich verabschiedete sie sich und versprach, morgen noch einmal zu kommen.

Im Anschluss lud sie ihre beste Freundin auf einen Teller Pasta bei ihrem Lieblingsitaliener ein. Und als sie später auf dem Weg zu Lauren durchs Zentrum fuhren, erkannte Harmony, wie sehr sie ihre Heimatstadt vermisste. Ein Teil von ihr wäre am liebsten hiergeblieben, besonders nachdem sie auch Scarlett gesehen hatte, die doch tatsächlich eine ganze Weile zum Schmusen bei ihr blieb.

Trotz allem ließ sie ihre Katze bei Lauren, weil sie die Arme nicht ständig aus ihrer gewohnten Umgebung nehmen wollte. Immerhin würde sie sehr bald wieder weg sein. In der ersten Nacht schlief sie selbst bei Lauren, sie tranken Tee und Harmony erzählte von Hope und Key West.

»Du schwärmst ja schon genauso wie Hope«, lachte Lauren. »Ich glaube, ich muss mir diesen Ort mal mit eigenen Augen ansehen.« Ihre Freundin spielte mit dem Muschelarmband, das sie ihr mitgebracht hatte. Sie hatte es am Flughafen von Key West gekauft, weil sie auf die Schnelle natürlich nicht dazu gekommen war, Geschenke zu besorgen.

»Das solltest du unbedingt«, befand Harmony. Und sie hätte sie sofort eingeladen, wenn da nicht Scarlett und ihre Mutter gewesen wären.

»Wie läuft es denn mit Mom?«, fragte sie. »Ganz ehrlich: Isst sie genug? Wechselt sie wenigstens ab und zu die Kleidung?«

»Ich versuche, darauf zu achten. Ich war bisher zwei- bis dreimal die Woche bei ihr, das weißt du ja, und ich denke, dass sie zwar nicht regelmäßig, aber genügend isst. Ein paarmal hat sie um spezielle Lebensmittel gebeten, die ich ihr daraufhin besorgt habe. Ab und zu kocht sie oder taut sich etwas aus dem Tiefkühlschrank auf, der ist ja voll mit kolumbianischen Gerichten.«

»Ja, die sind alle von Hope. Sie hat ihr immer viel zu viel gebracht und ich habe dann meistens einen Teil davon eingefroren.«

»Weißt du«, sagte Lauren. »Ich glaube, es ist gar nicht so, dass sie nicht essen will. Ich denke eher, sie vergisst es manchmal einfach nur. Wenn sie vorm Fernseher sitzt und in ihrer eigenen Welt ist.«

»So ist es wohl. Wir haben aber stets darauf geachtet, dass sie wenigstens einmal am Tag etwas Richtiges isst.«

»Das tue ich auch. Na ja, ich war zwar nicht jeden Tag dort, aber wenn ich hingefahren bin, habe ich sichergestellt, dass sie etwas zu sich nimmt. Und von nun an werde ich ja täglich vorbeischauen, bis es ihrem Fuß besser geht, da werde ich noch mal besonders darauf achten. Denn vielleicht wird es ihr jetzt zu mühselig sein, sich hochzurappeln und sich unter Schmerzen etwas zu essen zu machen.«

»Danke, Lauren. Das ist mehr, als ich von dir verlangen kann.« Sie schüttelte fassungslos den Kopf. »Ich kann gar nicht glauben, dass es schon vier Wochen her ist, dass … dass ich von Hopes Rückfall erfahren und dich um Hilfe bei Mom gebeten habe.« Es war verrückt. Einerseits schien es so viel länger her, weil seitdem so viel passiert war, andererseits kam es ihr vor, als wäre es erst gestern gewesen. Einfach weil der Schmerz noch immer so tief saß. Und weil die Sorge kein bisschen weniger geworden war – im Gegenteil.

»Unglaublich, dass ihr bereits mehr als drei Wochen weg seid«, sagte Lauren. »Ich vermisse euch übrigens ganz schrecklich.«

»Wir vermissen dich auch.«

Sie ließ sich von Lauren in den Arm nehmen.

»Ich bin unglaublich stolz auf dich, dass du das gemacht hast. Dass du Hope ihren letzten Wunsch erfüllt hast.«

»Ich hätte es fürchterlich bereut, wenn ich es nicht getan hätte.«

»Das denke ich ebenso. Wie war denn eigentlich eure Delfinbeobachtungstour?«, erkundigte sich Lauren.

»Unglaublich schön«, sagte sie und berichtete ihrer Freundin ausführlich davon.

»Das klingt wahnsinnig cool. Das muss ich dann auch unbedingt machen, wenn ich mal nach Florida komme. Du, kann man nicht sogar mit Delfinen schwimmen? Das soll sogar therapeutisch sein, habe ich gehört.«

»Darüber hatte ich tatsächlich nachgedacht und ein bisschen recherchiert. Leider können Delfine aber Krankheiten auf den Menschen übertragen, was ich lieber nicht riskieren wollte. Außerdem glaube ich nicht, dass Hope überhaupt noch die Kraft dazu hätte.«

»Geht es ihr so schlecht?«

Sie atmete einmal tief ein. »Ehrlich gesagt, ich weiß es nicht. Denn ich kann nur schwer erkennen, wie es wirklich um sie steht. Sie ist so unwahrscheinlich tapfer und ich glaube, sie gibt oft gar nicht zu, wie stark ihre Schmerzen sind. Damit ich mir keine Sorgen mache und damit ich nicht auf die Idee komme, sie ins Krankenhaus zu bringen.«

»Hattest du das denn schon mal vor?«

»Ich war ein paarmal kurz davor. Neulich zum Beispiel, als sie die Bauchschmerzen kaum auszuhalten schien. Oder als sie sich wegen der Knochenschmerzen kaum mehr rühren konnte. Oder als sie fast vierzig Grad Fieber hatte in der einen Nacht.«

»Das klingt furchtbar, arme Hope.« Lauren sah sie ernst an. »Darf ich etwas fragen?«

»Klar.«

»Ist es normal, dass es jetzt schon so schlimm ist? Ich meine, so lange ist der Krebs doch noch nicht zurück, oder?«

»Wir wissen nicht genau, seit wann er zurück ist. Weil Hope nicht zu ihrer Ärztin gegangen ist. Weil sie es stattdessen für sich behalten hat.« Manchmal machte sie das noch immer so wütend. »Was den Krankheitsverlauf angeht, ist der bei jedem Menschen unterschiedlich, das hat Dr. Logan gesagt und ich habe natürlich auch viel recherchiert. Dafür, dass Hope überhaupt keine Medikamente nimmt, um dagegen anzusteuern, sind die Symptome sogar einigermaßen tolerabel.«

»Aber für wie lange?«

»Das ist die Frage. Zurzeit kann Hope wenigstens hin und wieder das Haus verlassen. Wir machen sogar kurze Strandspaziergänge, sammeln Seesterne oder fahren Eis essen. Meistens sitzen wir aber im Garten, auf der Veranda oder der Couch. Wir kochen zusammen, gucken Filme oder lassen Erinnerungen aufleben.«

»Das würde sogar schön klingen, wenn es nicht so traurig wäre.«

»Ja, ich weiß.« Sie schloss die Augen. »Keine Ahnung, wie lange ich das noch schaffe. Wann mich meine Kräfte verlassen werden.«

»Du wirst es bis zum bitteren Ende schaffen, Mony, weil du es schaffen musst.«

»Aber warum muss ich denn dauernd die Starke sein?«, fragte sie und spürte dabei Tränen aufsteigen.

»Hast du denn schon vergessen, dass du eine Superheldin bist?«, fragte Lauren und schenkte ihr ein überzeugtes Lächeln. Seit sie Kinder waren, sagten sie sich das gegenseitig: dass sie Heldinnen und unbesiegbar waren.

»Ja, manchmal vergesse ich das tatsächlich fast.«

»Denk einfach dran: Zeit, um zusammenzubrechen ist später genug. Jetzt gilt es, für Hope da zu sein.«

»Du hast ja recht.« Sie lächelte zurück, wenn auch eher traurig, kuschelte mit Scarlett und trank ihren lauwarmen Pfefferminztee aus. »Ich glaube, ich gehe schlafen, ich bin unglaublich müde.«

»Mach das. Ich werde noch ein bisschen schreiben. Mein Abgabetermin rückt immer näher.«

»Gutes Gelingen«, wünschte Harmony, die ihren Artikel für diese Woche bereits während des langen Fluges fertig geschrieben hatte.

»Danke.«

Lauren wartete, bis sie sich auf die Couch gelegt und zugedeckt hatte, dann gab sie ihr einen Kuss auf die Stirn. »Gute Nacht, Super-Mony. Ich bewundere dich sehr.«

»Und ich bin dir unendlich dankbar«, erwiderte sie gähnend. Sie schrieb schnell noch eine Nachricht an Elias, bevor sie die Augen schloss und in süße Träume fiel. In denen waren alle glücklich und gesund, Hope schwamm im Meer, ein paar Delfine gesellten sich dazu und am Himmel standen Seesterne.

38

Am nächsten Morgen lieh sie sich Laurens Auto und besuchte zuallererst Heather und ihre Kinder beziehungsweise nur das eine Kind, denn Jason war erst kürzlich in die Vorschule gekommen. Die kleine Familie hatte sich total gut eingelebt, Heather schien wie ausgewechselt und bot ihr sogar selbst gebackene Cookies an. Harmony war erleichtert und froh darüber, Hope ausrichten zu können, dass alles super lief.

Als Nächstes fuhr sie erneut zu ihrer Mutter, die ihr gleich wieder von Silvia und Miguel berichtete, als wären es echte Menschen in ihrem Leben und würden ihr wirklich etwas bedeuten. Dann schien ihr etwas einzufallen und als Nächstes fragte sie tatsächlich: »Wie ist es denn in Florida?«

Harmony war ein wenig überrascht über die Frage. Doch sie freute sich und erzählte ihrer Mutter das, was sie und Hope ihr auch immer am Telefon erzählten. »Es ist toll, Mom. Unser Ferienhaus befindet sich direkt am Meer. Hope und ich gehen oft am Strand spazieren.«

»Habt ihr schon Seesterne gefunden?«

»Einige.« Sie lächelte, weil ihr die Sammlung auf der Veranda in den Sinn kam. Es waren inzwischen bestimmt an die zwanzig Sterne. »Ich habe ein paar Fotos für dich gemacht. Magst du sie sehen?«

»Aber natürlich.«

Sie holte ihr Handy hervor und zeigte ihrer Mom die Bilder vom Haus, vom Strand, von Key West, den Palmen und den Delfinen. Bilder von Hope und sich selbst und Elias.

»Wer ist das?«, fragte ihre Mutter.

»Das ist unser Nachbar und guter Freund, sein Name ist Elias.«

»Er sieht nett aus.«

»Das ist er«, bestätigte sie und konnte nicht anders, als zu lächeln. »Er ist sogar sehr nett.«

»Oh, dann würde ich mir wünschen, dass er und Hope sich ineinander verlieben. So wie Miguel und Silvia.«

Das versetzte Harmony einen Stich. Wie kam ihre Mutter denn jetzt auf so etwas? Hatte sie vergessen, dass Hope krank war? Dass sie noch immer Asher liebte und gar nicht auf der Suche nach der Liebe war?

Und was war mit ihr? Warum wünschte ihre Mom sich das nicht für sie?

»Ich glaube eher, dass aus mir und ihm vielleicht etwas werden könnte«, sagte sie und dabei pochte ihr Herz schneller. Allein diesen Gedanken auszusprechen, bewirkte etwas bei ihr.

»Du? Nein, *mi corazón*, du kommst gut allein zurecht.«

»Ach ja? Wieso glaubst du das?«, fragte sie harscher als beabsichtigt.

»Na, weil du gern für dich bist. Du hast mit der Liebe nichts im Sinn. Hast mir noch nie einen jungen Mann vorgestellt. Warst nie verheiratet wie Hope.«

»Aber doch nur …«

… weil ich nie dem Richtigen begegnet bin, beendete sie den Satz in ihrem Kopf.

Sie war es so leid. Sich immer erklären zu müssen. Immer nur Pech gehabt zu haben. Jahrelang mit Idioten ausgegangen zu sein. Und sie erkannte langsam, dass Single zu sein gar nicht das war, was sie wirklich wollte.

Wie sehr sehnte sie sich nach Liebe. Nach jemandem, der sie auffing, wenn sie fiel.

Sie merkte, wie ihre Mutter hibbelig wurde. Sie wollte ihre Serie weiterschauen. Und es würde ja eh nichts bringen, jetzt näher auf dieses Thema einzugehen.

»Ist okay, Mom«, sagte sie deshalb. »Guck du nur, was mit Miguel und Silvia passiert, und ich mache dir inzwischen was zu essen.«

»Ich habe schon gegessen.«

»Wirklich?« Ihre Mutter hatte sich allein etwas zubereitet? Sie sah zu den Krücken, die an den Sessel gelehnt waren.

»Ja. Ajiaco Bogotano.«

»Ajiaco …« Verwirrt sah sie ihre Mom an. Das hatte sie ihr gestern Abend warm gemacht. Es waren danach noch Reste im Kühlschrank gewesen, aber hatte ihre Mutter wirklich Kartoffeleintopf zum Frühstück gegessen? »Bist du sicher, dass das heute früh war und nicht gestern Abend?«

»Das weiß ich nicht. Aber ich bin noch satt.«

Ein mulmiges Gefühl machte sich in ihr breit. Ihre Mom schien nicht einmal mehr die Tageszeiten auseinanderhalten zu können. Das war nicht gut, überhaupt nicht gut. Wie konnte sie guten Gewissens zurück nach Florida fliegen, wenn nicht sicher war, ob ihre Mutter etwas aß? Außerdem hatte sie ihre Kleidung noch immer nicht gewechselt, obwohl Harmony ihr gestern neue hingelegt und sie noch einmal daran erinnert hatte.

Plötzlich wurde ihr etwas bewusst. Und zwar, dass es so nicht weitergehen konnte. Es musste dringend etwas geschehen. Langsam würden Hope und sie sich also ernsthafte Gedanken wegen ihrer Mutter machen müssen. Vielleicht wäre betreutes Wohnen eine Möglichkeit? Aber das würde die Arme aus ihrem gewohnten Umfeld reißen, was sie ja eigentlich vermeiden wollten.

Verflucht noch mal! Warum war das nur alles so schwer? Warum mussten in so kurzer Zeit so viele Entscheidungen gefällt werden? Sie hatte Lauren noch nicht einmal davon erzählt, was Hope sich wünschte. Nämlich dass ihre Asche vor der Küste von Key West verstreut wurde. Und sie hatte ihr auch nicht gesagt, wie sehr sie Elias mochte.

Das war nur eine weitere Entscheidung, die sie treffen musste: Wollte sie ihr Herz ehrlich wieder öffnen? Wollte sie der Liebe eine weitere Chance geben? Wollte sie Elias Eintritt in ihre kaputte Beziehungswelt gewähren?

Es war zu viel. Einfach zu viel. Sie konnte gerade überhaupt nichts mehr entscheiden. Also machte sie ihrer Mom ein Frühstück und stellte es ihr hin – ob sie es aß oder nicht, musste sie selbst entscheiden.

Sie setzte sich eine Weile zu ihrer Mutter, die sie aber weitestgehend ignorierte, weshalb sie schließlich sagte: »Mom, ich gehe jetzt, ja? Ich will noch in der Redaktion vorbeischauen. Und morgen früh fliege ich dann schon zurück nach Florida.«

»Gut, gut. Viel Spaß«, wünschte ihre Mutter.

Wobei sie Spaß haben sollte, wusste Harmony nicht. Im Moment war gar nichts so richtig spaßig, im Gegenteil, es war alles ganz schön deprimierend.

»Pass auf dich auf, Mom. Wir sehen uns bald wieder.« Sie gab ihrer Mutter einen Kuss und ging.

Als sie in Laurens Auto saß, war ihr zum Heulen. Eine gute halbe Stunde saß sie einfach nur da und dachte über ihr Leben nach. Und sie hatte absolut keine Ahnung, wie sie weitermachen und die kommenden Wochen überstehen sollte. Die würden nämlich noch viel härter werden. Am liebsten wäre sie hier für immer sitzen geblieben. Doch sie wusste ja, dass sie weitermachen musste. Also erinnerte sie sich daran, dass sie eine Superheldin war, lächelte ihr Spiegelbild traurig an und fuhr los.

Auf dem Weg in die Redaktion ging ihr ununterbrochen durch den Kopf, was ihre Mutter gesagt hatte. Die Gute wünschte sich tatsächlich, dass Hope und Elias anbandelten. Weil Harmony ja gut allein zurechtkam. Am liebsten hätte sie in die Welt hinausgeschrien, dass dem nicht so war. Dass sie überhaupt nicht klarkam. Dass sie langsam, aber sicher verzweifelte.

Heute war es genau einen Monat her, dass sie mit ihrer Schwester im Krankenhaus gesessen hatte, die ihrer Ärztin erzählte, wie schlecht es ihr seit Wochen ging. Harmony konnte nicht anders, als Hope immer noch böse zu sein, weil sie ihr das alles so lange verheimlicht hatte. Denn auch wenn sie ihre Beweggründe verstand, war es dennoch ziemlich unfair. Und es machte, dass sie sich hintergangen fühlte.

Heute vor einem Monat hatte sie erfahren, dass ihre Schwester sterben würde. Sie würde den Moment niemals vergessen, als Hope ihr gesagt hatte, dass sie nach Key West gehen wollte. Und sie gebeten hatte mitzukommen. Seitdem war ihre Welt nicht mehr dieselbe. Ihr Leben war völlig auf den Kopf gestellt. Ihr Herz kämpfte damit, nicht zu zerbrechen. Doch es hatte bereits so viele Risse abbekommen – jedes Mal, wenn Hope litt, wenn sie vor Schmerzen das Gesicht verzog oder wenn sie ganz verträumt davon sprach, dass sie bald mit Asher zusammen sein würde –, dass es kurz vorm Zerschmettern war. Harmony wusste nicht, ob es je wieder heilen konnte. Ob die Risse irgendwie repariert werden konnten. Mit einem zerrissenen Herz konnte man nämlich nur schwer weiterleben, das war ihr bewusst.

Als sie die Redaktion erreichte, hatte sie kaum mehr Lust, aus dem Wagen zu steigen, ins Gebäude zu gehen und hochzufahren. Weshalb sie ein paar Minuten sitzen blieb und überlegte, ob sie nicht einfach in ihre Wohnung fahren könnte, um ein wenig allein zu sein. Mit ihren Gedanken. Mit sich selbst. Allerdings war ja genau das ihr Problem. Dass sie immer alles allein meistern wollte. Und dass sie nicht erkennen wollte, wie wichtig es war, Menschen zu haben, die einen stützten. Ohne Lauren wäre sie verloren, und ohne Elias, der ihr in letzter Zeit so oft Halt gegeben hatte, noch viel mehr.

Ihre Gedanken wanderten zurück zu Hope. Sie fragte sich, was ihre Schwester wohl gerade tat. Also rief sie sie an.

»Hey, Mony. Wie geht es dir?«, meldete die sich sofort.

»Ganz okay, denke ich.« Sie merkte selbst, dass das nicht sehr überzeugend klang.

»Oh. Ist alles gut?«

»Ich war gerade bei Mom.«

»Und?«

»Gesundheitlich geht es, nur …«

»Ja?«

»Es ist nichts Schlimmes, ich glaube aber, wir sollten mal reden, wenn ich zurück bin.«

»Klar. Möchtest du mir sagen, worum es geht?«

»Sie hatte nur wieder schmutzige Sachen an und wusste nicht mehr, wann sie zuletzt etwas gegessen hatte. Ich bin mir einfach nicht sicher, ob ich das allein mit ihr schaffe, wenn …«

»Wenn ich nicht mehr da bin«, sagte Hope es freiheraus.

»Genau«, gab sie eine genauso nüchterne Antwort.

»Keine Sorge, wir überlegen uns etwas. Vielleicht könntest du einmal täglich eine Pflegerin kommen lassen?«

»Wäre eine Möglichkeit.«

»Du hast recht, das sollten wir besser besprechen, wenn du wieder hier bist.«

Sie nickte, auch wenn Hope es nicht sehen konnte. »Wie geht es dir?«

»Gut.«

»Und nun sei ehrlich.«

»Nicht so richtig gut. Meine Knochen schmerzen und ich habe noch mehr Blutergüsse bekommen. Außerdem bin ich äußerst schnell aus der Puste.«

»Tut mir sehr leid. Vor allem, dass ich dich allein gelassen habe.«

»Das hatten wir doch gemeinsam so entschieden. Außerdem kümmert sich Elias ganz großartig um mich.«

Sie musste lächeln. »Ja?«

»Und wie! Gestern Abend ist er mit einer Gemüselasagne rübergekommen und wir haben uns zusammen einen Film angesehen.«

»Und welchen?«

»*Voll abgezockt.*«

»Dein Ernst?« Sie musste lachen, als sie an die ziemlich überzogene Komödie mit Melissa McCarthy dachte. »Den hat sicher er ausgesucht, oder?«

»Er wollte mich aufheitern.«

»Ist irgendwie süß«, befand sie.

»Finde ich auch. Du, Mony?«

»Ja?«

»Ich bin froh, dass du ihn eingeweiht hast.«

»Ehrlich? Ich hatte ein ganz schlechtes Gewissen.«

»Musst du nicht haben. Elias ist ein wahrer Engel, ich bin dankbar, dass er jetzt Teil unseres Lebens ist.«

Teil unseres Lebens … Diese Worte musste sie erst einmal in alle Einzelteile zerlegen, um sie zu verstehen.

»Ja, ich bin auch dankbar.«

»Vielleicht solltest du ihm das mal sagen? Ich glaube nämlich, er würde sich sehr freuen, das von dir zu hören.«

»Hab ich ihm gesagt. Kurz bevor ich ihn geküsst habe«, gestand sie.

Sie konnte förmlich sehen, wie Hopes Kinnlade herunterfiel. »Du hast ihn geküsst?«

»Nur auf die Wange.«

»Na, immerhin! Oh mein Gott, wie wundervoll! Wann ist das denn passiert und wo?«

»Mittwochabend, nach Laurens Anruf. Als ich bei ihm war, um ihm zu erzählen, dass ich nach Phoenix muss.«

»Als du ihn gebeten hast, sich um mich zu kümmern, während du weg bist?«

Hope hatte sie ertappt. »Ja.«

»Ich bin froh, dass du es getan hast. Es erleichtert mich zu wissen, dass ich nicht ganz allein bin. Außerdem mag ich ihn sehr.«

»Na, das dürfte Mom freuen. Die wünscht sich nämlich eine Lovestory wie aus ihren Telenovelas für euch.«

»Sie tut was?«, fragte Hope schockiert.

»Das erzähle ich dir auch, wenn ich morgen zurück bin, ja? Ich stehe vor der Redaktion und wollte kurz zu Wayne, wenn ich schon mal hier bin.«

»Ich hoffe, du triffst nicht auf Glenn.«

Ach, das sah sie inzwischen ganz entspannt. Glenn war Vergangenheit.

»Ich melde mich später wieder, ja?«

»Klar. Viel Spaß noch.«

»Danke.«

Während sie sich fragte, warum ihr nur alle viel Spaß wünschten, ging sie über den Parkplatz, betrat das dunkelrote Gebäude und fuhr mit dem Fahrstuhl in den dritten Stock.

39

Auf Glenn traf sie nicht, aber Bonnie kam ihr entgegen, die sie gleich umarmte und sie mit einem mitleidigen Blick fragte, wie es ihr ging. Wayne musste durchsickern lassen haben, dass sie wegen eines familiären Notfalls die Stadt verlassen hatte.

»Ganz okay, danke. Und wie läuft es hier?«

»Hier geht alles drunter und drüber. Angie hat gekündigt und ist zur *Tribune* gewechselt. Und Glenn hat sich das Handgelenk gebrochen und fällt erst mal aus.«

»Oh nein!« Er tat ihr ehrlich leid. Und dass Angie weg war und somit gleich zwei Leute ausfielen, trieb Wayne sicher in die Krise.

Als sie an seine Bürotür klopfte, konnte sie den Stress bereits durch die gläserne Tür riechen.

Er winkte sie herein.

»Harmony! Was machst du denn hier? Bist du etwa zurück?«

»Nein, leider nicht. Ich bin nur für zwei Tage in der Stadt, bevor ich zurück nach Florida fahre. Familiärer Notfall.« Sie zuckte die Schultern.

»Noch einer?« Er runzelte die Stirn.

»Es hat kein Ende.«

»Dann sind wir ja schon zwei, die zu bedauern sind.« Wayne schüttelte den Kopf und ließ die Schultern hängen.

»Ich habe von Bonnie gehört, was hier los ist. Falls ich irgendwie helfen kann …« Warum sie das anbot, wusste sie selbst nicht. Es war ja nicht so, dass sie sonst nichts zu tun hätte. Aber Wayne sah tatsächlich richtig verzweifelt aus.

»Du kommst wie gerufen!«, rief er und seine Augen leuchteten. »Wir haben einfach zu wenige Beiträge zurzeit. Die heutige Ausgabe hat vier Seiten weniger als sonst.«

»Shit. Was kann ich tun?«

»Ich überlege mir was. Eigentlich kam mir da bereits etwas in den Sinn … Du hältst dich doch gerade in der Nähe von Miami auf, oder?«

»Na ja, nicht so ganz …«

»Egal. Es ist zumindest nicht weit, richtig?« Bevor sie etwas sagen konnte, fuhr Wayne bereits fort. »Du kennst Roy Dickson?«

»Den Baseballspieler?« Roy hatte vor zwanzig Jahren für die Diamondbacks gespielt und war eine Legende! Ihr Dad hatte den Mann verehrt.

»Genau der! Er hat sich vor einer Weile in Miami niedergelassen, wo er sich für jugendliche Sportler einsetzt und sogar ein Highschoolteam trainiert.«

»Das ist toll, aber was genau hast du da im Sinn?«

»Fahr zu ihm und interviewe ihn. Mach Fotos von ihm mit den Kids, die Leute *lieben* so was. Das wäre sogar eine Schlagzeile wert!«

Allein das Wort *Schlagzeile* bereitete ihr Gänsehaut. Aber das würde bedeuten, dass sie Hope schon wieder allein lassen müsste, und das konnte sie ihr nicht antun.

»Sorry, Wayne, so gern ich den Auftrag übernehmen würde, geht das zurzeit nicht. Der familiäre Notfall, erinnerst du dich?«

»Mensch, Harmony, ich bitte dich!« Wayne flehte fast und das war neu. Normalerweise hätte er einfach darauf bestanden, dass sie die Sache anging. Aber vielleicht hatte Wayne ja doch ein Herz wie ein ganz normaler Mensch. Wer wusste schon, was er im Leben durchmachte?

»Finde jemanden aus Phoenix oder Umgebung, der sich auf Key West niedergelassen hat. Oder frag Roy Dickson, ob er bereit wäre, das Interview über Skype zu machen.«

Wayne schüttelte den Kopf. »Es ginge ja darum, nah an der Sache dran zu sein …« Ein tiefer Seufzer. »Okay, ich denke weiter nach. Irgendeinen Weg aus dem Drama muss es ja geben.«

»Dir fällt bestimmt etwas ein.«

»Dann bleibt mir erst mal nur, dich um ein paar soziale Beiträge und politische Glossen zu bitten.«

Seit der letzten Präsidentschaftswahl war Politisches gefragter denn je, besonders wenn es schön zynisch behandelt wurde.

»Kein Problem. Schick mir die Themen, gleich mehrere, wenn du möchtest.«

»Danke, Harmony. Ernsthaft, du hilfst mir gerade sehr.« Er ging um den Tisch herum und drückte sie. Das hatte er noch nie getan und sie fragte sich, ob er es für sie tat oder weil er selbst so dringend eine Umarmung brauchte.

»Sag mal, geht es dir gut?«, wagte sie zu fragen.

Wayne sah sie an, dann schüttelte er den Kopf. »Meine Grandma ist gestorben.«

»Oh, wie traurig. Das tut mir sehr leid.«

»Danke. Wir haben es kommen sehen und sie ist vierundneunzig geworden.« Er zuckte die Schultern. »Aber trotzdem …«

»Das verstehe ich.«

»Und dazu dieses verfluchte Chaos hier«, sagte Wayne und setzte sich auf die Ecke seines Schreibtischs.

»Das legt sich bestimmt bald wieder«, entgegnete sie.

»Dein Wort in Gottes Ohr.«

Sie verabschiedete sich, Wayne wünschte ihr noch viel Spaß und sie musste auf dem Weg zurück zum Auto ein paarmal tief durchatmen, um nicht doch laut loszuschreien.

Sie entschied sich dafür, nun endlich einen Abstecher in ihre Wohnung zu machen, vor allem, weil sie ihre Post durchgehen und ihre Lieblingsturnschuhe holen wollte, die sie dummerweise vergessen hatte einzupacken. Als sie an der Brücke vorbeifuhr – Lesleys Brücke – beschloss sie kurzerhand, auszusteigen und nach der inzwischen Hochschwangeren zu suchen. Vielleicht hatte sie ihr Baby sogar schon bekommen. Harmony hoffte so, dass es ihr gut ging, wo immer sie sich aufhielt.

Lauren hatte leider auch nichts herausfinden können, und weil Lesley ihr seit Wochen nicht aus dem Kopf ging und sie weiterhin vorhatte, sie in ihrer Wohnung unterzubringen, holte Harmony jetzt deren Foto heraus. Zeigte es herum. Fragte alle möglichen Leute – Passanten, andere Obdachlose, Junkies –, ob sie das Mädchen gesehen hatten.

Doch sie hatte keinen Erfolg. Alle schüttelten nur ihre Köpfe. Bis endlich jemand Antwort auf ihre Fragen wusste. Eine Antwort, die sie lieber nicht gehört hätte.

»Lesley ist tot«, erzählte ein Mädchen im selben Alter ihr.

Ihr wurde das Herz schwer. »Sie ist was? Bist du dir sicher?«

Das Mädchen nickte, wobei ein schmutziger Papierschnipsel, der ihr im Haar gehangen hatte, davonwehte. »Sie war meine Freundin.«

»Aber, wie …?«

»Nick hat sie sitzen gelassen. Er hatte keinen Bock auf ’n Baby.«

Sie wagte es kaum zu fragen. »Und dann?«

»Dann ist sie gesprungen. Hat sich von da oben runtergestürzt.« Sie deutete mit dem Zeigefinger zu der Brücke. »Ich hab sie gefunden.«

»Oh Gott.« Harmony legte sich vor Schreck eine Hand auf den Mund. »Das tut mir so leid.«

»Ist nicht die erste Freundin, die ich verloren hab«, sagte das Mädchen und zuckte die Schultern.

»Kann ich irgendetwas für dich tun?«

»Sie können nichts tun, Ma’am.«

Harmony schüttelte den Kopf. Konnte das alles noch gar nicht glauben. Lesley war tot. Ihr Baby war tot. Die beiden würden ihre Wohnung nicht mehr benötigen.

Spontan holte sie ihr Portemonnaie heraus und reichte dem Mädchen einen Fünfziger. »Bitte hol dir was Warmes zu essen, ja? Und was du sonst brauchst.«

»Oh, cool. Danke Ihnen.«

»Gern geschehen«, sagte sie und taumelte daraufhin zurück zum Auto. Sie fühlte sich völlig ausgelaugt. Sie war traurig. Und sie wusste nicht, wie sie weiterhin die Geschichten über diese Menschen schreiben sollte. Woher sollte sie wissen, ob nicht noch mehr von ihnen … es nicht geschafft hatten?

»Ich kann nicht mehr«, sagte sie, als sie wieder in Laurens Wagen saß. Es ging wirklich gar nichts mehr.

Denn ein Mensch konnte nicht unendlich viel ertragen. Und ihre Belastbarkeitsgrenze war so was von erreicht.

Sie sah hoch zur Brücke und musste weinen. Arme, arme Lesley. Arme Mom. Arme Hope.

Arme Harmony.

40

Nach einer fürchterlich stillen Nacht war Harmony froh, am nächsten Morgen zusammen mit Lauren zu frühstücken. Sie hatte die Nacht allein in ihrer Wohnung verbracht, hatte das ganz dringend gebraucht. Einfach nur mal Zeit für sich, zum Nachdenken, zum Trauern, zum Weinen. Sie hatte eine ganze Tüte zerkrümelter Chips gegessen, traurige Musik gehört und um Lesley getrauert. Das arme Mädchen, das in dieser Welt keine Chance gehabt hatte.

Nun saßen sie schon sehr früh in ihrem gemeinsamen Lieblingscafé, wo Harmony wie üblich einen Latte macchiato mit Karamellsirup und Avocadotoast bestellt hatte. Der war hier besonders lecker, weil sie geröstetes, hausgemachtes Sauerteigbrot verwendeten. Als sie hineinbiss, überkam sie die Nostalgie.

»Ich vermisse das hier alles ganz schön«, sagte sie und wischte sich ein paar Krümel vom schlichten schwarzen T-Shirt, das sie aus dem Schrank gekramt hatte. Heute war ihr einfach nach Trauerkleidung.

»Was genau? Dein einsames Singleleben?«, fragte Lauren.

»Ich war nicht einsam. Ich habe mich ja bewusst dafür entschieden und mochte es, für mich zu sein.«

»Klar, rede dir das nur weiter ein«, meinte Lauren und verdrehte die Augen.

Sie biss erneut ab, schluckte und sagte: »Okay, vielleicht hast du recht. Für immer allein sein ist auch nicht so toll.«

»Na, danke! Endlich siehst du es ein.« Lauren nahm einen Löffel ihrer Açaíbowl und grinste sie an. »Wie läuft es denn mit dem netten Nachbarn auf Key West? Wie ist der so?«

Beim Gedanken an Elias verzogen sich ihre Lippen unweigerlich zu einem breiten Lächeln. »Er ist einer der wunderbarsten Männer, denen ich je begegnet bin, vielleicht sogar der wunderbarste von allen. Mein Dad natürlich ausgeschlossen.«

Lauren machte große Augen. »Du setzt ihn gleich mit deinem Dad? So etwas habe ich ja noch nie von dir gehört.«

»Na ja, ich mag ihn halt.«

»Mehr als das, wie es aussieht.«

Sie zuckte die Schultern. »Ehrlich gesagt weiß ich noch nicht genau, was daraus werden könnte. Ich kann meine Gedanken und Gefühle zurzeit nicht so richtig sortieren.«

»Weil du sowieso schon so emotional bist?«

Sie nickte. Lesleys Schicksal, von dem sie Lauren gestern schon erzählt hatte, nahm sie schwer mit. Und sie machte sich Sorgen um Hope, die sie bestimmt zehn Mal angerufen hatte, seit sie in Phoenix war. Sie war froh, dass Lauren an diesem Morgen weder den Tod der einen noch die Krankheit der anderen erwähnte.

»Glaubst du, dass deine Gefühle ihm gegenüber nicht echt sind?«, fragte Lauren weiter.

»Nein, das ist es nicht. Ich finde nur nicht die Zeit, tiefer in mich hineinzublicken.«

»Ach komm, wenn du wolltest, würdest du sie dir nehmen.«

Sie schüttelte den Kopf, legte das Avocadobrot zur Seite. »Hopes Krankheit nimmt mich voll ein«, griff sie das Thema nun doch auf.

»Wie ich Hope kenne, will sie bestimmt gar nicht, dass du sie die ganze Zeit verhätschelst.«

»Das stimmt. Und das tue ich auch nicht. Trotzdem muss ich mich um alles im Haus kümmern, und natürlich um sie, selbst wenn sie es nicht will. Wenn sie Knochenschmerzen hat, creme ich ihr die Glieder ein, wenn sie Bauchweh hat, mache ich ihr einen Tee, ich koche für sie, nehme mir Zeit für sie, bringe sie an all die Orte, die sie gern sehen will. Ich versuche zu tun, was in meiner Macht steht, damit es ihr besser geht.«

»Und wann arbeitest du?«

»Nebenbei. Immer wenn sie schläft, und das tut sie sehr viel in letzter Zeit. Aber selbst dann schaue ich ständig nach ihr, um zu sehen, ob alles in Ordnung ist.«

Lauren nickte verständnisvoll und fragte mit einfühlsamer Stimme: »Glaubst du denn, Hope schafft es, alles zu sehen und zu tun, was sie sich wünscht, bevor …«

Harmony schüttelte den Kopf. »Ich weiß es ehrlich nicht. Ich dachte ja, uns bleibt noch mehr Zeit zusammen. Zeit für Abenteuer. Ich hätte sie so gern nach Disney World gebracht, wo wir schon in Florida sind. Das ist ein gemeinsamer Kindheitstraum von uns.« Disneyland in Kalifornien eigentlich, aber das machte am Ende auch keinen großen Unterschied.

»Ich weiß.«

»Daraus wird nun aber leider nichts mehr werden. Allein die Fahrt dorthin wäre zu anstrengend. Und dann all die Menschen, die Karussells, mit denen sie nicht mehr fahren könnte … Wahrscheinlich müsste ich sie im Rollstuhl durch den Park schieben. Das wäre ganz schön deprimierend.«

»Ja, wahrscheinlich hast du recht.« Lauren nahm einen Schluck Tee. »Aber du hast sie zu den Delfinen gebracht, das war doch eh das Einzige, was sie wirklich wollte.«

»Ja. Ich bin unglaublich froh, dass wir das gemacht haben. Sie spricht noch immer dauernd davon und dabei hat sie jedes Mal so glänzende Augen.«

»Sie weiß, was du alles für sie tust, Mony.«

Sie nickte. »Ja. Ich wünschte nur, ich könnte mehr tun.«

»Mehr geht nicht. Du kannst ihr die Schmerzen nicht nehmen. Außerdem hat sie sich das selbst so ausgesucht.«

»Manchmal überlege ich, was jetzt wohl wäre, wenn sie die Chemo angetreten wäre. Vielleicht wäre dann das Gröbste schon vorbei. Womöglich hätte sie den Feind ein drittes Mal besiegt.« Diese Gedanken hatten sie den ganzen gestrigen Abend gequält und die halbe Nacht.

Lauren sah sie ernst an. »Oder Hope würde jetzt noch mehr leiden, wegen der Nebenwirkungen, wegen der erneuten Anstrengung. Ein Körper hält nicht unendlich viel aus, Mony, und es könnte gut sein, dass das alles rein gar nichts gebracht hätte. Dass sie trotzdem …«

»Ja, du hast recht. Wir wissen nicht, was geschehen wäre. Und ich glaube, ich will es auch gar nicht wissen. Hope hat das so für sich entschieden und ich muss es hinnehmen.«

»Hinnehmen ist so ein negatives Wort. Sag lieber, du akzeptierst es, weil dir ihre Wünsche wichtig sind.«

Sie seufzte. »Natürlich sind sie das. Die sind das Wichtigste überhaupt.« Und im Grunde bewunderte sie Hope ja für ihre Entscheidungen. Dafür, dass sie so tapfer war, dem Unausweichlichen mit Würde und Anmut ins Gesicht zu blicken.

»Na, siehst du. Und egal, was passiert und wann, du wirst dir nichts vorzuwerfen haben. Wirst nichts bereuen. Kannst mit gutem Gewissen weitermachen.«

»Ob das so einfach sein wird? Weiterzumachen?«

»Natürlich nicht. Aber du wirst auch das packen. Für Hope.«

»Danke, Lauren. Dass ich mit dir über diese Dinge sprechen kann. Und dass du immer weißt, wie man einen motiviert.«

»Falls es irgendwann mit dem Schreiben nicht mehr klappt, sollte ich vielleicht Lebensberaterin oder so was werden.« Lauren lachte.

»Nein, bleib du bitte bei deinen Büchern. Ich kann das nächste kaum erwarten. Wie kommst du denn da voran? Schaffst du das Manuskript rechtzeitig fertig bis zum Abgabetermin?«

»Ich hoffe schon. Ich habe ja noch eine gute Woche. Und dann geht das Ganze erst mal ins Lektorat.«

»Wann ist der Erscheinungstermin?«

»Am neunzehnten Januar.«

Januar … Bis dahin würde alles anders sein. Ihre gesamte Welt würde zusammengefallen sein wie ein Kartenhaus. Oder wie eins dieser Zelte, die sie früher mit Hope gebaut hatte. In ihrem Vorgarten hatten sie versucht, mit Ästen und Bettlaken ein stabiles Konstrukt aufzustellen, doch beim leisesten Windstoß war es umgekippt.

»Ich mag noch gar nicht so weit denken«, sagte sie. »Und besonders nicht an die Feiertage.« Die würden unglaublich traurig werden und einsam, allein mit ihrer Mom, die seit achtzehn Jahren keine Geschenke mehr besorgte.

»Konzentriere dich am besten erst mal auf das Hier und Jetzt. Alles andere kommt danach, unweigerlich. Wir können den Lauf der Dinge nicht ändern, Mony, sosehr wir es wollen.«

»Ja, leider.« Wenn sie es sich aussuchen könnte, würde sie Hope wenigstens bis Thanksgiving bei sich behalten, das stets auf den vierten Donnerstag im November fiel. Andererseits mochte sie ihre Schwester auch nicht ewig leiden sehen. Es war eine so schwierige, aussichtslose Situation. »Weißt du, was das Verrückteste ist?«

»Was denn?«

»Hope selbst scheint gar keine Angst vorm Sterben zu haben. Sie freut sich sogar darauf, Asher bald wiederzusehen.«

»Irgendwie ist das schön, dass sie daran glaubt. Das erleichtert es ihr bestimmt enorm, gehen zu müssen.«

»Ja, da bin ich mir sogar sicher.«

Lauren sah sie an. »Du scheinst aber nicht daran zu glauben, hm?«

»Woran? An den Himmel? Und dass wir uns dort eines Tages alle wiedersehen?«

»Genau das, ja.«

Sie schüttelte den Kopf. »Ich kann es nicht glauben. Dafür bin ich zu realistisch.«

»Vielleicht würde es dir aber helfen, besser mit der Sache umzugehen«, überlegte Lauren. »Das könnte dir deine Verlustängste nehmen, wenigstens ein bisschen.«

»Sorry, aber ich kann mich nicht zwingen, an etwas zu glauben. Ich meine, ich würde das total gerne, dann wäre alles leichter, aber …« Sie sah ihrer besten Freundin in die Augen. »Glaubst du denn daran?«

»Schon, ja. Zumindest glaube ich, dass die Seelen der Verstorbenen irgendwo weiterleben. Sie können doch nicht einfach weg sein. Außerdem habe ich manchmal das Gefühl, als wenn meine verstorbene Tante über mich wachen würde.«

»Ich wusste nicht, dass du so spirituell bist.«

Lauren zuckte die Schultern. »Bin ich eigentlich gar nicht. Ich bin nur für alles offen.«

»Vielleicht ist das eine gute Einstellung.« Sie trank ihren Kaffee aus und sah hinaus auf die Straße. Auf der Fensterbank standen ein paar Kakteen. »Ich hätte so gern einen Abstecher in den Botanical Garden gemacht, leider schaffe ich das aber nicht mehr.«

»Wann genau geht dein Flug?«

»Um Punkt zehn.«

Lauren sah auf ihre Uhr. »Das ist in weniger als zwei Stunden! Wir sollten wohl los, oder?« Zum Glück war es nicht weit bis zum Airport und Harmony hatte ja nur Handgepäck und konnte gleich zur Sicherheitskontrolle gehen.

»Ja. Zumindest ich sollte los. Du kannst gern wieder an deinen Schreibtisch zurück.«

»So ein Quatsch! Natürlich bringe ich dich zum Flughafen. Wer weiß, wann ich dich das nächste Mal sehe, ich möchte Zeit mit dir verbringen.«

Sie lächelte. »Okay, dann nehme ich dein Angebot gern an.«

»Außerdem hast du mir viel zu wenig von deinem Elias erzählt. Das müssen wir schnell noch nachholen.«

»Er ist nicht *mein* Elias.«

»Könnte er aber bald werden, wenn ich das richtig sehe, oder?«

Wenn sie das nur wüsste …

41

Nach einem knapp vierstündigen Flug, einem Zwischenstopp in Atlanta und dem Anschlussflug landete sie um kurz vor acht in Key West. Der Tag war extrem anstrengend gewesen. Aufgrund einer Verspätung der ersten Maschine hatte Harmony in Atlanta durch den Terminal rennen müssen. Im nächsten Flieger hatte dann eine häkelnde ältere Dame neben ihr gesessen, die ihr knapp zwei Stunden lang von ihren Enkelkindern erzählte. Sechs an der Zahl waren es, Donny hatte den Buchstabierwettbewerb in seiner Schule gewonnen und die kleine Kimberly lernte gerade, aufs Töpfchen zu gehen – das alles erfuhr Harmony während eines ziemlich turbulenten Fluges, was der alten Dame überhaupt nichts auszumachen schien. Dazu die unruhige vergangene Nacht und die drei Stunden Zeitverschiebung – Harmony war völlig fertig, als das Taxi sie vor dem Ferienhaus absetzte.

Sie wollte nur noch ins Bett. Natürlich würde sie vorher schauen, ob Hope okay war, aber die schlief um diese Uhrzeit wahrscheinlich eh schon. Immerhin war es inzwischen nach neun.

Als sie durch die Haustür trat, war sie jedoch überrascht. Denn sie hörte Stimmen und dann Lachen. Sie ging ins

Wohnzimmer und entdeckte Hope zusammen mit Elias. Die beiden saßen am Esstisch und spielten Scrabble. Im Hintergrund lief »Africa« von Toto.

Sie musste lachen. »Was ist denn hier los?«

»Mony!«, rief ihre Schwester und stand auf, um sie zu umarmen. »Wie schön, dass du zurück bist. Elias leistet mir Gesellschaft.«

»Das sehe ich. Hi, Elias«, sagte sie und umarmte ihn gleich mit.

Er lächelte sie an. »Hi, Harmony. Wie war der Flug?«

»Schrecklich. Es hat gewackelt ohne Ende und neben mir saß eine alte Dame, die mir in aller Ausführlichkeit von ihren Enkelkindern erzählt hat. Nicky hat gerade ihren dritten Zahn verloren, die Zahnfee war da.«

Elias lachte und Hope stimmte ein.

»Dann war es wenigstens nicht langweilig, oder?«, meinte er.

Sie verdrehte die Augen. »Nein, ich war beschäftigt.« Was irgendwie gut gewesen war, sie hatte nämlich befürchtet, auf den Flügen viel zu viel zu grübeln. »Ich wusste nicht, dass du auf Achtzigerjahremusik stehst«, sagte sie, weil sie sicher war, dass das nicht Hopes Playlist war. Die hörte eher moderne Popsongs.

»Ich stehe total auf die Songs der Eighties und Nineties, damit bin ich aufgewachsen.«

Sie lächelte. Klar, warum nicht? Hin und wieder hörte sie sich sogar noch die Songs von Avril Lavigne an, der guten alten Zeiten zuliebe.

»Du musst hungrig sein. Ich habe Chili sin Carne gekocht, magst du etwas davon haben?«

Sie hatte keine Zeit gehabt, sich in Atlanta etwas zu holen, und hatte sich im Flieger mit einem mittelmäßigen Käsesandwich begnügt. »Oh, das klingt super. Ich hatte heute noch nichts Warmes.«

»Lass mich dir eine Schüssel aufwärmen. Dazu einen Tee?« Elias stand vom Tisch auf.

»Das ist echt nicht nötig, ich kann das auch kurz selbst …«

»Nein, ich mach das schon. Ruh du dich nur aus.«

»Das ist voll lieb. Danke dir.«

Sie lächelten einander an, als er an ihr vorbei in die Küche ging, und ein wenig streifte sein Arm den ihren.

Sie setzte sich zu Hope und war sich sehr wohl bewusst, dass sie bis über beide Ohren strahlte.

»Seit wann ist er denn hier?«, erkundigte sie sich.

»Seit heute Morgen. Er wollte unbedingt den ganzen Tag mit mir verbringen. Wir haben im Garten gesessen und gelesen, dann hat er gekocht.«

Elias hatte also seinen gesamten freien Samstag für Hope geopfert? Oder für Harmony? Sie hatte ihn schließlich gebeten, sich in ihrer Abwesenheit um ihre Schwester zu kümmern.

»Total süß von ihm«, sagte sie.

Ein neues Lied erklang. Es war »Take On Me« von a-ha. Sie kannte den Song natürlich, war sich aber gar nicht bewusst gewesen, wie gut er eigentlich war.

Aber auch ziemlich alt, oder?

Und jetzt dachte sie erst genauer über das nach, was Elias eigentlich gesagt hatte. Dass er mit der Musik der Achtziger und Neunziger aufgewachsen war. Aber das konnte doch nicht sein, oder?

»Sag mal, hast du eine Ahnung, wie alt Elias ist?«, flüsterte sie Hope zu.

Die nickte. »Er ist neununddreißig. Ein Jahr älter als ich.«

Harmony staunte nicht schlecht. Das hätte sie ehrlich nicht gedacht, er sah nämlich jünger aus und kam auch so rüber.

»Und woher weißt du das?«

»Er hat es mir erzählt. Wir haben viel geredet in den letzten Tagen.«

»Ach ja?« *Über mich?*, hätte sie am liebsten gefragt. »Und worüber?« fragte sie stattdessen.

»Ach, über Gott und die Welt. Wusstest du, dass Delfine beim Schlafen nur eine Gehirnhälfte einschlafen lassen und nur ein Auge schließen? Mit dem anderen achten sie weiterhin auf mögliche Angreifer.«

»Nein, das wusste ich nicht.«

»Und dann hat Elias mir noch etwas Interessantes über Pelikane erzählt: Sie können ganze vierundzwanzig Stunden ohne Pause fliegen.«

»Na, da hattet ihr aber spannende Themen«, sagte sie und war erleichtert, dass die beiden anscheinend eher Allgemeinwissen ausgetauscht hatten, statt über deprimierende Dinge wie Hopes Krankheit zu sprechen.

»Ist Blutorangentee in Ordnung?«, hörte sie Elias fragen, der plötzlich wieder im Raum stand.

»Das klingt richtig gut«, antwortete sie und Elias ging zurück in die Küche.

»Er weiß von mir, dass du Orangentee magst, und da hat er sofort diese Sorte besorgt. Der ist unglaublich lecker«, erzählte Hope.

Ihr wurde warm ums Herz. Er hatte den Tee extra für sie mitgebracht?

Ihr fiel auf, dass Hope zitterte, und sie holte ihr eine Decke, die sie ihr umlegte. »Wie geht es dir, Liebes?«, fragte sie.

»Es geht mir gut. Jetzt, wo du zurück bist, sowieso.«

»Elias hat mich ja ziemlich gut vertreten, wie es aussieht.« Erneut musste sie lächeln.

»Das hat er.« Hope lächelte ebenfalls. »Er ist toll. Fast so toll wie Asher.«

»Na, das ist mal ein Kompliment!«

»Ist nur die Wahrheit.«

Elias kam mit einem Becher Tee und einer Schüssel voll wunderbar duftendem Chili zurück und stellte beides vor ihr hin.

»Lieben Dank.«

»Gern geschehen.«

»Du hast deinen Lieblingssong verpasst«, ließ Hope ihn wissen.

»Nicht schlimm«, sagte er.

»Welcher ist dein Lieblingssong?«, fragte Harmony und war fast ein wenig neidisch, weil ihre Schwester schon so viel mehr über Elias wusste.

Er grinste. »*Take On Me*. Den Song hat meine Mom immer gehört, als sie mit mir schwanger war. Und später hat sie ihn mir zum Einschlafen vorgesungen.«

»Na, das ist mal ein cooles Schlaflied«, sagte sie bewundernd. »Unsere Mom hat uns nur altmodische kolumbianische Wiegenlieder vorgesungen.«

»Daran habe ich ja ewig nicht gedacht«, lachte Hope.

Der Duft des Chilis stieg Harmony in die Nase. Sie stürzte sich darauf, weil sie jetzt erst merkte, wie hungrig sie wirklich war. Es schmeckte köstlich!

»Gibt es eigentlich irgendwas, was du nicht kannst?«, fragte sie Elias.

»Hmm … lass mich überlegen. Stricken kann ich nicht und tauchen ebenso wenig. Unter Wasser kriege ich Panik. Außerdem kann ich nicht backen, Kuchen wollen mir einfach nicht gelingen, obwohl ich so gern welchen esse.«

»Na, dann bist du wohl doch menschlich. Ich dachte schon, du bist ein Alien oder so.« Sie zwinkerte ihm zu.

»Das würde auch die Hawaiihemden erklären«, lachte Hope. »Die im Mutterschiff haben dir da wohl etwas Falsches weitergegeben, was die Kleidung von uns Menschen betrifft.«

Elias sah sie gespielt böse an. »Hope, Hope, ich wusste ja gar nicht, dass du so gemein sein kannst.«

»Ja, mit mir sollte man sich besser nicht anlegen. Übrigens werde ich dich gleich eiskalt im Scrabble schlagen, ich kann nämlich das Wort BOUTIQUE legen und bekomme sogar die dreifache Punktzahl.«

»Verdammt!« Er wandte sich an Harmony. »Deine Schwester ist knallhart.«

»Oh ja. Sie war schon immer die Stärkere von uns beiden.«

»Das würde ich bezweifeln«, sagte Hope und nahm ihre Hand. »Du bist hier gerade der Hulk in Person.«

»Wenn, dann She-Hulk«, sagte Elias mit einem Schmunzeln. »Wir wollen doch politisch korrekt bleiben.«

»Ach, gibt es da echt eine weibliche Variante?«, fragte Hope.

»Jap.«

»Lauren hat mich auch eine Superheldin genannt«, erzählte sie. »Aber ich weiß ja nicht …«

»Das bist du auf alle Fälle«, fand Hope.

Sie grinste und aß noch ein paar Löffel Chili, bevor sie den Tee probierte. »Wow, ist der lecker!«

»Freut mich, dass er dir schmeckt«, sagte Elias. »Wie war es denn eigentlich in Phoenix? Wie geht es eurer Mom?«

»Unverändert«, erwiderte sie. »Es war aber gut, dass ich bei ihr war.«

»Ganz bestimmt. Sie hat sich sicher sehr gefreut, dich zu sehen.«

»Ja …« Er konnte ja nicht wissen, dass ihre Mom ein wenig anders war als andere Mütter.

Sensibel, wie er war, merkte er wohl, dass er das Thema nicht weiter ausführen sollte. »Und was war sonst so los in Phoenix? Stehen die Kakteen noch alle an ihrem Platz?«

»Ich denke schon. Du, sag mal, Elias, gibt es hier auf den Keys eigentlich irgendwo einen botanischen Garten?«

»Oh ja, einige. Warum fragst du?«

»Weil ich den in Phoenix so mag und mir dachte, vielleicht könnte ich hier einen besuchen.«

»Da würde ich gern mitkommen, wenn er nicht zu weit weg ist«, sagte Hope.

»Dann würde ich direkt den hier auf Key West empfehlen«, meinte Elias. »Der ist toll, nur wahrscheinlich ein wenig anders als der in eurer Heimat.«

»Inwiefern?«, fragte sie.

»Na, es ist kein Wüstengarten. Hier gibt es statt Kakteen eher tropische Pflanzen. Man kommt sich ein bisschen wie in einem Regenwald vor.«

»Das klingt toll«, sagte Hope.

»Wenn ihr möchtet, können wir morgen zusammen hin«, bot Elias an.

»Wir können wirklich nicht von dir erwarten, auch noch deinen freien Sonntag für uns zu opfern«, sagte Harmony.

»Ich wollte sowieso schon längst mal wieder hin. Man kann dort etliche Vogelarten beobachten.«

»Hörst du? Elias kommt gerne mit«, sagte Hope und lächelte ihn an. »Wir würden uns freuen, wenn du uns ein weiteres Mal führen würdest.«

»Es ist mir eine Ehre.« Er lächelte zufrieden zurück.

42

Harmony hatte gerade die leere Schüssel von sich geschoben, als Hope gähnte und sich eine Hand in den Nacken legte. »Ihr Lieben, ich bin müde. Wärt ihr böse, wenn ich jetzt ins Bett gehe?«

»So ein Unsinn. Geh ruhig schlafen«, sagte Elias. »Du hast das Spiel ja quasi eh schon gewonnen.«

»Wir können das Brett stehen lassen und irgendwann weiterspielen, wenn du magst.«

»Klar.«

Hope erhob sich, gab ihr einen Kuss auf die Wange und wünschte eine gute Nacht.

»Gute Nacht, Sis«, sagte Harmony. Und während Hope jetzt in ihre Decke gehüllt in Richtung Schlafzimmer ging, fragte sie sich, ob ihre Schwester sich wohl etwas dabei gedacht hatte, sie mit Elias allein zu lassen. Hope war müde, daran bestand kein Zweifel, denn sie war es jetzt die meiste Zeit des Tages, und doch erschien ihr das hier ein bisschen geplant.

»Ich mache mich dann auch gleich auf«, sagte Elias. »Es sei denn, du möchtest Nachschlag?« Er deutete zu ihrer leeren Schüssel.

»Ich bin satt.« Sie lächelte. »Danke noch mal. Für alles.«

»Das hab ich total gern gemacht. Alles.« Er sah sie an und schien sie etwas fragen zu wollen.

»Hast du etwas auf dem Herzen?«

»Irgendwann möchte ich mich mit dir unterhalten. Aber jetzt gönne ich dir erst mal deine wohlverdiente Ruhe.«

»Wir können jetzt reden«, sagte sie, weil sie im Grunde gar nicht wollte, dass er schon ging. »Was hältst du von einem kleinen Spaziergang?«

»Bist du sicher? Willst du nicht …«

»Ich bin sicher.« Sie erhob sich und nickte ihm zu.

»Na gut.« Er stand ebenfalls auf und zusammen gingen sie raus auf die Veranda. »Sollen wir zum Strand gehen?«, fragte er.

Ein nächtlicher Spaziergang am Strand unterm Sternenhimmel? Etwas Schöneres konnte sie sich gar nicht vorstellen.

»Okay«, sagte sie aber nur schlicht, weil sie sich nicht anmerken lassen wollte, wie sehr sie sich über seinen Vorschlag freute. Weil sie noch immer nicht so richtig wusste, ob sie das alles zulassen wollte.

Sie gingen nebeneinanderher. »Worüber wolltest du reden?«, fragte sie nach einer Minute des Schweigens.

»Es geht um Hope. Du hattest mir ja anvertraut, dass sie sehr krank ist. Ich habe nun aber mit eigenen Augen gesehen, *wie* schlimm es bereits ist.«

»Oje, das tut mir leid. Ich hoffe, es hat dich nicht überfordert.«

»Nein, darum geht es nicht. Ich wollte nur gern wissen, was man tun kann. Was *ich* tun kann. Ich möchte dir meine Hilfe anbieten.«

»Oh, Elias. Du tust schon so viel.«

»Ich möchte einfach nicht, dass du mit allem allein dastehst.«

»Das ist echt lieb von dir.« Sie suchte im Dunkeln nach einem Platz im Sand. »Wollen wir uns setzen?«

»Klar, wie du magst.«

Sie ließen sich nieder. Harmony umgriff mit den Händen die angezogenen Beine. »Ehrlich gesagt weiß ich selbst nicht, was man tun kann, um es Hope zu erleichtern. Sie hat andauernde Schmerzen. Was sie natürlich nicht zeigt, weil sie tapfer sein und niemandem zur Last fallen will.«

Elias nickte. »Wie lange hat sie noch? Wenn ich das fragen darf.«

»Das weiß niemand so genau. Es könnten Monate sein oder auch nur Wochen.«

»Das ist unglaublich traurig«, sagte er und tastete nach ihrer Hand.

Sie half ihm, indem sie ihre in seine legte. »Das ist es.«

»Und ihr wollt so lange hierbleiben? Bis …?«

»Ja. Hope möchte es gern. Hier fühlt sie sich Asher nah. Sie will … Vor ein paar Tagen hat sie mich darum gebeten, ihre Asche vor der Küste zu verstreuen. Hier. Sie will nie mehr fort von hier.«

»Sie muss die Insel sehr lieben.«

»Das tut sie.«

»Und was ist mit dir?«

»Mir gefällt es hier genauso.«

»Nein, das meine ich nicht. Was machst du, wenn eines Tages alles vorbei ist?«

»Ich gehe zurück nach Phoenix. Da habe ich meinen Job, da ist meine Mom. Da bin ich zu Hause. Als ich jetzt dort war, habe ich gemerkt, wie sehr mir das alles fehlt.«

Elias sagte gar nichts. Sie wusste nicht, ob ihre Worte ihn enttäuscht hatten.

»Hier würde ich nur immer an Hope erinnert werden, verstehst du? An die letzten Tage mit ihr, an ihren Schmerz.«

»Ich verstehe.« Er lockerte seinen Griff und war kurz davor, ihre Hand loszulassen.

Doch sie drückte seine fest. »Noch bin ich ja hier. Und darüber bin ich ehrlich froh. Ich mag es nämlich, Zeit mit dir zu verbringen. Ich mag dich, Elias.«

»Und ich mag dich, Harmony.«

»Schön, dass wir einander mögen.«

»Ja, das finde ich auch.«

Sie hielten sich noch eine Weile an der Hand, ohne sich weiter zu unterhalten. Schließlich erhob Elias sich. »Du solltest jetzt wirklich schlafen gehen.«

»Ja, das sollte ich wohl.«

Hand in Hand gingen sie zurück. Vor Harmonys Haus blieben sie stehen.

»Gute Nacht, Harmony.«

»Gute Nacht, Elias. Bis morgen.«

Sie sah ihm nach, wie er wegging, und sie wünschte, er hätte sie geküsst.

43

Am Sonntag schlief Harmony verhältnismäßig lange. Die Strapazen der vergangenen Tage hatten sie mehr erschöpft, als sie gedacht hatte. Heute war also keine Zeit für einen morgendlichen Strandspaziergang. Dennoch wollte sie kurz runter zum Wasser gehen und durchatmen, in spätestens zehn Minuten wäre sie wieder zurück und könnte Frühstück machen.

Auf dem Weg nach draußen hörte sie Hope im Bad und klopfte an. »Hope? Ist alles okay?«

Ihre Schwester öffnete die Tür. »Alles okay. Und bei dir?«

Hope sah keinesfalls okay aus. Sie war blass wie nie, ihre Augen gerötet mit tiefen Ringen darunter. Sie hatte anscheinend richtig schlecht geschlafen.

»Soll ich Elias besser absagen für heute?«, fragte sie.

»Nein, auf keinen Fall. Ich möchte unbedingt zum botanischen Garten.«

Harmony wägte ab und nickte schließlich. »Na gut, aber wir bleiben nicht lange, ja? Nur ein kurzer Ausflug.«

Hope war einverstanden.

»Ist es in Ordnung, wenn ich ganz kurz runter zum Wasser gehe?«, fragte Harmony.

»Natürlich.«

»Ich bin in ein paar Minuten wieder da und mache uns einen Tee. Du kannst ja schon mal überlegen, was du gern essen möchtest.«

»Ach, weißt du, ich hab gar keinen Hunger.«

Sollte sie ihre Schwester jetzt zwingen, etwas zu sich zu nehmen? Sie seufzte innerlich. »Na, vielleicht später.«

Hope nickte und wusch sich das Gesicht, während Harmony durch das Haus ging und nach draußen trat.

Wie sie das vermisst hatte. In nur wenigen Schritten zum Strand zu gehen. Das fehlte in Phoenix wirklich: der warme, weiche Sand, durch den man barfuß laufen konnte, was einen gleich am Morgen schon belebte und kräftigte. Die frische Meeresbrise, die einem die Lunge reinigte, wenn man sie nur tief genug einatmete. Und der weite Ozean, der einem jeden Tag aufs Neue zeigte, wie klein man war auf dieser Welt und dass dennoch alles möglich war. Denn wenn dieses riesige, endlos erscheinende Meer am anderen Ende einen ganzen Kontinent hervorbringen konnte, dann konnte man auch für jedes Problem eine Lösung finden.

Als sie zurück zum Haus kam, hörte sie Stimmen und schielte um die Ecke zur Straße. Elias stand in seinem Vorgarten und unterhielt sich mit einem der Nachbarn, Mr. Turney, der gerade seinen Hund Gassi führte.

»Wie war es denn in den Everglades?«, hörte sie Mr. Murray fragen. »Dahin wollten Sie sich doch Freitag nach der Arbeit aufmachen, oder?«

»Ja, mir kam aber etwas dazwischen. Ich werde ein andermal fahren.«

»Na, die Glades werden schon nicht weglaufen, was?«, lachte Mr. Murray. »Ich wünsche Ihnen einen schönen Tag.«

»Danke, den wünsche ich Ihnen ebenso«, erwiderte Elias.

Harmony hatte unbewusst den Atem angehalten. Sie hatte nicht gewusst, dass Elias vorgehabt hatte, in den Norden zu fahren. Bestimmt hatte er Alligatoren beobachten wollen oder Ähnliches. Womöglich hatte er auch etwas für seinen Biologieunterricht recherchieren wollen. Und dann war er hiergeblieben. Um sich um Hope zu kümmern. Weil sie ihn darum gebeten hatte. Ihr Herz quoll über vor Dankbarkeit.

Und sie wusste, sie musste eines tun. Konnte nicht anders. Wollte es unbedingt.

Also lief sie an der Vorderseite ihres Hauses die Straße entlang, trat durch die Pforte in seinen Garten und rief seinen Namen. Elias, der mit dem Rücken zu ihr stand und irgendein Insekt auf einem Busch zu beobachten schien, drehte sich um.

»Harmony!«

Sie ging auf ihn zu und küsste ihn. Küsste ihn richtig. Lippen auf Lippen. So, wie sie lange niemanden mehr geküsst hatte, ja vielleicht sogar noch nie.

»Was? Wieso?«, fragte er verdutzt, als sie sich von ihm löste.

»Weil du einfach nur großartig bist. Weil ich etwas für dich empfinde, du hawaiihemdtragender Holländer. Weil ich es mag, wie informativ du bist, ja, dass du wie eine persönliche Google-Suche bist.« Sie musste lachen. »Weil du mich zum Lachen bringst und gutherzig bist und wundervoll. Und weil ich dich schon eine ganze Weile habe küssen wollen.«

Sein Lächeln breitete sich von einem Ohr zum anderen aus. Dann zog er sie an sich und küsste sie erneut. Und dieser Kuss übertraf sogar noch den ersten. Dieser Kuss war das Beste, was sie je erlebt hatte – mit Abstand. Und sie wusste, nie wieder in ihrem Leben würde sie sich so fühlen wie in diesem Augenblick.

44

Als sie zurück ins Haus trat, hatte Harmony ein riesengroßes Lächeln im Gesicht. Sie war froh, zu Elias gegangen zu sein und einfach ihren Gefühlen freien Lauf gelassen zu haben. Und offensichtlich ging es ihm genauso.

Er hatte versprochen, sie und Hope in einer Stunde abzuholen. Sie konnte den gemeinsamen Ausflug kaum erwarten.

»Hope?«, rief sie aufgeregt, weil sie ihrer Schwester natürlich sofort von dem unglaublichen Kuss erzählen wollte. Den Küssen. Dem romantischsten Morgen aller Zeiten.

Doch Hope antwortete nicht. Auf der Suche nach ihr spazierte sie durchs Haus – und fand sie in ihrem Schlafzimmer auf dem Boden kniend vor.

Sofort ging sie selbst in die Knie und legte ihrer Schwester einen Arm um die Schultern. »Was ist denn, Hope? Bist du hingefallen?«

»Mir war plötzlich so schwindlig. Und übel. Und mein Kopf schmerzt wie verrückt.« Hope umfasste ihn mit beiden Händen.

»Oh nein. Was kann ich tun?«

»Mir vielleicht einen nassen Waschlappen holen?«

»Klar. Kommt sofort.« Sie lief los ins Bad, hielt einen Lappen unter den Wasserhahn, wrang ihn aus und eilte zurück zu Hope. »Hier, bitte.«

»Danke.« Hope legte ihn sich in den Nacken. Dann übergab sie sich auf den Holzfußboden.

Harmony wusste nicht, was sie tun sollte. Fühlte sich ganz hilflos. So schlecht wie gerade hatte Hope noch nie ausgesehen. Sie bekam es richtig mit der Angst zu tun.

»Tut mir leid«, sagte Hope und legte sich auf den kleinen Teppich vorm Bett.

»Hope. Sag mir, was los ist. Sag mir, was ich machen soll.«

»Gar nichts«, erwiderte Hope. »Es geht mir bestimmt gleich besser.«

Da war Harmony sich überhaupt nicht sicher. Weil sie nichts anderes tun konnte, blieb sie bei Hope sitzen, wischte ihr das Gesicht mit dem nassen Lappen ab und legte ihn schließlich auf das Erbrochene. Sie traute sich nicht, ihre Schwester allein zu lassen, um die Putzsachen zu holen. Das musste warten. Gerade wollte sie nur wissen, was mit Hope los war. Und sie konnte nur hoffen – und beten –, dass es ihr wirklich bald besser ging.

Harmony war nie so religiös gewesen wie ihre Mutter oder spirituell wie Hope. Doch sie glaubte an etwas, das größer war als sie alle, und in den letzten Wochen hatte sie vermehrt zu Gott gebetet.

Leider waren ihre Gebete nicht erhört worden.

»Hope?«, wagte sie nach einer Weile zu fragen. »Geht es wieder? Weil wenn nicht, dann würde ich jetzt einen Krankenwagen rufen.« Sie wusste einfach keinen anderen Ausweg.

»Nein, bitte nicht. Die würden mich nur ins Krankenhaus bringen und mich dortbehalten wollen.«

»Aber Hope … Ich weiß nicht, was ich tun soll. Es geht dir nicht gut.« Und sie war verdammt noch mal keine Krankenschwester. Woher sollte sie denn wissen, was in solch einer Situation zu tun war? Wie sollte sie erahnen, was mit Hope los war? Wofür diese Symptome standen? Wie sie sie behandeln sollte?

Sie hatte alles Mögliche recherchiert, versucht, sich auf alle Eventualitäten vorzubereiten, aber gerade war ihr Kopf wie leer. Sie sah nur ihre leidende Schwester und sie konnte es keinen Moment länger ertragen.

»Es geht schon wieder. Kannst du mir helfen, ins Bett zu steigen?«

»Ja, natürlich.« Vorsichtig half sie Hope hoch und aufs Bett. Sie deckte ihre zitternde Schwester mit einer leichten Decke zu, gab ihr etwas gegen die Übelkeit und setzte sich zu ihr, bis sie eingeschlafen war.

Sie hatte gerade den Boden fertig gewischt, als sie es klopfen hörte.

Mist! Das war Elias, um sie zu ihrem Ausflug abzuholen. Sie hätte ihm kurz schreiben sollen, dass der ausfiel, aber daran hatte sie nun wirklich nicht gedacht. Viel zu besorgt war sie um Hope gewesen.

Sie ging ihm öffnen.

»Was ist passiert?«, fragte er sofort, weil er ihr ansehen musste, dass etwas nicht in Ordnung war.

»Hope. Sie ist zusammengebrochen.«

»Oh nein, das tut mir leid. Kann ich irgendetwas tun?«

»Ist lieb von dir, aber ich weiß nicht mal, was ich selbst tun soll. Ich bin gerade ehrlich überfordert mit der Situation. Ich meine, Schmerzen hat sie schon die ganze Zeit und dazu einige andere Symptome, aber das gerade … Ich hätte am liebsten einen Krankenwagen gerufen.«

»Aber das wollte sie nicht?«

Sie nickte.

»Wahrscheinlich hätten sie ihr eh nicht helfen können. Man kann die Krankheit doch nicht mehr aufhalten, oder? Das hat zumindest Hope mir erzählt. Und auch, dass sie es bis zum letzten Tag allein durchstehen will, ohne ärztliche Hilfe oder dagegen ansteuernde Medikamente.«

Das hatte sie ihm erzählt?

Harmony seufzte schwer. »So sieht es leider aus, ja. Und ich habe versprochen, ihre Wünsche zu respektieren. Allerdings ist das in Momenten wie diesen eine verflucht schwere Aufgabe.«

»Komm mal her«, sagte Elias und zog sie in seine Arme. Hielt sie. Schenkte ihr Trost in dieser aussichtslosen Lage.

»Den Ausflug müssen wir vertagen«, sagte sie schließlich kraftlos. »Oder vielmehr wird er wohl nie mehr stattfinden.«

»Ist okay.«

Sie löste sich von ihm. »Danke, Elias. Ich will jetzt rein, nach Hope sehen.«

»Selbstverständlich. Bitte ruf jederzeit nach mir, wenn du mich brauchst.«

»Mache ich.«

Sie ging zurück zu Hope ins Schlafzimmer. Ihre Schwester sah aus wie ein Geist, ihr Körper so dünn und zerbrechlich. Ihre Haut voller Blutergüsse und roter Flecken. Ihre Haare, die endlich wieder gewachsen waren, schweißnass. Ihre Lippen leichenblass.

Nur um sicherzugehen, dass sie noch atmete, legte Harmony ihren Kopf an Hopes Brust. Sie atmete. Sie lebte.

Aber wie lange noch? Auf was hatte sie sich hier nur eingelassen? Sie konnte ja nachvollziehen, dass Hope all die Strapazen einer – ziemlich wahrscheinlich nichts bringenden – Chemotherapie kein weiteres Mal durchmachen wollte. Aber wäre sie in einem Hospiz nicht viel besser aufgehoben?

Doch da wäre kein Strand vor der Tür, kein Meer beim Blick aus dem Fenster, keine Delfine in der Ferne, keine Seesterne auf der Veranda, keine Erinnerungen an Asher.

Sie würden es durchziehen bis zum bitteren Ende, gemeinsam, wie sie es sich vorgenommen hatten. Wie Harmony es Hope versprochen hatte. Aber es würde ihr alles abverlangen, das wusste sie jetzt schon. Andererseits hatte sie es im Gefühl, dass sie nicht mehr lange würden kämpfen müssen. Das Ende war nah, so bitter es war, und vielleicht wäre es trotz aller Traurigkeit auch eine Erleichterung. Denn Hope so zu sehen, brach ihr das Herz. Und Hope selbst sollte nicht länger leiden müssen als nötig.

Sie richtete ihr Gesicht zum Himmel. »Asher, falls du mich hörst: Kannst du Hope bitte bald zu dir holen? Sie kann es kaum erwarten, bei dir zu sein«, bat sie, während ihr Tränen übers Gesicht liefen. Es waren die schwersten Worte, die sie je hatte sagen müssen. Doch es waren die richtigen.

Sie legte sich zu Hope ins Bett, kuschelte sich an sie und blieb bei ihr, während die Stunden vergingen und ein weiterer Tag dahinflog.

45

In den nächsten Tagen ging es Hope eher schlechter als besser. Ihr war noch immer übel und dazu bekam sie eine Blasenentzündung. Am Dienstag rief Harmony Dr. Logan in Phoenix an und fragte sie, was sie tun könnten. Die Ärztin riet Hope, sich zu schonen, viel zu trinken und alle acht Stunden das Penicillin einzunehmen, das sie ihr verschrieben hatte. Falls es nicht besser wurde, sollten sie einen hiesigen Arzt aufsuchen.

Sie folgten den Anweisungen und blieben die ganze Zeit zu Hause. Zwischendurch setzten sie sich auf die Veranda oder in den Garten und redeten.

»Erzähl mir von Heather und den Kindern«, bat Hope am Dienstagnachmittag, während sie auf den Liegestühlen im Schatten saßen und frische Smoothies tranken. Das war fast das Einzige, was Hope noch zu sich nahm, und Elias versorgte sie freundlicherweise mit stetig neuen Früchten aus seinem Garten, wo die Mangos, Guaven, Papayas und Honigmelonen gerade wunderbar reif waren.

»Sie haben sich total gut eingelebt in Scottsdale«, erzählte Harmony, auch wenn sie es ihrer Schwester bereits mehr als ein Mal erzählt hatte seit ihrem Trip nach Hause. Doch Hope wollte es immer wieder hören. Zu wissen, dass es Heather und ihren Sprösslingen gut ging und dass sie dazu beitragen hatte, schien sie richtig glücklich zu machen.

»Das freut mich sehr. Wie gefällt es Heather im ruhigen Vorort?«

»Sie meinte, sie findet es superschön. Alles sei so sauber, alle Nachbarn so nett.«

»Hat sie sich inzwischen offiziell angemeldet?«

»Hat sie. Sie hat dein Haus wie geplant als neuen Wohnort gemeldet und Jason geht in eine Vorschule ganz in der Nähe. Sie kann ihn sogar zu Fuß hinbringen.« Was gut war, da Heather zwar Hopes Auto benutzen durfte, aber sicher nicht genügend Geld für Benzin hatte.

»Die Schulen in Scottsdale zählen zu den besten des Staates«, sagte Hope stolz.

»Ja, ich weiß. Er wird sich bestimmt gut machen.«

»Ganz bestimmt.«

Sie schwiegen eine Weile. Bis Hope sagte: »Ich hätte Mom so gerne noch mal gesehen.«

»Ich weiß«, erwiderte sie. Anrufe waren einfach nicht dasselbe, vor allem weil ihre Mutter nie mehr als ein paar Sätze sprach. »Ich könnte Lauren bitten, uns bei einem ihrer Besuche per Videocall anzurufen. Keine Ahnung, ob Mom auf diese Weise überhaupt kommunizieren mag, aber du könntest sie wenigstens mal sehen.«

»Lieber nicht, ich möchte nicht, dass Mom mich so sieht. Außerdem ist es auch nicht das, was ich meinte.«

»Ich weiß«, erwiderte sie, denn natürlich hatte ihre Schwester eine richtige Begegnung mit Haut und Haaren gemeint. Eine Umarmung. Den ganz eigenen Duft ihrer Mom.

»Aber eines Tages werde ich sie ja wiedersehen.« Hope lächelte. »Und sehr bald schon werde ich Asher sehen. Und Dad.«

Trotz aller Traurigkeit musste Harmony bei dem Gedanken lächeln, weil sie ihn tatsächlich auch sehr schön fand. »Grüßt du Dad von mir?«, bat sie.

»Das mache ich.«

Sie lehnte sich zurück und schloss die Augen, dachte an ihren Dad und den Himmel. Was er da oben wohl machte? Ob er irgendetwas baute wie eine Vogeltränke oder einen Briefkasten? Ob er zu den Hits aus seiner Jugend tanzte? Ob er Ajiaco aß? Oder waren solch weltlichen Dinge im Jenseits nicht möglich? Gab es da ganz andere Beschäftigungen?

Eines Tages würden sie es vielleicht erfahren.

Als sie die Augen wieder öffnete, sah sie, dass Hope eingeschlafen war. Also holte sie ihren Laptop aus dem Haus, setzte sich auf die Veranda und schrieb einen wirtschaftlichen Beitrag zum Thema Lebensmittelpreise. Eier waren inzwischen kaum noch erschwinglich, die Restaurants in Phoenix hoben ihre Preise an und viele Menschen verzichteten auf ihr morgendliches Rührei. Bonnie hatte ihr netterweise einiges an Recherchematerial geschickt, sodass Harmony den Artikel nur noch zu verfassen brauchte.

Von Zeit zu Zeit schaute sie rüber zu Hope, die weiterhin vor sich hin schlummerte. Und je später es wurde, desto häufiger blickte sie über die Hecke, denn Elias sollte bald von der Arbeit zurück sein. Sie waren für fünf Uhr verabredet. Er wollte zu ihnen rüberkommen und Harmony beibringen, wie man Poffertjes zubereitete. Das waren eine Art Minipfannkuchen aus Holland, die superlecker aussahen, zumindest in den TikTok-Videos, die sie angeklickt hatte.

Um Viertel nach fünf war Elias noch nicht da. Und um halb sechs war von ihm immer noch nichts zu sehen. Harmony schaute auf ihr Handydisplay, doch es zeigte weder einen verpassten Anruf noch eine Nachricht an. Langsam wurde sie ungeduldig.

Um sechs Uhr begann sie, wütend zu werden. Vor zwei Tagen hatten sie sich geküsst und sie hatte angenommen, dass da jetzt mehr zwischen ihnen war. Etwas Besonderes. Dass Elias sie so einfach sitzen ließ, fand sie gar nicht lustig.

Okay, es konnte ihm etwas Wichtiges dazwischengekommen sein. Aber dann hätte er sich wenigstens melden und Bescheid sagen können, dass er sich verspätete.

Irgendwann klappte sie den Laptop zu und ging zur Straße, um Ausschau zu halten. Fünf Minuten später, sie hockte ziemlich genervt auf der vorderen Verandastufe, kam er mit seinem Fahrrad angefahren. Da war es bereits fünf vor halb sieben.

»Hey!«, rief er und hielt an.

»Hey«, rief sie zurück.

Er stellte das Rad ab und kam auf sie zu. »Wartest du auf mich?«

»Wir waren um fünf verabredet«, erinnerte sie ihn und versuchte, nicht allzu sauer zu klingen.

»Sorry, ich wurde aufgehalten.«

»Du hättest mir kurz schreiben können.«

»Stimmt. Kommt nicht wieder vor.« Er kratzte sich den Hinterkopf und sah ziemlich schuldbewusst aus.

»Das mit den Poffertjes wird wohl jetzt nichts mehr, oder?«, fragte sie.

»Warum nicht?«, erwiderte er. »So spät ist es noch nicht.«

»Es ist beinahe Zeit fürs Dinner.«

»Poffertjes kann man auch zum Dinner essen.«

»Ich habe schon eine Suppe gekocht.« Sie hoffte, dass Hope ein bisschen was davon zu sich nehmen würde.

»Oh. Wollen wir es also auf morgen verschieben?«, fragte Elias hoffnungsvoll.

»Wenn du mich nicht wieder versetzt«, konnte sie es nicht lassen zu sagen.

Er sah ihr in die Augen. »Bist du böse auf mich?«

Sie zuckte die Schultern. »Ein bisschen.«

Jetzt setzte er sich zu ihr. »Ich konnte wirklich nicht früher weg. Ich wurde gebraucht.«

»Aha.«

Er strich mit dem Fuß über den Boden und wirkte nervös. »Von einer guten Freundin.«

»Na, dann hoffe ich, dass du deiner guten Freundin helfen konntest.« Sie hörte selbst den leicht gehässigen Ton in ihrer Stimme.

Elias seufzte. »Erinnerst du dich an das Telefongespräch, das du vor ein paar Wochen mitangehört hast? An dem Abend, als ich Burger für euch gebraten habe?«

Sie nickte.

»Da habe ich mit meiner Freundin Bethany gesprochen. Die in einer Beziehung mit einem ziemlich üblen Typen steckt. Sie schafft es einfach nicht, von ihm loszukommen, obwohl er sie immer wieder wie Dreck behandelt.«

»Oh, das tut mir leid.« Tat es wirklich. Sie mochte es nicht, wenn Frauen von Männern schlecht behandelt wurden.

»Heute war sie kurz davor, endlich mit ihm Schluss zu machen«, fuhr Elias fort. »Und ich musste ihr Mut zureden.«

»Glaubst du, sie wird sich von ihm trennen?«, fragte sie.

Elias überlegte. »Vermutlich nicht. Aber ich wollte sie trotzdem nicht alleinlassen vor dieser schwierigen Aufgabe.«

Harmony strich sich das Haar hinter die Ohren. »Diese Bethany … sie scheint dir viel zu bedeuten.«

»Das tut sie, ja«, erwiderte Elias ehrlich.

Und weil sie glaubte, da noch etwas anderes in seinem Blick zu erkennen, fragte sie: »Wart ihr mal ein Paar?«

Elias legte den Kopf in den Nacken und schloss für eine Sekunde die Augen. Dann wandte er sich ihr zu. »Ja, waren wir. Sie war meine erste amerikanische Freundin damals, als ich herkam. Wir waren ungefähr zwei Jahre zusammen.«

Obwohl sie seine Ehrlichkeit schätzte, tat es weh, dass Elias sie heute für seine Ex versetzt hatte.

»Und seht ihr euch noch häufig?«, wollte sie wissen.

»Täglich. Wir arbeiten in derselben Schule. Sie ist Mathelehrerin.«

Oh Gott, eine Mathelehrerin? Sofort stellte sie sich die Frau im biederen Kostüm, mit strengem Dutt und dick umrahmter Brille vor.

Da sie gar nichts mehr sagte, fuhr Elias fort. »Wir verstehen uns noch gut, essen hin und wieder gemeinsam in der Cafeteria und reden. Mehr ist da aber nicht. Wir sind nur Freunde.«

Freunde, die mal miteinander geschlafen haben, dachte sie und aus irgendeinem Grund passte ihr das gar nicht.

»Harmony, bitte. Machen wir kein Problem aus etwas, das überhaupt keins ist.«

»Okay«, sagte sie. Weil ihr natürlich klar war, dass sie kein Recht hatte, sich wie eine eifersüchtige Freundin zu verhalten. Elias und sie waren ja nicht mal fest zusammen. Sie hatten sich geküsst und das war's auch schon.

»Okay?«, fragte er vorsichtshalber noch mal nach.

Sie nickte und ließ sich von ihm in den Arm nehmen.

»Mony?«, hörte sie plötzlich aus dem Haus.

Sie drehte sich um und sah im nächsten Moment Hope in der Haustür stehen. »Weißt du, wo ich die Paracetamol-Schachtel hingelegt habe?«

»Ist sie nicht in dem kleinen Badezimmerschrank?«

Hope schüttelte den Kopf.

»Okay, ich helfe dir suchen«, sagte sie und stand auf. Zu Elias gewandt, meinte sie: »Ich muss rein. Sehen wir uns morgen zum Poffertjesmachen?«

Sie sah in seinem Blick, was er entgegnen wollte, nämlich dass sie sich auch heute noch sehen konnten. Am Ende wusste er wohl, dass er Mist gebaut hatte, und erwiderte nur nickend: »Klar.«

Sie ging mit Hope ins Haus, fand die Schmerztabletten innerhalb von zwei Minuten auf der Küchenanrichte und blieb am Fenster stehen, um zu Elias' Garten rüberzublicken. Er stellte gerade sein Rad auf die Veranda und sah ein wenig geknickt aus. Ihre Blicke trafen sich, doch keiner winkte oder etwas dergleichen, dann trat sie vom Fenster weg, um die Suppe aus dem Kühlschrank zu holen. Und irgendwie fühlte es sich an, als wären heute ein paar Schmetterlinge gekillt worden.

46

In den nächsten Tagen musste Harmony viel über das nachdenken, was zwischen ihr und Elias vorgefallen war. Am Ende beschloss sie aber, dass sie ihm nicht länger böse sein wollte. Das Leben war schließlich hart genug, da konnte sie nicht auch noch eifersüchtige Gefühle zulassen. Außerdem war sie solch ein Mensch nicht, war es nie gewesen. Und Elias war ganz sicher einfach nur jemand, der stets hilfsbereit war und niemanden mit seinen Problemen alleinließ. Das hatten Hope und sie ja bereits erfahren dürfen.

Am Freitag lagen sie wie so oft im Schatten der Bäume, tranken Smoothies, redeten und lasen. Hope ging es unverändert, aber zumindest das Antibiotikum schien anzuschlagen und die Blasenentzündung war schon fast verschwunden. Wie immer schlummerte Hope ein, doch heute setzte Harmony sich nicht an ihren Laptop, denn sie hatte die Obdachlosenreportage bereits am Morgen abgeschickt.

Während sie also weiterlas, zwitscherten die Vögel, die Sonne schien und die Blumen versprühten wunderbare Düfte. Es könnte so schön sein, wenn ihre Schwester nicht todkrank neben ihr liegen würde. Eine Weile betrachtete sie sie und fragte sich wieder einmal, wie lange sie wohl noch durchhalten würde.

Irgendwann hörte sie, wie Elias' quietschende Pforte aufging. Kurz darauf schob er sein Fahrrad durch den Vorgarten. Als er sie sah, strahlte er.

»Hi«, sagte er.

»Hallo, Elias«, flüsterte sie, stand auf und trat an die Hecke. »Wie war dein Tag?«

»Der war gut, danke«, sagte er in ebenfalls leisem Tonfall. »Wie geht es euch beiden?« Obwohl er natürlich nur freundlich sein wollte, wünschte Harmony, er würde aufhören, das zu fragen. Sie selbst hatte es eingestellt. Die Antwort darauf war offensichtlich.

»Es ist kein ganz so schlechter Tag«, kam es plötzlich von Hope.

Harmony drehte sich zu ihrer Schwester um, die wieder wach war und sich müde streckte. Leider wusste sie es besser. Hope war nonstop übel und die Kopfschmerzen killten sie. Außerdem waren die Knochenschmerzen kaum mehr auszuhalten. Heute Vormittag hatte sie sich endlich dazu überreden lassen, eine der Schmerztabletten zu nehmen, die Dr. Logan ihr verschrieben hatte. Dabei handelte es sich um Oxycodon, was eine gewisse Ironie mit sich brachte, da Hope es auf ganz legale Weise bekommen hatte, während die Menschen, über die Harmony schrieb, dafür stahlen, anschaffen gingen oder Schlimmeres.

»Das freut mich«, meinte Elias, der ewige Optimist.

So war Harmony auch einmal gewesen. An manchen Tagen vermisste sie ihr altes Selbst ganz schrecklich.

»Kann ich etwas für euch tun?«, fragte ihr Nachbar.

»Wir bräuchten ein paar Sachen aus dem Supermarkt«, fiel ihr ein. Sie hatten kaum noch etwas im Kühlschrank, und während Hope ja nicht mehr viel aß, versuchte wenigstens Harmony, bei Kräften zu bleiben. Außerdem hatte sie eine kleine Überraschung für Elias geplant, die sie endlich umsetzen wollte.

»Ich kann gerne für euch fahren und besorgen, was ihr braucht. Hast du eine Liste?«

»Eigentlich wollte ich dich bitten, für eine Stunde bei Hope zu bleiben, damit ich selbst kurz losfahren kann.«

»Klar, wie du willst«, sagte er verständnisvoll. Wahrscheinlich dachte er sich, dass sie wohl mal rauswollte. Das alles war sehr zermürbend, das musste auch er sehen. »Wenn du möchtest, kannst du sofort los.«

»Danke, du bist ein Schatz«, erwiderte sie.

Sie hatten sich nicht noch einmal geküsst. Es wäre nicht richtig gewesen. Harmony wusste sowieso nicht, was das wieder mit dem Schicksal war. An dem Tag, an dem sie Elias zum ersten Mal geküsst hatte, war es mit Hope rapide abwärtsgegangen. War das ein Zeichen? Hatte das irgendeine tiefere Bedeutung?

Doch sie hatte nicht die Kraft, darüber nachzudenken.

»Ist es okay, wenn ich dann kurz fahre?«, wandte sie sich an Hope.

»Du kannst ruhig los. Elias muss aber nicht bleiben, ich brauche keinen Babysitter.«

»In deinem Zustand lasse ich dich bestimmt nicht ganz allein, Sis.«

Ihre Schwester leistete keinen weiteren Widerstand und Elias löste Harmony ab, indem er sich in ihren Stuhl setzte.

»Danke dir«, sagte sie, »Dafür bist du übrigens zum Dinner eingeladen. Nur wenn du Zeit hast, natürlich.«

»Oh, super, danke.«

Sie zögerte kurz, küsste ihn auf die Wange und lief los, um ihre Handtasche zu holen.

Im Supermarkt sammelte sie alles zusammen, was sie auf ihre Liste geschrieben hatte. Dazu legte sie alle Zutaten für selbst gemachte Pizza in den Wagen, weil sie hoffte, dass Hope dann endlich mal etwas essen würde. Und weil ein Pizzaabend mit einem guten Film genau das war, was sie alle brauchten.

Schließlich ging sie in den Gang mit den Backsachen. Sie nahm Mehl und Zucker mit, Backpulver und eine Vanilleschote. Sie suchte Margarine, Mandelmilch und Apfelmus als Eiersatz und die wichtigste Zutat: Mandarinen in der Dose.

Von Hope, die sich mit Elias wirklich über Gott und die Welt unterhalten hatte, wusste sie, dass sein Lieblingskuchen Mandarinenkuchen war. Den hatte seine Grandma andauernd für ihn gemacht, als er ein Kind war, damals in Holland. Und nun wollte sie ihn für ihn backen – als Dankeschön. Obwohl das nicht annähernd genug war. Aber es war das, was sie gerade für ihn tun konnte, und das wollte sie unbedingt.

An der Kasse nahm sie einen Schokoriegel mit, den sie aß, bevor er in der Hitze draußen schmelzen konnte. Es war noch immer so heiß. Seit ein paar Tagen war es besonders schwül, so, als ob etwas in der Luft läge. Ein Sturm vielleicht? Der wäre womöglich gar nicht schlecht, wenn er doch bitte ein wenig Abkühlung mit sich bringen würde.

47

Zurück beim Haus, packte sie die Lebensmittel in die Schränke und versteckte die Zutaten für den Kuchen, damit Elias sie nicht sah und etwas erahnte. Dann ging sie nach draußen.

Hope schlief. Elias konzentrierte sich auf sein Handy. Als er sie bemerkte, blickte er auf.

»Ich lese gerade deinen Text von dieser Woche«, sagte er und sie war mehr als überrascht.

»Du liest meine Reportage?«

»Ja. Ich habe den *Phoenix Eagle* abonniert. So habe ich auch Zugriff aufs Archiv und kann alle deine Artikel lesen.«

»Das hättest du nicht tun müssen.«

»Ich wollte es aber gerne.« Er sah ihr in die Augen. »Du schreibst richtig gut, Harmony. Unglaublich gut.«

Sie errötete. »Findest du?«

»Oh ja. Du verfasst deine Texte mit so viel Herz und du schreibst über das, was wirklich wichtig ist. Eine Geschichte ist bewegender als die vorige. Welche mich aber richtig berührt hat, ist die von der schwangeren Siebzehnjährigen. Wie hieß sie gleich?«

»Lesley«, antwortete sie und ihre Stimme versagte.

Fragend sah Elias sie an.

Sie blickte zu Hope, der sie bisher gar nicht erzählt hatte, was mit Lesley passiert war. Ihr Leben war gerade negativ genug.

»Sie ist gestorben«, erzählte sie Elias, als sie sicher war, dass ihre Schwester noch immer schlief. »Ich habe es bei meinem Besuch in Phoenix erfahren.«

»Oh mein Gott, das tut mir so leid.« Er schüttelte den Kopf und erhob sich. Nahm sie in den Arm und hielt sie. »Du musst gerade mehr durchmachen, als ein Mensch ertragen kann. Ich weiß nicht, wie du das schaffst.«

»Das weiß ich auch nicht«, erwiderte sie. »Aber Superheldinnen können das wohl einfach.«

Er sah sie traurig an. »Superheldinnen haben aber dennoch Gefühle, oder? Und du solltest aufpassen, dass deine dich nicht übermannen. Wenn du es allein nicht mehr tragen kannst, weißt du, wo du mich findest. Ich nehme dir gern einen Teil deiner Last ab.«

»Das tust du längst, ist dir das nicht klar?« Sie küsste ihn. Endlich küssten sie sich wieder. Doch diesmal war es anders. Sie konnte es nicht richtig genießen, weil so viel Kummer in der Luft lag. Und sie glaubte, ihm ging es ebenso. Aber wenigstens waren sie füreinander da und das war gerade mehr wert als Zärtlichkeiten.

»Ich möchte gern Pizza machen, in der Hoffnung, dass Hope endlich mal etwas isst«, sagte sie.

»Sie hat keinen Appetit mehr, oder? Das habe ich schon neulich bemerkt, da hat sie auch nur ein paar Löffelchen gegessen.«

»Ich glaube, es ist die Übelkeit. Die begleitet sie seit Tagen.«

»Hast du es mit frischem Ingwertee versucht? Der soll dagegen helfen.«

»Ja. Ich habe versucht, was mit pflanzlichen Mitteln möglich ist, und dazu einiges aus der Drogerie ausprobiert. Ich weiß aber leider nicht genau, woher die Übelkeit kommt, und ohne einen Arzt, der Hope untersucht, werden wir es wohl nicht erfahren.«

»Warum hat sie solche Angst davor, zum Arzt zu gehen?«

»Weil sie denkt, er würde sie sofort ins Krankenhaus einweisen, womit sie wahrscheinlich recht hat.« Sie seufzte. »Also werden wir es so durchstehen müssen.«

»Das werdet ihr«, sagte Elias zuversichtlich. »Soll ich hier bei Hope bleiben, während du die Pizza zubereitest?«

»Das wäre total nett von dir.«

»Kein Problem. Ich weiß mich ja zu beschäftigen.« Er wedelte mit seinem Handy, auf dem er all ihre Artikel lesen konnte, wenn er wollte.

»Ich versuche, mich zu beeilen«, sagte sie und ging ins Haus.

Eine Stunde später war die Pizza aus dem Ofen und sie schob den Kuchen hinein. Sie hatte beschlossen, ihn doch heute schon zu backen, wo sie gerade die Gelegenheit dazu hatte. Wer wusste, was der morgige Tag mit sich brachte.

Sie rief Elias und Hope, die nun wach war, zum Essen. Langsam kamen sie ins Haus.

»Es gibt Pizza?«, fragte Hope freudig.

»Ich dachte mir, es ist mal wieder an der Zeit.« Sie lächelte ihrer Schwester zu. Weil Superheldinnen immer lächelten und niemals weinten.

Vielleicht sollte sie sich Smile-Girl nennen. Zumindest hatte sie es drauf, ihre Tränen zu verstecken, besonders vor Hope.

Sie setzten sich an den Esstisch ins Wohnzimmer und Harmony servierte das Dinner. Der heutige Abend war nicht so gesellig und fröhlich wie frühere. Dafür aß Hope zwei ganze Stücke Pizza, was Harmony wirklich freute. Elias nickte ihr lächelnd zu und sie wusste, er fühlte dasselbe.

»Sehen wir uns einen Film an?«, fragte er, als alle satt waren.

»Ich bin dabei!«, antwortete sie und sah zu ihrer Schwester.

»Aber nur, wenn ich aussuchen darf. Noch einen Melissa-McCarthy-Film kann ich nicht ertragen«, sagte Hope theatralisch und alle lachten.

»Klar, du darfst entscheiden«, sicherte Elias ihr zu.

Harmony brachte Hope zum Sofa und sagte ihr, sie solle etwas Schönes raussuchen, während sie kurz noch mal in die Küche ging.

Elias half ihr beim Abräumen. Sobald er die Küche betrat, wirkte er verwundert. »Was ist das für ein Geruch?«, fragte er.

»Was denn?«, erwiderte sie gespielt ahnungslos.

»Das duftet irgendwie nach Mandarinenkuchen.«

»Ach so. Ja, das liegt wahrscheinlich daran, dass ich einen Mandarinenkuchen im Ofen hab. Der muss übrigens in zwei Minuten raus.« Das zeigte zumindest die Einstellung am Ofen an.

»Ich liebe Mandarinenkuchen!«, informierte Elias sie.

»Na, das will ich doch hoffen. Ich hab den schließlich nur für dich gebacken.« Sie holte ihn aus dem Ofen und hielt ihn Elias unter die Nase.

»Für mich? Aber woher wusstest du, dass … Aaah, von Hope, oder?« Er grinste.

»Ganz genau. Ich wollte mich einfach mal bei dir bedanken für alles, was du in den letzten Wochen für uns getan hast. Du kannst den Kuchen nachher mit rübernehmen.«

»Wow. Ich kann mich nicht erinnern, wann eine Frau mir je einen Kuchen gebacken hätte. Von meiner Grandma einmal abgesehen.«

»Ich hoffe, meiner schmeckt auch nur annähernd so gut.«

»Das tut er bestimmt. Du hast ihn doch mit Liebe gebacken, oder?«

»Ja, ein bisschen davon hab ich reingetan, nachdem ich gemerkt habe, dass die Mandarinen nicht reichen«, erwiderte sie schelmisch.

»Du bist einfach großartig«, sagte Elias und zog sie an sich.

Noch immer die Backhandschuhe an den Händen, legte sie die Arme um seinen Hals. »Gern geschehen.«

Sie küssten sich, machten zusammen den Abwasch und gingen zurück zu Hope, die bereits auf sie wartete – gemeinsam mit Colin Farrell und Jamie Foxx.

»Ich habe uns *Miami Vice* rausgesucht. Den Film. Elias, du weißt ja inzwischen, dass das die Lieblingsserie unseres Dads war. Aber die hat fünf Staffeln, von daher werde ich die wohl nicht mehr schaffen.«

Harmony konnte sehen, dass Elias schlucken musste.

Doch er setzte ein Lächeln auf. »Na gut, dann wollen wir mal sehen, ob Colin und Jamie genauso gut sind wie Don Johnson und der Typ, dessen Namen keiner mehr kennt.«

»Philip Michael Thomas«, sagten die Schwestern im Einklang und Elias lachte.

»Okay, ihr habt mich eines Besseren belehrt. Hmm ... habt ihr zufällig Popcorn da?«

»Nein, aber Eiscreme«, sagte Harmony. »Vanille oder Zitrone, du hast die Wahl.«

»Ich wähle *immer* Zitrone«, gab er zur Antwort und sie konnte nur wieder einmal feststellen, wie perfekt er war.

48

Sie sahen sich *Miami Vice* an und aßen Eis. Hope hielt keine Stunde durch. Während sie vor sich hin schlummerte, schauten Harmony und Elias den Film zu Ende. Dann fragte sie ihn, ob sie sich auf die Veranda setzen wollten.

»Gerne.«

Sie holte zwei Gläser und eine Flasche Wein aus der Küche und sie machten es sich auf der Hollywoodschaukel bequem.

»Sieh dir diesen Sternenhimmel an«, sagte Elias und schaute fasziniert nach oben.

»Unglaublich schön.« Sie reichte ihm ein Glas Wein. »Glaubst du, dass die Menschen, die wir verloren haben, irgendwo da oben sind?«

»Ich schließe es zumindest nicht aus. Der Gedanke ist doch tröstlich, oder?«

»Ja.« Sie nahm einen Schluck und fixierte sich auf einen besonders hellen Stern. »Hope glaubt ganz fest daran.«

»Ich weiß. Sie hat es mir erzählt. Und dass sie es kaum erwarten kann, bei Asher zu sein.«

»Ich wünsche ihr so sehr, dass sie damit richtigliegt und dass die beiden wirklich wieder zusammen sein werden.«

»Das wünsche ich ihr auch. Von Herzen.«

Sie legte ihren Kopf an seine Schulter. »Es tut so weh, Menschen zu verlieren. Als unser Dad damals gestorben ist, war das echt hart. Es hat unsere Mom vollkommen verändert.«

»Ich habe schon heraushören können, dass sie … wohl irgendwie in ihrer eigenen Welt lebt?«

Harmony nickte. »Seit dem Tag, an dem ihr Seelenverwandter starb, ist sie nicht mehr dieselbe. Sie verlässt das Haus kaum noch, hat sich von allen abgeschottet, den Kontakt zu Freunden und Verwandten abgebrochen. Sie sieht sich den ganzen Tag lang irgendwelche Telenovelas an und lebt praktisch in deren Welt. Es ist, als wenn die Realität ihr einfach zu viel wäre.«

»Das ist wirklich traurig für Hope und dich, aber wenigstens hat sie sich von euch nicht abgeschottet. Euch lässt sie noch an ihrem Leben teilhaben.«

»Ja. Dafür sollten wir wohl dankbar sein.« Sie strich sich das Haar hinters Ohr.

»Darf ich fragen, woran euer Dad gestorben ist?«

»An einer Blutvergiftung. Er hat ihr ein Vogelhäuschen geschnitzt, zum Hochzeitstag. Er wollte sie damit überraschen und hat sich tagelang in der Garage verschanzt. Dad war ein Handwerker mit Leib und Seele, musst du wissen. Dummerweise ist er mit der Säge abgerutscht und hat sich in die Hand geschnitten. Er dachte, dass es nicht so schlimm wäre, und hat sich selbst verarztet …«

»Oh Gott, das klingt schrecklich.«

»Ja.« Sie nahm noch einen Schluck. »Er hat das Vogelhaus nie fertiggestellt. Es stand jahrelang unberührt in der Garage, vielleicht steht es da sogar heute noch.« Sie wusste es ehrlich nicht, weil sie die Garage irgendwann einfach nicht mehr hatte betreten können.

Elias nahm sie in den Arm. »Das tut mir sehr leid. Für eure Mom und für euch.«

»Danke.«

»Ich habe auch jemanden verloren, weißt du?«

»Und wen?«

»Meinen Cousin. Sein Name war Steve. Wir waren wie Brüder und beste Freunde zugleich. Haben alles zusammen gemacht als Kinder und später als Jugendliche. Hatten Doppeldates und sind in diesem einen Sommer nach Frankreich gefahren. Wir haben uns einfach in den Zug gesetzt.«

»Wie alt wart ihr da?«

»Ich war sechzehn, Steve siebzehn. Wir haben unseren Eltern gesagt, dass wir zelten gehen, in Wahrheit haben wir aber in einer Jugendherberge in Paris übernachtet.«

»Das klingt aufregend. Hope und ich wollten auch immer zusammen nach Paris. Und nach New York zur Weihnachtszeit. Und ins Disney World.«

»Kalifornien ist nicht so weit entfernt von Arizona. Warum wart ihr nie im Disneyland?«

»Das ist nur eine der vielen Fragen, auf die ich leider keine Antwort habe«, sagte sie bedauernd.

»Aber ihr seid zusammen nach Key West gekommen«, meinte Elias. »Und ich weiß, dass das Hopes allergrößter Traum war.«

»Ja, wenigstens den haben wir uns erfüllt.« Nur wie viel lieber wäre sie unter anderen Umständen hier gewesen? Sie hätten so viel Wunderbares unternehmen können. Vielleicht wären sie tatsächlich nach Disney World gefahren, Orlando war mit dem Auto nur sieben Stunden entfernt. Oder nach Miami, dorthin brauchte man sogar nur halb so lange. Wie schön wäre es gewesen, am Strand von Miami Beach spazieren zu gehen oder am bekannten Ocean Drive einen Cocktail zu trinken oder ein Eis zu essen.

Beim Gedanken an Miami kamen ihr Wayne und sein Auftrag in den Sinn, für den sie dorthin fahren und Roy Dickson interviewen sollte. Sie hatte Hope nichts davon erzählt und Elias auch nicht. Weil sie es eh nicht machen würde. Wayne hatte ihr inzwischen mehrere andere Themen zugewiesen, an denen sie in den letzten Tagen gearbeitet hatte. Doch richtig bei der Sache war sie nicht gewesen – wie hätte sie es sein können?

»Was ist mit deinem Cousin passiert?«, fragte sie.

Elias blieb still, schien sich Jahre zurückzuversetzen. Dann begann er zu erzählen. »Steve war neunzehn und studierte in Utrecht. Ich ging noch zur Schule und wohnte bei meinen Eltern. Wir sahen uns nicht mehr oft und ich vermisste ihn. Wir hatten aber beschlossen, den ganzen Sommer lang durch Europa zu touren und so viele Hauptstädte zu erkunden wie möglich. Nur dass wir nie dazu gekommen sind …« Elias sah wieder hoch zu den Sternen. »Zwei Wochen vor den Semesterferien hatte er einen Unfall. Er ist auf seinem Fahrrad frontal mit einem Lastwagen zusammengeprallt. Er war sofort tot.«

»Oh, Elias«, sagte sie und hielt ihn eng umschlungen, weil sie spürte, wie schlimm es ihn heute noch mitnahm. »Es tut mir unglaublich leid, dass du deinen besten Freund so früh verloren hast. Dass Steve so jung hat sterben müssen.«

»Danke. Ehrlich gesagt war ich danach auch nicht mehr derselbe.«

»Das kann ich nachvollziehen. Und trotzdem bist du so ein positiver Mensch. Das bewundere ich sehr.«

»Du bist es ebenso, Harmony. Nach allem, was dir passiert ist, und selbst jetzt noch. Ich sehe doch, wie du immer versuchst zu lächeln, wenn Hope in der Nähe ist.«

»Weil es niemandem etwas bringt, wenn ich in Depressionen verfalle. Oder jetzt schon aufgebe. Ich habe mir geschworen, tapfer zu bleiben. Weinen kann ich später.«

»Das ist zwar eine gute Einstellung, ich hoffe aber, dass es dich später nicht umso schlimmer trifft.«

»Damit werde ich dann leben. Ich will positiv bleiben. Für Hope. Ich muss es einfach.«

»Du bist eine unglaubliche Frau, Harmony.«

Na, da war sie sich nicht so sicher. Vor allem wusste sie wirklich nicht, wie sehr sie später fallen würde. Denn sich die ganze Zeit aufrecht zu halten, war verdammt schwer. Wenn der Tag kam, an dem sie es nicht mehr musste, würde sie vielleicht umso härter aufschlagen.

»Ich frage mich, was der Verlust mit mir machen wird«, sagte sie.

»Was auch immer passiert, ich werde an deiner Seite sein«, versprach Elias.

In diesem Moment, in dem alles so ungewiss war und in dem sie sich selbst so zerbrechlich fühlte, wollte sie nur noch eins. Liebe spüren. Und deshalb küsste sie Elias jetzt voller

Sehnsucht, Verzweiflung und in der Hoffnung, nur eine Nacht mal nicht über ihr trauriges Schicksal nachdenken zu müssen. Weil sie in dieser einen Nacht einfach nur mal wieder glücklich sein wollte.

49

Die Nacht war unvergleichlich. Niemals zuvor hatte Harmony solch eine Leidenschaft erfahren. Das war mehr als nur Sex gewesen, das waren Emotionen und miteinander verschmelzende Körper und Seelen gewesen. Fast hätte man es Liebe nennen können, doch das Wort traute sie sich nicht, in den Mund zu nehmen. Zu groß war immer noch ihre Angst davor, verletzt zu werden.

Am nächsten Morgen um halb zehn saß sie mit Elias am Frühstückstisch und trank Kaffee, als Hope die Küche betrat. Als ihre Schwester sie zusammen dort sah, erstrahlte ihr Gesicht.

Fragend sah Hope sie an und sie nickte glücklich.

»Oooh! Ich freu mich so für euch!«, sagte Hope und umarmte erst sie und dann gleich auch noch Elias.

Der lachte verlegen und fühlte sich anscheinend ein wenig unwohl. Ertappt wäre wohl das bessere Wort. Er stand sogleich auf. »Ich muss leider los. Heute bin ich mit meinem Freund Eddie verabredet. Er zieht um und ich habe ihm versprochen, beim Streichen zu helfen. Ich hoffe, das ist okay?«

»Aber natürlich!«, sagte Hope.

»Klar, Elias. Geh nur und hilf deinem Freund. Wir werden uns schon etwas Schönes überlegen, wie wir unser Wochenende verbringen«, meinte Harmony und streckte ihm ihren Mund entgegen, um sich einen Abschiedskuss zu holen.

»Dann bis später. Passt auf euch auf.«

»Vergiss deinen Kuchen nicht!«, sagte sie und deutete zur Küchentheke.

»Wie könnte ich? Ich freue mich schon wahnsinnig darauf, ihn zu probieren. Ähm … wäre es okay, wenn ich Eddie auch ein Stück abgebe?«

Sie musste lachen. »Na sicher, es ist dein Kuchen.«

Elias nahm den Teller in die Hände und ging.

»Ist wohl plötzlich ein bisschen schüchtern, der Gute, hm?«, meinte Hope, als er weg war.

»Keine Ahnung. Vergangene Nacht war er es auf jeden Fall nicht.«

Hope lächelte wieder breit. »Oh, Mony, ich finde das so, so schön. Du hast es ehrlich verdient. Und Elias ebenso.«

»Danke, Hope.«

»Hach, bin ich froh. Denn jetzt kann ich beruhigt gehen, weil ich weiß, du bist in guten Händen.«

Sie starrte Hope einen Moment lang an und nahm noch einen Schluck Kaffee.

»Seid ihr denn jetzt richtig fest zusammen?«, wollte ihre Schwester wissen.

Sie band sich mit dem Zopfgummi, das sie ums Handgelenk trug, einen Pferdeschwanz. »Darüber habe ich mir ehrlich gesagt noch gar keine Gedanken gemacht. Ich glaube, wir werden es einfach auf uns zukommen lassen.«

»Na dann … Nimm die Sache aber nicht zu locker, ja? Nicht, dass sie auseinanderbricht, bevor ihr die Chance hattet herauszufinden, ob es für die Ewigkeit ist.«

Oje, Hope, dachte sie. *Mach mir doch jetzt keine Angst. An eine gemeinsame Ewigkeit will ich nun wirklich nicht denken.*

»Okay, ich versuch's«, sagte sie und stand auf, um Hope einen Ingwertee zu machen. »Wie geht es dir heute? Ist dir noch so übel?«

»Nein, heute ist es tatsächlich besser. Und auch die Kopfschmerzen sind fast weg. Es war wohl gut, dass ich so viel geschlafen habe.«

»Oder die Tabletten helfen dir. Die solltest du unbedingt weiterhin nehmen.«

»Ja, mal sehen.«

»Okay, was machen wir heute?«, fragte Harmony. »Wieder einen Filmmarathon?«

»Ist dir nicht schon ganz langweilig davon? Immer nur Filme anzusehen?«

»Nein, überhaupt nicht«, sagte sie, obwohl es ein wenig geflunkert war. Natürlich würde sie lieber einen langen Strandspaziergang machen wie in ihren ersten Wochen hier oder Eis essen fahren oder zum Italiener gehen. Aber Hope ging es dafür nicht mehr gut genug, also nahm sie, was sie bekommen konnte. Außerdem wollte sie ihrer Schwester unbedingt dabei helfen, so viel wie möglich von ihrer Liste abzuhaken. Hope hatte nämlich alle Filme aufgeschrieben, die sie noch einmal sehen wollte. »Ich dachte da sogar an …« Sie grinste. »Alle drei *Pitch-Perfect*-Filme?«

»Au ja!«, rief Hope. Denn die Filme um die Frauen-A-cappella-Gruppe hatten ihr immer besonders gut gefallen. Und das Beste war, sie waren so bescheuert lustig, dass sie einen unglaublich zum Lachen brachten. Genau das brauchten sie heute.

»Okay, cool. Zuerst mache ich uns aber ein Frühstück. Was möchtest du essen?« Erwartungsvoll sah sie ihre Schwester an. Wenigstens versuchen wollte sie es.

»Ich nehme nur einen Smoothie, wenn das in Ordnung ist.«

Innerlich seufzte sie. »Wie du möchtest.«

Hope sah sie an. »Das Schlucken fällt mir echt schwer. Und Appetit habe ich auch keinen.«

»Alles gut, Hope.« Ein Smoothie war ja ziemlich nahrhaft, oder? Voller Vitamine? Und immerhin hatte Hope gestern Abend was von der Pizza gegessen.

»Ich weiß, du machst dir Sorgen. Aber ich werde schon nicht sterben, weil ich nicht genug Nahrung zu mir nehme. Dafür ist am Ende der Krebs zuständig.«

»Hope, bitte …«

»Ich meine ja nur.«

Sie warf eine Scheibe Brot in den Toaster und holte die Himbeermarmelade aus dem Kühlschrank. Sie gab ein paar Mangos und Maracujas in den Smoothiemaker und sie frühstückten. Sie riefen gemeinsam ihre Mom an, die zum Glück schon wach war, danach wollte Hope mit ihrer Freundin Eileen telefonieren und ging in ihr Zimmer. Harmony nutzte die Chance, um ein paar Mails durchzulesen, die gestern noch reingekommen waren.

Wayne fragte, ob sie einen Bericht über das neue Gesundheitskonzept der Regierung und dessen Auswirkungen auf die Einwohner von Phoenix schreiben konnte, und wollte wissen, wessen Story sie für die kommende Woche einplante. Sie antwortete ihm, dass sie den Bericht gern übernahm, und musste kurz überlegen, von wem sie in der nächsten Sonntagsausgabe erzählen wollte. Die jungen Schwestern Brittany und Andrea kamen ihr in den Sinn, doch sie wagte sich da noch immer nicht heran, zu sehr erinnerten die beiden sie an Hope und sie selbst. Also entschied sie sich für die alte Dame, die seit vielen Jahren auf der Straße lebte und Figuren aus Zeitungspapier faltete, um ein paar Cent damit zu verdienen. Harmony hatte ihr auch eine abgekauft, einen Schwan aus der Werbebeilage eines Supermarktes. Er stand bei ihr zu Hause auf dem Schreibtisch, den sie so gut wie nie benutzte, weil sie lieber vom Küchentresen oder von der Couch aus arbeitete. Hier auf Key West hatte sie ihren Lieblingsplatz auf der Veranda gefunden. Sie fragte sich, wie viele Artikel sie hier noch schreiben und wann sie wieder nach Hause zurückkehren würde, um dort zu arbeiten.

Sie wusste es nicht. Niemand wusste es. Und zu Hause schien gerade so unendlich weit weg.

»Ich bin fertig. Liebe Grüße von Eileen«, hörte sie Hope sagen, die aus ihrem Zimmer zurück war.

»Wie geht es ihr?«

»Gut. Sie war sogar schon eine Runde joggen. Du weißt ja, dass sie eine Frühaufsteherin ist.«

»Du hast ihr immer noch nichts gesagt, oder?«

»Ich konnte es einfach nicht.«

»Weil du nicht willst, dass sie herkommt und dich so sieht?«

»Ja. Vor allem aber, weil ich nicht möchte, dass sie sich auch noch Sorgen macht. Das tust du genug.«

»Findest du es also besser, dass sie erst von deinem Rückfall erfährt, wenn du schon nicht mehr da bist?«

»Ja.«

»Du musst es wissen.« Sie persönlich fand das alles ganz falsch, aber es war schließlich Hopes Entscheidung.

»Also, wollen wir gleich mit den Filmen anfangen oder willst du dich erst in den Garten setzen?«, fragte Hope.

»Das darfst du entscheiden.«

»Dann die Filme. Da habe ich gerade richtig Lust drauf.«

»Dein Wunsch ist mir Befehl.« Sie schenkte Hope ein Lächeln. Weil sie das immer noch am besten konnte.

Eine halbe Stunde später saßen sie in ihren Wohlfühlklamotten auf der Couch und sahen Beca dabei zu, wie sie einen Plastikbecher griff und ihren Cup-Song vollführte. Dabei sang die junge Collegestudentin, die in die A-cappella-Gruppe aufgenommen werden wollte, »When I'm Gone« von Kate Voegele und ließ den Becher dazu tanzen, indem sie ihn kontinuierlich umdrehte und auf dem Boden vor sich hin- und herschob. Dabei saß sie im Schneidersitz, genau wie Harmony.

»Ich liebe diesen Song«, sagte Hope.

»Ja, der ist gut.« Und traurig, wie ihr heute zum ersten Mal auffiel. Denn er handelte davon, dass eine Person eine andere verließ. Eigentlich eher im Sinne von »Pech gehabt, irgendwann bin ich dann weg«, aber dennoch …

When I'm gone, when I'm gone, you're gonna miss me when I'm gone. You're gonna miss me by my hair, you're gonna miss me everywhere, oh, you're gonna miss me when I'm gone.

»Wirst du mich auch vermissen, wenn ich nicht mehr da bin?«, fragte Hope.

Harmony drehte sich zu ihr. »Was ist denn das für eine Frage?«

Ihre Schwester zuckte die Schultern. »Ich dachte, ich frag mal.«

»Ich werde dich ganz schrecklich vermissen. Und ich werde nicht mehr dieselbe sein ohne dich, Hope. Ein Teil von mir wird mit dir gehen.«

»Oh, bitte nicht der fröhliche, optimistische Teil. Denn der macht dich schließlich aus.«

»Kann ich nicht versprechen.«

»Dann bitte ich dich, es für mich zu tun.«

»Was?«

»Weiterhin stark zu sein. Sorglos. Zufrieden. Zu leben, Mony. Weil wir nur dieses eine Leben haben und es so verdammt wertvoll ist.«

Sie nickte. Und musste trotz aller Traurigkeit lächeln. »Seit wann benutzt du denn solche Wörter? Ich habe dich noch nie *verdammt* sagen hören.«

Hope lächelte zurück. »Weil ich finde, dass es verdammt noch mal an der Zeit ist, dir verdammt noch mal zu sagen, dass du verdammt noch mal weiterhin glücklich sein sollst.«

»Ich weiß nicht, ob ich das ohne dich sein kann.«

Hope nahm ihre Hand. »Du wirst es. Vertraue mir.«

Sie wünschte so, dass Hope recht hatte. Im Moment kam ihr das aber alles ziemlich unwahrscheinlich vor.

»Ich hab dich so lieb, Mony.«

»Ich dich mehr.«

»Unmöglich.«

»Willst du jetzt echt mit mir streiten, wer wen mehr liebt? Da verlierst du nämlich.« Sie zeigte Hope ihren nicht vorhandenen Bizeps.

»Gegen Superheldinnen kämpfe ich lieber nicht.«

»Gut so. Und jetzt leg dich hin und gib mir deine Beine.«

Hope tat, wie ihr geheißen, Harmony massierte wie so oft ihre schmerzenden Glieder und sie machten weiter im Programm.

50

Am folgenden Tag, dem Sonntag, kam Harmony gerade von ihrem morgendlichen Strandspaziergang, als sie auf Elias stieß. Er trug einen Korb voll Obst auf ihre Veranda.

Ein wenig unbeholfen küssten sie sich und gingen schließlich gemeinsam ins Haus.

»Danke, dass du uns Nachschub bringst.«

»Gern geschehen. Hauptsache, Hope bekommt ihre Vitamine.«

Sie nahm ihm den Korb ab und stellte ihn auf die Küchentheke. »Wie schmeckt denn der Kuchen?«, erkundigte sie sich.

»Der ist köstlich.« Elias lächelte. »Und fast schon verputzt.«

»Freut mich.« Sie lächelte zurück.

»Ich habe übrigens meine Mom angerufen und ihr erzählt, dass du mir einen Mandarinenkuchen gebacken hast, der dem meiner Grandma in nichts nachsteht. Sie meinte, sie will dich unbedingt kennenlernen, und hat dich direkt nach Holland eingeladen.«

Sie musste schlucken. »Sie hat was?«

»Sie hat vorgeschlagen, dass du mich ja bei meinem nächsten Besuch in die Heimat begleiten könntest. Sie würde sich auf jeden Fall freuen, und mein Dad auch.« Elias strahlte, als wäre das etwas Gutes. Sie empfand das aber gerade eher als etwas überstürzt.

»Nett von ihr. Und was hast du heute vor?«, fragte sie, um schnell vom Thema abzulenken.

»Ich wollte fragen, ob ich irgendwas für euch tun kann.«

»Oh, wie lieb von dir. Aber wir sind bestens versorgt, danke.«

»Bist du sicher?«

»Bin ich.«

Er blieb vor ihr stehen und sah ihr ins Gesicht. Versuchte anscheinend, sie zu lesen. Zu verstehen, warum sie so abweisend war.

Oder war sie das gar nicht? Zumindest kam es ihr selbst so vor, dabei wollte sie sich gar nicht distanzieren. Sie hatte aber jede Menge Arbeit vor sich und sie wollte weitere Dinge von Hopes Liste abhaken. Neben den Filmen standen nämlich auch noch Ashers Lieblingskekse backen und gemeinsam Fotoalben ansehen darauf. Harmony hatte erst vor ein paar Tagen erfahren, dass ihre Schwester drei Alben mitgenommen hatte. Die waren in ihrem Koffer gewesen.

»Okay, in dem Fall würde ich Eddie heute noch mal meine Hilfe anbieten.«

»Mach das. Ich werde arbeiten. Mein Boss hat mir neue Aufträge geschickt.«

Sofort wirkte Elias ein wenig erleichtert. Sie musste arbeiten, das war ein guter Grund, keine Zeit für ihn zu haben.

»Vielleicht können wir ja zusammen zu Abend essen?«, fragte er hoffnungsvoll.

»Klar, gerne. Ich melde mich später.«

Er nickte. Kam ein wenig näher, überlegte wohl, ob er sie noch einmal küssen sollte, und tat es dann einfach.

Jedes Mal, wenn sie seine Lippen auf ihren spürte, durchspülte sie eine Welle der Zuneigung. Gleichzeitig empfand sie Angst. Richtig erklären konnte sie es sich nicht. Und ergründen wollte sie das Ganze auch nicht.

Wie sie schon zu Hope gesagt hatte: Sie würden es auf sich zukommen lassen und sehen, was passierte. Wenn Elias tatsächlich der Richtige war und sie sich endlich wieder auf eine Beziehung einlassen wollte, war das gut. Wirklich gut. Wenn es aber nicht so war, wäre das ebenfalls okay. Sie wollte nicht zu viele Gefühle in die Sache stecken. Wollte sich gerade nicht noch anfälliger machen. Immer eine Sorge nach der anderen.

Elias ging und sie schälte sich eine Mango und setzte sich an den Laptop. Wie meistens auf der Veranda. Heute wehte erneut eine wunderbar erfrischende Brise, die ihr sehr willkommen war. Hope kam nach einer Weile ebenfalls nach draußen und machte es sich unter den Bäumen in ihrem Sonnenstuhl bequem. Sie hatte die ganze Zeit ihr Handy in der Hand, Harmony vermutete, dass sie mit ihren Freundinnen chattete, vielleicht las sie aber auch etwas oder suchte nach einem Artikel im Onlineshop, den sie bestellen wollte.

Harmony selbst wollte sich die nächsten Stunden allein auf die Story der alten Dame konzentrieren. Bedauerlicherweise wusste sie nicht einmal mehr deren Namen und suchte ihre Notizen heraus. Und dann war sie froh, sich in ihre Welt zu begeben, eine Welt voll Ablenkung und Gewohnheit – weil sie sich hier immer noch am wohlsten fühlte.

Am Nachmittag legte sie eine Pause ein. Sie brachte Hope einen Smoothie und fragte, ob sie etwas essen wollte.

»Nein danke. Aber ich hätte total Lust auf einen Spaziergang.«

Harmony runzelte die Stirn. »Fühlst du dich denn dafür fit genug?« Einen Spaziergang hatten sie zuletzt vor ihrer Reise nach Phoenix gemacht.

»Ja. Heute fühle ich mich tatsächlich mal ganz gut. Deshalb dachte ich, das sollten wir ausnutzen.«

»Klar, gerne. Lass mich nur kurz ein Stück Pizza aufwärmen, ja?«

Hope überlegte. »Ich nehme auch eins.«

Sie freute sich, ging in die Küche und kam kurz darauf mit der Pizza wieder heraus. Sie schmeckte noch fast genauso gut wie vorgestern Abend.

»Bist du aufbruchbereit?«, fragte Harmony, nachdem das Essen verdrückt war.

»Ja«, erwiderte Hope. Sie holte Sonnenhut und Sonnenbrille und sie trafen sich vorm Haus.

Kurz schwankte Hope und musste sich am Verandabalken stützen, doch Harmony versuchte, nicht zu viel hineinzuinterpretieren. Ihre Schwester hakte sich bei ihr ein und gemächlich gingen sie zum Strand.

»Vielleicht finden wir ja heute ein paar Seesterne«, sagte sie.

»Oh, das wäre schön«, erwiderte Hope. »Oder eine tolle Muschel. Ich hoffe ja immer noch auf eine von diesen großen, bei denen man das Meeresrauschen hört, wenn man sie sich ans Ohr hält.«

»Du weißt, dass man die in jedem Souvenirshop bekommt?«

»Ist nicht dasselbe.«

»Ja, da hast du wohl recht.«

Der Sand war warm unter ihren Füßen. Hope kam nur langsam voran. Irgendwann sagte sie: »Du, Mony, ich habe vorhin auch mal ein bisschen recherchiert.«

»Ach ja? Und was hast du recherchiert?«

»Ich habe mir die Seniorenheime hier auf der Insel angesehen«

»Wozu? Etwa wegen Mom?«

»Ja. Ich glaube nämlich, es würde ihr hier gefallen. Der Strand würde sie sicher an Kolumbien erinnern.«

»Ich denke nicht, dass es eine gute Idee ist, sie nicht nur aus ihrem Haus, sondern auch noch aus ihrer Stadt zu holen. Außerdem, Hope, wie kommst du darauf, dass ich hierbleiben werde?«

Ihre Schwester sah sie verwirrt an. »Willst du das denn nicht?«

»Das weiß ich jetzt noch nicht. Ich meine, eigentlich hatte ich fest vor, nach Phoenix zurückzugehen. Dort ist mein Job und alles andere.«

»Dort ist aber nicht Elias.«

»Ja, ich weiß. Das mit uns ist aber nicht so ernst, dass ich für ihn alles aufgeben und mich hier niederlassen würde. Und dazu noch Mom mitnehmen würde.« Nicht, dass sie glaubte, dass man ihre Mutter überhaupt mitnehmen konnte.

»Bist du dir sicher?«, fragte Hope.

Nein. Ich bin mir bei nichts mehr sicher, dachte sie und kickte eine Muschel, was ein wenig Sand aufwirbelte.

»Ich kann über so etwas jetzt nicht nachdenken, Hope. Können wir uns bitte erst mal auf das Hier und Jetzt konzentrieren?«

»Wie du möchtest. Ich wollte dich auch nur wissen lassen, dass ein paar von den Seniorenheimen direkt neue Bewohner aufnehmen würden, ohne lange Wartezeiten. Ganz billig sind sie natürlich nicht, das hier ist immerhin das Paradies. Aber wenn du Moms Haus verkaufst, sollte das eine Zeit lang reichen.«

»Hope, bitte …« Sie schüttelte den Kopf. Wollte jetzt nichts weiter davon hören.

»Ja, gut, ich hör schon auf. Oh, sieh mal, da vorne hat eine Strandbar eröffnet. Die war beim letzten Mal noch nicht hier, oder?«

»Nein, ich glaube nicht.«

»Wollen wir einen Cocktail trinken?«, fragte Hope ganz begeistert.

Sie starrte sie an. »Du willst Alkohol trinken? In deinem Zustand? Was ist mit den Tabletten und …«

»Na, es wird doch wohl alkoholfreie Cocktails geben, oder nicht?«

Harmony seufzte. »Na gut, wenn du unbedingt möchtest.«

Sie gingen durch den Sand und ließen sich auf zwei orangefarbenen Barhockern nieder.

»Hi«, sagte der Barkeeper. Er war heiß, anders konnte man es nicht beschreiben. Hatte dunkles Haar, jede Menge Muskeln, er sah aus wie ein exotischer Kerl aus irgendeinem Urlaubsfilm.

»Hi«, erwiderte Hope lächelnd. »Habt ihr auch alkoholfreie Cocktails?«

»Aber klar«, sagte Mr. Sexy und reichte ihnen zwei Karten und eine Schale Erdnüsse.

Wie absurd war das Ganze, bitte? Vor einer Woche hatte Hope noch sterbenskrank auf dem Boden gelegen und jetzt tranken sie Cocktails am Strand?

Hope las die Karte. Zumindest versuchte sie es. »Irgendwie kann ich die Buchstaben gerade nicht richtig erkennen. Ich habe wohl vorhin zu lange auf mein Handy gestarrt. Liest du mir vor, was es gibt?«

Sie las einen Namen nach dem anderen vor. Bei *Safer Sex on the Beach* rief Hope: »Stopp! Den nehme ich!«

Harmony bestellte einen *Ipanema*. Mr. Sexy mixte vor ihren Augen die Cocktails und reichte sie ihnen.

Hope sog begierig an ihrem Strohhalm. »Wow, ist der gut. Den hast du aber toll hinbekommen«, sagte sie zu dem Barmann und plötzlich musste Harmony lachen. Verrückt war das alles, einfach nur verrückt. Aber irgendwie auch total schön. Denn von solch einer gemeinsamen Aktivität hätte sie nicht einmal mehr zu träumen gewagt.

Sie sog an ihrem eigenen Strohhalm und konnte ihrer Schwester nur zustimmen: Der Typ wusste wirklich, wie man Cocktails mixte.

51

»Wir sollten uns auf den Weg zurück machen«, sagte Harmony, nachdem sie eine Stunde an der Bar gesessen hatten.

Hope hatte sich angeregt mit Carlos unterhalten, wie Mr. Sexy hieß. Er hatte ihnen jede Menge Geschichten aus seiner Heimat Kuba erzählt und sie hatten festgestellt, dass Kuba und Kolumbien sich sehr ähnelten. Zumindest was die Traditionen und das Essen anging.

»War sehr nett mit dir«, sagte Hope nun, als sie von ihrem Hocker aufstand.

»Ihr wollt schon gehen?«, fragte Carlos mit Bedauern in der Stimme.

»Ja, das müssen wir leider. Habt ihr eine Toilette?«

Carlos deutete nach hinten und sah Hope hinterher. Sobald sie verschwunden war, wandte er sich an Harmony. »Ich würde mich freuen, dich wiederzusehen.«

»Ach, wirklich?« Unweigerlich sah sie an sich herunter. Sie trug heute abgeschnittene Jeans-Shorts und ein T-Shirt mit einem Bild von Billy Eilish darauf. Sie hatte es bei einem Konzert der Sängerin in Phoenix gekauft, zu dem Wayne sie letzten Dezember geschickt hatte, um darüber zu schreiben. Es hatte ihr supergut gefallen. Doch ihr Outfit heute war weniger aufregend, würde sie mal sagen. Besonders zusammen mit den Flip-Flops.

Carlos schien das anders zu sehen. »Wirklich. Hast du vielleicht Lust auf ein Date?«

»Äh … sorry, aber das muss ich leider ablehnen. Ich habe da gerade … na ja, ich stecke sozusagen in einer Beziehung.«

»Sozusagen, ja?«

Sie nickte. »Ja.«

»Das ist aber schade. Okay, hör zu, wenn du irgendwann nicht mehr in der Sozusagen-Beziehung bist, schau gerne vorbei. Ich bin jeden Abend hier.«

»Danke für das Angebot«, sagte sie, legte Carlos drei Zehner hin und ging in Richtung der Toiletten, um dort auf Hope zu warten.

»Warum bist du so rot im Gesicht?«, fragte ihre Schwester, als sie rauskam.

»Carlos hat mich gerade um ein Date gebeten.«

»Dann habe ich mir das nicht eingebildet, dass er die ganze Zeit mit dir geflirtet hat.«

»Hat er überhaupt nicht«, widersprach sie.

»Hat er wohl.«

Harmony runzelte die Stirn. »Er hat von Gerichten mit Kochbananen und von Salsa-Wettbewerben erzählt. Das nennst du Flirten?«

Hope zuckte die Schultern. »Du hast nicht etwa zugesagt, oder?«

»Natürlich nicht!« Unter anderen Umständen hätte sie das vielleicht sogar, aber jetzt war da Elias …

»Das ist gut. Hätte mir sehr leid für Elias getan«, sagte Hope prompt.

»Lass uns zurückgehen. Es wird ein bisschen windiger, merkst du es auch?«, fragte sie und blickte zum Himmel. Langsam begann es zu dämmern, sie waren länger weg gewesen als geplant.

»Ja. Ich hoffe, ich wehe nicht weg. Und falls doch, musst du mich festhalten, ja?«

»Versprochen!«

Sie gingen den Weg zurück, der Harmony nun viel länger vorkam. Hope machte ziemlich schnell schlapp und sie waren beide froh, als sie endlich beim Haus ankamen.

Elias saß auf den Verandastufen und schien auf sie zu warten.

»Hey, du«, sagte sie. »Wie war das Renovieren?«

»War okay.« Er stand auf. »Du hast dich ja gar nicht mehr bei mir gemeldet. Wegen des Abendessens.«

Herrje. Sie hatte es schlicht vergessen. »Oh, sorry, wir waren noch am Strand und …«

»Ist auch egal. Wir haben gerade ein größeres Problem.«

»Und welches?«, fragte sie.

Elias blickte besorgt zu Hope und dann wieder zu ihr. »Es ist ein Hurrikan im Anmarsch.«

52

Die nächsten Tage waren turbulent. In den Nachrichten sprachen sie von einem Hurrikan der Kategorie 4. Das war besser als Kategorie 5, die Hurrikan Ian 2022 gehabt hatte oder Helene im letzten Jahr. Und selbst wenn die Meteorologen vorhersagten, dass Hurrikan Xander, wie sie diesen kommenden getauft hatten, Florida nur streifen würde, gab es Grund zur Besorgnis.

Mr. Murray bereitete sich und seinen Hund auf eine eventuelle Evakuierung vor und Hopes Naturheilerin Tula war ihre Schwester in Louisiana besuchen gefahren. Auch wenn die vorjährigen Hurrikans die Keys stets verschont hatten, was schwerwiegende Schäden betraf, wollten viele Anwohner lieber nicht riskieren, auf der südlichsten Insel der USA zu sein, wenn der Wirbelsturm die Karibik hinter sich ließ und auf Florida zusteuerte.

Am Mittwoch, drei Tage nach der ersten Warnung, hieß es, sie hätten noch zwei weitere, bis Xander laut der Wettervorhersage auf Florida treffen würde. Und Harmony hatte keinen blassen Schimmer, wie sie sich verhalten sollten.

»Nicht in Panik ausbrechen ist das Beste, was wir tun können«, sagte Elias, der bei ihnen im Wohnzimmer stand.

»Xander ist inzwischen auf Kategorie 3 heruntergestuft worden, und es heißt, dass er sich ziemlich sicher zur Kategorie 2 entwickelt haben wird, wenn er Florida erreicht, und dann höchstens noch hundertsechzig Stundenkilometer schnell ist. Es gibt bisher keine offiziellen Evakuierungsaufforderungen, wir können also hoffen, dass es nicht ganz so schlimm wird. Allerdings sind wir hier direkt am Wasser, es wird sicherlich Überschwemmungen geben. Das habe ich bereits früher erlebt. Ich denke also, wir sollten ebenfalls rechtzeitig aufbrechen und irgendwo Schutz suchen.«

Harmony sah zu Hope, die in ihre Decke gekuschelt auf der Couch lag. Seit dem Strandspaziergang vor drei Tagen ging es rapide abwärts mit ihr. Es war, als wäre dieser wunderbare Sonntag mit seinen Cocktails und der guten Laune die Ruhe vor dem Sturm gewesen. Der letzte gute Tag. Inzwischen aß Hope überhaupt nichts mehr, die Kopfschmerzen waren beinahe unerträglich und sie übergab sich mehrmals am Tag. Dazu hatte sie mit Sehstörungen zu kämpfen und hin und wieder fühlte sie sich wie gelähmt. All das wies darauf hin, dass die Krankheit bereits Hopes Hirnhäute befallen hatte, doch darüber durfte Harmony gerade nicht allzu lange nachdenken, der Hurrikan machte ihr schon genug Sorgen.

»Wir haben noch zwei Tage, oder?«, fragte sie Elias und trat näher an ihn heran.

»Ja. Ab morgen macht die Schule dicht. Ich kann also mit euch weg, wir könnten gleich am Vormittag los. Weiter ins Inland, wo der Sturm nicht so kräftig sein wird.«

»Ihr könnt gern fahren«, sagte Hope und sie beide sahen rüber zu ihr.

»Hope, ich möchte dir keine Angst machen, aber es könnte echt gefährlich werden«, sagte Elias. »Wir sollten hier unbedingt weg.«

»Wie gesagt, dass könnt ihr auch tun. *Ich* werde bleiben.«

Harmony ging zu ihrer Schwester, hockte sich vor die Couch. »Denkst du wirklich, ich lasse dich allein?« Sie sah zu Elias. »Fahr du nur los. Ich bleibe mit Hope hier.«

»Nein, auf keinen Fall!«

»Hope will nicht und ich gehe nicht ohne sie.« Mal davon abgesehen, dass die Arme die Fahrt kaum überstehen würde in ihrem Zustand. Und wo sollten sie denn hin? In ein Hotel, falls überhaupt noch ein freies Zimmer zu finden war? In irgendein heruntergekommenes Motel? Nein, das konnte sie ihrer Schwester nicht antun, sie hatte ihr versprochen, sie würden bis zum bitteren Ende auf Key West bleiben.

Elias blickte sie abwechselnd an, schließlich schüttelte er den Kopf. Fast wütend sagte er: »Na gut, dann bleibe ich aber auch.«

»Das musst du nicht«, sagte Harmony.

»Doch. Ich könnte es mir nie verzeihen, wenn ich euch allein gelassen hätte und etwas passiert wäre.«

»Ich kann dich wohl nicht davon abhalten.« Sie zuckte die Schultern.

»Willst du nicht, dass ich bleibe? Hm, Harmony? Dann sag es bitte jetzt.«

Die Stimmung zwischen ihnen war angespannt. Ihr war bewusst, dass es von ihr ausging. Elias war derselbe Schatz wie immer und hatte keine Ahnung, was überhaupt los war. Sie allerdings wusste es. Sie hatte kalte Füße bekommen. Seit

Paul war sie keinem Mann mehr so nahe gewesen und selbst für den hatte sie nicht so viel empfunden wie für Elias. Denn er war niemals so gut zu ihr gewesen. Aber genau das machte ihr ja Angst. Sie konnte Elias einfach nicht ihr Herz schenken. Was, wenn er es zerschmetterte wie der Rest von ihnen? Was, wenn ihm etwas passierte und er sie zurückließ, wie alle anderen es ständig taten?

Kein Mann bedeutete keine Probleme. So war sie die letzten Jahre gut zurechtgekommen.

»Sie will, dass du bleibst«, sagte Hope nun, weil Harmony nicht antwortete.

»Bist du sicher?«, fragte Elias ihre Schwester.

»Ganz sicher.«

Er sah Harmony an und sie nickte. »Bitte bleib.« Das sagte sie nicht nur, weil sie ihn brauchen würden – er war schließlich der Einzige von ihnen, der wusste, was zu tun war, wenn ein Hurrikan nahte –, sondern auch, weil sie ihn am Ende doch gern in ihrer Nähe hätte. Weil sie nicht mit allem allein sein wollte, mit der todkranken Hope, dem Hurrikan, der Angst.

»Okay, ich bleibe.« Er stemmte die Hände in die Hüften und schloss die Augen. Öffnete sie wieder, atmete tief aus. »Also gut, was ist jetzt zu tun? Wir müssen Sperrholz vor die Fenster nageln, die Äste zurückschneiden, alles reinstellen. Die Autos in die Garagen fahren, Lebensmittel besorgen und Taschenlampen, Batterien, ein batteriebetriebenes Radio …«

»Heißt das, wir werden bald keinen Strom mehr haben?«, fragte Hope, sichtlich geschwächt.

»Mit ziemlicher Wahrscheinlichkeit.«

»Oh, wie schade. Dann kann ich ja gar keine Filme mehr anschauen. Wie viele Tage bleiben uns noch? Zwei?«

»Ja.«

»Na, da fange ich am besten gleich an.« Ihre Schwester nahm die Fernbedienung in die Hand und Harmony wunderte es nicht mal mehr, wie zynisch sie mit der Situation umging.

»Alles klar, Sis, sieh du dir deine Filme an. Elias, sag mir, was ich tun soll.«

Er nickte. »Zuerst einmal tief durchatmen.«

Das tat sie, allerdings brachte es nicht viel. Denn zu allem Überfluss war ein Hurrikan auf dem Weg zu ihnen. Hilfloser und verzweifelter hatte sie sich nie gefühlt.

Doch im nächsten Moment schenkte Elias ihr ein Lächeln und nahm ihre Hand in seine. »Zusammen schaffen wir das, ja?«

»Okay.« Sie nickte. Lächeln klappte gerade nicht, aber sie war voller Tatendrang. Denn sie wollte nicht, dass sie am Ende alle drei von diesem Sturm weggefegt wurden.

Mit Elias' Hilfe würden sie ihn aber hoffentlich überstehen. Daran musste sie jetzt glauben. Wenn sie Ärmel angehabt hätte, dann hätte sie die jetzt hochgekrempelt, so folgte sie Elias nur und packte mit an, wo sie konnte.

Am Abend rief Lauren an. »Auf euch kommt ein echter Hurrikan zu!«, sagte sie, als wüsste Harmony es noch nicht.

»Ja, Lauren, das haben wir auch schon mitbekommen.«

»Und was gedenkt ihr zu unternehmen?«

»Gar nichts. Elias wollte mit uns wegfahren und uns in Sicherheit bringen. Aber dafür ist Hope zu schwach.«

»Was meinst du mit *zu schwach*? Packt sie ins Auto und los!«

»Sie will nicht weg und ich respektiere ihre Wünsche.«

»Um am Ende selbst dabei draufzugehen?«, fragte Lauren schockiert.

»Das werden wir sicher nicht. Elias bleibt bei uns und er weiß, was zu tun ist. Er hat bereits mehrere Hurrikans mitgemacht.«

»Ich habe kein gutes Gefühl, Mony …«

»Xander soll bereits runter auf Kategorie 2 sein, wenn er die Südspitze von Florida erreicht. Das ist nicht so dramatisch«, sagte sie und versuchte, damit mehr sich selbst zu beruhigen als ihre Freundin.

»Na, wenn du meinst. Passt aber auf euch auf, ja?«

»Versprochen!«

Als Nächstes konnte sie Lauren quasi durchs Telefon grinsen sehen. »Elias bleibt also auch? Wie läuft es denn so zwischen euch?«

»Eigentlich richtig super. Ich mag ihn sehr und …«

»Hattet ihr schon Sex?«, wollte die neugierige Lauren wissen.

»Hatten wir.«

»Oh mein Gott! Warum hast du nichts erzählt?«

»Muss ich dir alles erzählen?«

»Na, so was von ja! Immerhin bin ich deine beste Freundin, oder etwa nicht?«

»Doch, natürlich. Ich habe nur … Es ist schwierig.«

»Was meinst du?«, fragte Lauren.

Sie seufzte. »Er hat seiner Mutter von mir erzählt und sie hat mich direkt nach Holland eingeladen. Sie will mich unbedingt kennenlernen.«

»Oooh.«

»Pauls Eltern habe ich erst nach einem Jahr kennengelernt und die waren nebenbei gesagt ziemlich unausstehlich.«

»Elias' Eltern sind bestimmt total nett. Genau wie er. Irgendwie finde ich das Ganze süß.«

»Na, wenn du das findest. Und bei dir?«, fragte sie, um auf ein anderes Thema zu sprechen zu kommen.

»Ich hatte ein Date. Okay, gleich drei in den letzten fünf Tagen.«

Harmony staunte. »Mit wem? Und warum hast du nichts gesagt? Mir ein schlechtes Gewissen machen, aber selbst Geheimnisse haben.«

»Ich wollte es dir nicht gleich erzählen, weil … weil du ihn kennst.«

»Ich kenne ihn?«

»Du arbeitest mit ihm.«

»Oh nein, doch nicht etwa Glenn?«, fragte sie. Das wäre wirklich schräg, wenn sie beide mit demselben Typen geschlafen hätten.

»Nein, du lieber Himmel.«

»Und wer ist es dann?« Ihr fiel absolut nicht ein, wer es sonst … »Sag mir nicht, dass es Wayne ist!«

»Es ist Wayne.«

»Oh nein, Lauren, der ist so ein Egozentriker.«

»Ist mir egal. Ich mag ihn trotzdem. Wir sind uns neulich auf einer Premiere begegnet und da hat es irgendwie gefunkt.«

»Na gut, vielleicht kannst du ihn ja zu einem echten Menschen formen.«

Lauren lachte. »Ich werde mir Mühe geben.«

Sie tauschten sich noch ein wenig aus, Lauren erzählte von ihrem letzten Besuch bei Fernanda, ein paar Minuten später legten sie auf.

Lauren und Wayne, was für eine verrückte Kombi, dachte Harmony amüsiert, während sie begann, die Taschenlampen mit Batterien zu befüllen.

53

Zwei Tage später hatten sie sich verbarrikadiert. Elias hatte Holz vor die Fenster genagelt, sodass sie nicht einmal mehr rausgucken konnten. Sie hatten jede Menge Vorräte, unendlich viele Batterien und Lampen und Medikamente, Wasserflaschen, die einen ganzen Monat reichen würden, und alles, was man sonst so brauchte, wenn man einem Hurrikan ins Auge sah.

Freitagvormittag ging Elias noch einmal rüber in sein Haus, um ein paar letzte Sachen zu holen. Hope lag auf dem Sofa und schlief, das glaubte Harmony zumindest. Dann öffnete ihre Schwester allerdings die Augen und setzte sich auf. Mit viel Mühe. Hope war nie so schwach gewesen, auch nicht die anderen beiden Male, in denen der Feind ihr nicht von der Seite gewichen war.

»Hope. Brauchst du etwas?« Sofort war Harmony an ihrer Seite und kniete neben ihr nieder.

»Nein, ich … Kann ich Wasser haben, bitte?«

»Ja, natürlich.« Sie reichte ihr das Glas, das auf dem Tisch stand.

Hope trank. »Danke.« Sie fasste sich an die Kette. Schloss für einen Moment die Augen. Drehte als Nächstes den Verschluss nach vorne und versuchte, ihn zu öffnen. »Ich schaffe es nicht, kannst du das bitte machen?«

Verwirrt sah sie ihre Schwester an. »Warum willst du die Kette abnehmen?«

»Weil ich sie dir geben möchte.«

»Nein, auf keinen Fall. Sie ist dir das Wertvollste auf der Welt.«

»*Du* bist mir das Wertvollste auf der Welt und ich möchte, dass du sie nimmst. Damit du mich in Erinnerung behältst.«

»Das tue ich auch so, Hope. Ich kann sie nicht nehmen, wirklich nicht. Du solltest mit ihr …«

Doch Hope schüttelte den Kopf. »Ich brauche sie nicht mehr. Du schon.«

Weil sie mir Glück bringen soll?, wollte Harmony fragen. *Seit du sie trägst, ist erst Asher gestorben und jetzt stirbst auch noch du. Ein richtig guter Glücksbringer ist sie also nicht.*

»So werde ich immer bei dir sein«, sagte Hope dann aber und nun brach Harmony zusammen. Sie legte ihren Kopf in Hopes Schoß und begann zu weinen.

»Ich will nicht, dass du gehst.«

»Und ich will dich nicht verlassen, ich muss es aber. Asher wartet schon auf mich.«

Es fühlte sich gerade verdammt arg nach Abschied an.

»Nein, Hope, nein«, flehte sie. »Bleib bitte noch ein bisschen. Damit wir noch einmal Eis essen gehen können oder Seesterne sammeln.«

Hope lächelte. »Wir haben genug gesammelt. Und falls der Wind sie nicht fortweht, darfst du sie für dich behalten.«

»Ich habe sie in die Garage gelegt, dort werden sie es hoffentlich überstehen.«

»Das ist gut. Und, Mony?«

»Ja?«

»Wann immer du in Zukunft in den Sternenhimmel blickst, stell dir vor, es wären Seesterne. Und sei dir gewiss, irgendwo da oben bin ich und sehe auf dich herunter.«

Harmony konnte nicht aufhören zu weinen. Gerade war sie überhaupt nicht mehr stark, im Gegensatz zu ihrer Schwester.

»Oh, Hope«, schluchzte sie. Dann hörte sie die Verandatür. Elias war zurück.

»Es stürmt schon ganz schön da draußen«, hörte sie ihn sagen, während er durchs Wohnzimmer kam. »Und die Wellen müsst ihr euch ansehen, die …« Er hielt inne, als er die Couch erreichte. »Ist irgendwas passiert?«, fragte er.

»Noch nicht. Aber bald«, sagte Hope und lächelte traurig. Und ein wenig glücklich.

Elias stand einfach nur da, seine Haare vom Winde verweht. Und er nahm mehr Anteil, als es sonst irgendwer gekonnt hätte. Er sah so betroffen aus, dass Harmony in diesem Moment wusste, sie durfte ihn nicht mehr wegstoßen. Er war längst Teil ihres Lebens und hatte es verdient, dass sie ihn das spüren ließ. Sie hielt ihm eine Hand entgegen und er ergriff sie.

54

Der Sturm kam ganz schnell. Erst wackelte es nur ein bisschen, dann fühlte es sich an, als würde das komplette Haus durchgerüttelt werden.

Hope blieb auf der Couch, Harmony und Elias hockten sich dahinter und beteten zusammen, dass sie das alles heil überstehen mochten. Zum Glück war der Hurrikan jetzt wirklich nur noch eine Kategorie 2, es waren also keine allzu großen Schäden zu erwarten. Nun, abseits vom Wasser. Keine hundert Meter von ihnen lag aber das Meer und das hatte seine eigenen Gesetze.

Zwischendurch sah Harmony immer wieder nach Hope, die friedlich schlief, als würde da draußen nicht die Welt weggeweht.

Elias versuchte, sie abzulenken, indem er sie über ihre Arbeit ausfragte und ihr etwas über Flamingos und Pelikane erzählte. Flamingos legten zum Beispiel nur ein Ei pro Brutzeit und waren ihren Partnern treu. Harmony interessierten die Flamingos gerade nicht im Mindesten, doch sie war froh, an etwas anderes denken zu können. Wenn es besonders doll brüllte und wackelte, klammerte sie sich an Elias und war froh, nicht allein zu sein.

Irgendwann wurde es ruhiger.

»Hat der Sturm sich gelegt? Ist es vorbei?«, fragte sie.

»Wenn Xander wirklich wie erwartet an den Keys vorbeigezogen ist, dann ja. Es könnte allerdings sein, dass wir jetzt mitten im Auge des Hurrikans sind. In dem Fall bleibt es kurz ruhig, bevor es noch mal genauso schlimm weitergeht.«

»Oh Gott«, sagte sie und fragte sich, wie sich wohl eine Kategorie 4 oder 5 anfühlte. Und zudem fragte sie sich, warum zum Teufel sie hiergeblieben waren. Sie wollte nicht dafür verantwortlich sein, dass auch noch Elias etwas passierte.

Doch es blieb ruhig. Der Sturm war vorüber. Sie konnten aufatmen. Es war überstanden.

»Hope?«, sagte sie und krabbelte über den Boden zu ihrer Schwester. Sie rüttelte sie leicht. »Hope, es ist vorbei. Wir haben es geschafft.«

Aber Hope rührte sich nicht. Sie rührte sich nie mehr.

55

Hurrikan Xander hinterließ unzählige abgerissene Äste und Dachziegel in den Gärten und Straßen von Key West. Er hatte Bäume entwurzelt und Gartenmöbel, Verandapflanzen, Kinderspielzeuge und Fahrräder durch die Gegend gewirbelt. Das Wasser stand teilweise bis zu dreißig Zentimeter hoch und erreichte ihr Haus, wobei es sich die Verandastufen nicht hinaufwagte, so viel Respekt zeigte der Sturm dann doch.

Xander hatte einige Zerstörung angerichtet, während er die Dominikanische Republik, die Turks- und Caicosinseln, Kuba, die Bahamas und schließlich Florida passierte hatte, ehe er an der Küste Georgias zu einem tropischen Sturm abgeschwächt und kaum noch nennenswert gewesen war, als er die Carolinas erreichte. Obwohl er nur an elfter Stelle der schwersten Hurrikans der letzten drei Jahre stand, nahm er sieben Menschen das Leben – plus Hope, die natürlich in keiner der Statistiken auftauchte.

Während Harmony noch Stunden nach dem Verlust ihrer Schwester wie weggetreten war, wählte Elias irgendwann die Notrufnummer, um Hopes Tod zu melden.

Er blieb die ganze Zeit bei ihr, während sie weinte und um ihre Schwester trauerte, die so tapfer gewesen war und am Ende doch gegen ihr Schicksal verloren hatte.

Er war auch noch da, als der Krankenwagen eintraf und kurz darauf die Polizei, die üblicherweise kam, wenn eine Achtunddreißigjährige zu Hause für immer die Augen schloss. Die beiden Officer – ein Mann und eine Frau – stellten Harmony einige Fragen. Woher Hope die vielen blauen Flecke hatte, zum Beispiel. Sie erzählte ihnen die ganze Geschichte, dass ihre Schwester an Leukämie erkrankt war und sie zusammen nach Florida gefahren waren, um dort ihre letzten Wochen gemeinsam zu verbringen. Die Polizistin, Officer Johnson, erkundigte sich nach den Medikamenten, die Hope eingenommen hatte. Harmony reichte ihr die Packung Oxycodon sowie das Penicillin und sagte, dass diese Mittel zuletzt die einzigen gewesen seien. Als Officer Johnson sich nach der Hospizpflege oder den Ärzten erkundigte, die Hope begleitet hätten, konnte Harmony ihr nur Dr. Logans Namen nennen. Sie versuchten, die Ärztin zu kontaktieren, konnten sie aber nicht erreichen. Und selbst wenn, hätten sie von Dr. Logan nur erfahren, dass sie Hope vor sechs Wochen das letzte Mal untersucht und sie seitdem nicht mehr gesehen hatte.

Schließlich traf der Gerichtsmediziner ein, um einen Totenschein auszustellen. Wegen der Umstände wollte man die Leiche mitnehmen, um sie genauer zu untersuchen.

Kurz überfielen Harmony Bilder von Hope, die auf einem Autopsie-Tisch lag, und sie fragte: »Wann kann ich meine Schwester bestatten?«

»Wir melden uns bei Ihnen«, war alles, was sie als Antwort bekam. Dann trugen sie Hope raus zum Wagen, die Polizisten sprachen Harmony noch einmal ihr Beileid aus, verabschiedeten sich und fuhren ebenfalls davon. Das war der Moment, in dem sie zusammenbrach. Mitten auf der Veranda. Sie saß am Boden und konnte nicht mehr aufstehen. Doch sofort war Elias bei ihr und hielt sie – und sie weinten ein Meer aus Tränen.

Am nächsten Tag, einem Samstag, ging Harmony in die Garage, um nach den Seesternen zu sehen. Sie lagen noch so da, wie sie sie zurückgelassen hatte, und das beruhigte sie irgendwie. Sie nahm einen in die Hand und wusste, sie musste nun all ihre Kraft zusammennehmen, um die Anrufe zu machen.

Elias, der ihr bisher nicht von der Seite gewichen war, verstand, dass sie dafür allein sein musste, und ging rüber in sein eigenes Haus, um zu sehen, ob der Hurrikan Schaden angerichtet hatte. Harmony setzte sich auf die Hollywoodschaukel und starrte in den Himmel, der noch immer düster und wolkenverhangen war.

Ob Hope wohl bereits dort oben war? Bei Asher? Bei ihrem Dad? Bei Gott? War sie jetzt wieder glücklich? Schmerzfrei? War es wirklich so einfach?

»Du fehlst mir so«, sagte sie zu den Wolken und wischte sich ein paar Tränen weg. Dann nahm sie endlich ihr Handy in die Hand.

Zuerst wählte sie Laurens Nummer und erzählte ihr schluchzend, was passiert war.

»Oh, Mony, es tut mir so leid.«

»Danke«, erwiderte sie und wischte sich mit einem Taschentuch die Tränen weg.

»Soll ich kommen? Wenn du mich bei dir haben willst, steige ich in den nächsten Flieger.«

»Nein, das musst du nicht. Bleib du nur in Phoenix. Bei Mom und Scarlett.« Sie vermisste ihre Katze gerade ganz schrecklich. Wie gern hätte sie in diesem Moment mit ihr gekuschelt.

»Zur Bestattung komme ich aber auf jeden Fall. Da lasse ich dich nicht allein. Außerdem war Hope auch meine Freundin.« Inzwischen hatte sie Lauren erzählt, dass Hope auf dem Meer bestattet werden wollte.

»Okay.« Mehr brachte sie nicht zustande.

»Ich bitte meine Nachbarin, nach Scarlett zu sehen und ihr etwas zu fressen zu geben.«

»Okay.«

»Und deine Mutter schafft es bestimmt mal zwei, drei Tage allein. Ihren Fuß kann sie ja wieder einigermaßen belasten.« Lauren stockte. »Was ist mit deiner Mom? Hast du sie schon angerufen und es ihr erzählt?«

Sie schüttelte den Kopf und erkannte, dass Lauren das ja durchs Telefon gar nicht sehen konnte. »Nein«, antwortete sie deshalb.

»Soll ich … es ihr sagen?«, bot Lauren an.

»Nein, ich mache das. Ich weiß nur nicht, ob ich es ihr am Telefon sagen kann oder das lieber persönlich tun soll.«

»Das ist eine schwere Entscheidung.«

»Ja.« Ihr liefen erneut Tränen übers Gesicht, die sie sich wegtupfte.

»Mony … Bist du okay? Ich weiß, das ist eine bescheuerte Frage in solch einer Situation, aber … Bitte sag mir, ob du klarkommst.«

»Ich komme klar.«

»Na gut. Wenn du mich brauchst, ruf an, ja? Tag oder Nacht.«

»Okay.«

Sie legte auf und rief direkt im Anschluss Hopes beste Freundin Eileen an. Sie machte sich auf ein Donnerwetter gefasst, auf Vorwürfe, warum ihr niemand gesagt hatte, dass Hope im Sterben lag, und warum Hope sich nicht von ihr verabschiedet hatte. Doch es kam völlig anders. Eileen hatte die ganze Zeit Bescheid gewusst.

»Woher …?«, war alles, was Harmony fragen konnte.

»Sie war seit zwanzig Jahren meine Freundin. Ich kannte sie besser als jeden anderen Menschen.«

»Warst du ihr denn gar nicht böse, dass sie dich angelogen hat?«

»Nein. Weil ich verstanden habe, warum sie es niemandem gesagt hat. Sie wollte ihre letzten Wochen in Frieden verbringen und nicht mit Menschen, die sie bemitleideten und die am Ende mehr litten als sie selbst.«

So hatte Harmony das Ganze noch nie gesehen. Und es machte endlich Sinn.

»Danke, Eileen.«

»Sagst du mir Bescheid, wenn du Näheres zur Bestattung weißt? Wie ich Hope kannte, wollte sie auf Key West begraben werden, oder?«

»Sie wollte, dass ihre Asche auf dem Meer verstreut wird.«

»Das klingt schön. Das passt zu Hope«, sagte Eileen und dabei wirkte sie so unglaublich gefasst.

»Ich melde mich, sobald ich ein Datum kenne«, versprach sie.

»Danke, Harmony.«

Sie beendete auch dieses Gespräch. Und übrig blieb das schwierigste. Erneut blickte sie zum Himmel und bat Hope um Kraft.

Schließlich rief sie ihre Mutter an.

»Ja, hallo?«

»Mom? Ich bin's, Harmony.«

»Harmony! Wie geht es dir?«

»Nicht gut, Mom«, sagte sie und wollte es einfach nur hinter sich bringen. Kurz hatte sie tatsächlich überlegt, nach Hause zu fliegen, um ihrer Mutter die Nachricht persönlich zu überbringen, doch gerade wünschte sie sich nichts mehr, als dass es vorbei war. »Ich muss dir etwas Trauriges sagen.«

»Und was?«

»Es geht um Hope. Sie war sehr krank, das weißt du ja, und …« Wie sagte man einer Mutter, dass ihr Kind gestorben war? Sie schloss die Augen und fuhr fort. »In den letzten Wochen ging es ihr immer schlechter und gestern ist sie …« Ihre Stimme versagte. Ihr Hals war wie zugeschnürt.

»Ist sie tot?«, fragte ihre Mutter.

Harmony nickte. »Ja, Mom. Hope hat es nicht geschafft«, schluchzte sie.

Stille. Eine ganze Weile.

»Mom?«, fragte sie irgendwann, weil sie nicht sicher war, ob ihre Mutter noch dran war. Ob sie okay war.

»Silvia ist auch tot«, entgegnete sie schließlich. »Ermordet. Miguels Zwillingsbruder Gustavo war ebenfalls in sie verliebt und wollte sie für sich haben und im Streit hat er sie dann erstochen.«

Harmony konnte nicht fassen, was ihre Mutter da erzählte. Das Leben war doch keine Seifenoper! Hier ging es nicht um irgendwelche Serienfiguren, sondern um ihre Schwester, die ihr entrissen wurde. Sie schluckte schwer, hätte am liebsten aufgelegt. Aber sie wollte stark sein, nur noch ein paar Minuten, danach konnte sie wieder in sich zusammensacken.

»Mom, verstehst du, was ich dir gesagt habe? Hope ist von uns gegangen. Für immer.«

Abermals Stille, die sie kaum aushielt. Dann: »Ich habe dich sehr wohl verstanden, Harmony.« Sie wartete darauf, dass ihre Mom noch etwas hinzufügte, und tatsächlich tat sie das. »Und ich bin froh, dass meine Kleine von ihrem Leid erlöst ist. Was bringt uns unser Leben denn, wenn wir ständig nur leiden?«

Harmony musste schlucken. Sie war sich nicht sicher, ob ihre Mutter noch von Hope sprach oder von sich selbst.

»Oh, Mom«, sagte sie.

»Hope geht es jetzt besser, da bin ich mir sicher. Sie ist bei Dan. Alles ist gut.«

Ein Wasserfall aus Tränen rann ihr über die Wangen. Sie beschloss, ihrer Mutter ein anderes Mal zu erzählen, dass Hope in Key West bestattet werden würde, und sie zu fragen, ob sie auch dabei sein wollte. Für den Moment war es genug, war es mehr, als sie ertragen konnte.

»Ich hab dich lieb, Mom«, sagte sie und verabschiedete sich.

Und dann saß sie einfach nur da. Auf der Veranda. Ein paar durchnässte Taschentücher im Schoß. Hopes Kette um ihren Hals. Und sie hatte nicht den leisesten Schimmer, wie es weitergehen sollte.

56

An einem windstillen, warmen Freitagvormittag Mitte September hatte sich eine kleine Gruppe am Strand versammelt, um Hope zu verabschieden.

Harmony versuchte nun nicht mehr, die Tränen zurückzuhalten. In den vergangenen zwei Wochen seit Hopes Tod hatte sie mehr geweint als je zuvor in ihrem Leben. Lauren hatte sie täglich angerufen, um zu reden, zu trösten, das Gute an der Sache zu sehen. Wenigstens war Hope von ihrem Leid erlöst. Zudem war ihr letzter Wunsch erfüllt worden. Sie hatte ihre letzten Wochen an dem ihr liebsten Ort auf Erden verbringen, hatte Seesterne sammeln und Delfine beobachten dürfen. Vielen blieb so ein schöner Abgang verwehrt, Harmony hatte dafür gesorgt, dass ihre Schwester glücklich gehen konnte.

Auch Elias war ihr eine große Stütze gewesen. Nach dem Wochenende, das auf den Hurrikan gefolgt war, hatte er sich ein paar zusätzliche Tage freigenommen – wegen eines Trauerfalls in der Familie –, um für sie da zu sein.

Sie wehrte sich nicht länger gegen ihre Gefühle. Ließ sie zu. Ließ alles zu. War einfach nur froh, in dieser Situation nicht allein sein zu müssen. War Elias unendlich dankbar, dass er sich so lieb um sie kümmerte, was sie ihm niemals vergessen würde, niemals.

Er war ein Schatz, kochte Spaghetti für sie, besorgte ihr Zitroneneis und durchblätterte die Fotoalben mit ihr. Er sah sich stundenlang die Filme von Hopes Liste mit ihr an, die ihre Schwester selbst nicht mehr geschafft hatte zu gucken. Und er las ihr den medizinischen Bericht vor, der nach einigen Tagen eintraf und besagte, dass Hope an den Folgen ihrer Erkrankung gestorben sei, genauer gesagt, weil der Krebs letztlich die Hirnhäute angegriffen hatte. Genau das, was sie auch schon selbst vermutet hatte.

Am Ende war es egal, woran genau ihre Schwester gestorben war, sie war fort und Harmony blieb allein zurück.

Sie beauftragte das Beerdigungsinstitut, das Hope sich zuvor herausgesucht hatte, und die leiteten alles Weitere in die Wege.

An diesem Freitagvormittag nun, auf den Tag genau acht Wochen nach ihrem Folgebesuch bei Dr. Logan und der Bestätigung, dass die Leukämie zurück war, stand Harmony am Meer und blickte zum unendlich weiten Horizont. Sie vermisste Hope so sehr, dass sie kaum wusste, wie sie atmen sollte.

Nun war sie diejenige, die nichts mehr essen konnte und die die Nächte mit Schmerzen wach lag, mit dem Unterschied, dass ihr nicht die Knochen oder der Bauch wehtaten, sondern das Herz.

All die Jahre hatte sie geglaubt, sie wüsste bereits, wie sich ein gebrochenes Herz anfühlte. Aber sie hatte ja keine Ahnung gehabt.

Sie spürte, wie jemand ihre Hand nahm, und blickte in Laurens trauriges Gesicht. Ihre beste Freundin war gekommen, um von Hope Abschied zu nehmen, genau wie Hopes beste Freundin Eileen. Heather hatte eine Beileidskarte geschickt und fragte sich sicher, ob sie in dem Haus bleiben konnte. Irgendwann in den kommenden Tagen würde Harmony sie anrufen und beruhigen. Gerade konnte sie sich um nichts weiter kümmern, allein die Trauerfeier zu organisieren, war eine Herausforderung gewesen.

Auch dabei hatte Elias ihr geholfen. Er hatte ihr außerdem angeboten, bei ihm im Haus zu wohnen, falls sie es in dem Ferienhaus nicht aushielt. In dem Haus, in dem Hope gestorben war. Doch sie blieb, denn dort fühlte sie sich ihrer Schwester nah. Hier hatten sie ihre letzten gemeinsamen Wochen verbracht und es waren trotz allem schöne Wochen gewesen.

Manchmal dachte sie, dass sie dankbar sein sollte, weil sie Abschied hatte nehmen können. Weil sie sich darauf hatte vorbereiten können. Viele Menschen konnten das nicht, ihnen wurden Liebende von jetzt auf gleich entrissen, wie zum Beispiel im Fall von Elias und seinem Cousin. Sie selbst hatte wenigstens noch eine Weile an Hopes Seite verbringen können und sie war froh, mit ihr nach Florida gekommen zu sein. Auf diese wunderbare Insel, die ihr zwar viel Kummer, aber auch die Liebe beschert hatte.

»Sie ist jetzt an einem besseren Ort«, sagte Lauren.

»Ich weiß«, erwiderte Harmony und blickte zum Himmel. Denselben Himmel, in den sie seit Hopes Tod jeden Abend starrte, auf der Suche nach Seesternen.

Lauren zog sie an sich und hielt sie fest. Das war alles, was ihre Freundin tun konnte, und es war genug.

Es gab keinen Trauerredner. Stattdessen sagte jeder ein paar Worte, erzählte den anderen, was er an Hope besonders geschätzt hatte. Lauren erzählte von Kindheitserinnerungen, Eileen davon, wie oft Hope ihr in schwierigen Situationen geholfen hatte. Tula sagte, dass sie hoffte, Hope ein paar von ihren Schmerzen genommen zu haben, und wünschte ihr auf ihrem Weg ins Jenseits alles Gute. Elias sagte, wie dankbar er war, Hope kennengelernt zu haben, und dass er sein Versprechen, sich gut um ihre Schwester zu kümmern, halten werde.

Harmony war nicht überrascht. Das war typisch Hope, Elias dieses Versprechen abgenommen zu haben. Sogar über den Tod hinaus sorgte sie noch dafür, dass es ihrer kleinen Schwester gut ging.

Als sie an der Reihe war, glaubte sie nicht, die vorbereiteten Worte herausbringen zu können. Doch sie riss sich zusammen und sprach mit Tränen in den Augen. »Hope war der wunderbarste Mensch, den ich kannte. Sie sah stets nur das Positive in allem und sie würde schimpfen, wenn sie uns hier so traurig sehen könnte. Was sie natürlich tut, zumindest hat sie fest daran geglaubt.« Sie blickte wieder gen Himmel. »Tut mir also sehr leid, Sis, dass ich so viel heule. Ich verspreche, das geht irgendwann vorbei. Gerade vermisse ich dich einfach nur so schrecklich.«

Sie bemerkte, wie Elias sie ansah: voller Mitgefühl und Liebe.

Sie sprach weiter: »Alles, was du je für mich wolltest, war Glück. Und ich verspreche dir, dass ich nicht verzweifeln, sondern versuchen werde, aus jedem Tag meines Lebens das Beste zu machen.« Sie lächelte durch ihre Tränen. »Weißt du noch, wie wir uns als Kinder versprochen haben, immer zusammenzuhalten? Und das haben wir, Hope, das haben wir wirklich. Ich erinnere mich an diesen einen Tag, als ich elf Jahre alt war. Wir haben vor dem Friseursalon auf Mom gewartet und du meintest, dass du eines Tages nach Florida ziehen willst. Ich habe gefragt, ob du mich mitnimmst, und natürlich war deine Antwort darauf Ja.« Sie schloss die Augen. »Am Ende haben wir es tatsächlich zusammen nach Florida geschafft, Hope.«

Sie gab Eileen ein Zeichen, damit sie die Musik anmachte. Gemeinsam hatten sie eine kurze Liste mit Hopes Lieblingssongs erstellt und Eileen spielte nun den ersten ab. Es war »Coastline« von den Hollow Coves, der Song, den sie im Auto gehört hatten an dem Tag, als sie sich auf nach Key West gemacht hatten. Es schien eine Ewigkeit her und doch kam es Harmony vor wie gestern. Ein wenig Abenteuer lag wieder in der Luft. Und sie hoffte so sehr, dass dies nicht das Ende, sondern erst der Anfang war.

Zusammen mit Elias stieg sie in das Boot seines Freundes, das er sich für den heutigen Tag ausgeliehen hatte. Sie fuhren zu zweit die vorgeschriebenen drei Meilen hinaus aufs Meer, während der Rest von ihnen am Strand wartete und weiterhin Hopes Lieblingsmusik lauschte.

Dort draußen auf dem weiten Ozean verstreute Harmony die Asche ihrer Schwester und warf ein paar Orchideenblüten hinterher. Hope hätte es gefallen, das wusste sie mit Gewissheit.

57

Hope war da, wo sie hingehörte. Doch Harmony war sich überhaupt nicht sicher, was sie selbst betraf. Welcher Ort war für sie vorherbestimmt?

»Was wirst du jetzt tun?«, fragte Lauren drei Tage später am Flughafen.

Ihre Freundin war übers Wochenende geblieben und Harmony hatte ihr all die Lieblingsorte ihrer Schwester gezeigt. Sie hatten zusammen ein Eis aus ihrer gemeinsamen Lieblingseisdiele gegessen und waren am Strand spazieren gegangen. Einerseits war es schön gewesen, andererseits hatte es sich falsch angefühlt, diese Dinge ohne Hope zu tun.

»Ich weiß es ehrlich nicht«, sagte Harmony und nahm einen Schluck Kaffee. Sie hatten noch ein wenig Zeit, bis Lauren zum Gate musste.

»Hast du vor hierzubleiben? Bei Elias?«

»Eigentlich wollte ich zurück nach Hause kommen. Aber jetzt habe ich das Gefühl, dass ich bleiben muss. Um Hope nah zu sein.«

»Nimm dir ein bisschen Zeit, um dir darüber klar zu werden, was jetzt das Richtige für dich ist. Solange kümmere ich mich weiter um deine Mom. Und um Scarlett.«

»Ich werde dir nie vergessen, was du alles für mich getan hast. Für uns.«

»Wofür sind beste Freundinnen denn sonst da?«, fragte Lauren und schenkte ihr ein warmes Lächeln. »Lass es mich einfach wissen, wenn du dich entschieden hast, ja?«

Sie nickte. »Wie geht es Mom? Nachdem ich ihr von Hopes Tod erzählt habe?« Natürlich telefonierten sie weiterhin jeden Tag, aber ihre Mutter hatte Hopes Tod nie mehr erwähnt. Und als sie sie gefragt hatte, ob sie zusammen mit Lauren zur Seebestattung nach Florida kommen wolle, hatte sie nur kurz und knapp Nein gesagt. Allerdings hatte sie gleich im Anschluss erzählt, dass sie die restliche Posta Negra von Hope aufgetaut und zu Mittag gegessen hatte. Was wohl ihre eigene Form von Trauer war.

»Wenn ich ehrlich sein soll, sieht man ihr kaum an, dass sie trauert«, sagte Lauren jetzt und sprach damit genau das aus, was Harmony auch schon erkannt hatte. »Sie schaut weiterhin ihre Serien und isst ihre kolumbianischen Gerichte.« Ihre Freundin lächelte traurig.

»Das ist gut. Ich meine, besser so, als wenn die Trauer sie wieder überwältigen würde.«

»Ja«, stimmte Lauren zu. »Allerdings weiß ich gar nicht so richtig, ob sie überhaupt versteht, was passiert ist. Ich habe manchmal sogar das Gefühl, als wenn sie nicht mehr so richtig klar wäre. Vielleicht braucht sie langsam Hilfe von auswärts?«

»Hope hatte schon nach Seniorenheimen hier auf der Insel gesucht«, erzählte sie. »Sie fand, es wäre eine gute Idee, Mom herzuholen.«

»Na, das wäre doch eventuell wirklich was. Ich glaube, du musst dir jetzt einige Gedanken machen.«

»Das werde ich. Danke, Lauren. Für alles.«

Harmony begleitete ihre Freundin noch ein Stück und sie umarmten sich lange und innig, bevor sie sich verabschiedeten.

»Bis bald. Und versprich mir, dass du der Liebe eine Chance gibst. Elias ist nämlich wirklich ein Schatz«, sagte Lauren.

»Ich habe ihr längst eine Chance gegeben«, erwiderte sie und umarmte Lauren ein letztes Mal, bevor die zur Sicherheitskontrolle eilte.

Zurück im Haus, setzte Harmony sich auf die Veranda und blickte in Richtung Meer. Und sie fühlte sich komplett verloren. Lauren war weg, Eileen war schon gestern geflogen, Elias arbeitete wieder und sie hatte zu viel Zeit mit sich allein.

Sie hatte Wayne mitgeteilt, dass ihre Schwester gestorben war und sie ein paar Wochen Urlaub brauchte. Dann hatte sie ihrer Kollegin Bonnie ihre Unterlagen geschickt mit den restlichen Interviews, damit sie ihre Reportagen fertig schrieb und diese weiterhin jeden Sonntag gedruckt werden konnten.

Einzig das Interview mit den beiden Schwestern hatte sie zurückbehalten, da sie den Beitrag dazu eines Tages selbst verfassen wollte. Wenn die Zeit gekommen war.

Aber nicht zu arbeiten, war ungewohnt. Und sie wusste auch nicht, was als Nächstes kommen sollte. Sie glaubte nicht, dass sie in der Lage sein würde, weiterhin Obdachlose zu befragen. Worüber konnte sie also sonst schreiben? Vielleicht sollte sie endlich nach Miami fahren und Roy Dickson interviewen. Allerdings fühlte sie sich dazu gerade ebenfalls nicht in der Lage. Viel zu sehr nahm die Trauer sie ein. Zu sehr machte der Verlust ihrer Schwester ihr zu schaffen.

Sie wusste nicht, wie es weitergehen sollte. Absolut nicht.

Als Elias an diesem Tag von der Arbeit kam, nahm er sie wie immer erst einmal in die Arme und hielt sie. Ließ sie wissen, dass er für sie da war und es weiterhin sein würde – so lange sie ihn an ihrer Seite wollte.

»Wie geht es dir? Wie war dein Tag?«, fragte er.

Sie zuckte die Schultern. »Unverändert. Lauren ist zurückgeflogen.«

»Sie wird dir sicher fehlen.« Ihm war ja bewusst, dass Harmony außer ihm niemanden mehr auf der Insel hatte.

»Ja. Aber wir sehen uns bald wieder. Hope werde ich nie wiedersehen.« Ihr stiegen wie so oft Tränen in die Augen.

»Das sah Hope aber anders«, sagte Elias und lächelte traurig.

»Ja. Vielleicht eines Tages.« Nachdem sie hoffentlich ein langes, erfülltes Leben gehabt hatte und bereit war, auch von dieser Welt zu gehen.

Sie fragte sich ganz oft, wie Hope so stark hatte sein können. Sie war die eigentliche Superheldin gewesen. Accept-Girl. Denn sie hatte alles so akzeptiert, wie es gekommen war, ohne sich je zu beklagen. Sie hatte die Tatsache hingenommen, dass ihr Leben bald zu Ende ging, und das Beste aus ihren letzten Wochen gemacht.

Harmony dagegen war nun keine Heldin mehr. Zumindest war sie nicht mehr Smile-Girl. Sie schaffte es nicht mehr, die ganze Zeit zu lächeln. Viel zu tief saß der Schmerz.

»Möchtest du am Strand spazieren gehen?«, fragte Elias.

Sie nickte. Das war immer eine gute Idee.

Gemeinsam gingen sie in Richtung des Ozeans, in dem Hope ihre ewige Ruhe gefunden hatte.

58

Es war bereits Oktober und Harmony hatte sich immer noch nicht entschieden, was sie machen sollte. Sie neigte dazu, zu bleiben. Für Elias. Weil sie keine Fernbeziehung führen wollte und weil sie sich auch kein Leben mehr ohne ihn vorstellen konnte. Selbst jetzt, wo sie nicht mehr sie selbst war, wo sie ihre Fröhlichkeit verloren hatte und an manchen Tagen nichts als ein weinendes Häufchen Elend war, hielt er zu ihr.

Sosehr sie ihn inzwischen lieb gewonnen hatte, überkam sie aber leider doch noch oft die alte Angst. Die Angst davor, zu lieben und zu verlieren.

Was würde es mit Harmony machen, wenn sie ihre große Liebe verlor? Es war hart genug gewesen, zuerst ihren Dad und dann noch ihre Schwester zu verlieren. Sie konnte das nicht noch einmal durchmachen. Weil sie wusste, sie würde untergehen. Wie ein Boot, das voll Wasser lief. Es stand in letzter Zeit sowieso schon ziemlich hoch und zog sie immer mehr in die Tiefe.

»Komm mit«, sagte Elias eines Tages. Es war nun nicht mehr ganz so heiß, wurde früher dunkel und sie konnte eher nach den Seesternen am Himmel suchen.

»Wohin?«, fragte sie. Es war Samstagvormittag, eigentlich hatte sie vorgehabt, sich ein bisschen in Selbstmitleid zu suhlen und später vielleicht ein wenig zu lesen. Wenigstens das hatte sie in Angriff genommen: Sie las wieder viel mehr, und zwar alle Bücher, die sie gelesen haben wollte, bevor sie starb.

»Das wirst du gleich sehen. Vertraue mir.«

Sie folgte Elias runter zum Strand. Sie spazierten den Higgs Beach eine ganze Weile entlang, passierten den Pier und den Dog Beach, den Duval Street Pocket Park mit seinen hübschen von Palmen gesäumten Wegen, bis sie an einen Platz mit einem etwa dreieinhalb Meter großen bunten Ding kamen, das einer Boje ähnelte. Davor standen Menschen, die sich damit fotografieren ließen, es hatte sich sogar eine kleine Schlange gebildet.

»Was ist das hier?«, fragte sie Elias.

Er lächelte sie an. »Du befindest dich gerade am tiefsten Punkt der USA.«

»Was?«

»Na ja, wenn man Puerto Rico mal außer Acht lässt, das ja als Außengebiet zählt. Wenn wir uns aber nur auf die fünfzig US-Staaten beziehen, ist dies hier tatsächlich der tiefste Punkt.«

»Oh. Das wusste ich nicht.« Sie sah sich um. »Und warum bringst du mich hierher?«

Elias nahm ihre Hände in seine. »Weil du dich gerade in deinem Leben ebenfalls am tiefsten Punkt befindest. Und weil ich dir von Herzen wünsche, dass es von nun an nur noch bergauf geht.«

Gerührt sah sie Elias an, dann umarmte sie ihn. »Danke.«

»Gern geschehen. Wollen wir jetzt vielleicht in den Schmetterlingsgarten? Der ist nicht weit von hier.«

Sie nickte. »Gerne.«

Elias nahm ihre Hand und sie gingen nebeneinanderher.

»Und morgen könnten wir endlich mal den botanischen Garten nachholen, wenn du Lust hast«, schlug er vor.

Vielleicht hatte Elias recht und es war an der Zeit, dass es wieder aufwärtsgehen sollte. Sie musste es nur zulassen.

Hopes Worte kamen ihr in den Sinn …

Dann bitte ich dich, es für mich zu tun. Weiterhin stark zu sein. Sorglos. Zufrieden. Zu leben, Mony. Weil wir nur dieses eine Leben haben und es so verdammt wertvoll ist.

In diesem Moment wurde ihr eines klar. Sie hatte nicht einmal versucht, Hope zuliebe tapfer zu sein. Wirklich zu leben. Glücklich zu sein. Ihre Schwester wäre unglaublich enttäuscht von ihr.

Ich verspreche, ich werde mich bessern, sagte sie innerlich zu Hope. *Ich verspreche, ab jetzt für uns beide zu leben.*

»Der botanische Garten klingt perfekt«, sagte sie zu Elias und er schenkte ihr ein erleichtertes Lächeln.

59

In den kommenden Wochen ging es tatsächlich bergauf. Harmony sah ein wenig Licht in der Dunkelheit und wenn sie einen schlimmen Augenblick hatte, dachte sie an Hopes Worte und versuchte, sie nicht wieder zu vergessen.

Überhaupt tat sie alles nur für ihre Schwester, die sie stolz machen wollte.

Sie hörte auf, wehleidig zu sein und sich zu verschanzen. Unternahm mehr. Erkundete Key West und die angrenzenden Inseln, manchmal mit Elias, oftmals aber auch allein. Sie picknickte auf Islamorada, erkundete den Long Key State Park, versuchte herauszufinden, was es mit dem Hype um Key Largo auf sich hatte, und ging an etlichen wunderschönen Stränden spazieren. Einmal fuhr sie zusammen mit Elias aufs Meer und sie entdeckten sogar Delfine, die sie eine Weile beobachteten. Und bei alldem war Hope immer in Harmonys Herzen.

Sie nahm nun neue Aufträge von der Zeitung an und schrieb endlich den Artikel über die Schwestern – weil sie es jetzt konnte.

Und als Wayne noch einmal um das Interview mit Roy Dickson bat, sagte sie zu.

»Hast du Lust, mit mir nach Miami zu fahren?«, fragte sie Elias an einem Montagabend Mitte Oktober beim Dinner. Er war zu ihr rübergekommen und sie hatten gemeinsam gekocht. Spaghetti mit einer wirklich leckeren Pilzsoße.

Elias sah von seinem Teller auf. »Miami?«

»Ja. Mein Boss fragt schon seit einer Ewigkeit, ob ich dort ein Interview mit Roy Dickson machen kann.«

»Wer ist Roy Dickson?«

»Ah, sorry, ich vergaß. Du kommst aus Holland, wo sie Holzschuhwettrennen oder Käseweitwurf oder was auch immer veranstalten. Bei uns hier in den USA wächst man mit American Football und Baseball auf.«

»Sehr lustig.« Elias schmunzelte. »Und was von beidem spielt Roy Dickson nun?«

»Er war ein ziemlich erfolgreicher Baseballer, damals in den Neunzigern. Heute ist er eine Legende und kümmert sich um den Nachwuchs. Er tut viel Wohltätiges und trainiert ein Highschoolteam in Miami.«

»Aaah. Aber warum sollst du ihn für den *Phoenix Eagle* interviewen? Ich dachte, die bringen nur Beiträge zu heimischen Themen?«

»Ist auch so. Aber was ich wohl vergessen habe zu erwähnen: Roy Dickson stammt aus Phoenix. Er hat dort für die *Diamondbacks* gespielt.«

»Hm, klingt eigentlich ganz spannend. Also nicht unbedingt die Baseballsache, denn damit habe ich nicht viel am Hut, aber ein Trip nach Miami könnte wirklich Spaß machen.«

»Warst du schon mal da?«

»Erst einmal, ist Jahre her. Es hat mir gut gefallen. Besser sogar als Orlando.«

»Oh, da will ich unbedingt mal hin.«

»Ja, wir haben noch viel vor, oder?« Er sah sie an und es schien fast so, als würde er sie fragen wollen: *zusammen?*

»Haben wir. Jetzt geht es aber erst mal um Miami. Also? Bist du dabei?«

»Das kommt darauf an, wann du fahren willst. Ich kann mir leider nicht erneut freinehmen.«

»Dann frage ich Roy, ob er mit dem nächsten Wochenende einverstanden ist. Ich will ihn morgen anrufen.«

»Wenn du übers Wochenende fährst, bin ich auf jeden Fall mit an Bord.«

»Super.« Sie umwickelte ihre Gabel mit Spaghetti und lächelte vor sich hin. So langsam konnte sie es wieder. Lächeln. Vielleicht kam Smile-Girl ja zurück.

60

Miami war ein Traum. Sie fuhren Freitagnachmittag los und erreichten die Großstadt aufgrund des Feierabendverkehrs nach etwa viereinhalb Stunden Fahrt. Harmony hatte bereits im Voraus ein Hotel gebucht, in das sie gegen neun Uhr abends eincheckten.

»Unser erster gemeinsamer Urlaub«, sagte Elias. »Hast du Lust, noch auszugehen? Wir könnten gucken, ob wir irgendwo ein nettes Restaurant finden.«

»Klingt gut«, sagte sie und fand sich eine halbe Stunde später in einem Diner wieder, der die besten Pommes servierte, die sie je gegessen hatte.

Elias stimmte ihr zu und sie bestellten noch eine Portion.

»Miami ist so cool. Ich freue mich schon richtig, es morgen zu erkunden«, sagte sie. Zuerst musste sie natürlich Roy Dickson treffen, ihm beim Training mit den Kids zusehen, Fotos machen, ihn interviewen. Aber danach war sie frei und konnte sich diese wunderbare Stadt mit den unzähligen Palmen, der tollen Street Art und den vielen kubanischen Restaurants näher ansehen. Sie wollte unbedingt nach Miami Beach mit seinen weiten Sandstränden und dem berühmten Ocean Drive. Das Wochenende hatte Potenzial, perfekt zu werden.

»Ja, wie gesagt, ich mag Miami sehr und bin froh, zusammen mit dir hier zu sein.« Er lächelte sie an und sie lächelte zurück.

»Das bin ich auch.« Sie aß noch ein paar Pommes und trank einen Schluck ihres Milchshakes.

Irgendwann bemerkte sie, dass Elias sie eingehend ansah.

»Was ist?«, fragte sie.

»Nichts. Ich freue mich nur ehrlich, dass du langsam zurückkommst.«

»Wie meinst du das?«

»Na, ich hatte das Gefühl, als wärst du mir irgendwie abhandengekommen. Natürlich weiß ich, dass du die Trauerphase brauchtest, und die stand dir auch zu und tut sie noch, bitte versteh mich nicht falsch. Aber was uns beide angeht, hatte ich so manches Mal die Befürchtung, dass du mir entgleitest.«

Sie nickte. »Das kommt daher, dass ich schon immer unter Verlustängsten gelitten habe«, gestand sie ihm ganz ehrlich. »Ich habe gesehen, was es aus Menschen macht, wenn sie ihren Lebenspartner verlieren, und wollte dem einfach vorbeugen.«

»Du meinst Hope? Die Asher verloren hat?«

»Ja. Und meine Mom, die meinen Dad verloren hat. Diesen Schmerzen wollte ich nicht begegnen, verstehst du?«

»Das verstehe ich sogar sehr gut. Ich bin aber der Meinung, dass man sich der Liebe nicht verwehren sollte, nur weil sie vielleicht scheitern könnte. Oder weil einer der beiden Partner gehen könnte, auf die eine oder andere Weise. Denn die Liebe ist es doch, die das Leben ausmacht. Wer sie nie erfährt, der hat einiges verpasst.«

»Das sind weise Worte. Lauren sagt mir auch ständig etwas in der Art. Ich wollte aber nicht auf sie hören. Hatte wie gesagt bisher einfach zu viel Angst.«

»Und jetzt?«

»Jetzt versuche ich, mich darauf einzulassen. Ich möchte dich aber bitten, mir Zeit zu geben. Das geht nicht von heute auf morgen.«

»Ich gebe dir alle Zeit der Welt, Harmony. Ich weiß nur nicht, ob dir das je genug sein wird.«

Stirnrunzelnd sah sie ihn an.

»Woher kann ich wissen, ob du in einem Jahr bereit sein wirst, die Liebe zuzulassen?«, fuhr Elias fort. »Oder in zehn Jahren? Es tut weh, weggestoßen zu werden, weißt du? Ich wünschte nur, du würdest mich endlich in dein Herz lassen.«

»Das habe ich doch längst«, sagte sie und wurde dabei ein wenig sauer. Verstand er denn gar nicht, was sie ihm sagte?

»Da bin ich mir leider nicht so sicher.«

Sie stand auf, abrupt, der Tisch wackelte, ein paar Pommes fielen vom Teller.

»Wenn du echt so blind bist und nicht siehst, wie sehr ich mich anstrenge, dann soll es mit uns beiden wohl nicht sein«, sagte sie aufgebracht.

»Es sollte aber keine Anstrengung benötigen, Harmony.«

Sie funkelte ihn böse an und verließ den Diner.

Elias folgte ihr nicht. Einerseits war sie froh darüber, andererseits hatte sie ehrlich gehofft, dass er sie nicht so einfach gehen lassen würde.

Sie ging zurück ins Hotel und irgendwann kam Elias nach. Sie sprachen die ganze Nacht kein Wort miteinander.

Am nächsten Morgen fuhr sie zu Roy Dickson. Sie sah ihm beim Training seines Highschoolteams zu, stellte ihm die Fragen, die ihre Leser sicher am meisten interessierten, ließ sich von ihm durch seine Organisationsräume führen und anschließend zum Mittagessen einladen. Als sie fertig war, sah sie auf ihr Handy, doch es zeigte keine Nachricht von Elias an. Nur eine von Lauren, die fragte, ob sie Fernanda neue Unterhemden mitbringen sollte, da gerade welche bei Walmart im Angebot waren.

Sie setzte sich auf eine Bank an einem Springbrunnen und starrte vor sich hin. Fragte sich, was da nur schiefgelaufen war zwischen ihr und Elias und ob es wieder geradezubiegen war.

Ehrlich gesagt vermisste sie ihn jetzt schon.

Irgendwann summte ihr Smartphone. Sie nahm es in die Hand und entdeckte eine Nachricht von ihm. Als sie sie öffnete, erkannte sie, dass er ihr lediglich einen Link geschickt hatte.

Sie öffnete ihn. Es war ein Song von Sia mit dem Titel »Helium«. Sie kannte ihn, hatte ihn ein paarmal im Radio gehört, doch sie hatte keine Ahnung, was sie damit anfangen sollte. Wollte Elias, dass sie sich den anhörte?

Irgendwo in ihrer Handtasche hatte sie Kopfhörer, sie suchte sie und schloss sie an ihr Handy an. Dann klickte sie auf Play und hörte das Lied. Hörte genau hin, auf jede Textzeile. Es ging darum, dass jemand immer versucht, alles allein zu schaffen, und dass dieser Jemand niemand anderen brauchen will. Und als Sia ein paar ganz besondere Worte sang, wurde es Harmony klar. Verstand sie, was Elias ihr mit diesem Song sagen wollte. Denn die Worte lauteten:

Yeah, I wanted to play tough
Thought I could do all this on my own
But even Superwoman sometimes needed Superman's soul

Sie musste lächeln. Sprang auf. Und rannte, so schnell sie konnte, zum Hotel. Schnell wie Superwoman. Weil sie nun wieder unbesiegbar war.

Und Sia – beziehungsweise Elias – hatte so recht: Sogar eine Superheldin brauchte manchmal einen Superhelden an ihrer Seite.

Sie lief, bis sie völlig außer Atem war und bis sie realisierte, dass sie den Weg zum Hotel niemals zu Fuß schaffen würde. Also winkte sie sich ein Taxi heran, nannte dem Fahrer die Adresse und wartete ganz hibbelig darauf, ihr Ziel endlich zu erreichen.

Elias stand draußen auf der Straße. Als er sah, wie sie die Autotür aufstieß und auf ihn zukam, sah er ein wenig unsicher aus. Aber viel mehr noch erwartungsvoll.

Sie blieb einen Meter vor ihm stehen und lächelte ihn zaghaft an. »Danke für den Song«, sagte sie.

»Du hast also verstanden, was ich dir damit sagen wollte?«

Sie nickte. »Und du darfst mein Superheld sein, wenn du willst. Hawaiishirt-Boy oder so.«

Er lachte. »Das wäre ich wirklich gern, wenn du mich lässt.«

Als Antwort gab sie ihm einen Kuss, der es in sich hatte. Und sie versprach sich selbst, nie wieder zu vergessen, dass sie nicht allein war und es auch nicht mehr sein wollte.

61

Am Sonntag beim Frühstück sah Elias sie breit lächelnd an.

»Was hast du jetzt im Sinn?«, fragte sie.

»Wir sind in Miami.«

»Ach, hast du das auch schon mitbekommen?«

»Miami ist nicht allzu weit entfernt von Orlando.«

Sie sah ihn mit gerunzelter Stirn an. »Ja, und?«

»Und was gibt es in Orlando?«

»Die *Predators*? Die *Rays*? Oh, das sind die Teams aus Football und Baseball, falls du das wieder nicht weißt.« Sie zwinkerte ihm zu.

»Sehr lustig. Jetzt überleg mal genauer.«

Das tat sie. Und dann wurde ihr klar, auf was Elias hinauswollte. »Du meinst Disney World?«

Er nickte. »Du hast mir doch erzählt, dass es ein gemeinsamer Kindheitstraum von Hope und dir war, nach Disneyland zu fahren. Ich weiß, du meintest das in Kalifornien, aber Disney World würde durchgehen, oder?«

Sie lächelte ihn liebevoll an. »Das ist so toll von dir, dass du das vorschlägst. Für Disney World bräuchte man allerdings einen ganzen Tag, mindestens. Und wir müssen heute noch zurückfahren, weil du morgen arbeiten musst.«

»Ich könnte einen Tag krankmachen oder auch zwei. Dafür, dass du euren gemeinsamen Traum verwirklichen kannst, würde ich das gerne tun.«

Elias meinte es ja nur gut und sie wusste sein Angebot ehrlich zu schätzen. Dennoch fühlte es sich irgendwie falsch an.

»Das ist echt total lieb, aber wir wollten das immer zusammen machen, weißt du? Hope und ich. Ohne sie wäre es einfach nicht dasselbe. Vielleicht eines Tages, aber zum jetzigen Zeitpunkt bin ich noch nicht so weit.«

»Bist du dir sicher?«

Sie nickte. »Ja.«

»Okay, wie du willst. Und was würdest du stattdessen gerne tun?« Sie waren gestern Nachmittag schon in Miami Beach gewesen und hatten am Ocean Drive, der belebten Strandpromenade, Cocktails getrunken. Dabei hatten sie das schöne Leben genossen, die Menschen beobachtet und die heißen Schlitten, darunter sogar einige Oldtimer, bestaunt, die an ihnen vorbeigefahren waren.

»Wie wäre es, wenn wir einfach ein bisschen durch Miami spazieren?«, schlug sie vor. »Little Havanna soll cool sein. Vielleicht können wir uns dort irgendwo ein Eis kaufen?«

»Aber nur, wenn es ein Zitroneneis ist.« Er grinste.

»Was denn sonst?« Sie grinste zurück und wusste, es war die richtige Entscheidung. Sie versuchte zwar, wieder positiver zu sein und das Leben zu leben – so, wie sie es Hope versprochen hatte –, aber einiges war schlicht noch nicht möglich.

Als sie gegen fünf Uhr nachmittags zurückfuhren, waren sie beide richtig guter Laune. Sie waren durchs kubanische Viertel und durch einen Park spaziert, hatten Gemüse-Paella und jeder drei Kugeln Zitroneneis gegessen. Es war nicht ganz so gut wie das von der Eisdiele in Key West, aber es war perfekt gewesen, damit durch die Straßen dieser Stadt zu laufen und von der Zukunft zu träumen.

Harmony wusste endlich, was sie wollte. Und das war vor allem, sich nicht mehr ihrem Herzen zu verweigern, sondern es einfach machen zu lassen. Es würde sie schon nicht enttäuschen. Elias hatte nämlich völlig recht: Wenn sie weiterhin in Angst lebte, würde sie das Beste im Leben verpassen.

Im Auto jetzt stellte er Musik an, wie üblich die der Achtziger und Neunziger, und als ein bestimmter Song ertönte, begann er, aus vollem Herzen mitzusingen. Es war »More Than Words« von Extreme und plötzlich erinnerte Harmony sich an eine Szene aus ihrer Kindheit. Das Lied kam im Radio, während sie alle am Frühstückstisch in der Küche saßen. Ihr Dad begann, breit zu lächeln, stand auf und bat ihre Mom um einen Tanz. Und dann wirbelten die beiden durch die Küche, als wäre nichts auf der Welt wichtig, nur sie beide und dieser Song.

Sie wusste nicht, welche Bedeutung er für ihre Eltern hatte. Aber vielleicht würde sie ihre Mom ja dazu bringen können, es ihr zu verraten, wenn sie sie wiedersah. Sie könnten sich zusammen die alten Fotoalben ansehen, mit Bildern von Dan und Fernanda, als sie jung und glücklich waren, und mit welchen von Harmony und Hope, als sie noch das ganze Leben vor sich hatten und so viele Träume, die sie sich alle erfüllen wollten.

Sie wurde richtig nostalgisch. Und ihr wurde bewusst, wie sehr sie ihre Mutter vermisste. Es war wirklich an der Zeit, sie wiederzusehen. Außerdem musste sie entscheiden, wie es mit ihr weitergehen sollte.

Harmony hatte lange über Hopes Vorschlag nachgedacht, ihre Mom nach Florida zu holen. Doch ihr war klar geworden, dass das zwar eine schöne Idee war, dass man es aber niemals in die Tat würde umsetzen können. Denn Fernanda lebte nun mal in ihrer eigenen Welt und die wollte sie ihr nicht nehmen. Weil sie sich nur dort sicher fühlte. Allerdings durfte sie die Hinweise nicht ignorieren, die dafürsprachen, dass ihre Mom auf Hilfe angewiesen war. Die sie ihr nicht geben konnte, wenn sie auf Key West blieb. Es würde ihr also nichts anderes übrig bleiben, als einen Pflegedienst zu suchen, der einmal am Tag jemanden schickte, um nach ihrer Mom zu sehen. Das wäre die beste Lösung. So konnte Fernanda in ihrem Heim bleiben, ohne dass Harmony ein schlechtes Gewissen haben musste. Und natürlich nahm sie sich fest vor, ihre Mutter oft besuchen zu fahren.

Sie beschloss, ganz bald schon nach Phoenix zu fliegen, denn sie wollte ihre Wohnung kündigen, einen Anwalt suchen und alles klären, was Hopes Schmuckgeschäft und ihr Haus anging. Sie würde, wie von Hope gewünscht, den Laden an Annie übergeben und Heather und ihre Kinder in dem Haus wohnen lassen. Wenn Heather ihr eine kleine Miete zahlen konnte, super, und wenn nicht, wäre es vorerst genauso okay, die Dinge würden sich schon fügen.

Harmony würde ihre Sachen packen, Scarlett holen, und dann würde sie sich zusammen mit ihr auf nach Florida machen, wo sie die nächsten Jahre und vielleicht den Rest ihres Lebens verbringen wollte. Denn sie mochte die Nähe zu Hope nicht missen, die sie dort in jedem Augenblick spürte. Hopes Traumort war auch zu ihrem geworden, nicht zuletzt wegen Elias.

Sie drehte ihren Kopf und lächelte ihn an, war so froh, ihn zu haben. Er lächelte zurück und sang fröhlich weiter.

Als Nächstes ertönte »Fields of Gold« von Sting, das sie selbst schon immer gemocht hatte, und sie sang ebenfalls mit.

Elias wirkte richtig glücklich darüber. Dass sie zusammen im Auto saßen und sangen. Dass sie zurück nach Key West fuhren, wo sie zu Hause waren und wo von jetzt an alles besser werden würde. Dass sie sich endlich ausgesprochen hatten und nun beide wussten, was sie wollten. Dass sie einander gefunden hatten.

Und Harmony war es auch.

62

In den nächsten Tagen buchte Harmony einen Flug nach Phoenix, besprach mit Lauren, was sie vorhatte, rief Annie und Heather an, und sie überlegte, wo sie selbst wohnen wollte, denn das Ferienhaus war natürlich keine Option für etwas Längerfristiges. Elias bot ihr erneut an, bei ihm einzuziehen, Platz gab es genug und sie befand, dass das fürs Erste die beste Lösung sein würde. Später konnte sie dann ja immer noch sehen, ob sie etwas Eigenes wollte oder ob sie vielleicht sogar zusammen etwas Neues suchen würden. Denn sie war sich nicht sicher, ob es sie auf Dauer nicht doch fertigmachen würde, gleich nebenan den Garten zu wissen, in dem Hope so oft auf ihrem Sonnenstuhl gesessen hatte. Manchmal konnte sie ihre Schwester lachen hören, sie konnte sie ihre geliebte Pizza essen sehen und sie konnte hören, wie sie ihr sagte, dass sie sie lieb hatte.

Der Verlustschmerz war so schlimm wie am ersten Tag, aber das Bedauern und die Verzweiflung verblassten mit jedem weiteren ein bisschen mehr. Denn sie spürte einfach, dass Hope noch immer da war und auf sie achtete. Manchmal sprach sie mit ihr, aber nur in der Einsamkeit der Nacht, wenn sie zu den Seesternen am Himmel blickte.

»Wann geht dein Flug?«, fragte Elias sie ein paar Tage später beim Dinner. Sie hatten Pizza selbst gemacht.

»Am Donnerstag gegen zwölf.«

»Oh, da kann ich dich leider nicht zum Airport bringen, da hab ich Unterricht.«

»Ist kein Problem, ich rufe mir einen Uber.«

Elias nickte. »Du bleibst drei Wochen?«

»Ja. Bis nach Thanksgiving. Ich hoffe, in der Zeit alles klären zu können. Es gibt enorm viel zu tun.«

»Ich drücke dir die Daumen, dass du alles gut erledigt bekommst.«

»Danke.«

Elias blickte von seiner Pizza auf und sah ihr in die Augen. »Du kommst doch zurück, oder?«

»Aber natürlich! Warum fragst du denn so etwas?«

»Na ja, ich wollte nur sichergehen.«

Sie war ein wenig verdutzt wegen seiner Frage. »Ich dachte ehrlich, wir hätten das hinter uns gelassen. Habe ich dir seit Miami nicht bewiesen, dass ich mit dir zusammen sein will? Ich habe keine Angst mehr, möchte das hier wirklich, das mit uns beiden.«

Elias sah erleichtert aus. »Das ist gut. Ich möchte es nämlich auch, und zwar mehr als alles andere.«

»Na perfekt, dann wollen wir ja dasselbe.« Sie griff nach seiner Hand. »Mach dir bitte keine Gedanken.«

»Tue ich nicht.«

Das hatte gerade noch anders geklungen. Und Elias schien heute sowieso ein wenig besorgt. Als würde er sich über alles Mögliche einen Kopf machen.

»Bist du okay?«, fragte sie ihn.

»Ja, es gab da nur eine Sache auf der Arbeit. Aber damit will ich dich nicht langweilen … Ach, übrigens! Mein Dad hat mich heute angerufen, um mir mitzuteilen, dass er und Mom mich dieses Jahr zu Weihnachten besuchen. Dann kannst du die beiden endlich persönlich kennenlernen.« Ein paarmal telefoniert hatten sie schon und es hatte sogar einen Videocall gegeben. Elias' Eltern wirkten total nett.

»Oh, wie schön. Ich freue mich auf die beiden«, sagte sie und trank einen Schluck Cola light. »Willst du das letzte Pizzastück?«

»Nein, nimm du nur.«

»Danke.« Sie nahm es in die Hand und biss hinein und dabei hatte sie das Gefühl, dass nun endlich alles gut werden würde.

Am Mittwoch schrieb sie an einer Glosse für den *Eagle* und machte sich eine Liste, was sie in Phoenix zu erledigen hatte. Zum Glück hatte Lauren ihre Hilfe angeboten, denn die Liste war bereits endlos lang.

Am Nachmittag fühlte sie, dass sie unbedingt ein wenig Entspannung brauchte. Elias war noch arbeiten und sie würden erst in drei Stunden zu Abend essen, also beschloss sie, an den Strand zu fahren. Während sie zu Beginn meistens nur am Higgs Beach gewesen war, einfach weil er sich nah am Haus befand, hatte sie in den letzten Wochen auch andere Orte erkundet und dabei den Straw Hat Beach – den Strohhutstrand – zu ihrem neuen Lieblingsstrand erkoren.

Sie setzte sich ins Auto und fuhr dorthin. Jetzt Anfang November war es am Wasser nicht mehr so voll wie im Sommer, da der Tourismus ein wenig nachgelassen hatte. Und doch war es noch schön warm, heute sechsundzwanzig Grad, und sie genoss es jedes Mal sehr, am Ufer entlangzuspazieren. Gerne allein, denn dabei konnte sie ihren Kopf am besten abschalten.

Sie zog ihre Nikes aus und lief barfuß im Sand, der jetzt nicht mehr heiß, sondern angenehm warm war. Wie immer hielt sie Ausschau nach Seesternen, das würde sie wahrscheinlich ewiglich machen. Einen Stern entdeckte sie leider nicht, aber eine wunderschöne Muschel, eine große, wie Hope sie sich gewünscht hatte. Sie hielt sie sich ans Ohr und lauschte – und dann brach plötzlich alles über ihr zusammen.

In einer Millisekunde veränderte sich ihr ganzes Leben. Sie konnte gar nicht glauben, was sie sah.

Sprachlos starrte sie zu ihnen, dem Mann und der Frau, die dort am Strand standen und sich inniglich umarmten. Es sah beinahe so aus, als würden sie sich küssen.

Die Frau kannte sie nicht. Den Mann dafür umso besser – es war Elias.

Verletzt und wütend lief sie davon. Eilte zum Auto, stieg ein, fuhr zurück zum Haus und holte ihre Koffer hervor.

63

Am Abend erschien sie nicht zum Dinner, weshalb Elias bei ihr anklopfte.

»Harmony?«, hörte sie ihn rufen.

Sie reagierte nicht. Warf nur alles in die Koffer und Taschen und Kartons, was sich in ihren Schränken befand. Auch Hopes Sachen, bei denen sie nicht wusste, was sie anderes mit ihnen tun sollte.

Irgendwann kam Elias ins Haus und blieb schockiert vor der Schlafzimmertür stehen. »Was tust du da?«

»Siehst du das nicht? Ich packe!«

»So viel für drei Wochen?«

Sie gab ihm keine Antwort.

»Was ist denn passiert, Harmony?«

Wieder blieb sie still. Sie war einfach so enttäuscht, dass sie wusste, wenn sie ihren Mund aufmachte, würde sie Dinge sagen, die sie später bereute.

»Geht es um deine Mom?«

»Es geht um dich, du Mistkerl!«, warf sie ihm entgegen, weil sie es nun doch nicht länger zurückhalten konnte.

»Was? Harmony, was ist denn in dich gefahren? Was habe ich getan?«

»Tu nicht so, als ob du das nicht wüsstest.« Sie hielt beim Packen inne und sah ihn voller Verachtung an. »Ich hab dich mit der anderen gesehen. Am Stray Hat Beach.«

Er musste darauf gar nichts erwidern. Sein Gesicht sprach Bände. In seinen Augen stand Panik, seine Lippen zitterten.

»Das ist ganz anders, als du denkst.«

»Ich will nichts hören. Versuch gar nicht erst, mich für dumm zu verkaufen.«

»Es ist aber wirklich nicht das, wonach es aussieht. Bitte lass es mich dir erklären.«

Sie stemmte die Hände in die Hüften. Ihre Verachtung wuchs nur. Was dachte Elias denn bitte von ihr? Dass sie so naiv war und sich auf seine Erklärungsversuche einlassen würde? Dass er ihr einen Bären aufbinden konnte? Die Sache war eindeutig gewesen, mehr als das. Eng umschlungen hatten die beiden dagestanden, sie mochte gar nicht daran denken.

»Was glaubst du eigentlich, wie dämlich ich bin?«

»Harmony, bitte sieh mich nicht so an. Das hab ich nicht verdient. Ich habe nämlich gar nichts Falsches getan.«

»Willst du mich verarschen?«, schrie sie jetzt. »Ich habe es doch mit eigenen Augen gesehen. Ihr beide habt dagestanden und euch umarmt und geküsst.«

»Wir haben uns nicht geküsst«, sagte er kopfschüttelnd.

»Und ob ihr das habt!«

»Wie weit warst du entfernt?«

»Keine Ahnung. Ist auch völlig egal. Ich weiß, was ich gesehen habe.« Zumindest war sie sich fast sicher. Inzwischen hatte sie sich aber so reingesteigert, dass sie gar nichts anderes mehr glauben wollte.

»Alles, was du gesehen haben kannst, war eine Umarmung. Unter Freunden. Bethany war so verzweifelt und da …«

»Bethany?«, schrie sie. »Etwa deine Ex Bethany?«

Elias ließ den Kopf sinken. »Ja, die. Sie hat sich endlich von ihrem Freund getrennt, nachdem er sie wieder einmal betrogen hat. Sie brauchte jemanden zum Reden und …«

»Und das ging nur am Strand und eng umschlungen?«, fragte sie verächtlich.

»Sie hatte mich gebeten, an den Strand zu fahren und einen kleinen Spaziergang zu machen. Da hat sie mir dann alles erzählt. Sie war so fertig, dass ich sie in den Arm genommen hab. Mehr nicht. Sie hat geweint, ich habe sie getröstet, das musst du mir glauben.«

Für eine schlichte Umarmung hatte das viel zu innig ausgesehen. Zu intim.

»Empfindest du noch etwas für sie?«, fragte sie. Sie musste es einfach wissen.

»Ja. Sie wird mir immer etwas bedeuten. Aber das ist nur freundschaftlich, Harmony. Was kann ich tun, damit du mir das glaubst?«

Sie schüttelte den Kopf. Darauf wusste sie auch keine Antwort. »Bitte geh!«, war also alles, was sie sagte.

»Aber, Harmony …«

»Geh!«, schrie sie.

Elias ließ die Schultern hängen und ging aus dem Zimmer.

»Ach ja, und nur damit du es weißt!«, schrie sie ihm hinterher. »Ich fliege wie geplant morgen nach Phoenix. Ich komme aber nicht zurück!«

Sie hörte nur noch, wie die Tür zuschlug.

64

Sie hatte es gewusst! Hatte gewusst, dass sie ihr Herz nicht hätte verschenken sollen. Dass sie keinem Mann voll und ganz hätte vertrauen dürfen. Dass sie nur ein weiteres Mal verletzt werden würde.

Zum Glück waren Elias und sie erst seit zwei Monaten zusammen und noch nicht seit zwei Jahren oder gar zwei Jahrzehnten. So konnte sie ihn leicht wieder vergessen, ganz bestimmt.

Trotzdem war sie extrem wütend. Weil Elias eine andere Frau innig umarmt hatte. Die dazu seine Ex war, wegen der er sie zuvor schon versetzt hatte und mit der er an dem Nachmittag, bevor sie für drei Wochen wegfuhr, lieber Zeit verbrachte als mit ihr. Diese Frau, mit der er sich anscheinend noch so gut verstand, dass er ihr in schwierigen Zeiten Rat gab und ihr Trost spendete. Am wütendsten aber war Harmony darüber, dass Elias ihr hatte weismachen wollen, dass da überhaupt nichts zwischen ihm und der anderen war und sie sich den Kuss nur eingebildet hatte.

Nun, vielleicht stimmte das sogar. Wenn sie jetzt an die Szene am Strand zurückdachte, dann war sie sich nicht mehr zu hundert Prozent sicher, dass die beiden sich geküsst hatten.

Sie waren wirklich ein ganzes Stück weit entfernt gewesen, und es konnte ehrlich sein, dass sie sich nur umarmt hatten. So, wie sie und Wayne sich in der Redaktion umarmt hatten, als er völlig fertig wegen des Personalmangels und der immer dünner werdenden Zeitung und des Todes seiner Grandma gewesen war. Aber Wayne war nun mal nicht ihr Ex, es war also eine völlig andere Situation.

Resigniert schüttelte sie den Kopf. Das alles war ihr zu viel. Sie hatte schon genug Kummer und brauchte jetzt nicht auch noch einen Freund, der sich seiner Ex wieder annäherte. Oder einen, der nie aufgehört hatte, etwas für sie zu empfinden.

Gestern Abend nach dem Streit mit Elias war sie so aufgewühlt gewesen und so verdammt sauer – auf Elias und noch mehr auf sich selbst, weil sie ja diejenige gewesen war, die ihre Gefühle zugelassen hatte –, dass sie zum Strand gegangen war. Genauer gesagt zur Strandbar. Sie wollte zu Carlos, der ihr ja gesagt hatte, wenn sie ihre Meinung änderte, sei er jederzeit da.

Ja, sie hatte vorgehabt, mit Carlos zu schlafen. Ein guter alter One-Night-Stand – um es Elias heimzuzahlen und vor allem, um sich selbst daran zu erinnern, dass *das*, also gelegentliche Dates, das Einzige war, was sie von den Männern wollte. Dass sie keine Beziehung wollte. Dass es so viel besser gewesen war, allein zu sein, ohne Kummer, ohne Schmerz.

Als sie sich aber der Bar näherte, überkam sie ein merkwürdiges Gefühl. War es Schuld? Oder wurde ihr nur bewusst, dass sie so nicht sein wollte? Es Elias gleichzutun und auch einen Fehler zu begehen, würde seinen nicht wettmachen. Außerdem wusste sie mit ziemlicher Sicherheit, dass sie solch eine Entgleisung später bereuen würde.

Sie starrte zur Bar. Und dann war sie froh, dass sie Carlos nicht entdecken konnte. Denn das machte es ihr noch leichter, einfach umzukehren.

Ein letztes Mal setzte sie sich in den Sand und blickte zum nächtlichen Himmel. Und sie war unendlich traurig, dass sich ihre Ängste und Befürchtungen bewahrheitet hatten.

Sie war im Bad und bürstete sich das Haar, als sie Elias an ihre Tür klopfen hörte. Schwer seufzend ging sie ihm öffnen. Es war sieben Uhr morgens und er sah aus, als hätte er in der vergangenen Nacht auch kein Auge zugetan.

»Was willst du denn noch?«, fragte sie, auf Abstand bedacht.

Es war verrückt, dass sie diesen Mann gestern Morgen noch geküsst und wahrhaftig geglaubt hatte, in ihm den Richtigen gefunden zu haben. Dass sie für ihn hatte herziehen wollen. Dass sie sich eine gemeinsame Zukunft ausgemalt hatte. Zu schade, dass sie ihre Schwester jetzt enttäuschen musste, die so für sie gehofft hatte, dass Elias zu ihrem Asher würde.

»Ich wollte dir nur sagen, wie leid mir das alles tut. Ich hätte dich darüber informieren sollen, dass ich mit Bethany zum Strand gehe, um zu reden. Dann hättest du die Situation gestern nicht so falsch interpretiert.«

Abschätzig sah sie ihn an. »Wie du meinst.«

»Wenn du möchtest, stelle ich dir Bethany vor und sie kann dir persönlich bestätigen, dass wir nur befreundet sind.«

»Nein danke.«

Elias atmete einmal tief durch. »Wie gesagt, es tut mir ehrlich leid. Ich kann es nun mal nicht rückgängig machen.«

Sie sah ihm böse in die Augen. »Nein, das kannst du nicht.«

»Harmony, bitte. Willst du jetzt wirklich *so* abfliegen? Im Streit?«

»Ja.«

»Was kann ich tun, damit du uns noch eine Chance gibst?«

»Absolut gar nichts.« Sie hörte selbst, wie kühl sie klang.

»Glaubst du mir wenigstens, dass wir uns nicht geküsst, sondern nur freundschaftlich umarmt haben? Ich möchte nämlich nicht, dass du von mir denkst, ich könnte dir so etwas antun.«

Sie zuckte nur die Schultern.

Elias versuchte, ihren Blick mit seinem festzuhalten, sie wandte sich ab. Und er seufzte schwer.

»Okay. Mir bleibt wohl nur, dir einen guten Flug zu wünschen.«

»Danke.«

»Und wenn du doch reden willst oder …« Er seufzte erneut. »Du weißt, wo du mich findest.«

Sie nickte. Dann machte sie ihm die Tür vor der Nase zu und erledigte die letzten Dinge, bevor sie sich einen Uber rief und zum Flughafen fuhr.

Sie hatte sich besonnen und nahm lediglich die beiden Koffer mit, die sie schon Anfang der Woche gepackt hatte. Irgendwann würde sie noch einmal herkommen müssen, um den Rest zu holen. Sie würde ihr Auto vollladen – mit ihren eigenen Sachen und denen von Hope – und einen weiteren Roadtrip machen. Diesmal allein. Mit viel Zeit zum Nachdenken. Wann das sein würde, wusste sie nicht. Das Ferienhaus war bis Ende des Jahres bezahlt. Gerade wollte sie einfach nur zurück nach Phoenix. Nach Hause. In ihre eigene Wohnung. Zu Scarlett. Zum botanischen Garten mit seinen Kakteen und seiner Ruhe. Sie brauchte die Einsamkeit, wollte nie wieder lieben, nie wieder …

Lieben. Hatte sie wirklich begonnen, Elias zu lieben?

Sie wusste es nicht und wollte es auch gar nicht weiter erörtern. Sie wollte nur noch weg, ganz schnell weg von allem hier. Weil Key West ihr nur Unglück gebracht hatte, der Ort, den Hope das Paradies auf Erden genannt hatte.

65

Sie checkte ihre Koffer ein und merkte, dass ihr richtig übel war. Da sie so nicht ins Flugzeug steigen mochte und noch ein wenig Zeit hatte, kaufte sie sich ein Croissant und einen Becher Kaffee. Was sie an neulich erinnerte, als sie Lauren zum Airport gebracht und einen Kaffee mit ihr getrunken hatte, bevor ihre Freundin abgeflogen war. Sechs Wochen war das schon her. Damals war ihre einzige Sorge die gewesen, dass sie ihre Schwester verloren hatte und nicht mit der Trauer umgehen konnte. Wie hätte sie ahnen können, dass sie heute wieder hier stehen würde – und dabei sich selbst und die ganze Welt verfluchte.

Irgendwann sah sie auf ihr Handydisplay. Sie hatte nur vierzig Minuten bis zum Abflug und musste noch durch die Security. Der Airport von Key West war zwar klein und die Schlange würde nicht sehr lang sein, eine Zeitschrift für den Flug kaufen wollte sie aber auch noch. Deshalb machte sie sich auf den Weg.

Kurz vor der Sicherheitskontrolle – sie suchte gerade nach ihrem Ticket, um es zu scannen – hörte sie plötzlich ihren Namen.

»Harmony! Warte!«

Überrascht drehte sie sich um. Das war doch Elias' Stimme!

Und tatsächlich! Er kam auf sie zugelaufen. »Bitte, warte.«

»Was tust du denn hier?«

»Ich wollte dir das geben«, sagte er und überreichte ihr ein Buch. *América* von T.C. Boyle. Den Roman, von dem er ihr ganz am Anfang mal erzählt hatte.

»Und nur deshalb bist du hergekommen? Um mir das Buch zu geben?«

»Ja.« Er schüttelte den Kopf. »Nein. Vielmehr, weil ich dir unbedingt noch etwas sagen muss, bevor du abreist.«

»Was denn, Elias? Mein Flug geht gleich.«

Er schloss die Augen. Dann öffnete er sie wieder. »Ich habe einen großen Fehler gemacht und es tut mir schrecklich leid. Ich wollte dich bestimmt nicht verletzen.« Er griff nach ihrer Hand. »Ich will dich nicht verlieren, Harmony. Bitte gib uns nicht so einfach auf.«

Sie schüttelte den Kopf, entzog ihm ihre Hand.

»Wir gehören doch zusammen«, fuhr er fort. »Erinnerst du dich nicht? Du bist meine Superheldin und ich bin dein Superheld.«

»Ich kann das nicht, Elias. Ich muss jetzt gehen.« Sie machte auf dem Absatz kehrt und setzte ihren Weg zügig fort. Scannte ihr Ticket. Stellte sich in die Schlange für die Sicherheitskontrolle. Tränen in den Augen. Weil es wirklich wehtat, zu gehen und zu wissen, es war für immer.

»Harmony, ich liebe dich!«, rief Elias mit voller Kraft und sie drehte sich zu ihm. »Wie ich noch nie zuvor jemanden geliebt habe.«

Sie bemerkte, wie die Leute vor und hinter ihr die Szene gespannt beobachteten. Sie blickte in Elias' verzweifeltes Gesicht und erkannte, dass er seine Worte ernst meinte. Dass er sie wirklich liebte und alles für sie tun würde. Dass er für sie kämpfen wollte. Allein diese Aktion hier zeigte ja schon, wie ernst er es meinte.

Und sie sah auch, dass es ihm ehrlich leidtat. Dass er einfach nur ein Dummkopf war, dessen Herz ein bisschen zu groß war. Der ständig allen helfen wollte und dabei nicht an die Konsequenzen dachte. Der ihr aber niemals mit Absicht wehtun würde. Der Bethany anscheinend doch nicht geküsst hatte, weil er solch eine Falschheit gar nicht in sich hatte. Dass alles ein riesengroßes Missverständnis gewesen war. Und dass sie ihm die Welt bedeutete.

Sie konnte ihn nicht länger abweisen, ihr kaltes Herz war längst wieder erwärmt. Ja, es glühte vor Romantik und Leidenschaft. Und Liebe.

Sie kroch unter der Absperrung hindurch, lief auf ihn zu und fiel ihm in die Arme.

»Ich liebe dich auch, Elias.«

»Ehrlich?«

»Ja«, sagte sie und küsste ihn sehnsüchtig.

Ein paar Leute klatschten. Es war eine Szene wie aus einem Film. Oder einer Telenovela. Ihre Mom wäre begeistert.

Ein Sicherheitsbeamter kam herbeigerannt und schimpfte. Harmony erklärte die Situation und entschuldigte sich, dann zog sie Elias in eine Ecke. »Du bist ja verrückt.«

»Nur verrückt nach dir«, erwiderte er.

Lachend schüttelte sie den Kopf. Konnte das alles noch immer nicht glauben.

»Ich bin so froh, Harmony«, sagte Elias, strich ihr übers Haar und sah ihr tief in die Augen. »Ich brauche dich doch, mein Smile-Girl. Ohne dich wäre mein Leben nämlich ganz schön traurig.«

Sie lächelte ihn glücklich an. In dem Moment folgte ein Aufruf für ihren Flug. Das Boarding begann bereits.

»Elias, es tut mir echt leid, aber ich muss gehen.«

»Das verstehe ich. Ich will nur noch eins wissen: Kommst du zurück?«

»Ich komme zurück. Versprochen«, sagte sie, küsste ihn ein letztes Mal und stellte sich erneut in die Schlange.

Epilog

Sie standen am Strand von Key West und blickten aufs Meer.

»Ich vermisse dich so sehr«, sagte Harmony und warf einige bunte Blumen ins Wasser, die jedoch mit der nächsten Welle zurück zu ihnen gespült wurden.

Elias drückte ihre Hand. »Wir vermissen sie alle.«

»Ich kann nicht glauben, dass Hope schon ein Jahr lang fort ist«, sagte sie, denn heute war der Todestag ihrer Schwester.

»In dieser Zeit ist so viel passiert. Aber Hope würde sich für uns freuen, da bin ich mir sicher.«

»Ja, das würde sie«, erwiderte sie mit einem Lächeln.

Als sie nach Phoenix gereist war, hatte Harmony alles in die Wege geleitet. Sie hatte eine wunderbare junge Pflegerin für ihre Mutter gefunden, die aus Mexiko kam und sich mit Fernanda auf Spanisch unterhalten konnte. Außerdem hatte sie Thanksgiving mit ihrer Mom verbracht, sie hatten zusammen kolumbianisch gekocht, sich alte Fotoalben angesehen und gemeinsam in Erinnerungen geschwelgt. Sie hatte ein paarmal bei Heather vorbeigeschaut und ihr versichert, dass sie auch weiterhin in Hopes Haus wohnen konnte. Nach und nach hatte sie ihre Wohnung leer geräumt, und sie hatte einen letzten Abend mit Lauren verbracht, die tatsächlich fest mit

Wayne zusammen war und versprach, sie ganz oft auf der Insel besuchen zu kommen. Dann war sie mit ihrer Katze ins Flugzeug gestiegen, um am schönsten Ort der Welt neu zu beginnen.

Inzwischen hatte Harmony beim *Phoenix Eagle* gekündigt und eine Stelle bei einer hiesigen Zeitung angenommen. Es gab zwar nicht ganz so spannende und tiefgründige Storys zu schreiben, aber genau das fand sie gut. Sie hatte genug Tragik gesehen, jetzt wollte sie nur noch ein einfaches, glückliches Leben. Ihr Leben *leben*, wie Hope es sich von ihr gewünscht hatte.

Sie lächelte Elias an, ihren Ehemann, den sie vor drei Monaten hier auf der Insel geheiratet hatte. Seine Mom hatte allerlei typische niederländische Gerichte beigesteuert und sie selbst hatte zusammen mit Lauren ein paar kolumbianische Köstlichkeiten gezaubert. Es war eine wundervolle Hochzeit am Strand gewesen, barfuß im Sand und in engstem Freundes- und Familienkreis. Dass Fernanda nur per Videoschalte dabei gewesen war, war ein wenig traurig, aber Harmony hatte ihren Frieden mit der Situation gemacht. Und mit der Beziehung zu ihrer Mutter.

Nach der Hochzeit waren sie in die Flitterwochen gefahren, und zwar durch ganz Florida. Sie hatten in den Everglades Alligatoren beobachtet und Sightseeing in Jacksonville und St. Augustine gemacht. Sie hatten sich in Cape Canaveral die NASA-Raketen angesehen und in Tampa die Häuser von Thomas Edison und Henry Ford besucht, wo deren Erfindungen wie die Glühbirne und die ersten Automotoren ausgestellt waren. In Daytona Beach hatten sie ein paar Tage am Strand gefaulenzt und zum Schluss waren sie nach Disney World gefahren, wo Harmony endlich ihren Kindheitstraum wahr machte – mit Hope in ihrem Herzen.

»Ich glaube, es hat gerade wieder getreten«, sagte sie und führte Elias' Hand zu ihrem Bauch.

»Ehrlich? Und jedes Mal verpasse ich es.« Er sah ein wenig enttäuscht aus.

»Keine Angst, es wird noch sehr oft treten. Bald sogar so doll, dass du es nicht nur spüren, sondern auch sehen kannst.« Sie hatte bereits ausführlich recherchiert, was in den nächsten Wochen und Monaten auf sie zukommen würde.

»Ich kann es kaum erwarten.«

»Du, Elias, ich wollte dich etwas fragen …«

»Was denn?«

»Wenn es ein Mädchen wird, können wir das Baby dann Hope nennen?«

Gerührt sah er sie an. »Mir könnte kein besserer Name einfallen.«

Dankbar schenkte sie ihm ein Lächeln.

»Wir sollten langsam zurückgehen«, sagte sie.

»Du hast recht. Es ist Zeit fürs Abendessen.«

Gemütlich schlenderten sie zurück zu ihrem Haus, wo schon die Pizzazutaten auf sie warteten, denn was sollte es an diesem Tag anderes geben als selbst gemachte Pizza?

»Hallo, Valerie!«, rief sie der Frau zu, die im Garten nebenan auf dem Sonnenstuhl saß. Unter den schattigen Bäumen.

»Hallo, Harmony, hallo, Elias«, rief die Frau lächelnd zurück, die ihre Glatze unter einem Schlapphut versteckte.

»Wie geht es dir heute?«

»Ich habe einen guten Tag«, erwiderte Valerie. »Und wie geht es euch?«

»Wunderbar«, sagte Harmony und legte sich wieder die Hand auf den Bauch.

Nachdem Hope eine Weile fort war, hatte Harmony das Bedürfnis verspürt, etwas für andere tun zu wollen. Für Menschen, die wie ihre Schwester an Krebs erkrankt waren. Sie hatte sich erkundigt, viel recherchiert und am Ende eine wohltätige Organisation gegründet, die Spenden für Krebspatienten sammelte, um ihnen eine schöne Zeit zu ermöglichen. Zum Erholen nach der anstrengenden Chemotherapie oder um noch ein paar letzte traumhafte Tage am Meer zu verbringen. Wie Hope es sich gewünscht und erfüllt hatte.

Manche von ihnen brachten ihre Familie mit, andere, wie Valerie, wollten Zeit für sich allein. Aber sie alle schienen richtig glücklich an diesem wundervollen Ort. In diesem Paradies auf Erden.

Harmony erfüllte diese neue Aufgabe sehr und sie hatte sogar Lauren, Eileen und Heather mit an Bord geholt. Gemeinsam kümmerten sie sich um die Website, die Spendeneingänge, die Reisevorbereitungen und alles andere. Harmony hatte mit der Inhaberin des Ferienhauses gesprochen, die begeistert von der Idee gewesen war, und brachte die Leute stets nebenan unter. Damit sie täglich nach ihnen sehen konnte. Damit niemand sich allein fühlen musste. Damit der Anblick des Hauses und des Gartens nicht mehr ganz so traurig war, sondern hoffnungsvoll.

Erst kürzlich war ein kleiner, an Leukämie erkrankter Junge mit seiner Familie hier gewesen und hatte nach der Behandlung neue Kraft getankt. Letzte Woche hatte Harmony erfahren, dass er den Krebs besiegt hatte und in Remission war. Sie wünschte ihm so sehr, dass der Feind nicht zu ihm zurückkam, und sie war so froh, dass sie das für ihn und seine Familie hatte tun können. In Hopes Namen.

Sie berührte den Seesternanhänger an ihrer Kette. Sie hatte die Organisation *Seastar Foundation* getauft und das Logo bestand aus dem Namen und einem simplen orangefarbenen Seestern. Sie war unglaublich stolz auf das, was sie zusammen mit ihren Freundinnen binnen weniger Monate erreicht hatte.

Elias half natürlich auch, wo er konnte. Mit Bethany, die sie inzwischen kennengelernt hatte und die übrigens frisch verliebt war, traf er sich nur hin und wieder noch zum Lunch in der Schulcafeteria, mit Scarlett verstand er sich super und ein paarmal war er sogar schon mit nach Arizona gekommen. Er hatte ihre Mutter kennengelernt, die ihn bisher kaum beachtet hatte, aber das nahm er sich nicht allzu sehr zu Herzen.

Harmony flog einmal im Monat nach Phoenix, um ihre Mom zu besuchen, Lauren und Heather zu treffen und zusammen mit den beiden Lebensmittel an Obdachlose zu verteilen. Sie schrieb zwar nicht mehr über sie, hörte sich aber noch immer ihre Geschichten an, die sie nach wie vor berührten.

»Wir wollen gleich Pizza machen, hast du Lust, dich uns anzuschließen?«, fragte sie Valerie.

Doch die schüttelte nur den Kopf. »Danke, das ist lieb. Aber ich bin zum Abendessen verabredet. Mit Tula, der Naturheilerin. Kennt ihr sie?«

Harmony nickte und lächelte. So schloss sich der Kreis wieder.

Sie spürte, wie Elias nach ihrer Hand griff. Sie legte ihre in seine und zusammen gingen sie rein. Pizza machen. Einen Film gucken. Den letzten, der auf Hopes Liste stand.

Harmonys Playlist

Try – Colbie Caillat
Don't Let Me Down – Joy Williams
Coastline – Hollow Coves
Blue – Batts (feat. Sharon Van Etten)
Lost at Sea – Rob Grant & Lana Del Rey
Hurt – Sleeping at Last
You Picked Me – A Fine Frenzy
Sign of the Times – Harry Styles
In the Stars – Benson Boone
I Won't Give Up – Jason Mraz
Helium – Sia
More Than Words – Extreme

Danke

An alle Superheldinnen in meinem Leben:

Meine Mom, die als alleinerziehende Mutter und mit geringem Einkommen trotzdem alles gegeben hat, um ihren Kindern die große, weite Welt zu zeigen.

Meine Oma Lisa, der nicht mal Zeiten des Hungers und Verlustes die Fähigkeit nehmen konnten, in allem das Gute zu sehen und immer ein Lächeln auf den Lippen zu haben.

Meine Oma Elfriede, die nach den schrecklichsten Schicksalsschlägen nicht aufgehört hat, an die Liebe zu glauben.

Meine Tochter Leila, die so unglaublich hart für ihre Träume und Ziele kämpft und auch in schwierigen Zeiten nicht aufgibt.

Meine Tante Angelika, die als Erzieherin unzähligen Kindern Selbstvertrauen und Musik mit auf den Weg gegeben hat.

Meine Freundin Maike, die sich seit vielen Jahren um alle um sich herum kümmert, ohne sich jemals zu beklagen.

Meine Freundin Alexandra – sie weiß, weshalb.

Meine ehemalige Agentin Anoukh, die sich jahrzehntelang kaum je eine Auszeit gegönnt hat, weil ihr ihre Autor*innen und deren Bücher das Wichtigste waren.

Meine Lektorinnen Nora und Daniela, weil sie trotz kleiner Kinder so unglaublich viel Zeit und Mühe in unvollkommene Manuskripte stecken und sie mit ihrem Feingefühl in wahre Glanzstücke verwandeln.

Mich selbst. Weil ich niemals aufgegeben habe, an meine Träume zu glauben.

MANUELA
INUSA

Leuchtturm-
tänze

Leseprobe

Prolog

Chicago, 18 Jahre zuvor

Nora stand vor dem Wandspiegel in ihrem Kinderzimmer und betrachtete sich darin. Sie befühlte ihr rotes Haar, die Sommersprossen, die blasse Haut – und wünschte sich, sie wäre eine andere.

Heute hatten ein paar ihrer Mitschülerinnen sie wieder gemobbt. Hatten sie herumgeschubst und sie *White Trash* genannt. Weil sie zwar in einem Viertel lebte, das zu über neunzig Prozent von Schwarzen bewohnt wurde, und weil sie mit Kindern zur Schule ging, die schwarz waren, sie es aber nicht war.

Ihre Freundinnen Kelly und Alicia hatten ihr wie üblich beigestanden und sie verteidigt und trotzdem hatte sie auf dem einsamen Nachhauseweg wieder einmal geweint.

Ihre Mutter war noch auf der Arbeit gewesen, als sie durch die Tür trat, und ihr Dad saß vor der Glotze und schaute sich etwas auf einem der beiden noch funktionierenden Sender an. Als er Nora kommen sah, erhob er sich widerwillig und wärmte ihr eine Schüssel Chili con Carne auf, das es auch die letzten drei Tage schon gegeben hatte. Doch sie rührte es nicht an, stattdessen schmollte sie. Als ihr Dad sie fragte, was denn los sei, entgegnete sie nur, sie hasse Chili und sowieso *alles hier*. Dann lief sie in ihr Zimmer und schleuderte die Barbie mit den blonden Haaren, die sie seit ihrem siebten Geburtstag besaß, gegen die Wand.

Manchmal war Nora richtig böse auf ihre Eltern, weil sie arm waren und in Englewood leben mussten. Wie sehr wünschte sie sich, dass ihr Vater oder ihre Mutter einen besseren Job fanden und sie ins Stadtzentrum ziehen konnten. Dorthin, wo die ganzen Filme und Serien spielten, die im Fernsehen liefen. Dorthin, wo es schön war und wo sie keine Außenseiterin wäre. Oftmals lag Nora nachts wach und flehte das Universum an, sie aus diesem Elend rauszuholen. Doch wenn sie am nächsten Tag aufwachte, war sie nur immer noch hier und musste sich auf zur Schule machen, wo das Anderssein auf sie wartete.

Zum Glück war sie im Sommer zehn geworden und durfte somit endlich an den Jugendprojekten der Young Artists of Englewood teilnehmen, einem Sozialprogramm, das die Gemeinde mit viel Mühe ins Leben gerufen hatte. Dank staatlicher Unterstützung war es Nora nun möglich, zweimal in der Woche Ballettstunden zu nehmen, die sie über alles liebte.

Da ihre Eltern nicht das Geld hatten, um ihr neue Ballettschuhe, ein Trikot oder ein Tutu zu kaufen, ging ihre Mom mit ihr zu Goodwill und durchsuchte die Second-Hand-Sachen. Fast ein halbes Jahr lang trug sie ein einst weißes Tutu mit mehreren Flecken, die sie irgendwann herausschnitt – bis sie von Grandma Faye ein wunderschönes rosafarbenes zu Weihnachten geschenkt bekam.

Sie berührte den Spiegel mit der Hand, hätte ihn am liebsten heruntergerissen und zerschmettert. Doch stattdessen strich sie ihrem Spiegelbild über die Wange und tröstete sich selbst. Wenn schon niemand anderes es tat.

Als sie hörte, wie die Stimmen im Nebenzimmer lauter wurden, ging sie zum Bett, verkroch sich unter der Decke und hielt sich die Ohren zu.

So war es hier fast jeden Tag. Immer war es laut. Wenn ihre Eltern nicht stritten, ertönten draußen Sirenen, Autoalarmanlagen und manchmal sogar Schüsse.

Nora wartete darauf, dass der Streit nachließ, aber er wollte einfach nicht verklingen.

»Während ich Doppelschichten schiebe, hast du ernsthaft wieder deinen Job verloren?«, hörte sie ihre Mom schreien.

»Die hatten einfach zu hohe Anforderungen«, verteidigte sich ihr Dad.

»*Du* hast zu hohe Anforderungen, Jimmy!«

»Hab ich überhaupt nicht! Ich will nur, dass man meine Arbeit wertschätzt und …«

»Und weißt du, was *wir* wollen? Nora und ich? Wir wollen etwas zu essen auf dem Tisch. Wir wollen warmes Wasser. Und wir wollen verdammt noch mal ein Jahr überstehen, ohne dass man uns den Strom abstellt. Wir haben keine fünfzig Dollar mehr auf dem Konto, Jimmy. Wir haben nicht einmal mehr Eier im Kühlschrank!«

»Eier? Ist es das, was du willst? Dann gehe ich jetzt verdammt noch mal Eier kaufen«, blaffte ihr Dad.

»Ich will, dass du endlich der Ehemann und Vater bist, den wir verdienen!«, schrie ihre Mom zurück.

Nora hielt es nicht mehr aus. Sie stand auf, verließ ihr Zimmer und schlich sich raus in den Garten. Hinter ihr das heruntergekommene Haus, sah sie hinauf zum Mond und wünschte sich, dass sie diesen Mond eines Tages von einem wundervollen, besseren Ort aus betrachten konnte.

Selbst hier draußen hörte sie ihre Eltern noch streiten. Und deshalb tat Nora das Einzige, was immer alles andere verblassen ließ. Das, was immer alles besser machte. Sie begann zu tanzen. Hier in ihrem Garten. Egal ob sie jemand sah, nichts war mehr wichtig. Nur sie und die Bewegungen, das Plié und das Chassé, das Développé und das Jeté. Als sie schließlich eine Pirouette drehte, fühlte sie sich stark. Mutig. Und sie wusste, eines Tages würde sie nichts als tanzen und allen zeigen, dass sie auch etwas wert war. Weil sie tief im Innern fühlte, dass sie auf dieser Welt zu mehr bestimmt war.

1

Chicago, heute

Sie tunkte den Pinsel in die Dose und nahm die hübsche rosa Farbe auf. Die alte Kommode von Christophers Eltern zu streichen, bereitete ihr große Freude, vor allem, wenn sie sich vorstellte, dass ihr Liebster einst darauf gewickelt worden war. Bald nun würden sie dasselbe mit ihrem Töchterchen tun, sie konnte es kaum erwarten.

Nora war im siebten Monat schwanger – und sie liebte jeden Moment. Auch wenn sie das Tanzen stets als ihre Berufung bezeichnet hatte, war ihr dennoch klar geworden, dass Mutter zu werden ihre eigentliche Bestimmung war. Seit sie herausgefunden hatte, dass sie ein Baby erwartete, fühlte sie sich nun endlich vollständig. Angekommen. Wusste sie, wofür sie hier war auf dieser großen, weiten Welt.

Dass Christopher sich genauso freute, war nur das Sahnehäubchen. Und seit sie wussten, dass ihr erstes Kind ein Mädchen werden sollte, war er vollends begeistert. Sie sprachen kaum noch von etwas anderem. Ganze Abende saßen sie gemeinsam auf der Couch und planten ihre Zukunft, schlugen einander Babynamen vor und überlegten, welche Art von Geburt die angenehmste wäre.

Sie musste lächeln und streckte sich. Ihr Rücken schmerzte ein wenig, weshalb sie den Pinsel ablegte und sich erhob. Sie trat ans Fenster und schaute hinaus auf den Lake Michigan. Die Aussicht war umwerfend und wieder einmal konnte sie ihr Glück kaum fassen.

Es war fünf Monate her, dass sie in diese Wohnung gezogen waren, die sich im Stadtteil Lincoln Park befand. Niemals hätte Nora zu träumen gewagt, eines Tages hier zu leben, in einem sicheren Viertel mit Restaurants, Bars, Yogastudios und wunderschönen Parks statt mit Gangs, Armut, Gewalt und Drogen. Wohin sie auch blickte, sah sie Wolkenkratzer statt Bruchbuden, Touristen statt Junkies, saubere Straßen statt rissigem Asphalt. Und das alles hatte sie sich selbst erarbeitet, worauf sie am allerstolzesten war.

»Wir haben es geschafft«, sagte sie und streichelte ihren Bauch. Dann nahm sie ihr Handy zur Hand und stellte klassische Musik an, weil sie gelesen hatte, dass das gut und beruhigend fürs Baby war. Und weil es sie an ihre Zeit beim Ballett erinnerte.

Sobald sie die Highschool abgeschlossen hatte, war sie raus aus Englewood gewesen. Natürlich hätte sie am liebsten eine Schule wie die renommierte Juilliard School in New York besucht, doch leider wollte es mit einem Stipendium nicht klappen und die Gebühren für solch eine private Institution hätte sie sich niemals leisten können. Also nahm sie das, was ihr möglich war: Sie bezog eine Einzimmerwohnung im Zentrum von Chicago, suchte sich einen Job als Kellnerin, belegte Tanzkurse an der Joffrey Ballet School, bewarb sich weiter für Stipendien und ging zu Castings für alle möglichen Shows,

Ballettaufführungen und Musicals. Hauptsache, raus aus dem Elend. Weg von zu Hause. Fort von allem, was sie die ersten achtzehn Jahre ihres Lebens verfolgt hatte.

Es musste ein wahres Wunder gewesen sein, dass sie nach nur einem Jahr eine Rolle in *Schwanensee* ergatterte. Schon beim Casting wusste sie, dass sie es geschafft hatte, sie brauchte nur in die Augen der Direktorin zu sehen. Eine Woche später erhielt sie den Anruf und ihr größter Traum wurde wahr. Fortan durfte sie an fünf Abenden pro Woche am Robertson Theatre auftreten und sich die Seele aus dem Leib tanzen. Als die Darstellerin der Odette sich das Fußgelenk verstauchte, durfte Nora sogar die Hauptrolle übernehmen – der absolute Höhepunkt ihrer Karriere, das war ihr bereits mit zwanzig Jahren bewusst.

Als das Stück nach achtzehn Monaten auslief, standen ihr alle Türen offen. Sie nahm Rollen beim *Nussknacker* und in *Ein Sommernachtstraum* an. Bei Letzterem lernte sie Zoey kennen, die zu ihrer neuen besten Freundin wurde und die sie ihrem Bruder Christopher vorstellte. Und damit war Noras Schicksal besiegelt.

Sie setzte sich in den Stillsessel, lauschte der Musik und sah sich im Zimmer um. Es war bereits fertig eingerichtet. Die Wände hatte Christopher gestrichen – in einem warmen Beige – und Nora hatte sie mit Schmetterlingen beklebt. Das Babybett war aufgebaut, ein Regal war mit Kuscheltieren bestückt, Bücher zum Vorlesen standen bereit. Auf einer hübsch verzierten hölzernen Kiste lagen Bodys, Strampler und Söckchen und warteten darauf, in die Schubladen der Kommode gelegt zu werden. Von der Decke hing eine rosafarbene Lampe mit Schäfchen und über dem Bett ein selbst geschnitztes Mobile ihres Dads, über das sie sich riesig gefreut hatte und was sie noch immer zu Tränen rührte, wenn sie es betrachtete. Weil sie so etwas von ihrem Vater nicht erwartet hätte. Aber vielleicht wollte er ja wiedergutmachen, was er bei ihr falsch gemacht hatte.

Als Nora zwölf Jahre alt gewesen war, hatte ihr Dad die Familie verlassen. Hatte Nora und ihre Mom einfach zurückgelassen in dem zerfallenen Haus in Englewood, mit einer nicht bezahlten Stromrechnung und einem Kühlschrank, in dem sich neben einer Flasche Ketchup und einem Glas Senf lediglich ein paar verschimmelte Dinge befanden, die ohne Kühlung mit jedem Tag mehr verrotteten. Bis Nora sie wegwarf. Weil ihre Mutter dazu nicht in der Lage war. Denn sie steckte anscheinend in einer Zwischenwelt fest, die aus Arbeit und Wut bestand. Und Kummer. Nora konnte sie jede Nacht weinen hören, ihrer Ehe nachtrauern, ihrem kaputten Leben und ihrem Schicksal an diesem Ort, der nur immer schlimmer statt besser wurde.

Währenddessen lag Nora ebenfalls wach in ihrem Bett. Doch sie weinte nicht. Stattdessen träumte sie. Von einer Zukunft, in der sie all das hinter sich lassen und dem Slum den Rücken kehren würde. Sie würde es nicht so weit kommen lassen wie ihre Mom, würde mehr aus ihrem Leben machen. Würde stolz auf sich sein können. Einen vollen Kühlschrank haben. Einen funktionierenden Fernseher. Einen Job, bei dem sie nicht zehn Stunden am Fließband stand und Etiketten auf Lebensmittel klebte, die sie selbst sich nicht leisten konnte. Und vor allem würde sie eine gute Mutter sein, für die das Wohl ihres Kindes an erster

Stelle kam. Die ihm seine Wünsche erfüllen konnte. Eines Tages. Dafür würde sie einfach alles tun.

Sie merkte, wie sie einschlummerte. Ihre Gynäkologin Dr. Vogel hatte ihr gesagt, dass sie sich schonen sollte. Ihr Blutdruck war zu hoch und sie litt unter Wassereinlagerungen. Doch es ging ihr gut, sie hatte nicht gedacht, dass die Schwangerschaft so problemlos verlaufen würde. In den ersten drei Monaten, in denen die meisten Schwangeren sich übergeben mussten, war ihr nur leicht übel gewesen. Ein paar Kekse oder Cracker am Morgen und das Unwohlsein war verflogen. Natürlich hatte sie nicht mehr tanzen können, denn das wäre zu anstrengend gewesen, zumal neben den Aufführungen stundenlange Proben anstanden. Glücklicherweise war ihr Engagement bei *Endstation Sehnsucht* beinahe ausgelaufen, als sie herausgefunden hatte, dass sie ein Kind erwartete. Sie waren auf Amerikatour gewesen, zu dem Zeitpunkt in Salt Lake City, und hatten nur noch zwei Aufführungen vor sich, die Nora locker über die Bühne brachte. Danach konnte sie sich ganz auf die Schwangerschaft konzentrieren – und sie hatte bisher jede Sekunde ausgekostet.

Als sie hörte, wie die Wohnungstür geöffnet wurde, musste sie lächeln.

»Ich bin hier!«, rief sie. »Im Kinderzimmer.«

Kurz darauf trat Christopher herein. »Hallo, mein Schatz«, sagte er, gab ihr einen Kuss und betrachtete die Wickelkommode. »Du sollst doch nicht so viel tun.«

»Es macht aber Spaß«, erwiderte sie und erhob sich. »Außerdem bin ich fast fertig.«

»Das sehe ich. Ist wirklich toll geworden.«

»Danke schön.« Sie strahlte übers ganze Gesicht. »Wie war denn dein Tag?«

»Der war ein wenig stressig. Ich war fast ununterbrochen im Gericht.« Christopher war seit anderthalb Jahren als Scheidungsanwalt in der Kanzlei seines Schwagers angestellt und ging in seiner Tätigkeit voll auf. Auch wenn Nora es eher traurig fand, dass er einst glückliche Paare scheiden musste. Doch jedem das, was ihn erfüllte, und Christopher hatte damit ebenfalls seine Berufung gefunden.

»Hörst du wieder Tschaikowsky?«

Sie strich abermals über ihren Bauch. »Ich glaube, unsere Kleine mag *Schwanensee*. Vielleicht wird sie ja eines Tages auch Tänzerin.«

»Wenn sie deine Anmut mitbekommt, ganz bestimmt.«

Sie ließ sich von ihrem Mann umarmen und schloss die Augen, genoss den Moment, ihr Glück, das Leben.

»Bestimmt bist du nun zu müde, um noch auszugehen, oder?«, fragte Christopher.

»Oh, ich möchte auf jeden Fall ausgehen. Darauf freue ich mich schon seit dem Aufwachen«, erwiderte sie. Denn heute war ihr fünfter Jahrestag und Christopher hatte ihr versprochen, sie in ihr Lieblingsrestaurant auszuführen.

»Bist du sicher?«

Sie nickte. »Ganz sicher.«

»Na gut. Dann lass mich einen Tee aufsetzen und in etwa einer Stunde machen wir uns auf den Weg, ja?«

»Perfekt«, antwortete sie und küsste ihren Liebsten auf die Wange, bevor er in die Küche ging.

2

Sie schlenderten die Armitage Avenue entlang bis zur Ecke North Halsted Street und bogen dann nach links ab, wo sich das Summer House Santa Monica befand, das Nora nach dem zweiten Besuch zu ihrem Lieblingsrestaurant erklärt hatte. Es war nicht übertrieben schick, sondern eher modern rustikal eingerichtet in hellen Farben, mit von der Decke hängenden Grünpflanzen und bequemen Rattanstühlen. Der Laden war auch nicht überteuert, sodass ihn sich nur die Reichsten der Gegend leisten konnten, sondern die Preise lagen im mittleren Bereich. Das Beste war aber: Das Summer House hatte die leckersten Truffle Fries, die Nora je gegessen hatte.

Obwohl sie Pommes mit Trüffelöl, Parmesan und Aioli über alles liebte, entschied sie sich heute jedoch für etwas anderes, und zwar für Fish Tacos, denn sie war außerdem ein großer Fan von allem, was das Meer hergab.

»Vermisst du die hausgemachte Burrata?«, fragte Christopher, nachdem sie bestellt hatten.

»Und wie!« Leider waren Käsesorten aus Rohmilch ja in der Schwangerschaft nicht erlaubt. »Aber nicht so sehr, wie ich Muscheln vermisse.« Seit Nora zum ersten Mal welche gegessen hatte, war sie verrückt danach: nach Miesmuscheln,

Jakobsmuscheln, Austern und allen anderen nur erdenklichen Arten. Am liebsten wäre sie mal aufs Meer hinausgefahren und hätte ein ganzes Netz voll gefangen, nur um sich danach eine Woche lang von Muscheln zu ernähren.

Der eine oder andere Ratgeber besagte, dass zumindest gekochte oder frittierte Muscheln in der Schwangerschaft okay waren, zumal sie ja auch viel Eisen und Proteine mit sich brachten. Dr. Vogel hatte ihr aber dringend davon abgeraten, da neuere Studien ergeben hatten, dass die hohen Methylquecksilberwerte dem Fötus dennoch schaden könnten. Dasselbe betraf Thunfisch, Rotbarsch und einige andere Fischsorten. Es gab Momente, in denen vermisste Nora es, einfach essen zu können, wonach ihr war, andererseits gab sie diese Dinge gerne für eine Weile auf – genau wie das Tanzen –, da sie ja wusste, dass es nicht von Dauer war. Und weil sie alles für ihr Baby getan hätte. Genau wie Christopher.

Sie betrachtete ihn, wie er so dasaß in seinem dunkelbraunen Anzug, dem weißen Hemd und der beigefarbenen Krawatte. Er war ein wirklich gut aussehender Mann, zumindest in Noras Augen, und manchmal konnte sie ihr Glück, ihn gefunden zu haben, noch gar nicht richtig fassen. Besonders mochte sie die Tatsache, dass sie so viel gemeinsam hatten. Sie beide liebten Musik, Nora, weil sie gern dazu tanzte, und Christopher, weil er ein großer Blues- und Jazzfan war und sogar in einer Band Trompete spielte. Den Rhythmus hatten sein Dad und sein Grandpa ihm mit in die Wiege gelegt, die beide Musiker waren. Grandpa Harley hatte Jahrzehnte lang in einer Jazzband Saxofon gespielt, Noras Schwiegervater Warren sang seit Kindesalter im Gospelchor der Kirche, in die er jeden Sonntag ging. Früher hatte Christopher ihn oft begleitet, mit den Jahren hatte er aber das Interesse an den Gottesdiensten verloren.

Das war eine weitere Sache, die Christopher und sie gemeinsam hatten. Als Kinder waren sie beide inmitten von zwei Welten aufgewachsen. Nora in einer Gegend, in der sie sich nicht dazugehörig fühlte, mit Menschen, die sie nie so richtig akzeptiert hatten. Und Christopher in einer Familie, die diverser nicht hätte sein können. Sein Vater war ein afroamerikanischer, gläubiger Baptist, der keinen Kirchgang verpasste und streng nach den Zehn Geboten lebte, seine Mutter eine blonde, katholische Irin, die allerdings nicht sehr religiös, sondern eher spirituell war. Sie konnte einem die Karten legen und hatte sogar eine Glaskugel, um mit der Welt der Geister zu kommunizieren. Nora hatte sich mehr als einmal gefragt, wie die beiden so eine harmonische Beziehung führen konnten, doch am Ende war sie immer zu dem einen Schluss gelangt: Die Liebe konnte alle Brücken überwinden und vielleicht zogen Gegensätze sich manchmal ja wirklich an.

»Nicht mehr lange bis zum St. Patrick's Day«, sagte sie, als die Getränke kamen. Christopher hatte sich ein Bier bestellt, Nora einen Orangensaft. »Freut deine Mom sich schon drauf?«

»Oh ja, sie kann es kaum erwarten«, antwortete Christopher und verdrehte ein wenig die Augen.

Nora musste lachen. »Ja, das kann ich mir vorstellen.«

Fiona war nämlich wie beinahe alle Iren, die sie kannte, ungemein stolz auf ihre Herkunft. Jedes Jahr am St. Patrick's Day, dem irischen Nationalfeiertag, zog sie sich grün an, behängte sich mit allerhand kitschigem Schmuck und machte sich mit ihren irischen Freunden auf ins Stadtzentrum, um sich den grün gefärbten Chicago River anzusehen. Danach tischte sie zu Hause alle möglichen Gerichte aus der Heimat auf, von Irish Stew bis hin zu Shepherd's Pie. Nora hatte diese Tradition lieben gelernt, genau wie die vielen Familientreffen, an denen sie seit fünf Jahren teilnehmen durfte. Denn in ihrer eigenen Familie hatte es das nie gegeben. Ihre Eltern konnten sich seit der Scheidung nicht mal in einem Raum aufhalten, geschweige denn zusammen Weihnachten oder Geburtstage feiern. Nora hoffte so, dass sich das nach der Geburt ihrer Tochter ändern würde.

»Hat deine Mom sich tatsächlich diesen riesigen grünen Hut bestellt, den sie mir neulich im Internet gezeigt hat?«, erkundigte sie sich.

Christopher lachte. »Hat sie. Ich weiß allerdings nicht, wie sie den ganzen Tag damit herumlaufen will, der wiegt bestimmt fünf Kilo.«

Amüsiert schüttelte Nora den Kopf. »Du kennst doch deine Mom. Wenn sie sich einmal was vornimmt, zieht sie es auch durch.«

»Oh ja.« Christopher nahm einen Schluck Bier. »Hab ich dir je von dem Elterntag erzählt, bei dem sie meiner Klasse ihren Beruf vorgestellt hat?« Fiona war spirituelle Lebensberaterin.

»Nein, ich glaube nicht.«

»Eigentlich hatte Dad geplant, mitzukommen und von der Spedition zu erzählen, von den Lkws und so weiter, was die Kids sicher cool gefunden hätten. Aber Mom meinte, sie wolle unbedingt übernehmen. Ja, und was hat sie letztlich gemacht? Meinen Mitschülern erzählt, dass es im Leben darum geht, ein tieferes Verständnis für sich selbst zu entwickeln und seine innere Transformation voranzutreiben. Die haben kein einziges Wort verstanden – wir waren in der dritten Klasse!« Er lachte. »Nach der Stunde hat mich einer meiner Freunde gefragt, was meine Mom da eigentlich von den Transformers erzählt hat.«

»Diese Roboter aus der gleichnamigen Serie?« Sie erinnerte sich, dass die Jungs in ihrer Schule immer mit den Figuren gespielt hatten.

Christopher nickte schmunzelnd und nahm noch einen großen Schluck Bier.

»Das ist ja echt lustig«, meinte sie und griff nach ihrem Saft.

»Und wie geht es deiner Mom?«, fragte Christopher im nächsten Moment. »Gefällt ihr der neue Fernseher?«

»Ja, sie ist ganz vernarrt in ihn und froh, sich ihre Talkshows nicht mehr mit einem lauten Rauschen anschauen zu müssen. Nicht, dass sie es zugeben würde.« Es war sowieso ein Wunder, dass Cindy Bryson so ein teures Geschenk angenommen hatte, denn normalerweise wollte sie sich finanziell nicht helfen lassen. Aber es war ihr Geburtstag gewesen und Nora und Christopher hatten keine Widerrede gelten lassen, denn ihre Mom hatte einen neuen Fernseher ganz dringend benötigt. Jahrzehnte hatte sie mit kaputten Fernsehern auskommen müssen, wahrscheinlich besaß sie zum ersten Mal überhaupt einen einwandfrei funktionierenden.

»Sehr schön.« Christopher lächelte zufrieden. Dann machte er eine kurze Pause und griff über den Tisch nach ihrer Hand, bevor er die nächste Frage stellte. »Hast du in letzter Zeit auch mit deinem Dad gesprochen?«

Sie nickte. »Ja. Es geht ihm gut. Er verbringt wohl die meiste Zeit des Tages in der Werkstatt.« Nachdem Jimmy sein Leben lang einen Job nach dem anderen verloren hatte, weil er sich niemandem unterwerfen wollte, hatte er irgendwann beschlossen, sein eigener Boss zu werden. Er hatte sich Geld geliehen, wo er konnte, von Banken, Freunden und sogar einem Kredithai, und hatte eine heruntergekommene Autowerkstatt auf Vordermann gebracht.

»Und was machen deine Geschwister?«, wollte ihr Mann als Nächstes wissen. Und es war nicht ungewöhnlich, dass er sich danach erkundigen musste. Denn von sich aus erzählte sie nie viel von ihrer Familie.

»Die sind auch wohlauf. Cash kommt im Sommer auf die Middle School und Dolly hat gerade angefangen, Gitarre zu spielen.« Wenn sie an ihre beiden Halbgeschwister dachte, die ihr Dad nach seinen Idolen Johnny Cash und Dolly Parton benannt hatte, begleitete dies noch immer ein kleiner Stich in ihrem Herzen – ob sie wollte oder nicht. Sie mochte die beiden Kleinen und gönnte ihrem Dad sein neues Familienglück, und doch brachte es ihr jedes Mal, wenn sie ihren Vater mit seiner neuen Frau Claudia und den Kids sah, all das vor Augen, was sie nicht gehabt hatte. Und was er jetzt mit ihnen hatte.

»Wow, Cash kommt schon auf die Middle School? Wie alt ist er, zehn?«

Sie nickte und hielt Ausschau nach ihrem Essen. »Er wird in zwei Monaten elf.«

»Wir haben sie länger nicht gesehen. Findest du, wir sollten sie demnächst besuchen gehen? Oder sie zu uns einladen?«

»Klar, das können wir sehr gerne machen.«

Ihr Essen kam und Nora stürzte sich darauf. Wie immer genoss sie den ersten Bissen am meisten. Denn es war bis heute keine Selbstverständlichkeit für sie, in tollen Restaurants essen zu gehen. Als Kind hatte sie das nicht gekannt. Da hatten sie allenfalls frittiertes Hühnchen bei KFC gegessen oder ein paar Hamburger und Pommes bei Burger King oder McDonald's, wenn ihre Mom irgendwo Coupons aufgetrieben hatte. Noras erster und einziger Restaurantbesuch war an dem Tag gewesen, als Grandma Faye sie mit zu einem Termin in die Innenstadt genommen hatte. Da hatte Nora zum ersten Mal all die Wolkenkratzer aus der Nähe gesehen und den Lake Michigan. Grandma Faye hatte eine Freundin getroffen, die etwas Wichtiges mit ihr besprechen wollte, und Nora, die zu dem Zeitpunkt etwa neun Jahre alt gewesen war, hatte nur staunen können. Sie hatte all die neuen Eindrücke in sich aufgesogen und die Salamipizza in vollen Zügen genossen, die tatsächlich auf einem echten Porzellanteller serviert worden war. Niemals hatte sie diesen besonderen Tag vergessen.

»Du hast aber Appetit.« Christopher grinste sie an.

»Unsere Kleine hat Appetit«, korrigierte sie ihn und biss noch einmal von dem Taco mit dem frittierten Fisch ab, der köstlich war.

Christopher machte sich an seine Pizza heran. »Konntest du inzwischen darüber nachdenken, wie du zu Holly stehst?« Den Namensvorschlag hatte er ihr vor einigen Tagen gemacht.

»Ich mag ihn sehr. Er ist süß. Aber mir kam da noch eine Idee.«

»Und zwar?«

Sie schluckte herunter. Trank einen Schluck. Wollte ein wenig Spannung aufbauen, weil sie den Namen wirklich perfekt fand, der ihr am Nachmittag in den Sinn gekommen war, als sie Tschaikowsky gehört und sich dabei ganz friedlich gefühlt hatte. Sie blickte ihrem Mann, dem Vater ihres Kindes, tief in die Augen und fragte: »Wie findest du Melody?«

Christopher legte seinen Kopf schräg und schien darüber nachzusinnen. Dann brauchte er zum Glück nur eine Minute, um dieselbe Begeisterung zu empfinden. »Melody … das klingt ziemlich umwerfend.«

»Ja, oder? Und es passt so gut zu uns beiden.«

»Der Meinung bin ich auch.« Er strahlte sie an und seine entzückenden Wangengrübchen zuckten dabei. »Wir haben also einen Namen?«

Nora nickte euphorisch. »Ich glaube schon.«

»Darauf müssen wir anstoßen«, sagte er und hob sein Glas.

»Auf Melody«, sagte sie und stieß ihr Glas sachte gegen seins.

»Auf Melody! Und auf uns. Auf die ersten fünf Jahre unseres wunderbaren gemeinsamen Lebens.«

»Ich hätte es nicht besser sagen können«, erwiderte sie und dachte an ihre erste Begegnung zurück.

Sie kannte Zoey seit ein paar Wochen, sie probten zusammen für *Ein Sommernachtstraum* und waren nach den anstrengenden Tagen öfter abends noch was zusammen essen gegangen.

Nora mochte Zoey, fand, man konnte sich gut mit ihr unterhalten, und zudem bewunderte sie ihre neue Freundin. Nicht nur für ihre Schönheit und ihre Grazie, sondern auch dafür, dass sie so ein ruhiger und ausgeglichener Mensch zu sein schien. Sie war bereits im Leben angekommen, wo sie hinwollte, während Nora noch immer auf der Suche war. Zwar hatte sie längst herausgefunden, dass sie nichts als tanzen wollte, und trotzdem haderte sie mit anderen Dingen. Ihre Vergangenheit verfolgte sie weiterhin. Ihre Familie war zerrissen und sie wusste nicht, ob sie eine eigene wollte. Sosehr sie sich einen netten Mann an ihrer Seite wünschte und am liebsten auch ein paar niedliche Kinder, hatte sie doch große Angst, dass es bei ihr enden würde wie bei ihren Eltern. Was, wenn sie ihren Kindern nicht das geben konnte, was sie sich für sie wünschte? Am Ende würden sie sich genauso verloren fühlen wie sie.

Eines Abends bei McDonald's erzählte Nora ihrer Freundin, dass ihr Handy kaputt war, und die bot ihr gleich an, es von ihrem Bruder reparieren zu lassen.

»Gib es mir mit und ich frag Christopher, ob er es sich ansieht. Oder du gehst selbst gleich morgen zu ihm. Er arbeitet im Apple Store auf der Michigan.«

Nora hatte Christopher bereits bei einer Familienfeier kennengelernt, zu der Zoey sie mitgenommen hatte. Allerdings hatten sie nicht mehr als ein paar Sätze miteinander gewechselt.

»Ich kann ja aber nicht mit meinem billigen Handy in einen Apple Store gehen.«

»Klar kannst du. Chris macht das bestimmt für dich, wenn ich ihn lieb darum bitte.«

Nora war sich unsicher; als sie ihr Telefon über Nacht aber nicht einmal mehr laden konnte, nahm sie das Angebot ihrer Freundin an. Am nächsten Tag sollten die Proben erst um zwölf Uhr mittags beginnen. Zuvor machte sie sich also auf in die Michigan Avenue und in den Laden, der sie ein wenig einschüchterte. Nie im Leben hätte sie sich ein iPhone leisten können, ihr erstes Smartphone hatte sie sich erst mit fünfzehn gekauft, nachdem sie sich als Babysitterin ein bisschen was verdienen konnte. Doch in diesen Welten fühlte sie sich noch immer unwohl und gehemmt.

Sie sah sich um. Christopher zu finden, war keine Schwierigkeit. Er sah seiner Schwester so unglaublich ähnlich, dass sie lächeln musste.

»Hi, Christopher«, sagte sie schüchtern, als sie vor ihm stand.

»Hi, Nora.« Er strahlte sie an und seine Grübchen sowie seine warmen braunen Augen verzauberten sie völlig. »Wie kann ich dir helfen? Zoey hat erzählt, dein Handy spinnt?«

Sie nickte und holte es heraus. Sofort nahm er es ihr ab und betrachtete es eingehend. Er versuchte, es einzuschalten, aber es wollte nicht reagieren, woraufhin er es mit zu einem der Service-Tische nahm.

Nora folgte ihm. »Bist du sicher, dass das okay ist? Ich will nicht, dass du meinetwegen Ärger bekommst.«

Er zuckte die Schultern. »Sollen sie mich halt feuern. Ich mag den Job eh nicht allzu gern.«

Kurz weckte das Erinnerungen an ihren Dad. Aber sie wollte keine Vorurteile haben, wenn Christopher schon so nett war.

»Warum arbeitest du dann hier?«, fragte sie letztlich doch. Einfach aus Interesse und weil sie das Gefühl hatte, sie müsste irgendwas sagen.

Ihr Gegenüber grinste sie an. »Gute Frage. Vielleicht, weil ich noch nicht weiß, was ich mit meinem Leben anfangen soll?«

Diese Aussage fand sie ein wenig komisch. War Christopher nicht bereits fünfundzwanzig und hatte das College mit Bravour abgeschlossen? Und das bereits vor zweieinhalb Jahren? Zumindest war es das, was Zoey ihr erzählt hatte. Sollte ein Collegeabsolvent also nichts Besseres anstreben, als sich mit Gelegenheitsjobs über Wasser zu halten?

»Nun, ich hoffe, du findest es bald heraus.«

»Wir werden sehen.« Er begutachtete weiterhin ihr Handy. »Ich glaube, dafür brauche ich eine Weile. Ich würde es tatsächlich mal meinem Kumpel Clint zeigen wollen, der mehr Ahnung von Reparaturen hat.«

»Okay. Denkst du denn, er bekommt es wieder hin?«

»Da bin ich mir ziemlich sicher.«

»Und wie viel wird er mir dafür berechnen? Ungefähr?« Würde die Reparatur nämlich zu teuer werden, könnte es eventuell Sinn machen, sich einfach ein neues Handy zu besorgen.

»Mach dir darüber keine Gedanken. Er schuldet mir noch einen Gefallen.«

»Das ist ja cool.« Sie schenkte Christopher ein Lächeln. »Was schätzt du, wann ich es zurückbekomme?«

»Ich melde mich bei dir. Gibst du mir deine Festnetznummer?«

»Ehrlich gesagt habe ich kein Festnetz.« Damals bei ihrem Einzug wäre das nur eine weitere unnötige Ausgabe gewesen, die sie sich nicht leisten konnte. Inzwischen hätte sie sich zwar einen Anschluss anschaffen können, doch noch immer versuchte sie so sparsam wie möglich zu leben. Wer wusste schon, wann es wieder knapp wurde?

»Dann gebe ich es am besten einfach meiner Schwester mit, wenn es wieder heil ist, ja?«

»Super, danke«, sagte sie. Schließlich nannte sie Christopher das Passwort für ihr Samsung.

»Ich speichere meine Nummer in deinem Handy ab, wenn es wieder geht. Dann kannst du mich irgendwann anrufen, wenn du magst«, sagte er und lächelte sie ein letztes Mal an.

Sie nickte und lächelte zurück. Das würde sie vielleicht sogar machen.

Als sie aus dem Laden war und durch das Fenster schaute, sah Nora ihn winken, und sie musste gestehen, dass sie sich richtig darüber freute.